文艺社会学

司马云杰 著

山西出版集团
山西教育出版社

目 录

自　序

本书是由我20年前的旧著《文艺社会学论稿》修改补充而成的。

提起这本书，就会想起许多往事。我本来是学文学艺术的，然而大学毕业后，却被分配到国家金融管理部门工作了那么多年。按理说，一个贫苦农民家庭出生的孩子，从学校出来，能到国家这样的部门工作，应该是很幸运了，而且银行是国民经济的命脉与杠杆，谁能说它不重要呢？然而我从小偏偏酷爱文学，而银行所管者，却主要是货币发行、信贷与计划，我从中实在是看不出有多少人文精神。因此，人虽到了银行，那时我却经常给报刊写些散文、随笔之类的东西，因而也常被人说成是“不安心工作”。幸好“文化大革命”结束后，有“归队”一说，我也就借此到了中国社会科学院。但我没有去文学研究所，当时社会学重建，就去了社会学所。

我虽是学文学艺术的，但按当时流行的文艺理论，什么“典型人物”、“典型性格”，什么“现实主义”、“浪漫主义”，即使前边冠之以“革命的”、“社会主义的”等等，也实在是写不出什么好文章来的。我到了社会学所以后，把社会学、心理学、文化人类学以及民俗学的理论运用到文学艺术理论的研究中来，忽然发现一下子打开了一片新天地，而且如鱼得水，短短时间，写了那么多文章发表于报刊，大受欢迎。《论社区文学和艺术》、《论人物性格的多层次结构》、《论作品人物的归属感》、《聊向村家问风俗——论民俗学的文学功能》等文章，就是那时候写作发表的。到1983年夏天湖北人民出版社胡光清先生向我约稿时，这些文章大抵可以收编一个小册子了。光清先生当时所约者，乃是邀我写一本《文艺社会学》或《艺术社会学》的书。我虽然尽力了，但书最终还是没有写完。这主要是我当时曾答应和几位朋友合写一本社会学理论方面的著作，既已许之，不好食言，只好将自己的书稿草草结束。一是考虑到书稿不成熟，二是该写的也没完成，所以只好以“论稿”的形式付印了。

“论稿”是1986年出版的。从那以后，我便开始了《文化社会学》的研究写作。由于文化现象太复杂纷繁了，为了从更高的方法论上把握文化现象的本质和功能，我的研究由文化人类学走向了哲学人类学，由文化社会学走向了文化哲学，开始了“文化价值哲学”三部曲，即《文化价值论》、《文化悖论》、《文化主体论》的写作。我写了三卷大书，却发现它并没有解决人的信仰和信念问题，没有解决国家民族于何处安身立命的问题。花了那么多时间，费了那么大精力，三卷大书，没有解决这些问题，说实在话，我当时非常忐忑不安，也感到很困惑。于是，我不得不重新开始思考问题。在经过一段苦苦的思考、比较、研究、探索、追求之后，我深深地感到，哲学只是作经验研究，只在文化现象上打转转，只停留在斡流旋转、变动不居的形下世界，是解决不了人的信仰和信念问题的，也是解决不了国家民族于何处安身、于何处立命问题的，因为它没有寂然不动的东西，无法使人于浩浩大化中建立一个知觉主宰处，一个精神的安宅，一个安身立命的地方。这就迫使我的文化哲学研究由现象界走向了形上世界，由经验研究走向了形上本体论，并最终使我走向了形而上学，走向了中国文化的大道哲学，开始了包括“九论一史”在内的《大道哲学全书》的研究与写作。同时，也就使我走向了一条“不归”之路。从那以后，一下子20多年过去了，我已无暇再顾及文艺社会学方面的问题。直到这次山西教育出版社李飞同志相邀，希望把“论稿”修改补充为一本《文艺社会学》重新出版，我才不得不回过头顾及这本旧著。

现在虽然文艺理论界的话题与语境已经改变了，但我觉得，“论稿”在当时情况下，还是起到了应有的作用，并且一度影响了作家、艺术家的创作。现在谈“认同感”、“归属感”，谈“人物性格多层次解构”，谈“民俗学的文学功能”等等，也许算不了什么，但在当时还是颇为新鲜的，也是颇能影响人的。“论稿”中的一些基础理论，如关于文艺社会学发展史的研究，关于社区文学与艺术的思考，以及关于文艺创作的社会行为、文艺欣赏的社会感受等等的论述，虽然形下了点，但今天回过头来看，还是有一定价值的。可无论怎么说，它毕竟是20世纪80年代初社会学重建时的作品。老一代社会学家在1957年“整风”、

“反右”时，差不多都被打成了“右派”。1979、1980 年恢复重建社会学时，他们刚刚被平反，记得开会讨论恢复重建社会学时，有的家属尚有顾虑，不让其来参加会议。由此也就可知当时社会学恢复重建所承受的压力了。我在这种氛围中研究撰写《文艺社会学论稿》，自然不能不受其影响，论述问题时，不得不絮絮叨叨地夹杂一些非学术性的语言，显得不够纯正。正是出于上面原因，我才愿意接受邀请，拿出一点时间，对“论稿”进行一次修改补充，使之成为比较纯正的学术著作，以免将来留下遗憾。

我说这些年无暇顾及文艺社会学方面的问题，但不等于说对文艺社会学及整个社会学的发展没有看法、想法，没有话说，不等于说我对文艺创作没有审美理想与艺术追求。社会学怎么发展，文艺社会学怎么发展，难道它只能停留在经验实证上吗，只能停留于对现象的描述与事实的统计分析上吗？为了治国安民的当务所需以及政道与治道上的应对，社会学进行一些经验实证研究，是应该的，也是必需的。但这并不是社会学研究的根本任务，它的根本任务是研究人类不同社会的本质及其规定性问题。我们的整个社会历史，究竟建立在什么基础上？它的本质是什么？是自然史，还是文化史？如果是自然史，那就是生物史、物竞天择史，就是你压迫我、我压迫你，你吃掉我、我吃掉你的历史，就是相互压迫、征服、统治和斗争的历史，就像虎豹豺狼相互争斗、不断吃掉弱者那样。那是没有文明可言的。然而人类史不同于自然史的地方，恰恰在于它有文化、有精神、有伦理、有道德，在于人类按照自己的灵明心性创造了文化，发展起了道德精神世界。惟其如此，人类才有文明，才有社会的和谐、人生的美好，人类史才成为了文明史、文化史、精神史，而不是生物史，才不是你吃掉我、我吃掉你的历史。但是，我们的社会学至今没有重视不同社会历史中文化与精神的研究。不单如此，我还可以进一步说，人类社会的最高本质，乃是由它的形而上学根本精神决定的。中国所以不同于西方，阿拉伯世界所以不同于基督教世界，不在于它们的地理分布与自然环境，也不在于它们的经济基础与政治文化制度，而在于它们文化的形而上学存在的不同以及这种存在所发展出来的信仰、信念及伦理精神的不同。每个国家民族的社会历史，皆有其存在的精神基础，如果精神基础不同，社会历史就各有不同的本质。而精神纯粹与否以及是否美好、崇高、庄严、神圣，最终决定着它们的文明样式及其程度的高尚低下。这才是人类社会历史最为本质的存在，也是社会学及文艺社会学应该研究的最根本问题。

现代社会所面临的最为严峻的问题是什么？自然有交通、能源、噪音、环境污染等一系列问题。但是我认为，最为严峻的问题不是这些，而是人生意义的解构与精神的危机。这个问题的出现，固然与社会经济及庞大物质世界愈来愈挤压人生、挤压精神的存在有关，但更为重要的是，人与形而上学割断了联系，和本体论存在割断了联系。它不仅使人生变得荒诞和没有意义，而且使之成了没有灵魂、没有精神、赤裸裸的物性存在。倘若人生没有意义，没有精神世界的支持，那是非常可怕的。因为当人生没有形而上学的信仰、信念及精神世界支持的时候，受外部世界的诱惑，心无所安，性无所守，凭着一个躁动不安之心，竞于名利，逐于物欲，驰骛不息，肆意狂奔，就会变为茫茫荡荡、毫无根柢的存在。特别是当一些流行的哲学告诉人们，心不过是血肉，性不过是食色，人不过是生物有机体，不过是刺激反应者或本能存在的时候，生活再也没有大美与崇高，再也没有神圣的东西，人们就会更加肆无忌惮地追情逐物，呼啸狂奔，为了饥于一饱，为了渴于一饮，丧本失命，狂恶不止。由此可知，人于浩浩大化中是不能没有知觉主宰处的，于滚滚红尘中是不能没有安身立命地方的。人没有了信仰和信念，没有了道德与良知，没有了知觉主宰处，在利益面前，在金钱面前，在权力地位面前，在灯红酒绿、纸醉金迷的刺激面前，只凭着血肉之躯，只凭着本能，是无法抵挡的。特别是当人没有了道德感与羞耻感，丧失了人性的尊严与高贵之后，在疯狂、鄙俗及愈来愈充满诱惑力与刺激性的世界面前，是很难寂然不动，很难立定脚跟不流转、不翻滚、不动摇的。现在所产生的各种腐败现象，固然有极为复杂的社会原因，但若从文化和哲学上讲，是由于人生意义的破坏、解构及精神世界的塌陷造成的。面对此种颓势，我们的社会学家既不能观天下人心之动，极深而研几，加以会通，以通天下之志，以成天下之务，更不能根深蒂固人的道德本性，开万世太平的始基。而我们的作家、艺术家呢？面对着人性堕落、心灵昏暗，及物欲的恶性膨胀，不但不能以大美与崇高化性起伪，提升人的道德生命精神，"道济天下之溺，文挽天下之衰"，担当起国家民族文化复兴的伟大历史责任，反而鼓其泥而扬其波，逃避大美与崇高，使文学艺术创作陷入了卑琐与平庸，陷入了声色物欲与鄙俗之情。一些作品，虽然吵吵嚷嚷，打打闹闹，或胡乱编造一些奇奇怪怪的故事情节，看似热闹非凡，但大都有是非而无妙理，有爱染之情而无至情之道，或有群物纠纷，万事参差，而没有会通一切的大道至理，皆与名教不相关涉。因此，也就造成了整个文艺作品的没有精神，没有理想，没有道德追求与审美追求，有的只是鄙俗流情，声色物欲，独不见大美与崇高、庄严与神圣之存在，使整个文学艺术创作丧失了“经夫妇，成孝敬，厚人伦，美教化，移风俗”大用。

这就是我对社会学及文艺社会学发展的看法、想法及想要说的话，其中自然也包含着我的审美理想与艺术追求。知道了上面这些想法，自然也就不难理解我会怎样或如何修改补充“论稿”，使之成为一本新的《文艺社会学》著作了。本书较之“论稿”，无疑有了很大的修改补充，具体讲主要有以下几个方面：

第一，修改删除了“论稿”中与学术无关的语言，在新的论述中，对文艺社会学史上的一些作家、艺术家及其理论家，不论其学派是主观主义的，还是自然主义的，评价时都尽量公允，使其得到应得的学术地位。例如，“论稿”中对自然主义学派的所谓“科学性”多有肯定，而对他们文艺社会学思想的机械论则批评不够；对主观主义流派的情感心性理论批评过多，而对这种理论在文学艺术创作中的大用没有给予应有的地位。这次在修改补充的论述中，皆作了新的梳理与修正。

第二，按照文艺社会学学科体系发展的需要，不仅修改补充了“论稿”中一些不完整的章节，而且增加了新的章节内容，使之成为一个较为完整的学科体系。例如，“论稿”中的“文艺社会学的发展趋势”一节，并没有涉及后现代派的理论问题，这次增补了相关的内容；“聊向村家问风俗”原来是以当时发表的一篇文章收入“论稿”的，这次修改只是把它作为一节，放在第十一章“风俗·文艺与时代”中；“论稿”中的“社区文学与艺术研究的意义”一节比较简略，这次修改补充为“从文艺生态系统看社区文学与艺术的发展”。除此之外，还整整补写了一章“论‘文以载道’”。原来还想写一章“论文艺的社会学批评”，提纲都已拟好，因为时间的关系，只好作罢。现在全书16章，作为一门学科，从研究对象、学科史、基本理论，到文艺的社会感受、传播、管理及文艺家的职业、历史使命与道德责任等等，该讲的基本上都讲了，大体可以看做是已具有较为完备的内容体系了。

第三，在本书的修改补充过程中，不仅在理论上重新提出了中国文学批评史上最为重要的“文以载道”观念，而且还用整章的篇幅，按照现时代的需要，以大道哲学为基础，论述了文艺社会学的这一最高理论问题。之所以如此，其目的就是要通过作家、艺术家的创作，用中国文化形而上学大道本体所展示呈现的大美与崇高、庄严与神圣，提升人的道德精神境界，用道体之光重新照亮人生的道路，使国家民族在庞大物质世界的压抑与遮蔽下，在社会历史的深处有一种新的人文精神觉醒。正如我在《绵延论》一书中，认为中国几千年社会历史充满着一种“道”的精神，具有一种大道本体论性质，因而提出了“大道社会学”的范畴概念一样，这次我在对“文以载道”的论述中，视大美、崇高、庄严、神圣为形上大道本体的展示与呈现，故提出了“大道美学”的命题。对这个命题，我自然来不及作更多的论述，只好留待《大道哲学全书》第九卷写“大道美学与无待的自由”时，再作进一步研究和叙述了。

最后我要说的是，虽然对“论稿”作了很大修改，但要使之成为一本成熟的、圆满无缺的《文艺社会学》，还是有一定差距的。如本书既然是一本新的著作，似乎不应再保留“论稿”的痕迹，但我却有意注出了“论稿”中一些篇章原来发表的报刊出处，希望留有一点当年的回忆，也表示着对当时报刊编辑朋友的敬意。与《大道哲学全书》大气浩荡的文字相比，“论稿”的文字有一种清新明快的气息，这自然也是我不愿改变的。但这在书的语言文字风格上，似乎前后不够完美统一。凡此等等，只好请读者朋友原谅了。我原来在“论稿”的“后记”中，曾把它比作一个天性自由而又不成熟的孩子。现在经过这次修改或可称之为对它梳洗打扮，尽管可能成熟了一点，但我不希望它失去原有的纯真天性。

人生最舒心的生活，也许就是悠然自得地自由散步。它没有压力，没有命令，不受拘束，没有计划的限制，可以随心所欲地思考一些问题，也可以纵情山水，或吟些小诗，或啸傲山林。人生最深沉伟大的哲理思考，也许正是在这种自由自在的散步中产生的。但我自从《大道哲学全书》的研究写作计划披露之后，似乎没有了这种闲适心情。在人生的长途上，由于经历了上个世纪那场动乱，我好像乘上了已经晚点的列车一样，面对着今天“全书”的历史担当，不管怎样向前赶，似乎时间都晚了十年。耽误的时间虽然可以以延长生命来弥补，但我也不得不放弃一些写作计划，牺牲一些极想写而又没有时间写的东西。讲出了这点心境，读者朋友也许就可以理解我为什么会放弃本书一些本该写作的章节了。

序此志此。

司马云杰

2006 年 11 月 6 日于花家地淡泊居

第一章 作为一门学科的文艺社会学[①]

一 文艺社会学的研究对象

什么是文艺社会学的研究对象？在西方文艺社会学领域里，学派林立，众说纷纭。在中国，由于文艺社会学作为一门学科研究中断多年，许多人对它的含义也陌生了。为了确定文艺社会学的研究对象，我们在这里有必要澄清一些模糊的认识。

“艺术社会学——即在艺术底某种典型和社会底某种形态之间，设定合法的联系的科学。”[②] 这种观点基本上是从反映论的角度看问题的，它始于1847年比利时的米盖尔思（Michiels）研究弗朗特尔（Flandre）派绘画史，考察它与“政治的、产业的和社会的发达”的密切关系时。19世纪法国的丹纳（H. A. Taine，又译泰纳）等人，以及20世纪初俄国的普列汉诺夫，都是沿着这条道路前进的，虽然他们的理论观点和见解不同。如丹纳1880年出版的《艺术哲学》从实证主义哲学和进化论的观点，研究了意大利文艺复兴时的绘画、尼德兰绘画和希腊雕刻，提出了艺术发展决定于种族、环境、时代的三种规律。普列汉诺夫则从历史唯物论出发，在他的《从社会学观点来看十八世纪法国戏剧文学和法国绘画》（1905）、《文艺与社会生活》（1912～1913）中，阐述了18世纪法国古典主义文学艺术衰落和19世纪欧洲颓废文学盛行的社会根源和历史原因，指出了阶级斗争、时代风尚、社会心理及社会艺术趣味对文学艺术发展的影响。这些不同的理论和出发点，其共同之处都是寻求文学艺术兴衰与社会发展相适应的一般规律。这种研究，归根到底仍是“艺术哲学”的范畴。艺术哲学虽是文艺

①本章曾以《谈谈文艺社会学研究》为题，连载于《阜阳师院学报》（社会科学版）1983年第2、3期。

②符拉齐米尔·弗里契：《艺术社会学》，天行译，第8页，作家书屋1947年刊行。

社会学要研究的重要内容，但是，我们不能把文艺社会学与之等同起来。因为，现在文艺社会学已经从最初的一般艺术哲学中脱颖出来，成了一门独立的学科，如果仍把它局限于一般艺术哲学的研究，那就必然限制了文艺社会学研究对象的范围。

"艺术社会学应该从原始民族底原始的艺术之研究开始。"① 这是文化人类学家、民族学家和民俗学家的见解。一些社会心理学家也常常附和这种见解。这些学科对于研究原始民族文化艺术起源做过不少工作，也提出了一些有启发性的见解。如英国人类学家爱德华·泰勒（E. B. Tylor）的《原始文化》和弗雷泽（J. G. Frazer）的《金枝》所提出的原始部族风俗、仪式、信仰起源于交感巫术的论点，曾给德国艺术社会学家格罗塞（E. Grosse）和芬兰的文艺社会学家希尔恩（Y. Hirn）研究艺术起源问题以很大影响。格罗塞的《艺术的起源》和希尔恩的《艺术的起源——一个心理学和社会的探索》的观点和方法一定程度上渊源于人类学家。20 世纪初的神话仪式学派、心理分析学派以及 50 年代的结构 - 功能主义学派的文艺社会学观点，也受了人类学家的影响。他们把原始民族的文化艺术作为研究对象是有局限性的，正如丹纳把发达民族的文化艺术作为研究对象一样，都无法全面正确地解释复杂文艺社会现象，也无法说明文艺发展的真正的社会学性质。

"艺术社会学可分为艺术理论、艺术批评和艺术史三个方面。"② 这是从美学观点看问题的。文艺社会学的研究对象，自然包括艺术理论、艺术批评和艺术史这些方面的内容，但是这三个方面加在一起，或者把它们看成相互联系和相互制约的统一体来研究，并不就等于文艺社会学。因为文艺社会学研究对象中有些方面，如文艺活动的社会组织系统等，都是艺术理论、艺术批评和艺术史所不研究的。文艺社会学是一门独立的学科，正如文艺学、美学是一门独立的学科一样。如果把文艺社会学的研究对象仅仅划分为艺术理论、艺术批评和艺术史三个方面来研究，那就取消了文艺社会学的独立性，也就没有这门学科存在的必要了。

"文艺社会学是研究文艺作品带来的社会问题的。" 我国恢复社会学学

---

①弗里契：《艺术社会学》，天行译，第 7 页，作家书屋 1947 年刊行。这里是指德国艺术社会学家格罗塞所著《艺术的起源》中所提出的看法。格罗塞认为"艺术科学的研究不应该求助于历史或史前时代的研究，而应该从人类学着手"（中译本，第 25 页），所谓从人类学着手就是指原始民族艺术的研究。

②李泽厚：《美的对象与范围》，载《美学》1980 年第 3 期。

科以后，有人进行“文艺与青少年犯罪”之类的所谓文艺社会学研究，不少是属于这种看法。这是一种错误认识。一些不健康的文艺作品给社会带来了许多不良影响，这是存在的，但它也只是文艺社会作用的一个方面，或者说是一个“副”的方面。从事这方面的调查研究对促进我国文艺健康发展，防范青少年犯罪，是有一定现实意义的，但这只是文艺社会学研究的一个方面，并不是它的主要研究对象。

文艺社会学是一门新的科学，它的产生不仅与文化人类学、民族学、民俗学和社会心理学等学科有着密切的联系，而且与文艺理论、文艺批评、文艺史和美学等学科有着密切的关系。然而它从这些学科脱颖出来以后，逐渐形成了自己确定的研究对象，以区别于上述不同的学科。为了揭示文艺社会学研究领域的特殊性，我们有必要比较一下它与这些学科的联系与区别。

首先，文艺社会学与文化人类学、民族学、民俗学和社会心理学等学科有着密切的联系。自从法国孔德（A. Comte）的实证主义哲学和英国斯宾塞（H. Spencer）进化论的社会学产生以后，不仅一些社会学家研究复杂的文艺社会现象，而且许多文化人类学家、民族学家、民俗学家和社会心理学家，也从各自不同的角度对文艺现象进行研究，用它来说明自己的理论体系，极大地影响了文艺社会学的发展。如马林诺夫斯基（B. K. Malinowski）用原始文艺的起源说明人类社会文化的功能，直接影响了文艺社会学结构－功能主义学派的形成和发展；弗洛伊德（S. Freud）用文艺的产生解释人类的潜意识，引出了文艺社会学的心理分析学派等等。因此，我们在研究文艺社会学时，不能不广泛地涉及这些学科的理论与著作。但是，这些学科都有各自的主要研究对象，如文化人类学主要考察人类不同社会文化的起源、发展及其社会功能；民族学主要研究各个民族产生、发展的不同特点；民俗学则主要是“考八方之风雅，通九州之异同，主海内之音韵”①，而社会心理学则主要是研究人们社会心理的产生及其作用，所以这些学科并不就是文艺社会学。文艺现象是这些学科研究的一部分，而不是全部。

其次，文艺社会学作为社会学与文艺学的一门边缘学科，与文艺理论、文艺批评、文艺史和美学等学科有着密切联系。正如大家所知道的，这些学科都比文艺社会学产生的时间早。文艺理论、文艺批评的产生可以追溯到中国古代孔子、荀子等人的儒家经典及西方古代希腊毕达哥拉斯学

---

①《华阳国志》，卷十。

派及柏拉图、亚里士多德的著作。文艺史和美学的产生虽然较晚一些，但如果前者从1764年德国文克尔曼（Winckelmann）的《古代艺术史》算起，后者从1750年德国鲍姆嘉通（Baumgarten）提出“美学”开始，也都有两个多世纪了，远比文艺社会学的产生早得多。这些学科的许多理论家的观点和见解，曾直接影响了文艺社会学的产生和发展。如文克尔曼在《古代艺术史》中关于文艺产生、发展、繁荣、衰落与时代政体、地理环境关系的研究，对于19世纪后期法国丹纳等人的文艺社会学观点有很大影响；意大利的维柯（G. B. Vico）的《新科学》（1725）中关于神话故事起源于人类原始期对神的崇拜的论述，以及德国启蒙运动时期赫尔德（J. G. Herder）关于原始民族语言起源及原始民歌作用的研究，都给19世纪一些文化人类学家以及20世纪心理分析学派、神话仪式学派的文艺社会学思想以极大影响。至于说18世纪德国的康德、黑格尔等人的古典主义美学，更是19世纪以来西方各种文艺社会思潮的宝贵遗产。但这些学科并不就是文艺社会学，因为它们各有其自己的主要研究对象，如文艺理论主要研究文艺创作本身的规律，文艺批评主要研究作家与作品，文艺史主要研究文艺产生、发展、繁荣、衰落的一般规律，美学则主要研究美的产生、根源、形态及审美意识活动等。例如同样是一台非常成功的戏剧演出，观众激动地欢呼、鼓掌，甚至还有少数人吹口哨、跺脚等等。这时，文艺理论家和文艺批评家注意的主要是作家剧本创作丰富的思想内容和完美的艺术方法及演员表演的天才的艺术水平，美学家注意的主要是它的审美价值，文艺史家则在考虑它在文艺史上的地位，而他们对于这场演出的社会组织活动及观众欢呼、鼓掌、吹口哨、跺脚等等社会行为却是很少顾及的，只有文艺社会学才会将这些作为重要内容去进行研究。文艺社会学不仅要研究戏剧演出组织活动的社会机制和观众欢呼、鼓掌、吹口哨、跺脚等社会行为，而且要研究整个戏剧创作、演出与社会生活环境、社会文化背景、不同观众社会群体心理的各种关系。虽然文艺理论、文艺批评、美学、文艺史有时也涉及这些问题，但还不是作为一门学科进行研究。文艺社会学作为一门学科产生，是19世纪30年代孔德提出社会学理论以后的事。随着社会学的发展，它才逐渐成为一门独立的学科。它虽然与文艺理论、文艺批评、文艺史、美学有着亲缘关系，但就其“家族姓氏”来说，它仍是社会学的一个分支，姓“社会学”。

诗歌、散文、小说、戏剧、电影、音乐、舞蹈、绘画、雕刻等等，从生产（如创作、编排、出版等），到传递（如发行、演出、放映、播送、展览等），再到感受（如阅读、欣赏、观看、收听等），是一种复杂的社会现象，是一个多层次的社会文化和社会组织的结构系统。以中国文艺系统来说，据1980年统计，当时从事文艺活动的专业职工有428 578人，电影制片厂有17个（其中11个故事片厂），电影放映单位有125 000多个；各种艺术表演团体有3 533个，高等、中等艺术院校95所；中国有8亿农民，农村的文艺活动相当活跃。当时有群众艺术馆218个，文化馆2 912个，乡镇文化站25 000多个，公社电影队76 000多个，群众文化艺术宣传队95 000多个①。据1982年统计，仅活跃在广大农村文化馆、图书馆、俱乐部专业和业余剧团、电影机构的专业专职文化艺术工作者就有170多万人②。从这里我们可以看出，文艺从创作到传递，再到感受，是一个多么复杂的社会活动。如果我们只研究文艺作品的创作和社会感受，不研究它的复杂的社会文化和社会组织活动，这些中间地带将会无人问津，从而留下空白，而它们又是文艺理论、文艺批评、文艺史、美学所不研究的，是这些学科所无法承担的一些研究内容。只有文艺社会学才能填补这个空白，全面地承担起对复杂的文艺社会现象的研究工作。因此，我们可以说，文艺社会学是用社会学的理论、观点和方法研究文艺的产生、创作、传递，感受整个活动的社会学性质及其功能的一门学科。

根据这个观点，具体分析文艺社会学的研究对象，应该包括以下六个相互联系的方面：第一，它应该从文艺产生过程中研究文艺创作的反映论问题。文艺是一定社会生活的反映，是文学艺术家反映社会生活的一种特殊形式，它不仅涉及一般的反映论，而且涉及文学艺术反映社会生活的特殊规律。第二，文学常被称为“人学”，而人又是群体地生活在一定的社会文化和社会组织中的，生活在一定的社会阶级、阶层中的。因此，文艺社会学不仅要研究文艺所描写的各种人类社会群体生活的生动形式和组织形式，而且要分析它所处各个时代社会阶级、阶层的情势和不同的社会文化背景对文学艺术的影响。第三，文艺是要见诸社会的，对社会生活和人们的行为产生各种各样的影响和作用，因此，文艺社会学非常重视文艺社会功能的研究。第四，文艺社会功能的发挥，要靠社会媒介的传播和交流，文艺社会学应该加强文艺的生产、储存、传递、交流的各种社会机制及不同读者群、观众群对文艺的界定和控制的研究。第五，文学艺术家是一种特殊的职业，研究不同文艺家群体职业特点、社会责任及职业道德等也是文艺社会学的重要内容。第六，为了促进文学艺术的发展和繁荣，文

---

①《1980年的中国文化事业》，载《1981年中国文艺年鉴》。

②《一心扑在农村文化艺术工作上的人们》，载《文艺报》1982年第3期。

艺社会学还将研究社会学批评与文艺政策问题。

当然，这是从总的方面讲的。具体地讲，文艺社会学还有许多分支：如它首先可分为文学社会学和艺术社会学；再细分，又有小说社会学、音乐社会学、绘画社会学、戏剧社会学、电影社会学、电视文艺社会学等。而且每一个分支都有自己特殊的研究对象，研究理论和方法也有差异，这一点在西方现代文艺社会学的发展中表现得更为突出。这里，我们姑且把文学和艺术两大部分内容作为统一的研究对象，以“文艺社会学”命之。

二　文艺社会学的研究任务、理论和方法

我们研究文艺社会学的任务是为了建立和发展中国化的文艺社会学，从而使这门学科及在其指导下的文学艺术创作，与整个社会传播、感受活动，担当起当代社会教化与精神发展的历史责任。

文学社会学作为一门科学，它的建立和发展固然一方面要依赖于社会实践和文艺实践活动；但另一方面，还必须从理论上总结、概括这些实践活动的经验，如此才能不断推动这门学科的发展，才能更好地指导文艺社会实践活动。要这样做，就需要正确的理论和方法。

文艺社会学理论和方法是在近代西方国家产生和发展起来的，这些理论和方法能不能指导中国的文艺社会学研究，我们应该怎样对待这些理论和方法，今天我们研究文艺社会学如何确立正确的理论和方法，这是我们研究文艺社会学必须要回答的问题。

西方近代文艺社会学从产生、发展到当代，可以说不同的学派有不同的理论和方法。各个学派在理论和方法上相互批评、相互争斗，同时又相互影响、相互渗透。但若就其对文艺的本质和社会功能的看法，主要的理论观点大致有如下几种：

第一，实证主义－进化论的文艺社会学观点。如19世纪以英国斯宾塞为代表的社会学家以及法国的丹纳、德国的舍勒尔（W. Scherer）学派都属于这种观点。他们的理论基础是孔德的实证主义哲学和达尔文的进化论以及孟德斯鸠的地理社会学思想。这种观点认为，文艺的发展不是由社会基础，由生产方式或生活方式决定的，而是由一定时代的种族性格和地理环境决定的，把文艺的发展视为如同动植物产生发展一样的进化过程。他们主要采取经验实证的方法，收集事实，进行类比研究。这些研究在确定人类文化艺术的进步发展，特别是原始文化艺术的发展方面，是有进步作用的。但是，把文艺发展看成是生物进化的简单的自然类比，是很难真正

揭示文化艺术产生发展的规律及其社会大用的。

第二，功能主义的文艺社会学观点。最初提出这种观点的是第一次世界大战后英国文化人类学家马林诺夫斯基和拉德克里夫·布朗（Radcliffe – Brown），到20世纪50年代左右，经过法国列维 – 斯特劳斯（C. Lévi – Strauss）等人，发展成为功能 – 结构主义。其他学派如符号相互作用论、发生结构论等，也都有类似的观点。功能主义者认为，文艺的产生是社会文化规范的要求，是确立和维护社会制度及社会规范的一种有价值的工具。他们把文艺放到整个社会系统中去研究，对文艺与社会的关系进行多层次的社会因素的相关分析，我们可以得到一些有益的启发。但他们的理论和方法常常陷入机械论，忽视了作家、艺术家文艺创作的主观能动作用。

第三，心理学派的文艺社会学观点。这种观点最早见于一些文化人类学家研究原始民族心理的著作中，如前边提到的泰勒和弗雷泽关于原始部族风俗、仪式、信仰起源于交感巫术的论述。到了20世纪初，在弗洛伊德和荣格（C. G. Jung）心理学的影响下，产生了英美国家的心理分析学派、神话仪式学派等。他们在文艺社会学研究中，用所谓的人类"性潜意识"、"种族潜意识"、"原始情绪"等心理学理论，分析文艺的起源和文艺创作。第二次世界大战后，神话仪式学派又渗入了符号逻辑和字义分析的理论，把神话视为一种认识世界的手段，以论证文学艺术的创作，如美国文学批评家弗格森（F. Ferguson）用神话仪式中的歌队形式解释希腊悲剧结构就是这样。尽管这些学派之间的意见并不完全一致，但他们的共同点就是所谓的人类的性潜意识、心理分析、精神病学等等。这些学派的观点，不仅割裂了文艺与社会生活的联系，而且他们比功能 – 结构学派更进一步，连社会文化结构也抛弃了。

第四，表现主义、存在主义的文艺社会学观点。这些观点可以追溯到18世纪德国费希特的"自我"论的古典美学和19世纪叔本华（A. Schopenhauer）、尼采（F. W. Nietzsche）的唯意志论以及20世纪初的柏格森（H. Bergson）的生命哲学。到20世纪初，由于西方社会的危机带来了第一次世界大战的爆发，艺术家们出于对战争的厌恶，企图以艺术表现人道主义和人类之爱，产生了表现主义流派。第二次世界大战以后，由于战争带来的创伤和社会对人们的压抑，存在主义的文艺社会学又盛行起来。他们认为"自我"是宇宙的中心和社会的真实的存在，文艺创作是自我意识的表现。他们虽然企图以文艺干预现实生活，但由于他们认为现实性是"我"创造出来的，所以强调的不是现实，而是主观精神。如存在主义者萨特（J. －P. Sartre）认为，艺术创作的主要动机之一是“自己对于世界而言是本质性的”，“要在自己的作品中所能找到的永远只是我们自己”①。这种观点，若从其反对“为艺术而艺术”，积极表现人生来说，是有积极意义的，但如果把人（包括作家和艺术家）看成是可以摆脱社会现实的独立地“自由行动”者，无疑纯粹是一种主观主义的幻想。

关于西方近代文艺社会学的理论和方法，我们还可以举出一些学派的观点，如“传统论”，从20世纪30年代的新批评派、40年代的历史学派到50年代的芝加哥学派，都是比较注意文艺发展的历史传统因素研究的。又如“反文化论”，包括20世纪20年代苏联的“无产阶级文化派”和40年代“新马克思主义”的法兰克福派等等，都是极力主张对工业社会及历史传统文化艺术进行“全盘”否定和批判的。对于这些学派的理论观点，这里就不去论述了。

我们应该怎样看待西方近代文艺社会学理论和方法呢？从他们的功利观点来看，19世纪一些文化人类学家、民族学家和文艺学家的研究工作，是为以英美国家为核心，以亚、非、拉殖民地国家为边陲的西方资本主义经济体系服务的，其理论观点是属于西方文化思想体系的。20世纪以来的形形色色的文艺社会学流派，有些企图以新的理论、新的观点为资本主义社会经济体系服务，如实用主义、结构主义、现象学、符号相互作用论等；另一些表现出对资本主义社会经济体系的不满和抗争，如表现主义、存在主义等。他们中间虽然有些人曾试图研究探索新的理论与方法，但其理论观点终未超出西方文化艺术思想体系的范畴。尽管如此，我们在研究这些文艺社会学理论和方法的时候，也不应该采取“骂倒”的办法，而应该以实事求是的态度，对它们进行具体分析。辩证法本来就是活生生的、多方面的认识，本来就包含着各式各样观察现实、接近现实的成分。19世纪那些实证论者和进化论者的文艺社会学观点，虽然一些论述主观武断，但在当时还存在着宗教愚昧偏见的情况下，他们为了研究原始民族和古老民族文化艺术的产生和发展，实地调查，收集事实，比较研究，以新的观点认识世界和接近现实，是做了许多有益的工作的，不能不说是有进步意义的。20世纪以来，量子力学、相对论、分子生物学、信息论、控制论、系统工程等科学陆续出现，极大地改变了人们认识世界的一些重要观念，让人们从18、19世纪蒸汽机的时代，跨入了电子技术和自动控制的更高级的科学技术时代。社会科学与自然科学结合的趋势，给文艺社会学理论研

①萨特:《为什么写作》，见柳鸣九编《萨特研究》，第3、4页。

究带来了新的信息，从功能主义发展为结构主义，在某种程度上说就是这方面的一个重要表现。结构主义对文艺发展所进行的多层次的社会因素的相关分析，虽然没有揭示出社会文化深层结构的决定作用，但对我们具体地分析研究文艺现象有不少启示。现代社会心理学派在用“潜意识”、“人格分裂”、“精神创伤”等理论说明文艺创作行为方面，虽有不少夸大之词，但也有一定的合理成分。至于那些主观主义的理论派别，如表现主义、存在主义等，除了认识论的根源，还是有其社会基础的，是立于西方活生生的社会文化现实基础上的。第二次世界大战以后，巨大的牺牲给人们带来创伤，冷酷的现实使人感到失望，社会的压抑使人变了形，于是产生了许多变态心理，痛苦、不安、烦闷、厌恶笼罩人生，让人看不到光明的前途，所以产生了一声声呐喊与呼叫。这呐喊与呼叫，虽然听来有点刺耳，不那么和谐协调，但却是真实的人生的声音。这声音越来越大，越来越高，汇成了一个个声音的浪潮，表现主义、存在主义等等便出现了。因此我们可以说，这些流派的理论观点乃是现代工业社会对人异化的产物。我们无疑应该批判地接受或吸取西方这些文艺社会学理论和方法，以便使我们从不同的角度研究、观察、分析、认识复杂的文艺社会现象，但是它还不能成为我们研究建立中国化的文艺社会学的理论和方法。要实现文艺社会学的中国化，正确的理论和方法，就是以中国社会文化为基础，重新贯通“道”的精神，坚持“文以载道”的理论和方法。

这种理论和方法，就是文艺社会学的研究以及整个文艺创作、传播与社会教化都要贯通“道”的精神，贯通天道义理的精神。用韩愈的话说，就是贯通“学所以为道，文所以为理”① 的精神。文艺无不载道。印度文艺贯通“梵”文化精神，西方文艺贯通基督教的精神，那就是载道，即载梵文化之道、基督教文化之道。中国文学艺术也要载道，这个“道”，不是梵道，不是基督教之道，也不是西方现代各种学说流派的道，而是中国文化“建诸天地而不悖，质诸鬼神而不疑，百世以俟圣人而不惑”② 的大道，是“大哉乾元”、“至哉坤元”的存在，是“刚中而应，大亨以正”③之道，是“天之道曰阴与阳，地之道曰刚与柔，人之道曰仁与义，兼三材而两之”的广大悉备之道④。它的核心价值观念是儒家文化的仁义礼智，

①《送陈秀才彤序》，见《韩愈全集》，卷二十。

②《中庸》，第二十九章。

③《周易·彖上传》。

④《周易·系辞上传》。

其根本精神是刚健、中正、仁义、和平。中国文艺社会学的研究以及整个创作、传播与社会感受，都应该贯通这种精神，然后才能在现代化中，在中国文化的现代复兴与崛起中，担当起社会教化与精神重建的历史责任。

要担当这种责任，在文艺社会学的研究上，首先，必须以中国几千年的社会文化传统为基础，坚持“文以载道”的理论与方法，重申文艺创作要贯通儒家仁义中正之道的精神。惟其如此，在文艺社会学的研究上才不会被西方各种现代文艺思潮所迷惑，在文艺创作上才不会把各种非理性现代派或后现代派视为楷模，而在文艺传播中才会坚持雅正的价值判断与选择。自然，讲“文以载道”，并不是完全排除研究、总结、借鉴和吸收西方文艺社会学研究的有益经验，可那毕竟是当时当地社会历史条件下的产物，我们是决不可照搬照用的。我们必须把文艺社会学研究的重点转移到中国来，结合中国的国情民俗，以中国几千年的社会文化为基础，建立中国气魄和作风的文艺社会学学科。其次，文艺社会学研究要建立在资料可靠的基础上。文艺社会学研究是一种扎扎实实的工作，是一门学科建设，而不是虚妄之说、无稽之谈，它要求我们必须有真实可靠的资料。为此，我们必须认真研究中国社会文化的深厚基础与文明传统，总结中国几千年“文以载道”的文艺理论与创作经验。另外，大道的根本精神虽然是永恒的，但若就道体流行处讲，它又是通变趋时，是以时为大的。因此，我们不仅要总结中国古代“文以载道”的文论与创作经验，更要调查研究近现代以来文艺活动的历史与现状，调查研究文艺社会活动的各个方面，如文艺创作、读者意见、社会效果等等，即从生产、传递到感受的整个社会过程，在大量、丰富、可靠的资料基础上，研究、比较、总结、概括出规律性的东西，如此才能建立起中国的文艺社会学，其理论和方法才有科学性，才能在中国生根，具有中国文化的生命力。最后，要实现这个目标，不是一两个人或三五个人能完成的，它必须以“文以载道”为道义和口号，唤起社会学、文艺学及美学界的朋友与同仁，一起努力，共同担当，才能真正建立起中国化的文艺社会学。文艺社会学虽然作为一门学科研究已经中断多年，但中国社会科学包括文艺学、美学、文艺史等等在内的研究，并没有中断；恰恰相反，近现代以来，颇有群星灿烂、百花齐放之势，即使一时寂寥，但总成绩还是非常可喜的。在这个基础上，有关学科的朋友同仁团结起来，奋斗十年、二十年，或者更长一点时间，我们要建立以“文以载道”为根本理论范畴的中国文艺社会学的任务就一定会实现。

三　文艺社会学研究的必要性和意义

也许有的人会说，文艺不过是童子雕虫篆刻之小事，比不得政治经济，又何必要对它进行社会学的研究。对此，我不敢像曹丕那样，把它看成是“经国之大业，不朽之盛事”，但至少可以说，有这种看法的人没有充分认识到文艺是一种复杂的社会现象，没有看到在当今世界对社会生活和人们的行为已经发生和正在发生的巨大影响。

现在，文艺作为一种普遍现象，随着社会现代化及科学技术的发展，正以小说、电影、电视、戏剧、动画等艺术形式大量涌向社会，其创作出版发行量达到了惊人的程度。据统计，全国各地长篇小说创作出版2000年为700部，2001年为800部，到2002年上升到1 000余部[①]，而从1949年到“文革”前夕，总共才创作出版了170多部，可知长篇小说创作出版之快；电影故事片，1978年才为46部，1979年才为65部，而发展到现在，仅2006年就生产了330部，其中胶片电影就有222部[②]；电视剧的创作从1995年开始，全年创作总量在6 000部集以上，而1998年达到了9 864部集[③]，而2006年则创作生产了500部，13 872集。不仅文艺作品创作生产数量惊人，而且创作队伍、创作潜力，也是非常巨大的。据教育部统计，目前全国已有447所大学设立了动画专业，1 230所大学开办了涉及动漫专业的院系。截至2005年，全国动漫专业或涉及动漫专业的大学毕业生达6.4万人，在校学生为46.6万人，可知动漫艺术生产有着多大的生力军。[④]国家为繁荣舞台艺术，曾建立国家舞台艺术精品工程，于2003年通过媒体向全国发布征集优秀剧本的消息。6月上旬发布消息，应者如云，至9月30日截至之日，共收到应征作品629部。其中有效作品580部，按艺术分类，计有戏剧356部，话剧116部，儿童剧22部，歌剧27部，音乐剧17部，舞剧22部，歌舞20部。[⑤] 由此可知，中国文艺创作的潜力有多大了。

随着社会经济的发展，不仅文艺创作出版的速度是惊人的，而且文艺活动也极为活跃。据文化部统计，截至2002年底，全国共有专业文艺表演

①冯天海:《当今小说创作的病相简析》，载《作家》2005年第5期。

②新华社北京2007年2月1日讯:《主旋律唱响2006年——银屏荧屏》。

③盘剑:《应重视对电视剧的研究》，载《光明日报》2000年6月8日。

④《中华读书报》2007年2月28日第2版短讯。

⑤《国家舞台艺术精品工程》，见《中国文化年鉴》2004年卷，第59页。

团体2 589个，从业人员13.7万人，全年演出41.6万场，其中国内演出39.8万场，观众达4.6亿人次。① 人们不仅通过演出接受文艺教育，更通过图书阅读及文艺活动受到文艺的熏陶。据统计，截至2002年底，全国共有县以上公共图书馆2 697个，文化馆（含群艺馆）3 243个，文化站39 273个；另外，目前全国还有高校图书馆1 100个，工人文化宫（俱乐部）39 015个，少年宫1 200多个，展览场馆158个。② 这些都是人们接受文学艺术教育与熏陶的地方。特别是随着现代大众传播媒体的发展，文艺传播及功能的发挥更像信息洪水一样浩浩不息。除了电影、电视以外，光盘、网络对文艺的传播发展更快，它超越时空的限制，以空前未有的文艺信息形式侵入到人们的日常生活领域。据了解，2003年全国内地有光盘生产线600余条，按每天每线生产2万张光盘计算，一年的生产力至少在50亿张以上。截至2001年底，全国有10万多家音像制品零售店和出租门店，仅广东音像城全年音像制品发行量2002年就达2.3亿张。据中国互联网信息中心统计，截至2003年6月30日，中国上网计算机总数已达2 572万台，上网用户总人数达6 800万人。③ 人们不仅从网上看音像作品，而且下载各种文艺作品。特别是电视的发展，不仅覆盖面积大，而且随着经济的富裕，闲暇时间的增多，人们看电视的时间越来越长，其中老人和儿童尤多，他们百分之九十的时间是看电视剧、动画片及其他文艺节目。

文学艺术不仅创作出版发行量惊人，文艺活动极为活跃，大众传播文艺传播空前发展，而且各种文艺思潮也以不同的思想内容影响着社会人生。这中间虽然不乏健康有益、积极向上的作品，但也有许多不健康的作品泛滥其中。过去西方一些文艺思潮及其作品，如意识流小说、荒诞派戏剧、具体派诗歌，以及印象派、抽象派、超现实派绘画与无题音乐等等，虽然也影响于中国读者与观众，但范围仅限于知识分子阶层，面是相当小的，而现在大量黄色淫秽的音像制品，通过网络、光盘则如潮水般地涌向中国大陆，其影响就不能小视了。据2003年的有关资料显示，音像制品走私不仅隐蔽，而且数量大幅上升。截至当年7月底，全国海关查获的走私盗版光盘大案就达76起，查获走私光盘4 602万张。其中1—4月份，广东海关就查获走私光盘大案11起，其中7宗个案所涉光盘数量超过200万

---

①《在开放、竞争中不断发展的我国演出市场》，见《中国文化年鉴》2004年卷，第131页。

②《2003年社会文化图书馆事业综述》，见《中国文化年鉴》2004年卷。

③《2003年全国文化市场管理与发展综述》，见《中国文化年鉴》2004年卷。

张；查获光盘 2 519.6 万张，为去年同期 1 141.65 万张的 2.2 倍。据了解，走私的盗版音像制品主要来源于我国香港、台湾和东南亚地区。香港有光盘生产线 580 余条，年生产量不少于 30 亿张，所生产的光盘至少有 6 成流向内地，其中 1/5 是有色情、淫秽内容的。台湾地区的生产线不少于 600 条，年生产量与香港持平，一半左右流入内地。此外，近年来我国内地、越南、泰国相继查获地下光盘生产线，反映出走私的源头已经向周边地区扩散。大量盗版光盘走私流人中国内地，不仅严重破坏了音像市场秩序，而且色情、淫秽甚至反动内容充斥其间，危害着整个社会人生。①

中国是一个拥有 13 亿人口的大国，各种文学艺术作品都有着广大的读者与观众。一次小说评奖推荐活动的“选票”，可达上百万张；一次歌曲比赛评奖推荐活动的“支持票”，可达几千万张；一个“红楼梦中人”选拔赛，可动员全国及海外华侨千百万人参加。由此可知，中国文学艺术活动拥有怎样的群众性与社会性了。它不仅人们的思想、感情、行为有着潜移默化的巨大教育作用，而且涉及社会的、政治的、文化的及意识形态的各个方面，既有积极的影响，也带来了各种各样的社会问题。因此，对文学艺术活动进行社会学的研究，不论是现在，还是将来，都是一个非常必要迫切的任务。

由此我们也就不难看出研究文艺社会学的意义了。首先，它通过对文艺生产、传递、感受等一系列活动的研究，可以更好地认识文艺的社会学本质及其大用，使之更好地为中国现代化建设服务，为中国现代复兴与崛起服务。中国的复兴，不能只是经济的复兴、科学技术的复兴，更不能只是军事的复兴，而必须是文化的复兴、文学艺术的复兴。中华民族几千年来正是有辉煌的文化，有文化上的一次次复兴，产生了许许多多的圣贤明哲及伟大的诗人、文学家和艺术家，才有人文之理，才有美好的人生，才有仁义礼智，才有庄严神圣的精神世界，才有理想、信仰与信念，因而也才是成为伟大文明的民族。没有文化，没有文学艺术，没有人文精神，没有精神世界，只有物欲，只有功利，只有利害冲突，只有征服与统治，只有你压迫我，我压迫你，只有相互厮杀与争斗，那就不是中华民族了，也就谈不上中国的现代复兴与崛起了。由此也就可知，重建“文以载道”的文艺社会学，对于中国的文化复兴与文明重建，是具有多么重要的理论与实践意义了。其次，重申“文以载道”，加强文艺社会学研究，对于文艺

①《2003 年中国音像市场发展状况及趋势分析》，见《中国文化年鉴》2004 年卷，第 126 页。

创作和文艺理论本身的建设，也是极具价值的。过去文艺创作上的简单化，文艺理论上一些问题纠缠不清，如文艺与社会、文艺与政治、典型人物与典型性格、现实主义与浪漫主义等等的关系问题，如果贯之于道，把它放到一定社会结构及文化情境与情势中去，从社会学、文艺社会学去看、去认识，也就义理贞正，无不昭明贯通了。最后，我要说的是，中国的文艺社会学作为一门学科研究中断多年，学术上是一个空白，加强这方面的研究，以“文以载道”为宗旨，吸收社会学、文化人类学、社会心理学、民俗学等学科研究的成果，把这门学科重新建设和发展起来，使之具有中国气魄与中国作风，自立于世界学术之林，也是我们应尽的责任与义务。

第二章　西方文艺社会学的产生及其社会背景

一　社会背景

文艺社会学是近代西方资本主义社会、政治、经济和文化发展的产物。

文艺社会学是西方19世纪30年代以后随着社会学的产生逐渐发展起来的一门学科，并且经历了19世纪中期和晚期的历史阶段。我们若要考察它产生的社会历史背景，就不能不简单地描述一下那个世纪初西方世界社会政治、经济和文化发展的状况。

经过18世纪英国工业革命，到19世纪30年代，西方主要国家的工业经济已经取得了统治地位，机器生产代替了手工作坊，大规模农业生产代替了土地小私有制。进入成年的资产阶级不仅在本国管理着金融、商业、贸易、工业、交通等等，而且随着商业、贸易、工业、交通（包括航海）事业的发展，他们已经着手试图通过国际贸易关系确立国际市场，实行经济垄断了。西方工业经济的迅速发展，使社会结构、人际关系发生了巨大变化。我们可以说，西方工业经济的生产方式使人和物都集体化、社会化了。工业的发展使小土地私有者纷纷破产，涌向城市，都市迅速发展起来了。工厂、仓库、公寓、新式住宅淹没了贵族的官邸和美丽的宫殿；联邦、国会、各种联合组织的争吵代替了沙龙、行会、宫廷的亲密气氛；市场的喧闹、交换的价值代替了中世纪以来的宗教的虔诚、骑士的热忱、贵族的热情以及小市民的伤感；连家庭教育也被学校一类的社会机构所代替。总之，凡是工业经济所达到的地方，一切封建的、宗法的和田园诗般的温情脉脉的关系都被破坏了。它无情地斩断了束缚人们的“天然尊长”的封建羁绊，代之而起的是赤裸裸的利害关系和冷酷的现金交易。资本商业生产力的迅猛发展，连昔日的贵族也不能不表示惊叹。但是曾几何时，西方工业社会的固有矛盾很快暴露出来了，周期性的经济危机带来了农民破产、工人失业等一系列社会弊病。此时，人们就不能不用冷静的眼光看一看周围的生活环境和人与人之间的关系了。

人们是带着18世纪启蒙运动以来思想家们的社会历史哲学遗产进入这个时期的。孟德斯鸠、伏尔泰、卢梭、狄德罗、孔多塞等人的理论，曾经鼓舞了人们去追求一个自由、平等、博爱的理想社会。1789年的法国大革命震动了整个欧洲，促进了社会运动的高涨，但大革命的暴力行为也使文人、学者感到震惊、恐惧、不安，甚至沮丧。大革命所建立起来的共和国并不是启蒙运动思想家所寻求的“理性王国”，现实的社会政治生活是一幅令人失望的讽刺画。于是失望产生了，怀疑产生了。然而经过大革命，人们的思想也解放了，受社会动荡和秩序的变化影响，每个人都试图以不同方式表明自己的理想，抒发自己的感情，因此，产生了各种各样的社会思想：圣西门、傅立叶、欧文三位可尊敬的空想社会主义者，精心设计社会改革方案，积极组织试验，热情地宣传社会应该合作，财富应该均等；康德在玩弄他的“物自体”；黑格尔则大谈精神世界的变化；席勒、海涅、拜伦、雷莱以青春的活力、爱情的陶醉开创了文学上的浪漫主义时期，他们以对爱情的崇拜代替了对人的崇拜，爱情、友谊、浪漫精神成了时代的风尚；音乐大师莫扎特、贝多芬则把这种风尚带进了音乐的旋律；画家籍里柯（J. Gericault）、德拉克洛瓦（E. Delacroix）则以热烈、奔放的色彩和笔触与诗人、音乐家一起描绘了一派心灵与物质、精神与自然、神仙世界与人类社会的浪漫格调和气氛。但是，到19世纪30年代以后，随着西方工业经济向垄断发展，社会要求自由让位于秩序，激情让位于法则，浪漫精神需要面对现实，“崇高爱情”必须以金钱为后盾。面对当时冷酷现实和种种社会弊端，到19世纪40年代，浪漫主义作为一种精神的动力已经枯竭，现实主义开始按照生活本来的面貌思索问题了。巴尔扎克、司汤达在其小说中以冷峻的笔触描绘了法国“上流社会”现实主义的历史图画和“模范社会”暴发户身上散发的铜臭气；海涅除去了浪漫色彩，在他的《时代的诗》中鞭挞了德国市民社会的丑恶，成了1848年革命前夕时代的回响；李斯特、瓦格纳以新的音乐语言发号施令、提出法则，表达了他们的哲学信仰。也就是在这个时期，法国的孔德为维护和改善西方的社会制度，在他的《实证哲学教程》中提出了社会学。差不多与此同时，社会主义从一种社会文化理想发展成为一种世界观，到1848年后马克思的著作中则成了一种革命的思想。

我们在追述19世纪早期文艺社会学产生的历史背景的时候，还有一点是应予特别注意的，那就是当时自然科学的迅速发展为社会科学研究开辟了新途径。从15、16世纪到19世纪，西方自然科学几乎在每一个领域都取得了重大的进展，不仅数学、光学、天文学、物理学蓬蓬勃勃地发展了起来，而且生物学、遗传学也取得了巨大的成就。自然科学的新发现一个接着一个，一个比一个新奇，一个比一个伟大，特别是达尔文生物进化论的发展，极大地、深刻地影响了社会科学的发展。人们一方面以惊奇的眼光看待着自然科学的每一项新成就；另一方面，也学会了以新的观点和方法观察世界和认识世界。启蒙运动以来的一些哲学社会科学家，许多人本身都是自然科学家，如康德是天文学家，歌德曾对光学作出过重要贡献等等。更为重要的是，许多哲学社会科学家把自然科学的研究成果引进哲学社会科学中来，如康德、黑格尔把天文学、物理学引进哲学思辨；圣西门把物理学方法运用到社会思想研究，提出了"物理社会学"；孔德用数学的方法研究人类社会，提出过"数学社会学"；斯宾塞在社会学研究中引进了达尔文生物进化论，提出了"社会有机论"，如此等等，不胜述说。自然科学的种种新发现自然会反映到早期文艺社会学家的研究中来，使之以新的理论和方法说明和解释文艺社会现象。

二　实证主义－进化论的文艺社会学研究

文艺社会学研究从产生起，就是受孔德、斯宾塞实证主义－进化论的社会学影响的。可以说，实证主义－进化论的文艺社会学，从19世纪中期到晚期的一个很长时间内，在西方占着统治地位，或者说，实证主义－进化论一直是当时文艺社会学的根本思想。为了弄懂这种文艺社会学的本质，我们在这里首先介绍一下它的一般研究情况。

法国的孔德面临着当时社会存在的种种弊病和问题，试图以新的人生哲学和政治体系建立起当时的社会秩序，于是在《实证哲学教程》（1830～1842）、《实证政治体系》（1851～1854）中提出了实证主义哲学和社会学。孔德认为人类智力的发展先后经过三个不同的阶段：神学阶段、形而上学阶段和科学阶段，即实证阶段。对这些不同的阶段的研究"相继地使用了三种性质基本不同，甚至根本相反的哲学方法：首先是神学方法，其次是形而上学方法，最后是实证方法"。[①] 孔德实证主义的哲学方法要求从

①孔德:《实证哲学教程》，见《西方现代资产阶级哲学论著选辑》，第25～26页，商务印书馆1964年版。

"实证的东西"出发，通过观察、实验，搜集和概括各种事实，进行历史的比较和研究。

孔德认为宇宙万象纷呈，其实不过是天文、物理、化学、生理及社会五类现象。前四类现象他认为已有专门研究的学问，只有社会现象还缺乏研究，于是他在1839年出版的《实证哲学教程》第4卷中提出了"社会学"的名称。孔德认为社会是一种有机联系和相互依赖的复杂现象，因此，他把自己研究社会现象的新科学叫做"社会物理学"。孔德根据自己对社会现象的认识，又把社会学分为研究社会结构、社会制度的静力社会学和研究社会发展、社会进化的动力社会学两部分。孔德认为当时社会的混乱状况是由神学政治和形而上学政治造成的，因此他试图通过实证哲学和社会学澄清社会混乱，重建当时的社会秩序，这在当时无疑是不现实的。但孔德所提出来的一些社会学思想、概念和经验实证的方法，对于促进当时社会科学包括文艺社会学的发展，是起了很大作用的。

英国斯宾塞是继孔德之后一位很有影响的社会学家。哲学上他受休谟、贝克莱的影响，但更多的是接受和发展了孔德的实证主义哲学。他的社会学思想主要是用当时生物进化论解释社会现象，把社会机体划分为营养、分配、调节三大系统。他的"综合哲学"几乎囊括了人类的各种知识，其中《社会静力学》、《社会学原理》和《社会学研究》把孔德的社会学具体化成了一个完整的体系。斯宾塞对文学、戏剧、音乐、舞蹈、绘画、雕刻等有着浓厚的兴趣。1846年左右，他曾专门从事文艺方面的研究。1857年，他出版了《进步，它的规律和原因》一书，用进化论的观点对艺术的许多问题作了详细研究，显示了独到的见解。

孔德和斯宾塞的社会学思想在19世纪早期影响并不大，但到了六、七十年代，实证主义－进化论的思想已经深入到社会科学研究的各个领域，逐渐成了占统治地位的思想。于是，实证主义历史学、实证主义文化学、实证主义逻辑学和实证主义心理学等等，蔚为大观，名噪一时，实证主义－进化论研究成了一种新思潮。实证主义－进化论的文艺社会学正是在这种情况下产生的。

早期西方文艺社会学主要是一些文艺史家、文艺批评家以及文化人类学家、民族学家和考古学家对文艺所作的自然史的研究，它涉及文艺的产生与时代、种族、社会环境的关系等问题。法国是孔德的故乡，文艺研究受实证主义影响要早些；其次，是法国相邻的德国；英国文艺学家虽受此影响，但更多见于一些文化人类学家、民族学家对原始民族文化艺术的研究。这种研究渐渐风行于西方诸国，到19世纪中后期成了占统治地位的文艺社会学思想。

法国的圣·佩韦（Sainte－Beuve）是较早受实证主义影响的文学批评家，著有《文学家评传》、《星期一漫谈》等书。他认为文学评论的任务在于发掘、搜集、研究文学家的各种事实，如所属种族、国家、生活时代、出生家庭及所受教育、生活经历等等，就像搜集动植物标本一样，从实证史实出发，作“自然史”的研究，探索文学和艺术现象“是什么”或“怎么样”的。这些观点亦可见实证主义和进化论的影响。但若论从实证论和进化论研究文学和艺术最有成就者，就不能不说到著名的法国文艺理论家、艺术史家丹纳了。

丹纳的社会思想除接受实证主义进化论观点外，还接受了历史上孟德斯鸠社会地理学派的思想，而在文艺理论上特别受斯塔尔夫人（Madame de Stael）的影响。她的《从文学与社会制度的关系论文学》（简称《论文学》）、《论德意志》等著作，考察自然环境、宗教、风俗、法律、制度等与文学艺术的相互影响关系，论证西欧南方文学与北方文学的不同特点，可以说是丹纳文艺社会思想的先声。丹纳1865年在巴黎美术学院有过有名的艺术史的讲演，这次讲演的内容到1880年便以《艺术哲学》的书名出版问世了。另外，他还出版了《英国文学史》、《当代法国的根源》等著作。丹纳在《艺术哲学》，特别是后来在《英国文学史》序言中提出了有名的文艺发展的时代、环境、种族三元素说，又称为三大规律。

丹纳所讲的时代，主要是指一定历史时期社会文化所构成的时代精神。他认为，人们的习惯、风俗、观念等社会文化是不断发展变化的，这就构成了一种“客观形势与精神状态”，“每个形势产生一种精神状态，接着产生一批与精神状态相适应的艺术品”①。因此，他提出一条规则：“要了解一件艺术品，一个艺术家，一群艺术家，必须正确地设想他们所属的时代精神和风俗概况。这是艺术品的最后解释，也是决定一切的基本原因。”②

丹纳所谓的环境包括自然环境和社会环境两种因素。他在《英国文学史》序言中曾以日耳曼民族与希腊民族、拉丁民族的不同气候地理环境所形成的气质、习性等差异为例，说明它们对文学艺术所产生的不同影响。丹纳对社会环境也没有忽视，除了社会政治制度、政策外，尤其注意人类社会群体的作用。他认为，艺术家不是孤立的个人，在艺术家周围还有无

---

①丹纳:《艺术哲学》，第66页，人民文学出版社1981年版。

②丹纳:《艺术哲学》，第7页，人民文学出版社1981年版。

数的鉴赏家、保护人、购买者以及簇拥在后边的广大群众。只有这些上下一致的同情和理解，艺术才能朝某一个方向发展。因此他说："我们隔了几个世纪只听到艺术家的声音；但在传到我们耳朵来的响亮的声音之下，还能辨别出群众的复杂而无穷无尽的歌声，像一大片低沉的嗡嗡声一样，在艺术家四周齐声合唱。只因为有了这一片和声，艺术家才成其为伟大。"①

丹纳所讲的种族主要是指不同民族先天的、生理的遗传因素，例如天性、气质等。他在《英国文学史》序言中认为，亚利安人经过30个世纪的变革，他们的语言、宗教、哲学、文学仍然显示出血统和智力的特点；希腊人的感觉精细、性格恬静等等，是希腊艺术健康、完美的重要因素。

丹纳是法国实证主义－进化论文艺社会学的代表人物。除丹纳之外，还有福楼拜（G. Flaubert）的纯"客观"的"科学"的方法论、左拉(F. Zola)的自然主义和法朗士（A. France）倡导的早期印象主义。福楼拜的纯"客观"的"科学"的方法论要求文艺作品准确地描写生活的真实，而不要流露任何主观的意见或作道德上的判断。福楼拜的观点主要见于他与乔治·桑（George Sand）1875年左右的通信。左拉著有《戏剧中的自然主义》、《实验小说论》等书，主张文艺家做"单纯的事实纪录者"，即便是对人的反常行为或变态心理，也应该作纯粹自然主义的描写。法朗士著有《文学生活》，主张把冷嘲和同情都摆在读者面前，由他们根据自己的感受、印象去作出判断。福楼拜、左拉、法朗士的观点对于19世纪末和20世纪的各种现代派文艺创作及其理论有着深刻的影响。

德国实证主义－进化论文艺研究，在高戴克（Goedeke）的著作中已见端倪。高戴克是文学史家，又是目录学家，除编有德国16世纪诗人丛书和17世纪诗人丛书外，著有《德国文艺史来源的基础》。其研究方法着重于文艺著作文献资料的搜集及文艺家传记材料的积累，然后把完备的材料系统分类，进行综合研究，叙述文学艺术的演化及发展。这种方法在施密特（Schmidt）的《十九世纪德国国家文学史》和维尔马尔(Vilmar)的《德国文学史》著作中表现得更为突出。但由于他们过于把文学史的研究局限于目录式的排列，因而显得科学研究不充分。真正从实证主义－进化论的观点对德国文学艺术进行描述者要算是舍勒了。

舍勒（M. Scheler,）是当时有名的语言学家和文学史家，著有《诗学》和《德国文学史》。舍勒的"文艺科学"是和法国丹纳的环境说颇接

①丹纳:《艺术哲学》，第6页，人民文学出版社1981年版。

近的，倡导以生活、教养、遗传三种因素分析、研究诗人及其创作。舍勒的著作中，在对艺术家的批评中夹杂着对个别作品的分析，在对历史的回忆说明中又掺入文艺科学的专门探讨，因此显得非常杂乱，缺乏科学性、系统性①，但舍勒第一次把历史的、美学的、伦理的范畴应用于文学艺术研究，将文学史的发展叙述为自然史的演进，把德国文学史研究带进了新潮流。其后，在德国形成了一个舍勒学派。这个学派把舍勒实证主义－进化论的方法应用于文学发展的不同领域，如传记学、语言学、美学等向着更加细微的方向研究，而缺少整个时代背景的宏观分析。例如艾·施密特（E. Schrmidt）的《莱辛传》、毕耳绍夫斯基（Bielschowsky）的《歌德传》等，大都是在语言学的基础上，对诗人、作家的生活、教养、遗传进行详细的分析、研究，而往往忽略了诗人、作家所处时代整个社会、政治、经济和文化的影响。

英美两国的文艺批评也不同程度地受实证主义和进化论的影响。英国的阿诺德（M. Arnold）吸收丹纳的文艺社会学观点，试图把文艺科学与宗教文化结合起来，倡导“人生的批评”。阿诺德著有《批评文集》、《文学与无政府状态》、《文学与教条》等书。他认为，文艺批评的任务是“就知识的所有部门，神学、哲学、历史、艺术、科学，寻求事物的本来面目”②。在他看来，只要按照这种新思想便可深入社会，接触到真理，也就接触到了人生。现代的人生和世界是十分复杂的，一位现代诗人要创作很大价值的作品，就应该理解人生和世界，然后采取不偏不倚的态度，超然断然地“服从本性的规律”，才能创作出纯正和新鲜的作品。美国的亨利·詹姆斯（Henry James）的文艺批评主张颇似阿诺德的观点，认为文艺创作应该保持人生感觉、经验、印象的原来样子，进行“真实”的描写。詹姆斯著有《小说的艺术》等书，力主文艺创作“努力去抓住人生本来的色彩”和“未经重新安排的人生”。詹姆斯与法国福楼拜等人交往甚密，这些观点也显然受法国实证主义文艺社会学思想的影响。除英美以外，丹麦的布兰代斯（G. Brandes）也受丹纳、圣·佩韦等人实证主义文艺思想的影响，强调时代、环境、种族对文艺创作的作用，主张对文艺家作自然史的研究，不过他更多的是强调民族感情和民族性格。

在早期文艺社会学产生过程中，除了文艺学家、文艺史学和文艺批评

①参见[德]玛尔霍兹（W·Mahrholz）:《文艺史学与文艺科学》，李长之译，第1章，第8页，商务印书馆1943年版。

②阿诺德:《当代批评的功能》，见《西方文论选》（下卷），第76页。

家外，我们不应该忘记一些文化人类学家、民族学家及人类考古学家所作出的有益贡献。

文化人类学、民族学及人类考古学是随着达尔文进化论的胜利发展起来的学科。这些学科的一些学者除了研究原始民族、少数民族发展的自然史的进程外，也积极探索他们的文化（包括文艺）产生、发展是如何与人类社会发展进程相一致的。斯宾塞是开拓性人物，他的进化论的社会学学说及其对艺术发展的探讨，在19世纪后半期引起了人们极大的兴趣，促使许多文化人类学家、民族学家及考古学家探索艺术的起源和发展问题。

文化人类学家、民族学家多偏重于原始民族艺术起源及其社会职能的研究。在这方面我们不能不想到英国人类学家爱德华·泰勒1871年写的《原始文化》和弗雷泽1890年出版的《金枝》。他们根据非洲黑人、澳洲土著人、美洲印第安人等原始民族的宗教仪式、石刻及古籍记载等，研究了艺术在其风俗、仪式和信仰中所起的作用。他们以相同产生或相似律提出了艺术起源于交感巫术的说法。这种说法认为，原始民族祈雨时模仿自然界气象的行为便是舞蹈的起源，对岁神冬去春来的礼拜表演则是戏剧的开始。不少文化人类学家还对一些专门的艺术种类的起源问题进行过深入的研究，如布朗（I. Brown）的《第一部戏剧》（戏剧之起源）、莎卜（E. Sharp）的《我们从此环行》（舞蹈之历史）等等，这些研究都对探索艺术起源及其社会职能提供了丰富的资料。到1893年德国人类学家、社会学家格罗塞（E. Grosse）出版有名的《艺术的起源》一书时，使这种研究达到了更高的水平。格罗塞利用人类学家对原始民族文化考察的材料，在《艺术的起源》一书中着重研究了艺术活动与原始民族实用功能的联系。他认为："原始民族的大半艺术作品都不是纯粹从审美的动机出发，而是同时想使它在实际的目的上有用的，而且后者往往还是主要的动机，审美的要求只是满足次要的欲望而已。"① 但是他也认为，原始艺术也用种种不同的方法影响着原始生活，不仅人体装饰和跳舞影响性交的选择，而且诗歌、音乐也有激励原始人群进行斗争的作用。因此格罗塞指出，各种艺术在最低文化阶段里"都是在内容上或形式上明白地显出，直接或间接受着那些简陋无定的狩猎生活的断然影响"②。

人类考古学家则着重于史前艺术的研究。19世纪70至90年代西班牙东部和法国南部洞窟壁画的发现，揭开了人类在1万多年前艺术活动的能

①[德] 格罗塞:《艺术的起源》，蔡慕晖译，第332页，商务印书馆1984年版。

②[德] 格罗塞:《艺术的起源》，蔡慕晖译，第336页，商务印书馆1984年版。

力。这些洞窟艺术画有马、鹿、野牛等动物的形象；除绘画外，还有利用岩壁自然形状用燧石雕刻的马群及鱼的形象。这些史前艺术有力地说明了艺术的起源是如何源远流长，它比人类的其他精神活动，如宗教、哲学等更为远古，更为原始。特别是洞窟艺术并非出自一人之手，更真实地说明了艺术是如何随着人类社会群体的出现而发展起来的。考古学家对史前艺术的研究不仅提供了大量确凿可信的艺术发展的材料，而且揭示了文艺发展与人类社会群体生活密不可分的联系。

文化人类学家、民族学家及考古学家对原始艺术和史前艺术的研究，是早期文艺社会学研究的重要组成部分。到19世纪末期，欧美各国博物馆对原始艺术（包括史前艺术）的搜集大大开了文艺学家、文艺史学家的眼界，使艺术起源的社会学研究出现了灿烂多彩的局面。但由于人类学家、考古学家把艺术起源的研究只局限于原始艺术，这正如丹纳只研究发达民族一样，是很难科学地解释复杂的文艺社会现象的。

实证主义－进化论的文艺社会学研究，无论在内容上还是在方法上，在当时都提供了一种新的理论基础。他们承认文艺发展规律，认识到了文艺与社会，特别是与社会群体的关系，这在当时是难能可贵的，甚至较之后来一些卓有成就的文艺理论家也要高出一筹。但是，我们也不能不看到，丹纳等人的实证主义－进化论的文艺社会学观把文艺的产生和发展看成和动植物进化一样的自然史过程，是带有简单类比倾向的。他们虽然看到了社会文化等因素对文艺发展的影响，但其文艺社会学思想，仍然属于自然主义的机械论的宇宙观。而格罗塞等一些文化人类学家，虽然看到了原始艺术与狩猎生活的联系，但由于过分强调所谓觅食“文明因子”的作用，也常常陷入简单类比或主观臆测的迷途，并不能真正揭示文艺发展的社会学本质。

三 西方文艺社会学理论的进步

西方文艺社会学，并不只是实证主义－进化论的文艺社会学研究，而是随着西方整个哲学社会科学的发展，不断进步的。19世纪西方的哲学社会科学，不论是从孔德到斯宾塞，还是从黑格尔到马克思，无不是以包罗万象的巨大理论思想体系出现的，而文学和艺术现象的生成与发展，只能从这个理论思想体系上去解释，或者说只是这个理论思想体系的注脚，是从属于这个理论思想体系所揭示的法则秩序的；不然，在他们看来，每一种事物就会找不到自己的位置，就会陷入混乱。

美国历史学家罗兰·斯特龙伯格（Roland. Stromberg）在谈到这些理论思想体系的时候说：

> 黑格尔主义产生了强大的吸引力，因为它是一个完整的体系，是一个罕见的统一的整体哲学。它是19世纪的几个体系中的第一个。只有孔德、马克思的体系以及斯宾塞的达尔文主义体系能够与之相提并论，而且，马克思的一些基本思想还是来自黑格尔。当时人们被突如其来的急剧变化和层出不穷的新思想搞得不知所措，因此需要这样的综合体系①。

这些哲学社会科学理论思想体系的产生与发展，无疑给文艺社会学的研究提供了新的理论基础。尽管它们各是从整个理论体系出发解释文学艺术现象的，如孔德、斯宾塞从实证哲学和进化论解释文艺的产生与发展，黑格尔把文学艺术现象的产生置于他的哲学体系精神发展的一定阶段上去解释，但不管怎么说，这些理论思想体系的产生与发展，都给文艺社会学研究提供了新的法则、新的理论、新的视野，使人们对文学艺术一类特殊的精神现象的产生与发展，学到了一些新的观念与理念。

实证主义-进化论的思想，虽然在19世纪中后期一直是西方的主流思想，特别是孔德的实证哲学，在1848年以后的岁月里几乎成了西方哲学社会科学界的正统思想。但是，实证哲学并不能真正解决宗教、信仰、艺术等高深精神领域的问题，尽管孔德把宗教信仰放到了他的哲学最高位置，并试图创造一种新的宗教，但实证哲学本身解决这类精神问题，是非常无力的。而黑格尔的哲学则通过“绝对精神”的范畴概念，把上帝的存在包容了进来，从而完成了从自我意识、理性、精神到绝对精神发展的庞大精神哲学体系。因此，不管孔德怎样批判神学或形而上学的独断，由于实证哲学不能解决宗教、信仰、艺术等高深精神领域的问题，因而自己也就陷入了新的独断，即实证哲学的独断，反而使黑格尔哲学体系成了研究精神现象包括文学艺术现象的西方思想家们不竭的理论源泉。黑格尔虽然死于1831年，但黑格尔哲学赋予世界的意义，却不仅给世界重新确定秩序提供了法则，而且给所有精神现象的研究活动注入了强大的活力。自然，也给文艺社会学研究带来了精神动力。进入19世纪末与20世纪初，各种生命

---

①[美]罗兰·斯特龙伯格:《西方现代思想史》，第291页，中央编译出版社2005年版。

哲学家、文化史学家及文艺批评理论家的思想，无不和黑格尔的哲学发生着这样或那样的联系。

马克思原是青年黑格尔派团体的成员，但为了创造自己新的理论思想体系，在当时欧洲思想界存在着德、法、英各自思想独立的三足鼎立格局中，他分别侧重研究了“德国的哲学、法国的社会思想和英国的经济理论”，在经过批判之后，“利用他所保留的东西”，希望把它们结合起来，努力完成其综合。[①] 这就是通常所说的马克思主义三个来源和三个组成部分，即德国的古典哲学、法国的空想社会主义和英国的政治经济学。这种综合，无疑给马克思的思想体系增加了理论思辨色彩，也增加了逻辑说服力，并影响到后来整个文化艺术理论的研究。自然，也给文艺社会学研究提供了新的理论说明。

马克思创造的理论思想体系，是从批判他的老师黑格尔的哲学开始的。在他看来，黑格尔的哲学虽然充满了辩证法，但他把思想或精神说成是第一性的，并没有真正揭示历史事变的最终动因。因此，马克思认为必须把它颠倒过来。在马克思看来，“物质生活的生产方式制约着整个社会生活、政治生活和精神生活的过程。不是人们的意识决定人们的存在，相反，是人们的社会存在决定人们的意识”[②]。马克思把自己的哲学称之为历史唯物论或唯物史观，他正是从这种哲学出发，解释文学艺术一类精神现象的社会学本质的。他认为，人们进行物质生产的关系，就是社会关系。这种关系是随着物质生产资料、生产力的发展变化而不断改变的。生产关系的总和构成社会关系，也构成处于一定历史阶段社会，并视一定历史阶段生产与生活资料交换的经济关系，是对社会历史具有决定性的经济基础。而他把政治、法律、哲学、宗教、文学、艺术等等的存在，视为上层建筑。在他看来，整个政治、法律、哲学、宗教、文学、艺术等等的发展，皆是以一定的经济为基础的。当物质生产力发展到一定阶段时，随着经济基础的变更，整个上层建筑包括政治、法律、哲学、宗教、文学、艺术等等的存在，都要或快或慢地发生变革。这就是马克思之唯物史观对文艺社会学本质的解释。

马克思的理论思想体系较之黑格尔的体系，无疑具有一种社会历史的

---

①[美]罗兰·斯特龙伯格:《西方现代思想史》，第302页，中央编译出版社2005年版。

②马克思:《〈政治经济学批判〉序言》(1859)，《马克思恩格斯选集》，第2卷，第82页，人民出版社1972年版。下文有关此书的引文均出于此版本。

现实感，较之孔德、斯宾塞的理论体系，也更有逻辑、更有说服力量，而且“按照它自己预设的前提，它基本上是不可辩驳的”①。但任何哲学体系如果在本体论上不能包容一切、涵盖一切、周流一切、贯通一切的话，都是不能用来解释宇宙万物及人类社会历史一切现象的。正是因为这样，所以恩格斯才反对把唯物史观“这个命题变成毫无内容的、抽象的、荒诞无稽的空话”②。这不仅是因为在原始社会，“关于自然界，关于人本身的本质，关于灵魂、魔力等等的形形色色的虚假观念，大都只有否定性的经济基础”③，更在于它会把唯物史观当成套语，以贫乏的历史知识尽速构成体系，以掩盖自己的无知。也正是出于同样的理由，马克思才写信给俄国《祖国纪事》杂志编辑部，要求不要把他的思想变成“一般发展道路的历史哲学理论，一切民族，不管他们所处的历史环境如何，都注定要走这条道路”④。

但不管怎么说，西方19世纪哲学社会科学的发展，从孔德、斯宾塞、黑格尔的思想体系到马克思的思想体系，尽管理论上还有不周密完整之处，但关于社会历史各种现象的解释，较之中世纪的宗教神学创世说，或17、18世纪的科学与哲学的机械论的宇宙观，都已有了很大的进步。但也正是这些理论思想体系尚有不周密完整之处，所以发展到19世纪末与20世纪初，随着社会矛盾冲突地发展及历史危机与战争的爆发，各种社会思潮也就汹涌澎湃而至，也就为文艺社会学的发展提供了新的社会历史条件。

---

①[美]罗兰·斯特龙伯格：《西方现代思想史》，第305页，中央编译出版社2005年版。

②《恩格斯致约·布洛赫》（1890年9月21—23日），《马克思恩格斯选集》，第4卷，第479页。

③《恩格斯致康·施米特》（1890年10月27日），《马克思恩格斯选集》，第4卷，第484～486页。

④《马克思恩格斯选集》，第2卷，第73～74页。

第三章　西方文艺社会学作为一门学科的确立[①]

一　世纪交替与文艺社会学的发展

19 世纪末到 20 世纪初期，是文艺社会学作为一门学科形成并确立其地位的时期。

19 世纪末至 20 世纪初是人类社会交替的时期。1914 年第一次世界大战的发生是西方社会、政治、经济的转折点，也是西方国家文化和艺术的转折点。西方社会发展到 19 世纪末期，意识形态及整个社会科学发生了危机。新兴资产阶级与昔日的贵族、宗教僧侣作斗争的社会哲学和伦理观念已经陈旧了，资产阶级文化及艺术的英雄时代已经过去。19 世纪作为一个时代的社会生活方式就要结束了，今后怎么办？一方面，一种趋向没落的预感日益增长，一些人陷入了不可排解的沉闷空气中，耽于声色和自我放纵；另一方面，一种对传统的怀疑主义观念开始抬头，一些人企图“把 19 世纪消灭掉”，寻求新的观念和新的手段，重新开始。总之，整个 19 世纪晚期，人们与社会的关系显得离心离德、格格不入，时代发展到了一个转折的时期。这个时代的转折可以说是以俄国音乐家斯特拉文斯基创作的粗暴、乖戾、狂欢的芭蕾舞音乐《春之祭》于 1913 年的演出所引起的震动、骚乱、争吵、斗殴为开始的，它的狂暴显示了即将到来的战争的大破坏、大屠杀；这个时代转折又是以俄国列宁领导的攻打冬宫的炮声结束的，它不仅结束了那个杀戮、流血的罪恶战争，也结束了 19 世纪资产阶级统治的那个时代，显示了这个历史时期社会、政治、经济、文化及整个社会生活所发生的剧烈变化。

---

①本章曾以《论文艺社会学学科的确立》为题，连载于《阜阳师院学报》（社会科学版）1984 年第 1、2 期。

资产阶级的文化英雄时期不仅破坏了昔日贵族的文化意识，也破坏了这些文化意识所要求的颂扬上帝的诗歌、音乐、雕刻、绘画一类的艺术。他们用私有制度的神圣代替了基督教的感情虔诚，用金元券的 $ 符号代替了感情象征的十字架，从而迫使文艺家按照资产阶级的文化意识创作适应市场需要的艺术作品。但是到了 19 世纪末与 20 世纪初期，随着西方社会文化意识的危机，艺术创作成了社会生活最敏感、最活跃的精神领域。如果说仍在不断发展的现实主义作品无情地揭露了商业资产阶级的腐朽、堕落，引起了人们对现实社会法则秩序的怀疑，那么，这个时期现代派文艺浪潮的兴起，则冲击了社会生活的各个领域。一些作家、作品提出问题，发号施令，成了整个社会的发难者。这就不得不使哲学社会科学家重新考虑文化意识的发展，使之适应新的社会现实的需要。这自然也促使了文艺社会学的发展。

这个时期，文艺社会学的发展是与现代派文艺创作实践密切相关的。到 19 世纪末期，充满活力和鼓舞精神的浪漫主义已经枯竭、衰退，而作为非理性主义的现代派浪潮一个接着一个冲击着小说、诗歌、戏剧、音乐、绘画、雕刻等文学和艺术的创作发展。这个浪潮首先起于绘画、音乐，而后波及文学艺术的各个领域。法国画家莫奈（C. Monet）以《日出印象》开印象主义画派的先河。随后，塞尚（P. Cézanne）、高更（P. Gauguin）等人推波助澜，使追求光色意趣成为一种风尚。后来发展为蒙克（E. Munch）、凡·高（V. Van Gogh）等人的表现主义，追求一种幽灵似的变形的真实；发展为马蒂斯（H. Matisse）等人的野兽派，企图以跳动的画面表现艺术家的价值；发展为主体主义、抽象主义、未来主义、超现实主义等等。在音乐领域里，德彪西（C. Debussy）、斯特拉文斯基、勋伯格等人则以没有主题、没有动机、没有一般旋律的音乐，打开了新世纪的大门。德彪西作品的朦胧、飘忽、空幻，斯特拉文斯基作品的粗暴、乖戾、疯狂，勋伯格作品的刺耳、混乱，都是当代社会矛盾在音乐上的表现。在文学领域里，如果说波德莱尔（C. Baudelaire）的诗集《恶之花》是象征主义的先典，那么洛特雷亚蒙（Lautréamont）的《玛尔佗萝之歌》则是超现实主义的圣经。其他像卡夫卡（F. Kafka）的表现主义小说、斯特林堡（J. A. Strindberg）的表现主义戏剧，也相继出现。现代派文艺是西方社会走向没落时期的产物，也是第一次世界大战前后特殊社会历史环境的产物。它着重描写了在工业社会重压下被扭曲的人与社会、人与人、人与自然的畸形关系以及人们的精神创伤和变态心理。作品中既有悲观、失望、颓废、堕落、消极退缩和逃避现实的一面，又有愤慨、不满、积极行动和干预社会生活的一面。各种现代派文艺相互影响、相互渗透，到20世纪20年代逐渐取代现实主义成了西方文艺的主潮。这种文艺创作的实践及其理论极大地影响了这个时期资产阶级文艺社会学的发展。

这个时期文艺社会学的发展是与社会科学领域里反实证主义-进化论的思潮分不开的。由于实证主义-进化论的社会学不了解社会发展的多样性，在解释社会发展时存在着牵强附会、任意概括的机械论和公式主义的弱点，到19世纪末与20世纪初，在社会哲学、人类学、民族学、心理学等等社会科学领域里，一个反实证主义-进化论的思潮逐渐荡漾开来，派别林立，学说蜂起，许多学派的思想直接影响着文艺社会学的发展。在社会哲学领域里，反实证主义-进化论的思潮可以追溯到19世纪六七十年代叔本华和尼采的著作，到20世纪初期则出现了德国狄尔泰(W. Dilthey)的"精神科学"、李凯尔特（H. Rickert）的"文化科学"、法国柏格森（H. Bergson）的"生命哲学"、意大利克罗齐（B. Croce）的直觉主义等。人类学、民族学虽然是随着实证主义-进化论出现而发展起来的学科，由于实证主义-进化论不能解释人类原始时代一些文化现象的时序及其社会作用，此时则出现了以德国格雷布纳（F. Graebner）和奥地利施密特（W. Schmidt）为代表的文化历史学派及以马林诺夫斯基为代表的功能学派，给文化（包括文艺）现象以新的解释。随着实证主义-进化论社会科学的危机，这个时期心理学迅速发展了起来。许多社会心理学家不满足于进化论的简单类比，企图从心理学发展的社会过程来论证和解释各种社会现象，解释文艺社会现象，于是出现了冯特（W. Wundt）的民族心理学和弗洛伊德的本能主义。这些不同领域里的反实证主义-进化论思潮，相互影响、相互渗透，并给文艺社会现象以各种各样的解释，成了这个时期各种资产阶级文艺社会学思想的理论支柱。

马克思主义的广泛传播，也给这个时期文艺社会学发展以深刻影响。这个时期是西方社会走向衰落的时期，也是工人运动和各国民族运动高涨的时期。因此，马克思所创立的历史唯物论得到了广泛的传播。此时不仅出版了许多恩格斯的著作，而且考茨基、蒲鲁东、拉萨尔等人著作的译本也广泛流传；另外，普列汉诺夫运用历史唯物论的观点解释和论证文艺发展，也极大地促进了文艺社会学的研究。这个时期不仅一些社会学家，如法国的迪尔凯姆（E. Durkheim）、德国的齐美尔（G. Simmel）受马克思主义学说的影响，而且一些文艺社会学家，如德国的萨·路布林斯基（S. Lublinski）、维·封·绍耳慈（W. Von W. Scholz）等，也试图从社会的、政治的和经济的角度给文艺社会学以新的解释。

这个时期文艺社会学的发展是与社会学本身的发展密不可分的。在反实证主义－进化论思潮冲击下，西方社会学研究产生了极大的混乱。这就迫使许多社会学家不得不重新考虑社会学的研究对象和方法，因此，形成了这个时期西方社会学的两个突出的特点：一是加强了方法论的研究。此时西方许多社会学家抛弃了孔德实证主义哲学和斯宾塞进化论的社会学研究方法，试图以新的方法论改变社会学被动挨打的局面，于是历史的方法、心理的方法、功能的方法等等，层出不穷，花样不断翻新。这正像有人讽刺的那样，社会学成了每年都发明新方法论的科学。二是重新确立社会学的研究对象。许多社会学家认为，当时的社会危机是由于它的价值体系危机造成的，社会学应该从一般社会哲学中分离出来，把注意力放到社会观念、文化意识、文化特征等方面的研究中去。因此，它使这个时期社会学研究脱离了孔德、斯宾塞原来社会学包罗万象的体系，从各个方面加强了经验的、应用的社会学研究，于是各门学科的社会学就产生了，如经济社会学、法律社会学和宗教社会学等。社会学发展的这两个特点给这时期文艺社会学带来两个结果：一是从不同方法论加强了文艺与社会关系的研究，从而为文艺社会学学科的确立奠定了理论基础；二是文艺社会学像其他社会学分支一样，作为一门学科确立了其地位。

二　文艺社会学方法论的探索

现在让我们看看西方各国在这个时期是怎样加强文艺社会学方法论的研究和探索，从而为这个学科的确立奠定理论基础的。

丹纳等人实证主义－进化论的文艺社会学产生于法国，因此在法国的影响也最大、最久，但是在19世纪后期渐渐被反实证主义思潮所淹没，许多社会学家开始以不同的方法论研究文艺社会现象。法国社会学家居约（M. Guyau）在其早期著作《当代美学问题》（1884）中，把文艺看成是感觉、理智、意志对生命刺激的结果，并力主把文艺的审美欣赏与利害关系分开。这种看法显然受柏格森直觉主义和狄尔泰“生命哲学”的影响。可是到他后期写《社会学上之艺术论》时，虽然把艺术家的创作归结为一种异乎寻常的同情能力，仍然带有“生命哲学”的痕迹，但他能从文艺与社会的关系中探索艺术感情的产生，强调艺术对社会团结和道德进步的作用，则较之前期有了明显转变。拉罗（C. Lalo）的《美学导论》把艺术史看成是由事实、规律和方法构成的一门科学，把艺术史的研究看成是对艺术事实和艺术制度的研究，所用的方法主要是实证的、经验的和历史的，但同时也吸收了心理学以及其他研究方法。这位著名社会学家在《艺术与社会生活》的著作中，对艺术与历史的关系作了独特的研究，认为劳动对于音乐、诗歌的产生有着积极的影响，经济发展和社会分工保障了艺术创作的独立性，促进了艺术的发展。同时，他也看到了政治制度、战争、宗教、语言等等因素对文学及艺术的影响。这种观点较之进化论的文艺社会学不能不说是前进了一步。迪尔凯姆自称是孔德之后正统社会学的继承者，但他并没有固守孔德实证主义的方法论。他在《社会学方法》一书中认为艺术作品对历史上不断变化着的欣赏能力有着揭示作用等，显然受到了功能主义观点的影响。法国社会学家从不同的方法论对文艺社会学的研究，到20世纪初已蔚为大观，例如布格勒（Bougle）在其《社会学上之价值进化论》第八章，对艺术产生、发展与宗教、游戏、爱情、物质生产、社会分工、时代环境、科学技术的关系以及艺术对道德、经济、工艺等等的社会功用都已一一列出，并认为社会学都能给予解释。①

德国人是以善于哲学思辨著称的，因此方法论的争论也显得特别激烈。康德、黑格尔之后，舍勒学派的实证主义－进化论观点占据了德国学术界。到19世纪与20世纪之交，一种反对实证主义社会学研究和要求重新评价历史的精神开始抬头。叔本华、尼采等人欲“处死”唯物主义，赋予物质以灵魂；到狄尔泰、文德尔班（W. Windelband）、李凯尔特等人，则试图在德国社会科学领域里展开一场反对实证主义方法论的战争。因此，此时在德国，概念之争、方法之争，波及社会科学各个领域，社会学自然也不能例外。1909年马克斯·韦伯（Max Weber）、桑姆巴特（W. Sombart）等人在德国社会政策学会围绕着国民经济报告的方法论所展开的激烈争论，就是这方面的反映。社会科学这种新方法论的探讨自然给文艺社会学研究带来了新气象。说到19世纪末期德国以新方法研究文艺社会学的人物，不能不谈及路布林斯基、维·封·绍耳慈以及泡·厄恩斯特（P. Ernst）等人。他们属于德国新古典派人物，思想方法受马克思历史唯物论的影响，又倾向于狄尔泰的“精神科学”。路布林斯基著有《十九世纪的文学与社会》等书。他认为文学艺术中存在着一种变动的群众意识，这种意识在社会变迁时期更为明显，一个时代的文学艺术发展是与这个时代的群众意识交互作用的结果，并受一定社会政治的、经济的存在制约。在他看来，文学史不是文学家个人的发展史，而是一群人、一个社会阶层的

①参见［法］狄亚（M. Deam）：《法国现代社会学》，杨堃译，北平建设图书馆1931年印行。

人、一种社会地位的人、一个阶级的人的共同合作，是他们的思想、欲望通过作家的艺术创作所作出的反映。路布林斯基的这种观点显然接受了马克思的影响，它不仅比当时德国新浪漫主义所主张的个人主义的文艺观高出一筹，也比法国丹纳的时代精神论前进了一步。绍耳慈和厄恩斯特是路布林斯基的合作者和后继者。绍耳慈著有《戏剧论集》，厄恩斯特著有《普鲁士精神》等。他们从社会学的角度考察了戏剧、小说等与社会的、政治的、经济的及社会生活的联系，强调了文艺创作、出版、戏剧导演、文学批评与群众的关系，认为这些都是群众现象，为群众所提示，为群众心理所要求。[①] 这些观点在当时较之个人主义的文艺观无疑是有进步意义的，但由于他们过分强调生命精神与心灵的作用，所以总还带着狄尔泰"精神科学"的痕迹，这一点同样表现在德国心理学家、社会学家冯特的研究中。

冯特从黑格尔的"客观精神"论及德国浪漫主义者的"民族精神"、"民族性格"中吸取营养，研究人类高级心理发展过程，建立和发展了"民族心理"学科。冯特的民族心理学与其说是以心理为依据的，还不如说是以语言史、文学史为依据的。冯特在其10卷本的《民族心理学》中，通过对语言、艺术、神话、宗教、风俗等的大量分析、类比，研究了文艺现象的社会学性质。冯特认为，艺术是各种民族精神的重要表现，它满足民族心理的需要，具有民族生活的社会职能：艺术一方面把民族生活的行为、语言等活动以永久的形式固定下来，使之不断延续；另一方面，它又表现了民族的丰富想象力，通过艺术把民族感情强化。冯特在《民族心理学纲要》中把心理的发展与社会进程联系起来，分为初民时代、图腾时代、英雄与神的时代及现代"人道"时代几个阶段，从而把民族心理研究与文化历史联系起来，具体地说明了文艺与民族意识的相互作用。冯特的这些观点对文艺社会学民族精神及民族心理的研究，无疑是具有重要意义的。

马克斯·韦伯虽然在反对实证主义自然进化论方面同狄尔泰及其追随者是一致的，但对狄尔泰"精神科学"过分强调心理因素则持不同态度。韦伯是德国研究文化的社会学家。他认为文化价值是时代的"兴趣"所决定的，这种时代兴趣构成历史的一般目标，它比单纯个人兴趣更具有客观历史性。韦伯与冯特同死于1920年。韦伯死后后人出版了许多他的著作，

---

①参见[德]玛尔霍兹:《文艺史学与文艺科学》，李长之译，第5章，第84~87页，建设书屋1931年印行。

除了宗教、文化方面的外，对文艺社会学影响比较大的是1921年出版的《音乐社会学》。这本书引起德国学术界的广泛注意，使许多人转向了艺术、艺术家与社会的研究，复兴了文艺社会学的研究。当时的德国，以韦伯为中心，涌现出了一大批文化社会学家，如齐美尔、滕尼斯（F. Tonnies）、舍勒等，其中齐美尔对于文艺社会学的影响较大。齐美尔是当时德国著名社会学家，又是文化哲学家和艺术理论家，以倡导形式社会学闻名于世。他受胡塞尔（E. Husserl）现象学的影响，企图以纯粹形式研究社会生活内容。在《社会学·关于社会交往形式的探讨》等著作中，他把社会交往形式分为社会规范、社会类型、集团、个人关系等类别，每一种交往形式都有相适应的生活内容，但又与实际生活有很大距离，生活内容消失了，形式还存在，成了纯粹形式，因此就产生了"纯粹"的艺术。在齐美尔看来，一些陈旧的传统形式，如信仰、习惯、风俗、道德等规范形式，在其互解时，另外一些时髦的形式就会活跃起来，于是新的艺术就发展起来。齐美尔在《货币哲学》中认为，艺术由于货币的出现而失去了客观属性，成了价值关系的纯粹反映，艺术创作动机、艺术形式结构和艺术欣赏倾向等等都是以货币关系为中心的。在这里，齐美尔已经看出了受商业资本支配的艺术生产的社会学本质，并且明显地受马克思的影响，接受了马克思对商业资本的批判。

在反实证主义－进化论的思潮中，以德国格雷布纳和奥地利施密特为代表的文化历史学派对文艺的产生和发展的看法是很特殊的。这个学派是很广泛的，它包括德国的文化圈学派、美国的历史学派和英国的传播学派，其主要观点是以"文化圈论"和"传播论"反对"进化论"。在他们看来，世界各地存在着不同的文化特质构成的相互关联的复合素，并辗转传递，经久不息，凡属于同一类复合素的区域文化构成文化圈。这种文化圈既包括地理上的明显文化关系，也包括文化内容上的相似与相关。他们又称其文化内容为"文化丛"，称其一些相关的文化丛为"文化群"。他们认为，一种文化特质构成的复合素原是在一个地区产生的，如果在其他地区出现，则是文化传播的结果。他们用文化特质标准研究文化的特性，主要是从社会物质、宗教、神话三个方面观察，如某一地区有月亮的神话，而另一类地区也有类似的神话，则说明两地历史上有文化相关；又用数量标准研究文化特质的集合，说明相关的程度。这种观点后来在美国发展为"文化区"论，研究一个区域经济的、文化的、艺术风格的以及社会价值体系的特征。文化历史学派的观点对比较文艺研究不无可借鉴之处，但他们脱离不同社会历史条件，片面强调文化事实发生的时序和个别历史人物对文化传播的作用，忽视了文化自身发展的发展规律，因此遭到许多社会科学家的批评。

以英国马林诺夫斯基为代表的文化功能学派，既不同意进化论者的"起源"、"文化生长"、"发展阶段"一类概念，认为它不能解释许多复杂的文化、艺术现象，也不同意文化历史学派的"文化特质"、"文化圈"、"文化丛"、"传播"、"移植"一类概念，认为它是把"不相干的形式"进行"要素"间的偶然连接。因此，文化功能学派从整个文化体系的地位及作用出发，提出了功能主义的观点。马林诺夫斯基在《文化论》中认为，只有把某种艺术现象放到整个社会制度布局中去，分析它的功能，才能真正了解这种艺术现象。他把艺术的功能分为满足人类感官需要和社会生活需要两部分，在他看来，音乐、舞蹈、装饰、雕刻、建筑、诗歌、戏剧等，有一个共同特点，都是通过感官发生作用的，音调、语言、色彩、线条、形状等，正如烹调的色、香、味一样，都在于满足人类基本的感官需要。他认为，艺术在发展过程中，由于"审美要素"到处存在，渐渐在其他文化活动中发生关系，因而产生了许多次要的功能，如艺术对技术、经济、宗教科学和社会组织等等的发展所起的促进作用。功能学派把文艺放到整个社会制度中去进行考察、研究、分析，较之文化历史学派要有眼光。然而把文艺的发展、历史、规律都消融在功能之中，也不能不说是一种片面。功能主义到20世纪五六十年代发展成为结构功能主义，成了西方文艺社会学的重要学派之一。

在反实证主义－进化论的思潮中，西方心理学迅速发展了起来。除了上面谈到的冯特的民族心理学外，对文艺社会学发展影响最大的要算弗洛伊德的本能主义了。弗洛伊德是奥地利的精神病学家。他在研究精神病的过程中，发现患者的心理情绪与病症有很大关系。他认为，这种心理情绪是由无意识的本能冲动（潜意识）与意识压抑造成的。弗洛伊德在其《释梦》、《精神分析引论》等著作中，称这种本能主义为心理分析（或精神分析）。后来他又在《图腾与禁忌》一书中把这种理论推广到文化与艺术的研究中去，把文艺创作视为艺术家的意识受到社会上各种压抑进入潜意识所产生的一种本能欲望，它像儿童游戏、成人做梦一样，不过是以艺术的幻想形式得到一种感情的满足。弗洛伊德这种精神分析法后来与阿德勒（A. Adler）的"心理补偿"说及荣格的分析心理学结合起来，成了西方文艺社会学中心理分析学派的精神支柱。

芬兰希尔恩在《艺术的起源——一个心理学和社会学的探索》认为，艺术既是心理学的，又是社会学的，因为任何情绪的表现，既是个人的，又是社会的。希尔恩在该书中认为，艺术创作情绪受各种社会因素的影响，但他又过分强调了纯粹的审美冲动，因此又常常返回到艺术家的本能倾向上去。

在反实证主义-进化论的思潮中，一种文艺上的反社会学倾向也恶性发展起来，最有代表性的是柏格森的直觉主义和克罗齐的新黑格尔主义，二者在本质上是一样的。柏格森从叔本华的“生命意志”、尼采的“权力意志”发展为一种非理性的“生命冲动”。克罗齐则继承了黑格尔的精神哲学，而又抛弃了黑格尔的辩证法，把它发展为一种直觉主义的“自我表现”。他们都认为直觉是认识的起点和来源，但柏格森的直觉主义更带有神秘的色彩，而克罗齐的直觉主义则变成了与道德相对立的纯粹直觉主观。

在这个时期，文艺社会学的发展尽管存在着反社会学倾向，但从总的方面来说，方法论的研究加强了文艺社会学的理论建设，为这门学科的形成及确立奠定了理论基础。

三　文艺社会学作为一门学科的确立

随着方法论的研究，到20世纪初期，文艺社会学作为一门独立的学科已出现在西方社会学的分科中了。

当时文艺社会学是以“艺术社会学”的名称出现的，虽然它强调对音乐、绘画、雕刻等艺术的研究，但也包括对小说、诗歌、戏剧等文学艺术的研究在内。现在让我们看看，文艺社会学是怎样从社会学体系中划分出来成为一门学科的。

以迪尔凯姆为核心的法国社会学派自称是正统社会学的继承者。1896年迪尔凯姆领导成立了第一个社会学系，并创办了《社会学年鉴》。迪尔凯姆对社会学发展的重要贡献是社会学理论和方法的具体化。他在《社会学方法》等著作中认为，事实的分类应该以事物的本质为基础，应该力图找到各种社会现象的客观规律。从这种观点出发，他把社会学体系分为社会动态学、社会生理学和一般社会学三部分。其中，社会生理学又分为宗教社会学、道德社会学、法律社会学、经济社会学、语言社会学、艺术社会学六个分支学科。在这里，以研究艺术事实为对象的艺术社会学已成为了社会学的重要分支。

德国的马克斯·韦伯、齐美尔、舍勒等人都是以研究文化社会学著称于世的，因此他们对于文化中的艺术现象更加注意研究。舍勒在1924年出版的《知识社会学研究》一书中，把全部社会学领域分为实在社会学和文化社会学两个部门，而文化社会学又分为知识社会学、宗教社会学、艺术社会学等八个学科。其中，艺术社会学处于第三位，用以研究特殊文化领域——各种艺术现象与社会的关系。

美国社会学发展较之德、法要晚些。美国文艺社会学是随着文化人类学发展起来的。1915 年《美国人类学》（American Anthropologist）及 1918 年《美国社会学杂志》都曾展开过关于社会文化的客观性与心理性的论争。文化人类学家卫史莱（Wissler，又译维斯勒）认为，文化研究不应持纯客观的立场，世界上有无数不同的社会和文化内容，文化研究应该找出它们共同的地方，归纳在一定的模式中。他把文化研究归纳为九种类型，第三种类型就是艺术，其中包括雕刻、绘画、音乐等。1922 年出版的美国文化社会学家奥格本（W. F. Ogburn）的《社会变迁》一书提出了影响人类行为的社会环境因素，把语言和艺术现象放在了很重要的地位。到 1934 年白乃德（L. L. Bernard）出版《社会学的领域与方法》一书时，把现代社会学分为 29 个部门，而艺术社会学作为第八个部门成为社会学的重要分支了。

从这些社会学比较发达的国家的社会学分类来看，经过 19 世纪末到 20 世纪初期，文艺社会学已逐渐从哲学（包括美学）、一般文艺学、人类学等学科中独立了出来，也从孔德、斯宾塞包罗万象的社会学体系中脱颖而出，虽然它在其后来的发展中仍然与这些学科保持着血缘关系，但作为一门独立的学科，它已经确立了自己的地位。

第四章　西方现代文艺社会学的发展

一　战争所提出的问题

西方现代文艺社会学理论很多，如果把它们的产生和发展放到当时的历史条件中去考察，可以说，每一个理论都有它出现的时机。

从20世纪初以来，人类经历了两次世界战争。战争一方面标志着西方社会矛盾和危机，另一方面它又加剧了这种矛盾和危机的深化，特别是第二次世界大战。战争是结束了，然而它给社会政治、经济、文化及人们的心理、行为等所带来的影响却是深远的。

远在19世纪末至20世纪初期，西方各种非理性的哲学社会科学的流派，如新康德主义、新黑格尔主义、尼采哲学、生命哲学、直觉主义、实用主义等，已为理性的毁灭作了理论准备。但在当时毕竟还存在着一些传统的社会学研究，如德国的马克斯·韦伯、齐美尔、舍勒等人对社会过程、历史文化结构的研究，法国迪尔凯姆、莫斯等人对社会结构、社会形态的研究等。而当希特勒在德国执政及占领法国以后，这些传统的社会学研究就被取缔了，连人类学的讲座也被撤销了，有的社会学家遭到法西斯分子的审讯死于非命，有些被迫移居国外。传统的社会学研究被宣布为对种族意识起腐蚀作用的伪科学，代之而起的是宣扬权力扩张、历史使命的种族主义理论。战争中人们流血牺牲，付出了沉重的代价，然而战争结束后他们面临着的却是失业、通货膨胀及社会官僚垄断统治。“生活是值得的吗”，人们提出了这样的社会问题。关于人的价值、人生的意义、人的行为、人的心理等成了人们注意的中心问题，也是整个西方社会科学所面临的主要问题，所以战争一结束，各种社会思潮澎湃而来，冲击着西方国家社会文化的各个领域，非理性的尼采哲学、生命哲学、直觉主义、实用主义等成了西方哲学社会科学的理论基础。当时，社会学愈来愈转向经验主义的研究，其中心题目是着眼于人，着眼于人的问题研究。在他们看来，一切社会问题都是人的心理和行为造成的，而并不能理性地揭示产生这些心理和行为的深刻社会文化根源。为了解释人们的心理与行为，弗洛伊德主义的心理分析成了时髦的理论；为了说明人的价值、人的存在，以萨特为代表的存在主义盛行起来了；为了维护社会的平衡和稳定，帕森斯（Parsons）、默顿（Merton）等人把功能主义发展为一种结构功能主义；为了不使人偏离社会规范，研究社会行为及其相互关系的行为主义、互动理论产生了；为了摆脱危机，寻找出路，人们对胡塞尔的现象学理论也感兴趣了……另外，有些人举起了“批判社会学”的旗子；有些人喊出了“辩证社会学”的口号，如此等等。所有这些理论观点，都是企图通过改变人的活动条件、因素，以实现人性的解放与新的控制，从而达到维护西方社会文化制度的目的，连企图把人们引向宗教世界的新托马斯主义也不例外。

此时的文艺社会学的发展，是与作为它研究对象的西方现代艺术文化的发展密切相关的。战后，西方社会一方面为了满足人们那些颓废堕落的心理，炮制、倾销了大量侦探小说、叫座影片、连环画、流行歌曲、舞蹈等“大众文化”、“大众艺术”，通过广播、电视、电影、摄影等现代科学技术手段向人们反复灌输和宣扬暴力、残忍、犯罪、性欲、色情等低级庸俗的思想；另一方面，又涌现出了各种各样现代派文艺，如意识流小说、荒诞派戏剧、“愤怒的一代”、“垮掉的一代”、黑色幽默等。这些作品的思想内容既有人生的苦闷、烦恼、悲哀、迷惘和无可奈何，又有对社会的不满、愤慨、批评、抗争及热切追求。无论是“大众文化”、“大众艺术”，还是各种现代派文艺，都体现了这个时期西方世界人们的心理和情绪，也体现了人们的社会思想和行为哲学，都迫使人们考虑一个问题：人与社会的关系。文艺与社会的关系归根结底是人与社会的关系，是人们社会生活见诸艺术的理论思索。

从20世纪初以来，西方现代文艺社会学是怎样发展的呢，它具有什么特征，现在的发展趋势怎么样，这些都是关心文艺社会学这门学科理论的读者关注的问题。

二　文艺社会学的发展特点

首先，西方现代文艺社会学发展是多元化的，学派林立，没有统一的共同的理论和方法。这些学派及理论的发展大致经历了20世纪最初20年代、三四十年代、五六十年代及60年代以后几个阶段，每个阶段由于社会、政治、经济、文化的发展变化，不同学派此起彼伏，各种理论和方法相互影响、相互渗透。

20世纪最初20年，文艺社会学仍处于世纪交替的延续时期，它一方面从包罗万象的社会学体系中独立出来，成为一门学科；另一方面，在反实证主义-进化论的思潮中，各种文艺社会学思潮不断兴起，可以说一些典型的文艺社会学学派都产生于这个时期，如新批评派、神话仪式学派、民族文化学派、新人文主义学派、心理分析学派等。①

新批评派是在20世纪初期，在反对19世纪浪漫主义文艺中产生的一个文艺社会学批评派，一直活动到40至50年代。这个学派的理论基础是心理学和字义学，其代表人物是美国（后加入英国籍）的艾略特（T. S. Eliot）和英国的瑞恰兹（I. A. Richards）。艾略特著有《诗的功能与批评的功能》、《论诗与诗人》等，其中心理论是“非个人化”和“传统论”。他认为文艺作品是生活经验转化的客观物，靠语言文字构成象征意义，而不表现诗人、作家的个性和独立思想。他强调历史传统对文艺家的决定性影响，而否认他们有自己的个性和创造性，即使有也仅仅是语言形式上的发展。瑞恰兹著有《文学批评原理》等，其主要理论一是心理学的功利主义价值论，认为作品愈是能把人们相互矛盾冲突的心理情绪整合起来，使其保持精神上的高度平衡，就愈有价值；二是强调作品的综合想象力，认为这种想象力越是能整合各种复杂的生活经验，作品也就越有价值。新批评派在20世纪30年代的代表人物是英国的利维斯（F. R. Leavis）等，40年代则有美国的兰塞姆（J. G. Ransom）等，大都以文字分析为主，长篇累牍的文章不出象征之意、结构之名，避开文学的思想价值和社会作用，愈来愈走向形式主义。新批评派的理论对20世纪50年代的结构主义文艺社会学有一定影响。

神话仪式学派始于弗雷泽等文化人类学家，认为神话、诗歌、戏剧等文学、艺术源于原始民族的宗教仪式，后来和荣格的心理学结合在一起，以种族潜意识研究神话、诗歌、戏剧等在原始宗教仪式中的象征意义。这个学派在20世纪20年代的代表人物是英国的墨雷（G. Murray），著有《论保存的希腊悲剧中的仪式形式》、《诗歌中的古典传统》等，论证希腊悲剧是由神话仪式演变而成，悲剧冲突的根源是净化与赎罪的宗教活动。该学派在20世纪30年代的人物是英国的莫·鲍特金（M · Bodkin），著有

①参见《现代美英资产阶级文选》，作家出版社1962年版。

《悲剧诗歌中的原始模型》等，运用荣格的学说，分析了古代悲剧诗歌的几种表达情绪的原始模型。这个学派一直活跃到第二次世界大战以后，并与象征逻辑、字义分析理论相结合，多从文字解剖说明作品的象征意义。美国弗·费格生（F. Fergusson）的《论戏剧》、菲·艾·费尔拉特（P. E. Wheelwright）的《燃烧的源泉》等，都是这方面的著作。神话仪式学派在研究文艺渊源方面是有成就的，但过分强调种族潜意识、集体潜意识等，是不可能真正说明文艺起源及其社会学本质的。

民族文化学派和新人文主义学派也是20世纪初兴起的有影响的文艺社会学流派。民族文化学派的代表人物是美国的布鲁克斯和门肯（H. L. Mencken），布鲁克斯著有《美国的成年》等，门肯著有《偏见集》、《批评的注脚》等。他们主要不满于美国在文化上附庸英国，主张民族文化，强调文学中民族性和个人创造性，反对新批评派的形式主义理论及文学创作中晦涩难懂、脱离社会公众的倾向。这个学派对促进民族文学的发展及文学创作接近实际生活是有成绩的，但他们带有怀疑主义的倾向，常常具有虚无主义的思想。新人文主义学派又称新人道主义学派，代表人物是美国的欧·白壁德（L. Babbitt），著有《新拉奥孔》、《法国的批评大师》、《民主与领导》、《创造性与其他》等书，主张以“人的法则”反对“物的法则”，文学应表现“良心理智”、“自我克制”，给人以道德知识，强调人的特性和美德，宣扬以理性为基础的人道主义。这个学派主张文学的社会价值是有积极意义的，但他们所依靠的是基督教的伦理原则及柏拉图、亚里士多德的理性观念，保守倾向很浓。他们的人文主义并不新鲜，不过是用这些古老原则和观念为西方社会现实服务而已。

20世纪30至40年代，随着资本主义经济危机的暴发，各种社会矛盾变得异乎寻常的激化，社会动荡不安，危机四起。在这种社会形势下，一方面是各种非理性主义思潮进一步泛滥，弗洛伊德主义、存在主义、现象学、新托马斯主义等文艺社会学流派盛行起来；另一方面，由于马克思主义的传播，反法西斯运动的发展，一些知识分子出于苦闷、寻找出路，形成了“向左转”的倾向。这也一定程度上影响了文艺社会学研究。

这时的弗洛伊德主义与阿德勒的“心理补偿”说及荣格的种族潜意识、集体潜意识等学说结合起来，从社会学观点出发，研究家庭、社会制度、文化等对作家、艺术家的创作影响，研究文学、艺术的起源和发展，形成了一个文艺社会学的心理分析学派。早在20世纪初，英国的琼斯（F. Jones）在关于哈姆雷特的论文中，就把这位丹麦王子的迟迟不动的复仇行为，归结为“俄狄浦斯情结”。20世纪20年代，美国的克拉奇

(J. W. Krutch) 曾从爱伦坡的私生活（爱他早逝的美貌母亲）论述他作品的梦幻特色；30 年代，这个学派进一步发展，产生了一大批心理分析学派的文艺社会学家，新批评派、神话仪式派、新实证主义等文艺社会学派别也都受此影响。这个时期利用弗洛伊德精神分析、研究文艺作品的最主要的代表人物是英国的里德（H. E. Read）。里德这时的著作有《艺术的意义》、《艺术与社会》、《诗与无政府主义》等，稍后在 50 年代又著有《文学的性质》、《现代艺术哲学》等。里德相信本能生活与社会制约的冲突和文艺创作有着密切联系，对于作家、艺术家个人来说，除了自我实现别无选择，而文学创作正是作家、艺术家自我实现的重要的令人信服的途径。他甚至认为，作家、艺术家应该到无意识的混沌世界里去寻找创作的源泉，因为在天籁轰鸣的微观世界结构中存在着一种未具形体的模式，还认为艺术与梦境无别，愈接近梦境，愈是最好的艺术。心理分析学派这些理论无疑是荒谬的，但从这些荒谬的外壳中我们不能不看到工业社会对人的压抑，看到那个世界中许多人的变态心理和失常的情绪，不然，我们就无法理解为什么这些理论、观点会得到不少人的赞同和支持。

存在主义的产生和发展，是与 20 世纪 30 年代西方工业社会危机密切相关的，也是与反理性主义思潮联结在一起的。它出现于第一次世界大战后的德国，第二次世界大战期间发展到法国，“二战”后成了有影响的流派。作为哲学的存在主义学派的代表人物主要是德国的海德格尔、雅斯贝尔斯，作为文艺社会学的存在主义学派的代表人物是萨特和卡缪。存在主义认为现实世界、社会与人是敌对的、格格不入的，认为世界、社会没有任何规律性，到处存在的是混乱和荒诞，人本身也是荒诞不经、毫无意义和价值的，因此，存在是一种虚无。既然世界荒诞不经、没有意义、没有价值，那么也就没有美、没有人的伟大与崇高，有的只是自觉或不自觉的丑恶、畸形、不道德、卑鄙的东西。因此，他们认为，作家、艺术家的任务就在于通过作品以荒诞的手法表现荒诞的存在，揭露现实世界的人物。作为无神论者的萨特的存在主义，要求文学在描写社会和人生的荒诞、否定理性至上的乐观情绪的同时，还必须给人以为了光明合理的生活而斗争的勇气，即他所谓的“献身文学”，要求作家投身到改造社会的行动中去，文学要干预社会现实。1946 年萨特发表《存在主义是一种人道主义》，强调文学要体现“新人道主义”，要给绝望者以希望，这是与巴尔特（K. Barth）、蒂利希（P. J. Tillich）为代表的存在主义神学家不同的。巴尔特的存在主义文学是基督教的文学，是神学的文学，带有超验的、神秘的宗教色彩，要求文学描写灵魂与肉体的冲突，虽然他也强调希望，但不过是在绝望中向上帝乞求恩典，世界的虚无最终不过证明上帝的存在。蒂利希著有《宗教与世俗文化》、《艺术与最高实在》等，他企图通过抽象的艺术揭示神秘的彼岸世界，在描写普通的事物时反映出“某种神秘的和强有力的东西”，使人们用宗教神秘补偿“生存的价值”，从而达到艺术的最高实在，即神的存在。这种神秘的存在主义不过是教权主义在资产阶级文化体系中的反映而已，尽管他们不承认传统的有神论存在。存在主义文艺社会学是一个很复杂的派别，虽然它没有统一的理论和方法，影响却是广泛的，从20世纪三四十年代一直持续到六七十年代。

现象学原本是德国黑格尔哲学的一种特殊思辨，19世纪末和20世纪初胡塞尔等人发展为一种哲学体系或学说，用以清除新康德主义的主观主义，20世纪三四十年代对文艺社会学发生了强烈影响，逐渐形成了一种现象学的文艺社会学。这个学派的代表人物是德国的乌提兹（E. Utitz），著有《普通艺术学基础》、《美学史》、《艺术学》等，试图运用胡塞尔的现象学建立艺术科学。他认为艺术是社会意识的一种形式，分析艺术作品不能只限于审美问题，还应该把艺术发展的道德、宗教等因素包括进去，应该对作品的全部丰富性和多样性进行研究，艺术是价值的形象表现，除了审美价值，还有社会学的、伦理学的、宗教学的、理智的和爱国主义的价值，艺术科学应该对艺术进行美学的和其他全部关系及条件的现象学分析，例如他从作品的各种因素中分离出“纯粹的美”，从艺术感受的各种心理状态中分离出抽象的游戏规则和审美快感，这些都是过去文艺社会学家、社会心理学家常常混淆不清的。但由于他过分强调现象学派的“纯粹意识内在的存在”，或“纯粹的现象之意”，并以此作为认识的起源，而常常走入纯主观境地。

这个时期，新托马斯主义对文学和艺术研究的影响也是值得注意的，其主要代表人物是法国的马里旦（J. Maritain）。他的著作很多，有关文学、艺术的主要有《艺术与经院哲学》、《诗的境界及其他》、《宗教与文化》、《艺术家的责任》等。他的主要观点是：艺术是现代人的宗教；艺术家应该摆脱外在世界的控制，表现先意识的智性；上帝是宇宙的创造者，也是美的源泉；艺术欣赏是对神的直觉感受，因此要“敬若神明”等等，其目的在于以艺术维护宗教的法则秩序，维护上帝的权威与神圣意志。

在20世纪30年代的“左倾”中，许多西方知识分子搬用马克思主义词汇研究文艺与社会的关系，这些人比较复杂，要具体分析。有些人的著作不乏合理的文艺社会学见解，如美国的派灵顿（V. L. Parrington），他的《美国思想主潮》对文学与社会环境，特别是与政治经济、文化哲学的联系的研究，在当时是颇有见地的。但多数人只是泛泛地谈论文艺与社会的关系，甚至有的人借马克思主义之名，宣扬弗洛伊德主义，如美国威尔逊（E. Wilson）的《创伤与巨弓》就是运用弗洛伊德主义的心理“创伤”、“补偿”等说法，宣扬心理本能的文艺观的。但总的说来，30 年代西方一些知识分子运用马克思主义研究文艺与社会的关系是有成绩的。而在进入 40 年代以后，在法西斯主义压力下，他们开始逃避现实。之后，随着第二次世界大战的结束及冷战气氛的加强，这种“左倾”文学研究也就销声匿迹了。

20 世纪 50 年代和 60 年代初期是西方社会相对稳定的时期，自然主义社会学研究又开始抬头。这个时期最有影响的学派是结构 - 功能主义学派，或称结构主义学派。结构主义可以说成是一种方法、一个运动，或一种社会思潮，其理论和方法主要源于迪尔凯姆、莫斯（M. Mauss）等人的社会学和马林诺夫斯基、拉德克利夫 - 布朗的文化人类学；后来它和索绪尔（Saussure）的语言学及符号学、形式逻辑、数学模式等结合起来，发展为一种方法论，广泛地流行于社会科学的各个领域。结构主义文艺社会学的主要代表人物是法国的雅克 · 德里达（J. Derrida）、巴尔特（R. Barthes）、戈尔德曼（L. Goldmann）、列维 - 斯特劳斯。结构主义文艺社会学派反对以历史的方法对作家、作品作主观主义的批评，而主张用近于自然科学的模式方法探索文艺与社会关系、社会结构和文体体系的联系。他们理论方法的第一个观点是用解释学理论、方法评价作家、作品，即把文学的真实性与读者的理解、解释联系起来。文学要素的意义不在于传统的说明，而取决于不同个性读者的解释、评价，并使之适应新的社会、历史、经济、文化、意识形态系统，为此就要研究文学语言信息符号的本文意义与读者感受中的生成意义（这一点是与符号相互作用论一致的），这个过程被认为是文学作品的自我实现，是作家与读者对话、意向的交流。巴尔特的《批评与真实》、《论拉辛》等著作就阐明了这类看法。他们的理论方法的另一个重要内容是发生学的文学作品研究，即既要考虑文学作品的整体性的意义，又要考虑它发生、发展的意义。文学作品的语言符号既有表面的、直接的意义，也有隐藏的、比喻的和间接的意义，在社会文化体系中新的符号系统又会产生新的意义。因此，他们主张对文学进行综合分析和动力学的研究。如戈尔德曼的《关于小说的社会学》、《心理结构与文化创作》就是这方面的著作。列维 - 斯特劳斯则把语言、科学、艺术、宗教、神话、风俗等看成是文化系统的总和，并构成人们不自觉遵守、服从的潜在规律性，因此，他在《神话学》中运用结构符号学分析了各种潜层文化的“精神结构”，并说明神话在社会文化体系中的功能。结构主义文艺社会学派对原始文学、艺术的研究是有成绩的，他们把系统论、控制论和信息论应用于文学艺术研究也是颇有启发作用的。但是，由于他们把结构、人与历史对立起来，过分注重语言符号的象征意义，作为一种方法论不能不说是充满了形式主义的倾向。20 世纪 60 年代末，随着西方社会矛盾的日趋激化，结构主义愈来愈趋向保守性，受到了现象学派、存在主义者、符号相互作用论者、法兰克福学派等的批驳和反对，渐渐退缩，并改变理论色彩。

20 世纪五六十年代，现象学、存在主义进一步活跃，在许多问题上他们采取一致的立场进行斗争，但作为新的有影响的学派，这个时期不能不提及符号相互作用论者及法兰克福学派。

符号相互作用论主要产生于德国和美国，其理论源于黑格尔《精神现象学》中关于理解与交往的分析及费尔巴哈的人本学中的相互作用论，但它形成一种理论学说主要基于米德（G. H. Mead）的个体心理学及其互动理论。这种理论虽在 20 世纪 20 年代已经出现，但主要影响在五六十年代。符号相互作用论者把复杂的社会制度看成是一种相互作用的符号系统，研究个人、群体相互作用、相互影响的相关意识形态。在文艺上，他们研究戏剧、电影剧本的形式与任务，剧作家、演员与观众等方面的地位与作用，以求戏剧、电影有更大的社会相关性。他们认为，戏剧、电影是一种符号体系，特别是语言结构、活动方式（包括动作、舞台、动因、目的、手段等）等已成为传达意义的媒介，使传达通过观众的不同心理反思，能衍生出新的意义，即生成意义。为了研究这种社会相关性，他们制定了一种“舞台——动作”与“动因——动作”的特殊计算方法，也制定了标准环境中标准行为的准则、概念及“动机词典”。符号相互作用论的文艺社会学思想对研究文艺社会效果有一定参考价值，但方法是烦琐的，加之追求“纯粹的社会性形式”，实际上是形式主义的研究，因为它的实际应用价值是很少的。

法兰克福学派是 20 世纪 30 年代出现的一个较激进的社会学派，它最初出现在德国，随后在巴黎、纽约等地活动，五六十年代成为一个有影响的学派。这个学派人物很复杂，有的靠近马克思主义，有的对马克思主义重新进行解释和批判，有的则接近神学派。该学派的基本观点是认为在工业社会及其有组织的内部，挽救其价值是不可能的，因此要采取一种激进的、批判的态度，拒绝与任何该社会中存在或出现的力量合作。法兰克福学派在文艺社会学方面有代表性的人物是阿多诺（T. Adorno），他是这个学派后期的中心人物，也是理论上的领袖，其主要社会学方向是对“后工业社会”文化的批判。阿多诺对艺术社会学的研究主要是对音乐的研究。他曾受豪克海默（M. Horkheimer）提出的艺术可以巧妙地加工大众意识的影响，利用纳粹德国的音乐事例，来说明音乐对大众文化意识的作用。他与豪克海默一起提出了通过“大众艺术”实现“操纵意识”的理论，用以批判“后工业社会”文化对社会意识的歪曲。他的著作很多，艺术社会学方面主要有《新音乐哲学》，另外还有和豪克海默合著的《启蒙的辩证法》。

这个时期有影响的文艺社会管理论还有美国的历史学派和芝加哥学派。这两个学派早在20世纪三四十年代已开始活动，五六十年代引起了人们的注目。历史学派着重研究历代文学中观念的演变，认为文学史实为观念演变史，其代表人物是美国的阿·昂·勒夫乔（A. O. Lorejoy），其著作有《生命的巨大连锁》等。芝加哥学派主张“新亚里士多德主义”，主要人物是芝加哥大学的克莱恩（R. S. Crane）等人。他们的方法主要是按照亚里士多德的《诗学》，把作品引起的情绪分成不同类型，研究不同效果，以衡量诗的成败。历史学派和芝加哥学派虽然写了一些有价值的论文，并力图综合研究文艺作品，但由于他们不注意时代精神，视野比较狭隘，终不能在理论上有所建树。

60年代以后，没有再产生有影响的新的文艺社会学流派。由于社会矛盾的激化，原有各种流派、学派之间的争吵、冲突加剧了。在这种争吵和冲突中，有些学派的影响慢慢消退，有些学派改变了自己的理论方向，如结构主义；同时它们又相互影响、相互推进，如现象主义、存在主义等。总之，理论上的分化和不统一，学派蜂起，相互争论又相互影响，是这个世纪以来西方文艺社会学发展的第一个特点。

其次，随着西方文艺社会学经验主义研究的加强，学科也愈来愈分化，专业文艺社会学发展起来。

19世纪的文艺社会学研究，如法国的丹纳和德国的舍勒学派，大都广泛地搜集资料，对文艺进行历史的综合研究，着眼于文艺与社会环境、时代精神的广阔背景，总结文艺发展的规律性。进入20世纪以后，这种历史的综合性的文艺社会学研究已不多见了，代之而起的是对个别作家、作品或某种文艺现象的分析。故可以把19世纪的文艺社会学研究称为“综合的时代”，把20世纪以来的文艺社会学研究称为“分析的时代”。所谓分析，就是经验主义的研究，它的基本方法就是千方百计地从各个方面搜集材料，然后分析、推理、论证，说明一个问题或上升为一个理论。这种研究材料极为丰富，论证极为严密，看起来几乎找不出任何毛病或破绽，或者说是推不翻的“真理”。但是，如果把这种理论放到整个社会历史发展中去，放到更为广阔的社会文化历史变迁中去，那此研究者眼光的狭隘及其理论的局限性马上就暴露出来了，列维－斯特劳斯对神话的研究就是如此。列维－斯特劳斯考察了南北美洲800个神话传奇个案，然后进行分类研究，运用结构语言学的方法，同时吸收了现代数学和现代逻辑学的成就，研究和分析这些神话中的图腾崇拜、血缘关系、宗教仪式、古怪思想等，从而证明神话是一种文化模式、一种象征体系，并把这种结论作为一种精密的严格的科学。自然，这种研究对了解原始艺术的发展联系是有益的，但把这种研究作为一种认识论和方法论的科学或一种理论体系，由于他忽视了神话发展的社会的、经济的、历史的、地理的等等因素，也就陷入了狭隘的经验论。

值得注意的是，这种经验论的文艺社会学研究带有很大的先验主观色彩。一些文艺社会学派，常常是为了证明某一种思想或理论而搜集材料，如弗洛伊德主义学派就是这样。他们为了证明“性潜意识”、“人格分格”、“心灵创伤”是文艺创作的根本动因，就千方百计地从古今作家、作品中搜集、挖掘私人生活的挫折、不幸：为了说明爱伦坡作品的梦幻特色，找到他爱过早逝美貌的母亲；为了说明马克·吐温作品的悲观主义，找到他没走母亲希望其走发财致富的绅士道路，如此等等。作家、艺术家的个人生活经历无疑是影响其文艺创作的重要因素之一，但把它看成是一条定律，则否定了文艺创作与广阔社会生活的联系。同时，这种寻找材料证明理论的做法有时是很先验主观的，如美国摩德尔（A. Mordell）把雪莱的革命诗篇《西风颂》说成是鼓吹自由性爱的诗歌就是例子。这种先验主观的文艺社会学研究在神话仪式学派、现象学派、符号相互作用论中也是同样存在的。西方文艺社会学家常把自己的研究称为“科学”，实际上它的片面性和局限性是很大的。

随着经验主义研究的加强，文艺社会学的对象越来越专门化，学科的分支也就越来越多。这种学科分化可以追溯到20世纪初马克斯·韦伯对音乐社会学的研究，而到第二次世界大战以后，这种分化愈来愈明显。如前边谈到的戈尔德曼关于小说社会学的研究、阿多诺关于音乐社会学的研究等。近几十年来，随着电影、电视的发展，关于电影、电视文艺社会学的研究也加强了。其他如工艺美术、建筑、雕塑等方面的社会学研究，也不乏其人。这种学科分化是20世纪社会发展的结果。从积极方面讲，研究愈来愈深入、细致，加强了对文艺的社会效果及实用价值的认识；从消极方面讲，关于文学和艺术发展规律的综合研究被削弱了，为应用而应用，不仅理论被削弱了，而且规律性的东西也不见了。文艺社会学成了支离破碎的实用研究，这不能不说是西方现代文艺社会学的弱点。

三　文艺社会学的发展趋势

在结束漫长的文艺社会学发展史叙述的时候，有必要对它的发展趋势做一个简单的估计。如同任何事物的发展趋势都会随着条件的改变而发生变化一样，西方文艺社会学今后怎样发展也是很难准确地把握的，我们只能根据一些文艺社会学家的意向及理论、方法取向，大体地说个端倪。

第一，如果说20世纪以来的西方文艺社会学发展、流派形成大都以一定的哲学思想为理论基础的话，那么，当代西方文艺社会学则是愈来愈依靠文化人类学和社会心理学的研究成果。这一倾向在过去的心理分析学派、神话仪式学派、民族文化学派、结构功能学派、符号相互作用论的理论取向中已经表现出来。在西方当代文艺社会学的发展中，他们愈来愈拒绝“艺术哲学”的理论，拒绝追求实证科学的方法，试图从文化上进行研究的趋势加强了，对艺术心理的研究感兴趣了。这种趋势是与超越时间空间的“大众艺术”、“大众文化”的传播分不开的，它要求文艺社会学家扩大文艺研究的领域，从社会文化和心理方面对文艺与公众的关系进行社会学的研究和分析。美国的门罗（T. Munro）在《走向科学的美学》中说：“当代艺术心理不再局限于‘美的感觉’、‘好的鉴赏力’和‘美学态度’。它研究艺术中大量形形色色的感应、它们的应用方法。”[①] 这种说法也反映了当代文艺社会学发展的倾向和趋势。

第二，当代西方文艺社会学将更多地吸收系统论、信息论、控制论、突变论、耗散结构论等现代科学理论知识。这在20世纪50年代符号相互作用学派已经开始。他们把文学作品的语言符号所表达的意义叫做“信息”，研究文学作品的“本文意义”及其传递中的“生成意义”，同时也研究画面本文、乐曲本文、建筑体本文、舞蹈本文等。60年代结构主义的文艺社会学研究“语言信息场”及其社会功能，并运用系统论研究了一大套“符号体系”、“意义关系整体”、“知识型”、“关联域”等概念，研究

①门罗：《走向科学的美学》，石天曙、滕守尧译；中国社会科学院哲学所美学室编，中国文联出版公司1985年版。舍斯塔科夫：《当代美国美学的主流派和问题》，见《外国文艺思潮》第一集，第32页，陕西人民出版社1981年版。

文艺的构成系统与传播生成系统。这些年来，一些文艺社会学家又尝试将信息论运用于艺术心理学，研究图画、时装、体态等艺术的社会心理分析，还有些人运用突变论研究艺术的起源和发展等等。这些新的文艺社会学理论和方法取向给这门学科的研究带来了不少新的色彩，取得了一定成绩，也给我们不少启示。

第三，新的综合趋势的出现。我们已说过西方文艺社会学经过丹纳、舍勒学派的原始综合研究阶段和现代文艺社会学流派研究个别作家、作品及文艺现象的经验主义阶段，现在西方文艺社会学家面对着越来越复杂的文艺社会现象，也越来越感到有重新进行综合研究的必要了。一些"辩证的"文艺社会学派就代表了这种发展趋势。如戈尔德曼的"发生结论论"的文艺社会学，它要求从整体上和发展上看待文艺现象，实行历史学和社会学的结合，既要看到文艺在社会整体性上的意义，又要看到它在社会发展中动力学的结构意义，对文艺与社会的关系进行多层次的综合性研究，这种发生论的结构主义，虽然意在对文艺的社会功能作动力学的研究，然而它能把人们的思想、体验和行动与一个有意义的结构连贯起来，看出文化的社会价值，不能不说把结构主义向前推进了一步，代表了文艺社会学综合研究的一种倾向。随着马克思主义的传播，西方文艺社会学对于辩证的理论和方法越来越感兴趣，萨特、阿多诺等人就是受马克思主义辩证法影响的人物。另外，由于现代科学技术的发展，新的理论知识也越来越使人们更能深刻地认识和理解文艺现象的复杂性，迫使他们对文艺进行跨学科的综合性研究，迫使他们把文艺看成是一种文化体系、一种信息系统、一种价值观念的模式，进行文化学、心理学、伦理学、艺术史等等的综合考察和研究。这种新的综合趋势和倾向，与经验主义研究否定19世纪原始综合研究相比，有人称之为"否定之否定"，这也许是符合文艺社会学史发展辩证法的。

从理论发展上讲，有现代，就有后现代；有结构主义，就有解构主义，这也是符合辩证法的。法国的福柯（M. Foucault）、德勒兹（Deleuze）、伽塔里（Guattari）、德里达（Derrida）、拉康（Lacan）、利奥塔（Lyotard）、鲍德里亚（Baudrillard，又译博德里拉）以及美国的罗蒂（Rorty）、格里芬（Griffin）等等，就是这样一批倡导此说的人物。后现代理论、解构主义，是一种哲学、一种思潮，也是一种情绪，那就是对现代性的不满，对整个现代哲学社会科学的不满。面对着现代社会所出现的种种问题，面对着现代工业社会及其整个社会政治制度对人的奴役、肢解、压抑和人生意义的消解，后现代理论、解构主义的出现与发展，就是对现代社会种种问题的反思，也是对整个现代理论和现代社会政治文化制度的挑战。如果说西方现代理论所追求的是体系、结构、真理、客观性与确定性以及机械论宇宙观、人类中心主义等等，那么，后现代理论、解构主义则抛弃了现代理论的一切话语与实践，追求多样性、多元性、内在性、不确定性、非客观性的微观理论，以此反对、摧毁、解构、否定现代理论的庞大体系、客观基础、单一视野、二元论世界观及其一致性、因果性等等的观念。这种批判，在法兰克福学派的批判理论中已经表现出来，特别是哈贝马斯（Habermas）带有解放、反思、拯救性的批判理论著作中，如《合法性危机》（1975）、《交往与社会进化》（1976），更可以看做是后现代理论、解构主义批判的先驱。但法兰克福学派及哈贝马斯对现代理论及社会文化的批判，仍然是保护性的，而不像后现代理论、解构主义思想家那样，对它采取彻底的、毁灭性的批判、消解和扬弃。到了20世纪末期，后现代理论、解构主义成了一个具有巨大影响的哲学社会科学思潮，在西方国家荡漾开来，甚至形成了一种很有批判力的社会文化运动，其影响是非常广泛的，自然也影响到文艺社会学思想的发展。

正如整个后现代理论家包括解构主义思想家都在追求世界的多样性和意义的不确定性一样，他们在文化艺术领域里也在追求一种视觉主义、相对主义的微观理论与新体验、新感受。因为，在他们看来，当代高科技媒体如电视、电脑等信息、知识和技术的出现与转型，正在产生一种新的后现代社会。它不仅改变时空经验及社会文化的主体性，也破裂撕碎了原有文化的存在及其意义，并不断地产生着新的意义与形式；它在文学艺术的发展方面，也超出和突破了从前诗歌、小说等艺术形式的局限，常常是即兴性的、多媒体的艺术表现，即所谓后现代的艺术形式。即使当代的新小说，“也渴求避开茫然而繁琐的现实中的意义，句法和语义都已消失，只是对客体的传讯，迫不及待地审查客体的零散碎片”①。鲍德里亚甚至认为，在艺术领域，一切可能的艺术形式与功能均告枯竭，理论同样也枯竭了自身。因此，后现代“世界的特点就是不再有其他的可能的定义……所有能做的事情都已被做过了。世界已经毁掉了自身。它解构了它所有的一切，剩下的全部是一些支离破碎的东西。人们所能做的只是玩弄这些碎

①[法]鲍德里亚:《象征交换与死亡》，见汪民安等编《后现代性的哲学话语——从福柯到赛义德》，第326页，浙江人民出版社2000年版。

片。玩弄碎片，这就是后现代”①。既然文学艺术已经不存在现实世界的意义，它所指涉的终极意义已被完全解构，变成了漂浮不定的新的组合形式，那么文学艺术的感受与体验就不应该再理性地追求它的内容、形式与意义，而应该捕捉新的感受与新的体验。利奥塔、鲍德里亚以及哈维（Harvey）、苏珊·桑坦格（Susan Sontag）、莱斯利·费德勒（Leslie Fiedler）等，就是这样一批倡导后现代、解构主义的文艺社会学思想的人物。

后现代理论、解构主义的思想家看到了西方现代工业社会所创造的庞大的物质世界及其社会政治文化制度，淹没人的存在，解构了世界的意义，使人生变成了飘浮不定的虚无存在，因而对它反思，对它挑战，对它批判，对它进行解构与革命，无疑对于哲学社会科学的理论建设是有积极的认识意义与实践意义的。他们试图用后现代多元的、内在的、本真的、相对的、充满欲望的微观哲学，代替过去现代理论那种绝对的、机械的、充满二元对立的庞大体系及其宇宙观和世界观的种种努力，也是有其合理性的。同样，他们对当代变化不定的社会历史及高科技媒体支配下文学艺术价值与功能之不确定性的看法，及其对后现代艺术潮流的追求，无疑也是有许多新的见解的。但是，我们必须看到，后现代理论、解构主义的整个哲学及文艺社会学思想，仍然是肤浅的、不确定的，或者说在理论上还是不成熟的。所谓的新感觉、新体验，乃是一种面对多媒体艺术信息洪水稍纵即逝的声色物欲刺激所作的浅薄反应，或者说只是一种没有经过深刻反思的感觉主义，甚至包含着许多新的随心所欲、玩世不恭以及虚无主义、相对主义等等的情绪。虽然在有的后现代理论家那里进行着新的建设性的形而上学追求，如格里芬的《后现代精神》、《后现代宗教》，但更多的是性感的、欲望的，甚至是把后现代理论与文学艺术形象杂乱地汇集在一起，所进行的弗洛伊德主义的精神分析，如德勒兹、伽塔里的《反俄狄甫斯》、《千高原》及利奥塔的《话语，图像》与《漂流集》，就是这种后现代美学和后现代文艺社会学思想的著作。这种理论，若在哲学上没有博大的思想，没有本体论的追求，只是以“块茎学”、“语用学”的微观理论进行镜像隐喻的分析，或玩弄艺术的碎片，在艺术上只是追求漂泊不定的感觉，或让感觉随着欲望漂流，对着空虚、痛苦和无意义作出本能的反应，那是不可能利用现代多媒体的灯光、音响诸多条件创造出大美、崇高、庄严、神圣的艺术境界的，也是不能以此艺术境界教化天下，感召人

①[美]道格拉斯·凯尔纳（Douglas Kellner）和斯蒂文·贝斯特（Steven Best）：《后现代理论：批判性的质疑》，第165页，中央编译出版社2001年版。

心，建立起对未来世界之信仰与信念的。但它毕竟对当代社会及其文学艺术的发展变化作出了反思，提出了挑战，并开始进行新的建设性理论探索与重建，不管它有多少缺点和不足，我们都应该欢迎它，并将其所包含的合理性成分吸收到新的哲学和文艺社会学理论建设中去。

第五章　文艺的产生是一种社会现象

——从“突变论”看文艺的产生和发展

一　文艺起源问题的漫长探索历程

文艺是怎样产生的，源于何处？中国古代的圣人们多在于经世致用，虽有所论及，也多不追根求源。西方多哲人，什么问题都爱追根究底，所以对文艺是从哪里来的这个问题，经过了漫长的探索道路。

从古希腊罗马到欧洲中世纪，占统治地位的社会文化思想是宗教神学，故他们对文艺起源的解释也多和神学联系着。柏拉图从“理念”出发，认为文艺源于“神示”。在他看来，诗人创作诗歌有“神力凭附着”，受“神力驱遣”；诗神就像磁石一样，给诗人以灵感，使之陷入迷狂，像蜜蜂酿蜜一样，张开羽翼，飞到诗神的园里，酿成诗歌。[①] 柏拉图的“神示说”被罗马时期的普罗提诺（Plotinos）发展为“流溢说”，即“新柏拉图主义”。他认为宇宙存在着最高的“精神实体”，从中流出“理性”，流出“世界灵魂”，诗歌正是人的灵魂思念神的统合表现。到中世纪，圣·奥古斯丁（S. A. Augustinus）又用新柏拉图主义论证基督教义，把文艺看成是上帝的意志，从而把文艺完全纳入了神学体系。亚里士多德的“模仿说”虽然注重文艺与现实世界的联系，并对中世纪的郎加纳斯（Longinus）、文艺复兴时期的达·芬奇以及17世纪的古典主义文艺理论家、18世纪的启蒙运动思想家有着积极的影响，但由于亚里士多德在哲学上的形上思考，他的“没有质料的形式”（有）和神秘的“第一推动力”到中世纪被圣·托马斯·阿奎那（S. Thomas Aquinas）发展为“托马斯主义”，以其“没有质料的形式”（有）解释上帝的“永有”，以其神秘的“第一推

---

①《柏拉图文艺对话集》，第7~8页，人民文学出版社1983年版。

动力”解释上帝的万能，更使文艺起源说走向了神学道路。宗教神学统治在西方有很大势力，即使是一些经验主义或唯物理论的思想家，如英国的培根、法国的笛卡儿，他们在用“经验”或“理性”说明文艺产生的时候，眼睛也常常瞟着中世纪，悄悄地向神学让步。

中国古代人虽然也相信神，产生过丰富多彩的神话、传说，但是中国古代毕竟没有产生占统治地位的神学，其社会文化的核心乃是祖宗思想。由于中国社会文化思想认祖宗而不相信上帝，所以关于文艺起源的解释也多与祭祖宗、庆功事、歌农务等联系在一起。中国远古的葛天氏之乐，其主要内容是遂草木、奋五谷、敬天常、建帝功、依地德等。[①] 所谓“天常”、“地德”，乃是指自然法则及其大用；所谓“帝功”，乃是指部落首领的开创功绩，这里皆非西方的神或上帝。黄帝盛德，始有《云门》[②]；舜颂尧让，方作《大唐》[③]，这些诗歌的产生皆出于社会人际关系。也许有人会问,《山海经》记载夏后“开上三嫔于天，得九辨与九歌以下”[④]，是不是就可以说文艺来源于神呢？其实，这不过是神话传说。传说夏后是禹帝的儿子启，是开夏国之祖宗，后代自然会对他有些神论。这如同《大戴礼记》记载宰我问孔子为什么有“黄帝三百年”之说一样。孔子回答说，黄帝“生而民得其利百年，死而民畏其神百年，亡而民用其教百年，故曰三百年”[⑤]。对黄帝的神化，2500 年前的孔子也是从人事功绩上解释的。所以说，中国古代关于文艺起源的论述很少有像西方那样的宗教神学思想。

到 19 世纪初期，由于西方近代资本主义社会经济的发展和科学技术的进步，人们的“社会”观念加强了，特别是达尔文进化论的出现，极大地影响了社会科学的发展，于是出现了文艺起源的社会学认识，这就是斯宾塞的文艺起源的“游戏说”和文艺发展的进化说。丹纳则是文艺进化说研究的荦荦大端者。到 19 世纪末 20 世纪初，在反进化论的思潮中，人类学、考古学、心理学等迅速发展起来，无不争相研究文艺的起源和发展，用以证明自己所建树的理论模式、于是“巫术论”、“传播论”、“功能论”、“移情论”、“精神分析论”等蜂拥而出，众说纷纭、各执一端，相互争论，以己之长，击彼之短。有史以来，关于文艺起源问题从来没像这个时期引

①《吕氏春秋·古乐》。

②《云门》，相传是歌颂黄帝功德的诗篇。

③《大唐》，相传是舜称颂尧帝禅让的诗歌。

④《山海经·大荒西经》。

⑤《大戴礼记·五帝德篇》。

人注目。也正是这个时期，西方社会学思想传入中国，引起了中国学术界对文艺起源问题的重视。王国维关于文学源于“游戏”和戏剧始于“巫术”的说法①、刘师培关于文艺“溯源清庙之守”的论述②，也多受此影响。

在现代西方文艺社会学史上，关于文艺起源问题仍然是一个重要的研究课题，有人继续沿着文化人类学的道路对原始艺术（包括史前艺术）进行研究，有人则通过儿童心理实验途径推测艺术的起源。随着现代自然科学的发展，研究文艺产生和发展的最新理论要算“突变论”了。

突变论是西方近年来兴起的一种研究事物变化和发展的现代科学理论和方法，它是随着热力学、量子场学、生化学、生态学、形态学和现代数学等发展起来的一种认识论和方法论。这种理论认为，生物或社会现象都是由微小变异发展、积累成“遗传趋势”，通过偶然的机遇（条件）产生反馈，使原来的结构发生突变，形成新的事物。这种理论试图打破达尔文进化论之自然选择的平稳过程及其机械进化模式，以结构的变化说明事物的量变与质变，说明事物千变万化的形态，以认识更为复杂的微观世界和宏观世界。目前，突变论已被西方科学家广泛地运用于生物的、化学的、文化的、思想意识的、社会的各个领域，也应用于文艺起源的研究，以期探索生物和社会现象的跃进秘密。

其实，突变论并不是别的，就是通常讲的质变与量变自然辩证法。因为世界上任何事物的发展变化，都不是简单的进化。特别是新事物的形成，绝对不只是简单的组合或复杂的拼凑，而是在特定条件下的由量变到质变的飞跃。这种飞跃，既可以是进化，也可以是退化。事物的发展变化，绝对不是像达尔文自然进化论那样只是把互不相干的事物混淆起来作简单的、机械的类比，而是表现为事物的每一个规定、特质、特性、方面和侧面等等，向每个它者，即自己对立面的转化，并表现为不断出现新的方面、侧面、关系、联系，突变出新的特质、特性和个别性的无限过程。这种突变，这种事物的发展变化，是丰富的、多彩的、各种各样的，充满着无限辩证法的。

---

①王国维在《文学小言》（载《晚清文选》）中认为，人生存竞争有余发而为游戏，“文学者，游戏的事业也”；在《宋元戏曲考》（载《王国维戏曲论文集》）中认为，歌舞之兴，始乎古之巫。

②刘师培在《文学出于巫祝之官说》（载《左庵集》）认为，“考文章之流别，溯源于清庙之守”。

文学艺术从本质上说，乃是人的灵明心性及其思想情感的表现，是属于精神现象或精神科学研究的范围，而用自然科学的理论方法去研究它，无疑是有局限性的。但我们这里并不仅仅局限于文艺创造的精神活动本身，而是把它看做从一种艺术形式到另一种艺术形式的发展变化过程，利用现代自然科学研究成果新成就看其是怎样通过突变取得发展的。

二　从“突变论”看原始文艺的起源

原始文艺在文艺社会学史上，是指人类社会的史前文艺和现存的原始民族、原始部落的文艺。这里，我们可以把人类初期简单的原始音乐、舞蹈、诗歌、绘画、戏剧以及工艺、装饰等广义地称为原始文艺。

原始文艺是天意神授，还是产生于种族潜意识、宗教巫术的呢？1879年在西班牙发现的阿尔塔米拉洞窟壁画和1940年在法国南部发现的拉斯科克斯洞窟壁画，奇迹般地向人们表明，人类的艺术活动远在一两万年前就开始了。这些史前艺术没有任何神性的遗迹，也没有任何动植物的图腾崇拜，充其量不过是狩猎的艺术描绘。那插着标记的野兽或被射倒的野牛，不过表示着狩猎的对象，那过河的野鹿及其腹下的游鱼，不过是记录了狩猎的场面；有些画是重叠着的，旧的上面又画了新的，有人认为这似乎与一年一度或一年数次举行的仪式有关，其实何尝不可认为是原始人群狩猎过程中于洞内休息或偶避风雨所为呢。它有力地向我们证明，原始艺术活动要比哲学、宗教的产生更为久远，这并不是宗教神学、种族潜意识或巫术仪式所能解释的。

人类在劳动过程中，一方面使手和脚分了工；另一方面，使头脑、发音器官渐渐发达，这两者给舞蹈和歌唱奠定了物质基础，并使艺术活动成为可能。试想，如果人类手脚不分工，可能永远学不会跳舞；如果人类发音器一直像野兽的一样，恐怕就永远学不会歌唱。正是人类在劳动中渐渐产生了简单的意识和表达一定意义的音节语言，以及传递信息的手势、符号，如挥动树枝、羽毛、兽皮之类，所以才一代一代积累和发展起来这些原始文艺要素。这些原始文艺要素经过无数次的积累，慢慢形成一种遗传趋势。人类在偶然的机会或特殊条件下，发现某种形式能够传达思想或感情，如披上兽皮跳跃可以表示凶猛，抬木头前者呼后者应可以一块用上劲，那么，这最简单、最粗糙、最原始的舞蹈、歌唱便算产生了，这就是突变、飞跃，文艺便从无到有出现了。《淮南子》讲：“今夫举大木者，前呼‘邪许’，后亦应之，此举重劝力之歌也。”[①] 鲁迅先生说得更生动：“我们祖先原始人，原是连话也不会说的，为了共同劳动，必须发表意见，才渐渐地练出各种复杂的声音来。假如那时大家抬木头，觉得吃力了，却想不到发表，其中有一个叫道‘杭育杭育’，那么这就是创作；大家也要佩服，应用的，这就等于出版；倘若用什么记号留存下来，这就是文学，他当然就是作家，也是文学家，是‘杭育杭育’派。”[②] 这“杭育杭育”派的创作就是原始文艺要素积累成的遗传趋势的突变，是这些要素（声音、动作）与抬木头结合所产生的一种新的结构形式，即“杭育”文学。

人类学会用一定符号表示某种意义或传递某种信息，是经过相当长的历史阶段积累起来的。摩尔根《古代社会》一书中说：“卢克莱修斯指出，在原始时代，人类是靠声音和手势来结结巴巴地相互交流思想（或出之以呼号，或无声而作态）”，“语言和手势均产生于蒙昧阶段，并肩发展，日臻兴盛，进入野蛮阶段以后很久，二者仍始终结合在一起，不过结合的程度较轻而已”。[③] 根据摩尔根的推测，人类蒙昧时期至少经过 6 万年左右才进入野蛮时期的初级阶段。人类在蒙昧时期只有音节语言和手势语言，抽象思维能力很差，他们的头脑里还没有思想或概念，很难实现发明创造，哪怕是最简单的发明创造。总之，这个时期，人类还没有形成最简单的社会。[④] 因此，在人类蒙昧时期的低级阶段还只是存在一些原始文艺的要素，它还没有作为一种社会现象出现在人类社会。

人类进入蒙昧时期高级阶段，心灵才慢慢开豁，大脑才渐渐发达。第二冰期以后，气候渐渐温暖，人类开始出现于欧洲、北非、前亚细亚乃至印度。在这个低级文化阶段，出现了极其粗糙的石刀、石锄、石斧和削兽皮的燧石削刀、钻。人类群居在洞穴里，到晚期已学会比较合理地制造和设计骨制的短剑、缝针，同时也出现了“生动的动物画”、“赤身人物狩猎图”和“原始雕刻”。人类这些初期艺术的产生是数万年文化积累的结果，是石制或骨制的短剑、缝针与狩猎生活结合所产生的一种结构形式。我们前边谈到的西班牙阿尔塔米拉洞窟壁画，这些壁画令人惊奇的是用油质与颜料混合涂成的，这种结合不能不说是和原始人突然发现某些动物油质与土色混合久不脱色有关。他们把这种发现用于原始绘画就是一种突变，是

①《淮南子·道应训》。

②《鲁迅全集》第 6 卷，第 75 页。

③摩尔根:《古代社会》（上册），第一编第三章注释，商务印书馆 1981 年版。

④摩尔根:《古代社会》（上册），第 37 页，商务印书馆 1981 年版。

一种生活积累的飞跃形式。人类蒙昧时期高级阶段作为低级文化形成阶段，也是“洞穴”社会形成的阶段。原始文艺是人类在这个阶段的狩猎社会生活中所创造的一种结构形式，即由原始符号、标记等要素在狩猎过程中所产生的突变，这种突变是以蒙昧时期高级阶段群体狩猎生活为基础的，所以文艺一开始就是一种社会现象。

模仿艺术，如绘画、舞蹈等，也只有在人类蒙昧时期的高级阶段才有可能产生，因为它是一种头脑发达、开化的思维形式。我们可以从给婴儿喂奶中观察人类童年时期所进行的模仿活动的一些情形。妈妈每天用奶水瓶给婴儿喂奶，婴儿则从奶瓶中汲取奶汁，得到快感和满足。婴儿经过这样无数次的感官积累，待长到八九个月，胳膊、手指能够支配一些简单行为的时候，如果妈妈把喂剩下的奶瓶放在婴儿身边，婴儿为了重新体会这种快感，就会模仿妈妈喂奶的动作自己抱着瓶子喝起来，喝不着时甚至会把瓶子举得高高的。这种模仿行为就是婴儿感官积累的结果，是感官积累与手结合所产生的一种行为，是妈妈无数次喂奶积累的中断所产生的突变和飞跃。这种突变和飞跃是以婴儿的头脑及手的发育为基础的，但没有积累也不可能产生突变，因为对那些经常吃母奶的同期婴儿来说，是不会模仿这种行为的。人类原始模仿艺术的产生也是如此，只是它比婴儿的模仿经历了更长、更复杂的历史阶段。普列汉诺夫在《没有地址的信》中曾谈到澳洲人的青蛙舞、蝴蝶舞、鸸鹋舞、野犬舞、袋鼠舞，北美印第安人的熊舞、水牛舞，以及巴西印第安人的鱼舞和巴凯里人的蝙蝠舞等，认为这些舞蹈都是对动物的简单模仿，都源于人类狩猎生活，是他们“想再度体验一种快乐的冲动，而这种快乐是曾经由于狩猎时使用气力而体验过的”[①]。这种快乐冲动是原始人在狩猎过程中积累起来的一种感情。他们一定经历过无数次的狩猎不着的饥饿痛苦和狩猎收获后饱餐一顿的快乐才积累了这种感情，也积累了表达这种感情的手之舞之、足之蹈之的各种动作和姿态，然后才在狩猎的特定环境中产生了一种模仿形式，以满足快乐冲动的感情需要。这种模仿的突变所产生的舞蹈结构形式，是人类头脑、手脚发达的产物，是以狩猎生活为基础的，而不是源于宗教神学以及巫术活动的。

我们说文艺不源于宗教，不起于巫术，这并不是说原始文艺的起源、产生、发展与宗教、巫术等活动毫无关系。文艺产生和发展的因素是多方面的，是受各方面文化积累影响的。马克思在研究摩尔根的《古代社会》

①《普列汉诺夫美学论文集》（Ⅰ），第376页，人民出版社1983年版。

一书时曾说：“在野蛮时期的低级阶段，人类的高级属性开始发展起来。个人的尊严、雄辩、宗教的感情、正直、刚毅、勇敢，此时已经成为品格的一般的特质，但是残酷、奸险和狂热也随之俱来。在宗教领域中发生了自然崇拜和关于人格化的神灵以及关于大主宰的模糊概念，原始的诗歌创作、共同住宅和玉蜀黍面包——所有这些都是属于这个时期的。……想象，这一作用于人类发展如此之大的功能，开始于此时产生神话、传奇和传说等未记载的文学，业已给予人类以强有力的影响。”① 由于当时生产能力的低下，人类认识自然界的能力也受到局限。在当时，凡有所发明创造者，哪怕其发明很简单，即可谓之神人，而教人巢居者、教人燧石取火者、教人结绳记事者、教人耕种者，皆可谓大圣人。原始人类得其利，用其教，也要威其神，佩服得五体投地，如神人一样去崇拜。那些教人抗旱者、防风者、治水者、捕鱼者、灭虫驱兽及填沟补濠者等等，也都是大英雄、大神人、大圣人，也都要敬佩、慑服的。我们古代的夸父追日、女娲补天、后羿射日、精卫填海、大禹治水等神话故事都是这种英雄崇拜的产物。每一个对英雄崇拜的神话故事都来源于原始人类认识利用自然的胜利与成功，是他们中某些人与自然界长期相识及所获知识突变的结果，不过是大家以想象夸大的形式表现出来而已。同样，对那些尚未被认识的自然现象，他们便以人间的模式去想象、推测这种异己的力量。这就是宗教的起源。许多宗教故事实际上就是优美动人的神话，如《旧约》中的《创世纪》，也是人类长期观察自然界突变的一种奇特形式。

原始人类为了表示对英雄人物及自然神的崇拜，以免除瘟疫、疾病、祸灾并得到庇护、保佑、平安、吉祥等，不仅以语言歌唱这些神人、神灵，而且还用舞蹈表示虔诚。这种特殊的场面就是宗教仪式。宗教仪式是诗歌、舞蹈、装饰（化装）等艺术的综合结构。这种结构并不是把这些艺术简单地加在一起，而是按照宗教活动的内容有机地结合在一起所产生的一种新结构形式。这就是原始戏剧的来源。中国古代《周礼》所载：“方相氏，掌蒙熊皮，黄金四目，玄衣朱裳，执戈扬眉，帅百隶而时难，以索室欧疫。”② 难即傩，时傩就是按照季节月令化装成斗兽的样子表演，用以驱逐疫鬼的一种舞蹈。这种舞蹈实际上就是原始戏剧的起源，它已经把舞

①马克思：《摩尔根〈古代社会〉一书摘要》（1881～1882），第54～55页，人民出版社1978年版。

②《周礼·夏官司马下》，见《十三经注疏》（上册），第851页，中华书局1980年版。

蹈与装饰结合起来了。前边讲的“葛天氏之乐，三人操牛尾，投足歌八阙”，则已是歌、舞、饰三位一体了。《诗序》说：“情动于中，而形于言；言之不足，故嗟叹之；嗟叹之不足，故永歌之；永歌之不足，不知足之蹈之、手之舞之。”① 由此可见，各种艺术的结合是符合人类表达思想感情规律的。但这种结合已不是原来的各种艺术的孤立成分，而是突变成了一种新形式、新结构，而正是这种突变产生了新的文艺现象。

原始戏剧的产生是受风俗、宗教仪式、巫术活动的影响的，但它只是提供了这种突变的条件，而突变本身却是由当时社会文化发展所产生的诗歌、舞蹈、装饰等艺术积累的结果，正是这些积累构成了原始戏剧艺术突变的“基因”。

新的结构形式的产生是突变，对原有结构形式的加工、提高，使之规律化、规范化也是突变。这里，我们不妨用书法艺术来加以说明。中国的汉字和古埃及文字都是象形文字，而且有惊人的相似之处。如汉字的“日”就是由太阳的图形“”除去光线简单化为“⊙”的，埃及的古代象形文字“日”也写成“⊙”；中国汉字“雨”就是由天上落水下来的图形“”简化为“”的，埃及的“雨”字则为“”；中国汉字的“水”是从流水的图形“”演化出来的，写成“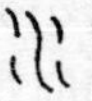”，埃及的“水”字则写成“”；汉字的“田”字是由田界图形“”构成的；埃及的平地为“”，陆地为“”，如此等等，都极为相似。这些象形文字说明，人类在观察自然过程中有着某种相似的思维规律。中国象形文字经过秦朝李斯等人的规范化，突变成了有规律的八种方块字形，以后又经过多次加工、提高，突变为虫篆、八分、飞白、章草以及真书、行书、草书各种书法艺术。每一次对文字的加工、提高都是一种创造性的突变，是在前人书法艺术积累基础上实现的飞跃。与中国不同，埃及却抛弃了这种象形文字，先变成草体书法，后来就变成由字母组成的文字了。这种文字改革，实际上就是书法突变。书法如此，工艺、装饰艺术等也是如此。由此可见，加工、改革、提高对于艺术突变之重要作用，这在现代文艺产生和发展中更为明显。

①《毛诗正义》，卷一，见《十三经注疏》（上册），第 270 页，中华书局 1980 年版。

三　从“突变论”看现代文艺的产生和发展

现代的小说、戏剧、电影、交响音乐、芭蕾、建筑艺术等等是从哪里来的？是从古代原始文艺中突变来的，是古代文学、艺术发展、积累适应现代社会生活突变的新结构形式。

以中国的小说、戏剧为例。中国小说产生的渊源很长，最早可以追溯到秦汉以前的《山海经》、《穆天子传》等神异故事。所谓“饰小说以干县令”①，所谓“小说家者流，盖出于稗官，街谈巷语，道听途说者所造也”②，就是指它产生的根据是由社会生活虚构的趣闻轶事。这是小说的原始积累。魏晋南北朝时期，由于政治杀戮、门阀重隔、佛道盛行，人们慑于政事，转而侈谈鬼神，称道异类，于是产生了志怪小说，这是一次突变；到了唐代，由于城市经济发展，发现了新思想、新人物，也出现了要求娱乐的市民，正是为了满足这些市民的心理，出现了唐代传奇小说。它虽作意好奇，却一改六朝怪异之谈，成为“一代之奇”，这又是一次突变；及宋，商业经济的发展，都市人口的增加，市民已成为阶层，娱乐亦随为盛事，谈古论今，产生了“话本”小说，既有短制，又有长篇，开辟了中国小说的新纪元，又是再次突变；唐宋以后，变而为明清长篇章回小说，变而为五四时期的新小说，变而为现代的小说。每一次突变都是过去积累的结果，同时又成为积累。

小说如此，戏剧也是如此。从古代方相氏时傩之舞、葛天氏之乐的戏剧原始积累，到汉代的“角抵”、“大傩”，到唐代的“傀儡”戏和“参军戏”，到宋元杂剧，到明清传奇戏，再到今日之戏剧，每一次都是积累的突变。这种突变是发展、创作、改造和革新，是吸收其他文学和艺术（如诗歌、词、曲、音乐、舞蹈、杂技）所创立的一种新结构、新形式。

不仅中国现代文艺的产生和发展是这样，西方现代文艺的产生和发展也是这样，如交响音乐。在中世纪，音乐家、作曲家只是在教堂或小客厅中进行演唱，乐器、乐队的数目都是较小的，甚至是单独进行的。到了18世纪，随着西方社会经济的发展，社会组织结构越来越大，音乐艺术也被纳入了雇佣资本的体系。商人为了赚钱，座位越加越多，盛不下就盖大音乐堂。随着各地大音乐堂的不断出现，为了使远排座位的听众听得清楚，

---

①《庄子·外物篇》。

②《汉书·艺文志》。

就需要增加乐器、音量，以求更大的音乐效果，于是乐器和演奏者大大增加，形成了由各种器乐演奏的庞大阵容，大型的交响乐队和现代化的交响音乐就产生了。同时，贝多芬、莫扎特、门德尔松、舒伯特的交响乐章出现了，成了18世纪资产阶级音乐的英雄时期。交响音乐在过去音乐基础上实现了变革，成为现代音乐的和谐、统一的巨大新式结构。

西方其他现代艺术，也都经过这种积累和突变过程。芭蕾舞原是欧洲古典舞剧，起源于意大利，17世纪形成于法国，到19世纪初期创造了角尖舞技巧，并形成了一套完整的训练方法，芭蕾舞也由此发展成一门独立的现代艺术。电影则是活动照相技术与幻灯结合所产生的一种现代艺术，而电视文艺与电子音乐则是随着电子工业和现代通信技术的发展产生的现代艺术，现代高大的建筑群艺术则是随着近代钢铁、混凝土的发展而得以实现的。电影、电视文艺、现代建筑等艺术，都是现代科学技术的进步与原始的、古典的艺术形式积累相结合所产生的一种突变形式。这种突变是量变的中断，是质的飞跃。经过突变，艺术品种已经不是原来的艺术品种，而是一种新艺术的产生和旧艺术的发展。

新艺术产生了，不断发展、进步和完美，表现出强大的生命力，而旧艺术则渐渐（不是一下子）衰退、消亡，这就是文艺发展的一般规律。如中国宋元以后的杂剧、传奇到清朝雍、乾年间渐渐衰退，而从明末开始的地方剧种、声腔则发展起来，到清朝形成了“南昆、北弋、东柳、西梆”四大声腔、剧种①。现在，这些声腔、剧种除了梆子腔和梆子戏还有一定生命力，其他声腔、剧种也渐渐衰退了。现代艺术也是如此。由于电影、电视的迅速发展，人们对幻灯已渐渐失去兴趣，它只在教学等方面还有一定作用，平时人们已很少看幻灯片了。但是，这并不是说任何古老艺术都可以废弃，恰恰相反，一些古老的传统艺术只要经过革新或重新创造，仍然可以突变为人们喜爱的艺术形式，如中国的古筝，经过艺术家的革新，目前已成为人民群众喜闻乐见的乐器，并演奏出了社会生活的新篇章。

艺术的突变并不是一切都是进步的，有生命力的，有时候相反，突变的结果表现出的是退化。例如河南坠子本是很受群众欢迎的一种曲艺，但

①昆、弋、柳、梆皆为清代主要声腔、剧种。昆腔即“昆山腔”，原为江苏昆山一带民间戏曲腔调，明万历以后流行各地，与地方语言、声腔结合形成了一种广泛的声腔系统；弋腔起源于江西弋阳一带，明清代流传于北京、南京、湖南、福建等地；柳子腔和柳子戏主要流行于山东、河南一带，它还包括大弦子戏、罗子戏等；梆子腔包括秦腔（陕西梆子）、晋剧（山西梆子）、豫剧（河南梆子）以及河北梆子、山东梆子等。

1958 年前后豫北一些地方把河南坠子改变为“化装坠子”，登台演出大的剧目。演员改变了曲艺大方朴素的表演方法，登台时又没有一定的程式，动作扭扭捏捏，群众看了也很别扭，渐渐也就没有生命力了。本来有生命力的东西为什么突变得没有生命力了呢？其中有群众文化心理的问题，也有艺术突变的结构形式问题。如果一种艺术结构不能适应群众的心理，不为群众所欢迎，就很难有生命力，反而不如原来的好，所以才会有艺术突变的退化。西方形形色色的现代派艺术也是这样。这些现代派艺术有追求进步、发展的积极成分，如为了适应社会生活节奏的加快这种生活需要，现代派艺术改变了 18 世纪、19 世纪那种冗长地、静止地描写人物心理和行为的写作方法，变为动态地迅速转换场面、插叙情节等，这自然是好的，但是有些突变则是退化，如抽象派音乐、绘画等，简化或夸张一些是可以的，倘若发展到人们听不懂，看不懂，不可理解，那它也就失去了艺术的意义。当然，有些艺术突变还要经过实践的检验，才能证明是好是坏，例如现代信息越来越发达，而人住进鸽子笼似的高层建筑后却越来越隔膜，时间久了就会影响人们的心理发展变化，使人们越来越隔膜、孤独。原始人曾一度住在树上（巢居）、山上（洞穴），好容易从高处下来了，到了地上，现在又回到高处，而且是更高处，这究竟是进化，还是退化，只有让实践来检验其是否合理，是否有益于人类发展身心健康了。

现在我们可以对文艺起源、产生、发展作个概括了：原始文艺是由人类文艺要素积累突变来的，现代文艺是原始文艺积累突变来的；艺术积累突变是文艺产生发展的一种重要途径，它既表现为进步和发展，同时也有退化现象；无论是原始文艺的起源，还是现代文艺的产生与发展，其积累和突变都是建立在一定社会文化发展基础上的，都是人类于一定的社会生活中，包括他们所处的整个社会关系、社会制度及其宗教的、伦理的、道德的、风俗的与礼仪制度的诸多社会、政治、精神生活在内，为了表达思想和感情所创造的一种特殊手段、一种文化的结构形式。因此，文艺的产生和发展乃是一种社会现象。

第六章　文艺创作是一种社会行为

作家、艺术家的文艺创作是一种社会行为，还是一种非社会行为，这是一个涉及文艺社会学性质的重要问题，也是一个文艺社会学史上各种文艺观长期论争的根本问题。西方一些文艺理论家、批评家经常试图用“纯粹艺术”、“生命冲动”、“自我表现”、“潜意识”等等观点，抹杀文艺创作的社会学性质。这些观点在不同的时期也一定程度地影响着中国的文艺社会学批评。因此，弄清文艺创作究竟是一种什么行为，对于文艺社会学的发展是有其理论意义和实践意义的。

不可否认，人类社会生活中是存在着社会行为和非社会行为两类不同行为方式的。冬天，风沙吹来了，你会自然地眯起眼睛；夏天，蚊子叮来了，你会不自觉地“叭”一巴掌。其他像人们困乏时打个呵欠，感冒时打个喷嚏等，诸如此类的行为，人们并没有经过头脑的思维，只是一些条件反应，都是非社会行为。但是，人类在社会生活中更多的或者说绝大多数的行为是社会性质的。所谓社会行为，是指人们在一定社会意识支配下所产生的具有某种意义的社会实践活动。一个人，不论是在房子里放声高歌、击掌大笑，还是清晨独自在公园散步或晚上隔窗望月，只要他不是精神病患者，尽管这种行为并没有与社会发生交互作用，但仍然是社会行为。因为它是在一定社会意识支配下作出的，具有一定社会意义。独自放声高歌，可能是高兴或苦闷，抒发一下思想感情；一个人击掌大笑，可能是喜事在心，乐不可支，或者是笑傲风月，情不自禁；清晨散步可能是为呼吸一下新鲜空气，以益于身心健康，也可能是新的一天开始了，思考一下应该怎样工作；隔窗望月，可能是欣赏月色的皎洁，也可能是思念远方的亲人，总之它们都是一定社会意识支配下有目的的行为。至于为社会生产和交换的人们，熙熙而来，攘攘而去，这种既大量又普遍的行为，更是社会性质的。

那么，文艺创作是一种什么行为呢？

一 文艺创作不是自然行为

也许有人会说，落霞、孤鹜、海岸、云层，不是自然的写照吗？风声、雨声、松涛声，不是自然的旋律吗？描写自然现象的文艺创作与社会行为有什么相干？这样提问题的人也许不了解文艺社会学发展史上，一些唯美主义、形式主义的理论家、批评家正是利用这些说法来宣扬所谓“纯粹艺术”的。法国早期印象主义者波德莱尔就说过，“自然对我们没有什么教导”，它只是强迫人们睡觉、饮食、自卫等等。因此，他认为文艺创作只是追求一种摆脱一切道德观点的“纯粹之美”[①]。英国新黑格尔主义者布拉德雷（F. H. Bradley）、法国直觉主义者柏格森等人，也都坚决主张文艺创作“要与社会决裂，并回到纯粹的自然中去”[②]。他们把文艺创作看成是“独自存在的一个世界”，是与“真实世界中所有的那些信仰、目标和特殊条件”相脱离的，诗歌一类文学艺术“既不是生命”，也不是“生命的摹本”，并且不直接诉诸“感情、意愿和目的”，只是“为诗而诗”、“为艺术而艺术”的行为，[③] 因而否定文艺创作的社会学性质。

我们承认“纯粹艺术”具有高尚的一面，具有非世俗的动机与功利追求的一面，但是这不等于说它可以脱离社会意识、脱离人类共同的文化观念及其思维形式，更不是说它可以不表达人所具有的情感和情绪。不是的。即使描写自然现象的文学艺术作品，也是如此。自然，仅就自然界一些现象本身的变化来说，是非社会行为。然而当它通过作家、艺术家的“内化”创作成文艺作品时，也就把一种自然现象转化为一种艺术对象，同时也转化成了一种社会对象。马克思说:“只有当对象对人来说成为人的对象或者说成了对象化的人的时候，人才不致在自己的对象里面丧失自身。”[④] 自然现象只有通过作家、艺术家的感受，使之成为艺术的对象、社会的对象，成为人的生活、思想、感情的表现形式，才能成为艺术。花开无情，鸟飞无意，而“感时花溅泪，恨别鸟惊心”[⑤] 则表现了诗人杜甫在唐代社会离乱中的痛苦。“千山鸟飞绝，万径人踪灭”[⑥]，则表现了诗人柳

①《西方文论选》（下卷），第 226 页，上海译文出版社 1979 年版。

②《西方文论选》（下卷），第 286 页，上海译文出版社 1979 年版。

③《西方文论选》（下卷），第 102 ~ 104 页，上海译文出版社 1979 年版。

④马克思:《1844 年经济学—哲学手稿》，第 78 页。

⑤杜甫:《春望》。

⑥柳宗元:《江雪》。

宗元逐客生涯的孤独。秋风秋雨，虽是自然现象，然而到了词人李清照笔下，“梧桐更兼细雨，到黄昏点点滴滴”[①]，却成了一个“愁”字的发泄。辛稼轩有首词：“昨夜松边醉倒，问松‘我醉何如?’只疑松动要来扶，以手推松曰：‘去’。”[②] 松树岂有“扶”人的行为，诗人又何能推开这种松的行为，它不过是诗人赋予松树的行为。在这里，松树已成为艺术化的对象、社会化的对象，用以表现诗人壮志未酬、报国无门，以酒消愁的孤独艺术象征与愁苦心境，因此松树的行为也就具有社会意义了。

描写自然界变化的音乐的境界好似很抽象，其实不然。中国古代伯牙理琴，意在高山，钟子期便知“巍巍然如泰山”；意在流水，钟子期便知“汤汤如江河”，可见音乐并不抽象。唐朝白居易的《琵琶行》，正是通过京都女子演奏琵琶的“急雨”、“私语”、“间关莺语”、“幽咽流泉”诸多音调、节奏变化，表现出演奏者“幽愁暗恨生”的无限心事的。现代艺人阿炳的《二泉映月》，虽写冷月无声，静影沉璧，流泉幽涩，却表现出了创作者流浪生活的无限痛苦和无法言喻的悲愤。在西方音乐中，无论是贝多芬的《田园交响曲》中雷鸣风驰的描写，还是舒伯特的《湖上》一类乐曲的风俗画般的描绘，无不表现了音乐家内心世界的情绪。至于现代派音乐家德彪西的《云》中所表现的忧郁，勋伯格的《苍白的月色》所表现的哀愁[③]，如德国评论家赫尔曼（Hermann）所说的那样，也不过是表现了音乐家“灵魂的呼唤”[④]。

描摹自然风物的绘画艺术同样要表现画家的情趣和意志。在中国绘画中，牡丹国色天香以示富贵，荷花出淤泥而不染以表高洁，菊花凌霜傲雪意耐贫寒，梅花铮铮铁骨意喻性格不屈，都是人所共知的。郑板桥画竹，“不特为竹写神，亦为竹写生。瘦劲孤高，是其神也；豪迈凌云，是（其）生也；依于石而不囿于石，是其节也；落其色相而不滞于梗概，是其品也”。[⑤] 一枝一竹之气韵，有关画家之风情；一竹一石之位置，足见主人之

①李清照:《声声慢》。

②辛弃疾:《西江月》。

③德彪西（C. Debussy，1862—1918），法国作曲家，印象派音乐的开创者之一。《云》是德彪西创作的管弦乐曲《夜曲》的第一首。勋伯格（1874—1951），奥地利作曲家，后入美国籍，表现派音乐的重要人物之一。《苍白的月色》是勋伯格创作的《月神附体的丑角》的第七首。

④[美]彼得·斯·汉森:《二十世纪音乐概论》（上），第60页，人民音乐出版社1981年版。

⑤《郑板桥集·补遗》。

精神。徐悲鸿曾画了一匹奔马，题曰："山河百战归民主，铲除崎岖大道平"，则既表现了民主革命的艰难曲折，又显示了奔向康庄大道的光明前途。李苦禅的《怒放图》，以繁茂怒放的红梅预示了思想解放运动的来临，也表现了画家情不自禁的喜悦。绘画传神之妙，全在得人意之精神。

西方现代派的绘画是不是像波德莱尔、布拉德雷等人所说那样是"纯粹之美"呢，是不是像他们所说的"回到纯粹自然中去"了呢？这里让我们看看印象主义、表现主义的绘画是很有意思的。荷兰的凡·高是有名的印象派画家。他画《盛开的桃花》，是为了表示生命的永存；他画《向日葵》，是为了表示死后与弟弟提奥合葬墓地的理想；他画《鸢尾花》、《石竹花》，无不赋予自然以生命，体现出"花魂"之所在。法国印象派画家塞尚曾被尊为"现代派绘画之父"。他的绘画，不论是描绘自然风光的河流、树丛，还是着意静物画的一个桔子、一个苹果，皆以色彩的冷暖、强弱、亮暗作特殊的语言，表达出社会生活的情趣。在表现主义画家中，无论是西班牙的毕加索（P. Picasso）的那些临摹自然、利用自然的象征绘画，还是俄国的康定斯基（W. Kandinsky）那充满黄的泥土、蓝的天空的几何形象，都表现着人的"内心精神"和明确的人生情绪。即使像奥地利画家珂珂希卡（O. Kokoschka）所画的甲壳、鱼鳖一类动物画中，也都体现着被西方工业社会生活压抑、窒息的人的生命。在这些绘画中，都自觉或不自觉地表现着艺术家的社会规范，表现着西方知识分子在现实世界面前所感到的困惑和不安情绪，并试图把这种困惑、不安的情绪通过自然或变形的自然描绘得到陶醉和解脱，也绝没有回到纯粹的自然中去，自然仍然是人的"内心"物，是人的艺术化、社会化对象。德国的威廉·沃林格尔（W. Worringer）在《哥特艺术的形式问题》一书中，曾对北欧表现主义的绘画有过这样的解释："北欧人渴望活动，但由于这种活动不能换取对现实的清楚理解，而且由于得不到这种正常的解决，因而只好加强活动，最后唯有借助于不健康的幻想以求自己的解脱。从前哥特人不能通过清楚的知识把现实化为自然形象，所以就为这种强烈的幻想所驱使，从而把现实转化为神奇、变形的东西。每一种事物都变成怪异的和幻想的。在事物可见外貌的背后，隐藏着它的漫画式的形象，在无声无息的背后，隐藏着可怖的幽灵的生命。"① 沃林格尔的解释虽然过分强调了社会生活的传统背景，但也一定程度上道破了表现主义画家追求"一种幽灵似的变形事实"

①[英]赫伯特·里德：《现代绘画简史》，第33~34页，上海人民美术出版社1982年版。

所隐藏的人生哲学。不管这种人生哲学表现得多么隐晦、曲折、奇特、变幻，不那么易于理解，然而在无情的自然物背后，都体现着人的思想感情和伦理道德观念，乃是人的社会行为的表现。所谓纯粹与抽象，不过是将艺术境界提升得更高一些，更纯粹无杂一些，不流于世俗的欲望与人生追求而已。但无论如何，艺术思想仍然是人的同然之心，仍然表现着人类相同或相近的思维形式，所以说艺术创作仍是社会行为。

二　文艺创作不是生理行为

文艺创作是不是人的生理行为呢，是不是柏格森所说的“生命冲动”或克罗齐所说的是纯粹“自我表现”呢，都不是。

西方一些文艺理论家、批评家往往以人的生命本能论来否认文艺创作的社会学性质。这种理论可以追溯到18世纪德国康德、席勒的“精力过剩论”。不过在康德的理论中还表现着纯粹理性和实践理性的调和。席勒曾说“引起强烈冲动的事物，乃生存于现实之中”①。但是到了19世纪唯意志论者叔本华、尼采的理论中，文艺创作则完全淹没在“自我扩张”、“内心苦闷”的本能冲动中去了。特别是在19世纪末期反进化论文艺社会学的思潮中，柏格森的“生命冲动论”和克罗齐的“自我表现说”成了有代表性的生命本能论的文艺观点。柏格森的“生命冲动论”是叔本华的“生的意志”和尼采的“生理现象之间的矛盾”的翻版。他从非理性的直觉主义出发，把文艺创作看成是生命的不断创造和绵延，是艺术家任天性激情冲击的表现。他在《笑的研究》中认为，诗的创作乃是“诗人本身的变化和分化”，是诗人天性深处“潜在东西”的再现。② 克罗齐则认为文艺创作是人的心理活动，“属于心灵的力量”，而心理活动及心灵的力量是根据物理的东西或物理事实美的刺激转变、联想产生的。③ 因此，他们的观点就是文艺创作是一种生理冲动而不是社会行为。

柏格森、克罗齐的观点首先在于它的超社会意识性。我们承认文学艺术创作活动离不开人的生命精神，而且生命精神愈充沛、愈高尚，愈能创作出好的艺术作品，并且使作品充满淋漓酣畅的生命精神。但这不等于说

---

①席勒:《素朴的诗和伤感的诗》，见《西方文论选》（上卷），第492页，上海译文出版社1979年版。

②见《西方文论选》（下卷），第291页，上海译文出版社1979年版。

③见《西方美学家论美和美感》，第289、291页，商务印书馆1980年版。

艺术创作只是一种生命本能的冲动，更不等于说这种生命冲动本身就是艺术创作。虽然人的生理机能在受到物质条件的刺激时也会产生某些行为，如寒冷时发抖、暑热时出汗、雷鸣时不安、地震时惊恐等等，但这些行为本身既不是文艺创作，也不是艺术表现。一个人不管冻得怎样浑身发抖，或是热得汗流浃背，没有人认为这就是艺术，人们见了也只能说“你冻得太厉害了”，或说“看你热成这个样子”。同样，一个人不管雷鸣时怎样不安，地震时怎样惊恐，也只是自然条件变化的反应，而不是艺术的表现。只有当这些生理现象经过作家、艺术家的思索、评价，经过社会文化意识及审美思维活动见诸艺术形式时，才是文艺创作。寒冷发抖虽然是气候寒冷的生理反应，然而寒冷者是无衣造成的，诗曰：“无衣无褐，何以卒岁”①，则成了对社会不公平的发问。出汗虽然是一种生理现象，然而在社会生活中也有香汗和臭汗之别。“锄禾日当午，汗滴禾下土”②，劳苦农民出的汗与老爷、太太、小姐们的汗，味道也是不同的。至于电闪雷鸣、天塌地陷一类使人类惊恐不安的自然现象，在神话故事里同样变成了一种非人力所能抵抗的异己力量，也被赋予人类的社会行为。

人类有没有像柏格森、克罗齐说的那种超脱社会意识的“天生激性”或“心灵的力量”呢？人虽有先天道德本性，有“好是懿德”，追求美好事物与优秀品格的本质规定性，但这并不是人意识到的观念，也不是人生而具有思想情感或高尚的道德精神之存在，而只是一种先天本质的规定性。虽然说喜怒哀乐乃人之情也，然而人是一种社会文化存在，而不是纯生物学上的动物，既曰人的感情，就不是物理学的组合、化学的化合、生物学的进化，皆是感物而生、缘事而发的社会心理或文化意识。不论是春风春鸟、秋月秋蝉、夏云暑雨、冬月祁寒的四时物之感人，还是楚臣去境、汉女辞宫、塞客衣单、孀闺泪尽一类事之动人，都是人类社会心理、文化意识见诸艺术的表现。拿人类的性爱来说，任何性爱绝不只是兽性的冲动，文艺作品的性爱描写也绝对不只是兽性冲动的简单再现，因为作家不是一头“精力过剩”的公牛，艺术家也不是“生命冲动”的野马，他们都是有一定社会意识的人。他们在描写性爱方式时，不论这种冲动激烈得像火山爆发，还是羞涩得像处女感情外露，既曰爱，都不能不和一定的社会生活相联系，不能不受一定社会意识的支配。诚如普列汉诺夫所说：

①《诗经·七月》。

②(唐)李绅:《悯农二首》。

“心理现象的这整个复杂的辩证法的基础就是社会方面的各种事实。”① 人类的感情、意志、爱等，只有具备相应的社会生活条件才能产生，才可能变为现实，也只有成为作家、艺术家的审美对象才能创作成艺术。艺术创作的爱情描写并不是为了使人得到生物学上性的满足，而是为了使人从其爱情的悲欢离合的命运上分享其喜悦和痛苦、甜蜜与辛酸、崇高与不幸，从而在思想感情上得到社会文化的提高和净化。伟大的艺术家需有崇高的情怀，这使一切以“性的诱惑”为能事的色情小说、影片、绘画之流的所谓“作家”、“艺术家”不能不感到羞愧。即便是这种色情的“创作”，也仍然是在宣扬一定的社会文化意识，不过宣扬的是腐朽、卑鄙、污秽的社会文化意识而已。

其次，柏格森、克罗齐的非理性的直觉主义的“生命冲动”、“自我表现”还在于否认文艺创作的社会实践意义。自然，文艺不通过作家、艺术家的“自我”，就无法表现。然而柏格森、克罗齐所谓的直觉，是与直接实践经验无关的直观，是纯粹的直觉或纯粹的表现。正如克罗齐所说的：“直觉是表现，而且只是表现。”② 直觉启示人们以“生命冲动”和“心灵的力量”去洞察周围世界的各种事物和现象。虽然柏格森也承认诗人的心灵状态“主要产生于人与人的交往”，也承认这种交往产生“最猛烈的感情”，但在他那里，这种感情的爱或恨、喜或忧，乃是受社会法则、责任、利害关系等影响而日趋凝固化的东西，就像一层又冷又硬的地球外壳一样，妨碍人类“天生激情”的迸发。因而艺术家的创作就是要超脱这种社会实践（交往）所产生的感情，进入纯粹的自我表现中去。③ 克罗齐虽然也承认“艺术是实践”，但“实践在认识之后，并不在之前”。艺术创作起作用的不是社会实践，而是“意志”的实践，是意志要开口说话或提起嗓子唱歌，是意志要伸手弹琴或记录材料。在这里，克罗齐又回到尼采的唯意志论上去了。意志是什么，是心灵的力量，是自我表现，是直觉的自然流露。在他看来，一个艺术家作品主题的产生就像妇女怀胎，怎样经过她并不知道，只觉要生产的时候到了才生产。④ 柏格森、克罗齐就是这样企图否认文艺创作与社会实践相联系的，企图否认文艺创作社会学意义的。

---

①《没有地址的信》，《普列汉诺夫美学论文集》（Ⅰ），第322页，人民出版社1983年版。

②见《西方美学家论美和美感》，第289页，商务印书馆1980年版。

③见《西方文论选》（下卷），第277、279页，上海译文出版社1979年版。

④见《西方美学家论美和美感》，第297页，商务印书馆1980年版。

人类的全部文学和艺术史表明，任何文艺创作都是建立在一定的社会实践基础上的，不是正确的社会实践，就是错误的社会实践。中国古代有江淹“才尽”与庾信“老更成”的说法。江淹早年曾经历宋、齐、梁三个朝代，甚不得志，一度被陷入狱。所以他早期的赋，如《恨赋》、《别赋》等，都较为深刻地表现了当时社会上的各种离愁别恨和知识分子失意心情，颇富有艺术感染力。江淹到了晚年先后依附萧道成、萧衍等人，做起了大官，安荣尊贵，也就写不出好作品了，故史称其“晚节才思微退，时人谓之才尽”[①]。而庾信的创作生涯则恰恰相反。他早年随父亲庾肩吾出入宫廷，只会写些绮丽的宫廷散文，如《春赋》、《灯赋》等。庾信42岁奉命出使西魏，正值西魏军队攻陷江陵，他被迫留在北朝做官，历仕西魏、北周至隋代。关塞流离的遭遇，家国俱亡的痛苦，使庾信的后期作品艳冶之情顿尽，而多苍凉悲壮之色，如《哀江南赋》、《枯树赋》等，不仅内容深刻，也很感人。所以杜甫说：“庾信文章老更成，暮年词赋动江关。”[②]江淹“才尽”和庾信“老更成”的事例生动地告诉我们，作家、艺术家的创作总是与其社会生活实践分不开的。蒲松龄如果不是家境不济、一生潦倒，身处仕途黑暗、公道不彰之世，何能写出《聊斋志异》？曹雪芹如果不是从贵族佼佼者破落到“举家食粥酒常赊”[③]的境地，孤儿渺漠，新妇飘零，何能怀着新愁旧恨，悲遇合，忆繁华，著书黄叶村呢。[④]归根结底，文艺创作是以作家、艺术家的社会生活实践为基础的，是与其所处的整个时代社会生活联系在一起的。果戈理说得好，创作是哀求不到的，“只有切实而根本地探索社会”[⑤]，才能创作出好的作品。大凡有成就的作家、艺术家，其思想所以丰富多彩，其作品所以包罗万象，都是他们在社会实践中观察世界、认识世界的结果。

柏格森、克罗齐的“生命冲动”、“自我表现”不仅否认文艺创作以社会实践为基础，也否认文艺创作的社会目的性，否认文艺创作本身的社会目的与功用。柏格森认为艺术的目的只是“个性的东西”。这“个性的东西”就是“天生激情”、“生命冲动”，与一切伦理道德、社会法规无涉。

---

①《梁书·江淹传》。

②杜甫：《咏怀·古迹》五首之一。

③（清）敦诚：《赠曹芹圃》。

④参见拙作《江淹“才尽”与庾信“老更成”》，载《光明日报》1979年7月10日，署名石济。

⑤车尔尼雪夫斯基：《果戈理的作品与书信》，见《文学的战斗传统》，第143页，新文艺出版社1953年版。

克罗齐认为，创作只是“为了个人的霎时的飘忽的感情或心境而找到表现形式”[①]。总之，在柏格森、克罗齐心目中，冲动就是一切，表现就是一切，别的目的是没有的，这样似乎也就否认文艺创作是社会行为了。其实，这种没有思想、没有目的，“为艺术而艺术”的说教，只是欺人之谈。人类的文艺创作史表明，尽管创作思想千差万别、形形色色，但作家、艺术家的题材选择、人物塑造、情节构思及表现方法的运用等活动，无不和他们的理想、气质、教育、情操等等的社会文化观念联系在一起，总要赋予作品一定的社会思想内容，并达到一定的社会目的。以西方现代派的音乐、绘画为例，可以充分说明这个问题。勋伯格是追求所谓“没有主题”、“没有动机”的表现主义音乐家，他自己曾经宣称：“艺术家所努力追求的只有一个最大目标，就是表现自己”[②]，那么，他的作品是否与社会思想无关呢，是否毫无社会目的呢，不是。我们不仅可以从歌剧《期望》所描写的一个女人夜间在森林里寻找情人的疯狂、恐惧、痛苦、歇斯底里的表现上，看到勋伯格在大战即将到来时的变态心理和迷惘情绪，而且还可以从歌剧《幸运之手》开幕时漆黑的舞台，一个面朝下的男人背上坐着一个猫形怪兽咬着他的脖子的形象上，看到勋伯格对即将来临的战争“噩梦”般的恐惧和惶惶不安的心情。这些作品是19世纪末期西方知识分子心境的写照，也是对社会变形的描绘。我们从毕加索的绘画中更可以看到这一点。毕加索被称为是“无意识”的超现实主义的画家，他也自称是按照自己的“天生的本能”进行创作的人，然而我们从他的绘画中仍然可以看出他是一个社会意识很强的画家。他的《基尼卡》壁画，用牛、马、举着灯的女孩等组成画面，那公牛象征着残暴和黑暗，那马象征着遭受灾难的人民，那举灯的女孩象征着和平。这幅画虽然不可武断地说成是对西班牙弗朗哥法西斯军政权的讽刺，但不能不说它的创作是毕加索对1937年弗朗哥下令由德国雇佣空军轰炸巴斯克城基尼卡消息的反应，是画家对当时罪恶战争的愤怒和抗争的表现。毕加索虽然是按照自己的“天生的本能”进行创作的画家，然而他的创作目的也是相当鲜明的。毕加索自己就说过这样的话：“你以为艺术家是什么？一个低能儿罢了，如果他是个画家，那就仅仅有一双眼睛；如果他是一个音乐家，他就仅仅有一对耳朵；如果他是一个诗人，那就仅仅有一具琴心；如果他是一个拳击家，他就仅仅靠他的一

①朱光潜:《西方美学史》（下卷），第301页，人民文学出版社1964年版。

②[美]彼德·斯·汉森:《二十世纪音乐概论》（上），第64页，人民音乐出版社1981年版。

身肌肉吗？恰恰相反，艺术家同时也是政治人物，他会经常关注悲欢激烈的事件，他从各个方面来作出反应。他怎么能不关心别人，怎么能够以一种逃避现实的冷漠态度而使你自己同你的那么丰富的生活隔离开来呢？不，绘画并不是为了装饰住宅而创作的。它是抵抗和打击敌人的一个武器。”① 由此可知，文学艺术创作虽然是一种高尚的行为，不带任何世俗的功利目的和动机，但这不等于说文艺创作只是“生命冲动”、“自我表现”，只是“为艺术而艺术”的纯粹表现，它仍然是带着审美理想与政治诉求的。毕加索的话充分证明的，即便是象征主义、表现主义、超现实主义的艺术创作活动，也不是柏格森、克罗齐所说的纯粹“生命冲动”、“自我表现”一类的无目的行为，而都是有一定目的动机的社会实践活动。

三 文艺创作不是“潜意识”行为

西方一些心理学家、文艺理论家及文艺批评家，为了否认文艺创作受社会文化意识的支配，否认文艺创作是一种社会行为，还提出了所谓作家、艺术家存在着一种“潜意识”的说法。这种说法是弗洛伊德首先提出来的。他不仅用“潜意识”解释文艺的产生和起源，还用“性潜意识”、“人格分裂”、“心灵创伤”等解释作家、艺术家的文艺创作。他在《列奥纳多·达·芬奇》中，曾用达·芬奇的母亲被遗弃后把爱转移到疼爱孩子身上，因此造成达·芬奇心灵恋母的情结不能实现，来解释他的科学和艺术创造活动。其实弗洛伊德本人对这种研究也持怀疑态度，并没“过分估价这些结果的可靠性”②。但是，一些西方文艺理论家和批评家却非常津津乐道这种精神发现，以此发挥，不住地奢谈起了作家、艺术家文艺创作始于“精神创伤”、“人格分裂”、“性潜意识”的神话。例如美国的布鲁克斯在《马克·吐温的考验》中就认为，马克·吐温的悲观主义是由于他母亲要他发财致富、走绅士的道路，而他却要搞文学创作、当作家，因而形成了“内心分裂”所造成的。在弗洛伊德主义者看来，作家、艺术家的创作主要是由“内心创伤”、“人格分裂”、“性潜意识”等情绪投射到文艺形式上去的结果，其目的是通过文学和艺术活动得到“补偿”。因此，文艺创作起作用的不是作家、艺术家在社会实践中产生的意识，而是一种“潜意识”，即无意识支配着他们的创作。这正如荣格在《心理学与文学》中

①[英]赫伯特·里德:《现代绘画简史》，第90页，上海人民美术出版社1979年版。

②[英]李斯托威尔:《近代美学史评述》，第29页，上海译文出版社1980年版。

所说的:“每一次，当创作力量占上风的时候，人类生活就趋向、形成一种潜意识的东西来对抗积极的意志，自觉的‘我’就被地下潜流冲走，成为不过是一个对事件束手无策的观察者罢了。”① 英国的赫伯特·里德（H. E. Read）在《文学的本质》中认为，作家文学创作“是一个凌乱而充满偶然的梦幻世界——白日梦的世界”②。在这个梦幻世界里，只是一片混混沌沌的天地，一大锅沸沸扬扬的兴奋之流，除了潜意识的本能，没有组织，没有统一意志，什么也没有。这就是弗洛伊德主义者对文艺创作的解释。

我们知道，人不仅有先天道德本性，而且还是意识到的存在者。意识是人类独有的，不管是自觉的意识，还是不自觉的意识，凡意识或意识到的存在，都是人凭着灵明的先天道德本性在一定的社会文化环境中获得的，是人之心性通过社会教化或社会化获得的。作家、艺术家，特别是伟大的文学、艺术思想家，不仅要获得一般的社会文化意识，获得一般社会生活、文化生活和艺术生活的积累，而且为了进行历史的担当，还要从社会历史实践的巨大变革中，进行其深沉的文化哲学思考，并从中获得巨大的社会历史思想内容。为此，他们个人可能遭受各种困苦和挫折，忍受各种难以忍受的痛苦和牺牲，就像司马迁所说的“西伯拘羑里，演《周易》；孔子厄陈蔡，作《春秋》；屈原放逐，著《离骚》……”③ 那样。这样，作家、艺术家只有“动心忍性”④，才可能将其遭际、痛苦和牺牲以及所获得的思想内化为深层文化意识。即使这种意识在未进行艺术创作时，可能是不自觉的，是潜藏得很深的意识，但它仍然是社会文化意识，是作家、艺术家从社会文化实践中所获得的意识。因此，我们在解释作家、艺术家的思想意识的时候，主要应该从其所处的社会历史条件中去寻找说明，而不是从作家、艺术家的所谓“潜意识”、“精神分裂”、“心理创伤”一类现象本身去找根源。达·芬奇的音乐、绘画、戏剧艺术及其科学创造乃是西方文艺复兴时期社会经济和科学技术发展的产物，是其人文精神发展的结果。达·芬奇幼年的浮躁不驯、不循规矩，从一个兴趣转到另一个兴趣，不停地以新的目光观察一切、审视一切，正是这个时代热情的表现，

①[苏]米·赫拉普钦:《作家的创作个性和文学的发展》，第 73 页，上海人民出版社 1977 年版。

②《现代美英资产阶级文艺理论文选》（上编），第 241 页，作家出版社 1962 年版。

③《史记·太史公自序》。

④《孟子·告子下》。

是时代所赋予他的探索精神和青春活力。达·芬奇的热情、勇敢、多才多艺及其精神面貌，都是深深地植根于文艺复兴那个产生了一代巨人的时代之中的。同样，我们对于马克·吐温的悲观主义也必须从美国政治社会文化制度中去寻找根源。马克·吐温是美国经济社会从发展到没落时期出现的作家。他的悲观主义并不是像布鲁克斯所说的那样，是由于母亲的愿望与他的志趣不符所造成的“内心分裂”，而是源于他对美国社会民主及社会虚假文明所抱幻想的精神破灭，是对美国社会暴力摧残所产生的怨恨心理和愤懑情绪。如此说来，我们是不是否认作家、艺术家的作品受其个人生活经历的影响呢？也不是。如马克·吐温1896年从欧洲回来以后，娶了煤矿企业主的女儿。妻子经常出入富丽堂皇的社交场合。由于马克·吐温的寒酸经常遭受到妻子亲戚们的冷落、讽刺，他不得不以幽默、风趣的谈吐聊以应付和自解自嘲。这不能不说是马克·吐温幽默、风趣性格形成的一个因素。又如马克·吐温家庭的不幸，两个女儿先后死了，妻子也死了，这些不幸的遭际，对他的悲观性格也有着一定的影响。但这些只能和他所处的整个社会环境联系起来看，它仍然是美国政治及社会文化制度给马克·吐温所造成的苦果。不论是马克·吐温的幽默、风趣性格，还是他的深沉的悲观主义情绪，都是植根于美国社会生活之中的。

在考察了作家、艺术家的意识（不管是自觉的还是不自觉的）都是在一定的社会生活环境中形成的以后，现在让我们看看他们的创作过程是不是像荣格所说的“当创作力量占上风的时候”，就“形成一种潜意识的东西来对抗积极的意志”，或者如赫伯特·里德所说的就像“白日梦的世界”呢？我们知道，作家、艺术家进入创作以后，改变原来计划、设想和构思的事是常有的，甚至不惜舍弃已经写好的东西，撕掉它，烧毁它，以致改变主题思想。这是因为文艺创作是一种复杂的精神劳动过程，作家、艺术家的文艺创作是一个对生活不断认识的过程。人情物理总是随着创作活动由肤浅、模糊、朦胧，渐渐深入、明确、清晰起来的。作家、艺术家澄心凝思，妙虑事物，情貌万端，物理千姿，为了准确、巧妙、生动地刻画形象、写意抒情，总是不断地改变艺术构思、表现手法，调动语言、色彩、音韵等等，甚至外界一个偶然的音响、欢笑、手势，都会给作家、艺术家以启发，触物兴怀，感于幽微，流乎笔端；其时情来神会，文思畅达，浩浩然如风发于山谷，汤汤然若泉流于江河。所谓“尽日觅不得，有时还自来”，正是这个意思。但是不管作家、艺术家创作过程的思想、感情、精神状态怎样的奇奇怪怪，不可名状，他们总有一个最基本的主旨，就是力尽言志、抒情、达意。而这情、志、意仍是作家、艺术家社会思想意识的表现，是他们平时思想凝聚、生活积累在创作过程的风发、萌动、畅达，得之俄顷，积之平日，也绝不是“潜意识”的潜流的冲击。作家、艺术家为了言志、抒情、达意，在进行生动、活泼的形象思维的同时，就不能不借助逻辑思维的准确、严密。不论是按义考词、会意遣言，还是结构章句、达变谋篇，或虚或实，或繁或简，或畅叙幽情，或崎岖波澜，或伏蛇千里，或龙现眼前，凡此等等，没有自觉的“我”就不能实现。因此，作家、艺术家创作过程的精神状态绝不是没有意志的一片混混沌沌的天地、一锅沸沸扬扬的兴奋之流，而是高度的形象思维与逻辑思维的统一。

那么，如何解释一些作家、艺术家创作时如醉如痴、如狂如迷的异常行为呢？如曹雪芹“泪尽而逝”、吴敬梓“欲望望然哭向南山而去”，这是不是弗洛伊德主义者所说的“幻梦”行为呢？不是。我们知道，作家、艺术家的创作是一种描绘艺术形象的特殊的复杂的精神活动过程。作家、艺术家潜心于所描写的人物、情景，收视反听，精骛八极，心游万仞，浮想联翩，思想极为活跃而其情其景，藏则景灭，行犹响起，常常是来不可遏，去不可止，所以作家、艺术家的思想感情必然会随着所描写的人物情景一起活动，所谓“思涉乐其必笑，方言哀而已叹”① 正是说的这种精神状态。这和人们的幻梦行为是根本不同的。机能心理学告诉我们，幻梦是人睡眠时大脑皮质细胞群还没有得到全面抑制，仍然不均匀、不一致地活动和蔓延所呈现出来的现实生活中所反映的奇异情境。因为大脑中现实的第一信号系统和高级神经机能的第二信号系统已经失去正常的协调的联系，所以梦境经常是随意地呈现出一些奇特的荒诞不稽的表象。正是因为它是“随意”的，所以没有目的性。不管有的人睡前怎样说，今夜让我做个好梦吧，但入睡以后做的可能是一个噩梦。作家、艺术家的文艺创作怎么能是这种梦幻行为呢？不论其创作时精神状态是兴奋或抑制，都是按照一定的创作目的进行的。尽管作家、艺术家创作兴奋时可能情不自禁，失去常态，但仍然是受一定理智控制的。

弗洛伊德对于精神病患者来说，可能是个不错的医生，然而他对作家、艺术家的文艺创作精神状态所说的话，却近于精神病患者的胡言乱语了，因为他把治疗精神病患者的心理学夸大到了绝对的疯狂的地步。英国的美学史家李斯托威尔是这样评价弗洛伊德及其精神分析派的理论观点的：“当我们耐心地细致地阐明弗洛伊德对神话、诗歌、故事、小说和绘画等的琐碎的分析之后，我们从长期辛勤的劳动中抬起头来，马上感到厌

①陆机:《文赋》。

倦，感到这是为了一个事先设想好的理论，而对事实所作的全部歪曲。”①我们虽不否定弗洛伊德主义学派文艺社会学对于揭示西方政治及社会文化制度对人的压抑具有怎样的精神分析价值，但它对文艺创作所说的话，却是近于精神分析神话性质的。

四 文艺创作是一种社会行为

文艺创作不是自然行为，不是生理行为，不是“潜意识”行为，而是一种社会行为。这意味着什么呢？这意味着作家、艺术家的文艺创作是在一定社会审美意识支配下进行艺术形象创造的特殊的社会实践活动，是一种特殊的社会行为。

那么，作家、艺术家文艺创作行为的特殊性在哪里呢？

首先，它是一种进行活生生的形象塑造，诉诸人们感情的艺术活动。如果说社会学家、经济学家的理论创造是依靠丰富的材料、可靠的数据，经过精确的分析、严密的推理，将最后得出的结论诉诸人们的理智，使人口服心服的话，那么，作家、艺术家则是通过活生生的艺术形象、意境、境界以及人物悲欢离合的命运、遭际等具体的可感的描写，诉诸人们的感情，使人哭，使人笑；使人悲，使人喜；使人愤怒，拍案而起；使人挺身而斗。同是观察、研究资本主义社会，马克思通过对大量的商品生产与交换过程的浩瀚资料分析、推理，最后得出了剩余价值产生于剥削及资本主义社会必然走向死亡没落的结论，而巴尔扎克的小说《人间喜剧》（包括96篇中长篇小说及短篇小说），则通过“私人生活场景”、“外省生活场景”、“巴黎生活场景”、“政治生活场景”、“军人生活场景”及“农村生活场景”的描写，提供了一部法国社会全部历史的生动图画，让人们通过这幅图画看到了法国贵族社会必然崩溃的趋势及贵族们怎样不配有好的命运，从而实现了巴尔扎克的“社会研究”。再如同是观察、研究昔日旧北京人力拉车工人生活状况，李景汉先生从社会学的角度进行社会调查，写成的著作《北京拉车的苦工》，以数字说话，详细地叙述了旧北京人力拉车工人的贫困不堪的生活状况，分析、概括、说明了昔日社会制度的黑暗与不人道，而老舍先生的《骆驼祥子》，则从文学的角度通过对祥子一生的悲惨遭遇的描写，生动形象地再现了李景汉先生《北京拉车的苦工》调

①[英]李斯托威尔：《近代美学史评述》，蒋孔阳译，第140页，上海译文出版社1980年版。

查报告中的情景，同样揭露了当时社会制度的黑暗与不人道。虽然他们所用的手段、方式不同，却有异曲同工之妙。正是作家、艺术家文艺创作的形象思维的特殊方式，使得他们较之社会学家易于动感情，而不像社会学家写作时那样冷静和理智（只是从相对意义上而言）。一个自己不感动的作品如何能感动读者呢！但是不管作家、艺术家怎样以情动人，以景感人，他们也并不排除逻辑思维和理智行为，而是力争达到形象思维与逻辑思维的高度统一，感情与理智的和谐一致。

其次，作家、艺术家的文艺创作是一种审美活动。任何艺术创作都不是照搬生活，不是纯客观的描绘，总要表现出作家、艺术家的审美态度和思想感情。因此，文艺创作是把审美对象（自然美、生活美）通过作家、艺术家的审美意识变成艺术作品（艺术美）的活动。审美意识的内容、形式很多，如审美理想、审美观念、审美趣味和艺术修养等，这些都是在文艺创作中积极起作用的审美意识。但审美意识最主要、最根本的形式是审美感受，即美感。审美感受是客观的审美对象（自然、生活等）作用于作家、艺术家主观的感觉、知觉，通过联想、想象、思维等活动所产生的审美感情，是文艺创作中最积极最活跃的审美意识活动。作家、艺术家寂然凝虑，思接千载；悄然动容，视通万里；观物穷理，神与物游；意象开合，匠心独照；写山则情满于山，赋海则意满于海；风发胸臆，如泉源随地涌出；竞萌神思，如风云与之并驱。大凡作家、艺术家都善于审美感受，具有从生活中捕捉艺术美的本领。对常人来说，一些自然现象的变化、一些生活的细节，可能算不了什么，而对于作家、艺术家来说，他们就可能从这些自然现象变化、生活细节中看到艺术美的所在，由此生发开去，与其生活的积累联想、想象，可能形成一篇美的艺术作品。这就是所谓的“灵感”、“意念”等。它看似突如其来，涌向心头，但实际上是从生活中来，受生活启发，是作家、艺术家接受艺术训练并在长期的艺术创作实践中成长起来的一种才能和本领。没有这种才能和本领可以说就不能成为作家、艺术家，也就无法进行文艺创作，不能把对自然美、生活美的感受变成艺术作品。但是，不管这种审美感受怎样不同于一般人的思想活动，它仍然是以审美价值为取向的，总是表现出作家、艺术家一定的社会思想倾向，仍然要受一定时代社会思想的制约。

其三，文艺创作是一种创造典型形象的艺术活动。尽管自然美、生活美千姿百态，无限丰富，无比生动，是艺术美取之不尽、用之不竭的源泉，但它毕竟是粗糙的、简陋的、自然形态的东西。它只有通过作家、艺术家的审美意识活动，进行选择、提炼、概括，才能创造出高于自然美、生活美的艺术美，即文艺作品。这就是艺术的创造、审美的创造。自然美、生活美本身有时可能并不太美，然而经过作家、艺术家的审美创造，却变得比原来更美、更漂亮了。这正如亚里士多德所说的:“事物本身看上去尽管引起痛感，但惟妙惟肖的图像看上去却能引起快感。”① 作家、艺术家为了进行艺术创造、审美创造，不仅需要选择、提炼、集中、概括，有时还要进行虚构和艺术夸张。“誉人不增其美，则闻者不快其意；毁人不益其恶，则听者不惬于心。”② 但是这种选择、提炼、集中、概括、虚构、夸张等，必须是建立在生活基础上的，都要“酌奇而不失其真，翫华而不坠其实”③。若饰过其要，则成虚妄之语，事不见用；夸过其理，则名实两乖，反失其本。因此，艺术的审美创作并不能失去生活的依据，是要以大量存在的社会生活为基础的。艺术形象是个性与共性的统一，个别与一般的统一，特殊性与普遍性的统一，它不过是通过个别反映一般社会生活而已。

作家、艺术家的文艺创作就是这样一些特殊的社会实践活动、特殊的社会行为。但不管怎样特殊，它仍然是一种社会行为，而不是别的。

①亚里士多德:《诗学》，第 11 页，人民文学出版社 1984 年版。

②王充:《论衡・艺增篇》。

③刘勰:《文心雕龙・辨骚篇》。

第七章　文艺作为一种社会结构的文明因子

——从系统论看文艺的社会职能

我们知道，宇宙万物，皆是斡流旋转，若骤若驰，无时不变，无时不移的，皆是如庄子所说的，“万物化作，萌区有状，盛衰之杀，变化之流”① 的存在。因此，当我们考察自然界或人类历史，或思考我们的精神活动的时候，呈现在我们眼前的是一幅由种种联系或相互作用无穷无尽地交织起来的画面，其中没有任何东西是不动不变的，一切都处在运动、变化、产生和消失中。这一思想说明，人类社会的各种机制，包括精神生活的各种因素，都不是零乱地、机械地、毫无联系地随便搭配起来的东西，而是相互联系、相互作用、相互依存的极为复杂的集合体。这个集合体不是不变的、静止的，而是不断发展变化、不断运动的过程集合体。当代自然科学和社会科学研究中所提出的系统论的思想和方法，并不是别的，正是这样一种理论和方法。所谓系统论的观点，就是要求把事物看成是由各种关系相互连接、相互作用、相互依存的复杂集合体。它要求人们研究事物、分析问题时，不能孤立地看成只是单相关的因果联系，而是要从系统的、整体的观点，考虑事物发展中各种相互联系和相互作用的相关因素。这种系统论的思想和方法，不仅适用于一般的自然科学和社会科学研究，对于我们研究文学和艺术的社会功能也有不少启发。

诗歌、小说、戏剧、音乐、舞蹈、绘画、雕刻等文学和艺术作为一种精神活动，它既是与社会经济基础密切相关，又是与社会关系、社会制度以及政治、法律、哲学、宗教、道德等因素相联系的复杂现象。因此，当我们考察文艺社会功能的时候，首先必须把它们放到整个社会结构体系的产生、发展、变化的过程中去，才能正确地把握文艺在社会结构这幅总图画中的位置，说明其一般的性质和作用；其次，为了认识这些文学和艺术与社会结构的各种因素的细节联系，我们不得不把它从自然的或历史的一

①《庄子·天道篇》。

般关系中抽调出来，从它的特性、特殊的原因和结果等等方面来逐个加以研究，说明文艺与社会结构中各种因素的具体作用。这就是我们研究文艺社会功能的出发点和指导思想。

一　文艺在社会结构中的地位

我们知道，物质生产和精神生产的形式首先是由人对自然的关系及一定社会结构决定的，而进入人类文化高级阶段以后，一定的社会结构又是最为重要的。因此，要了解文艺的社会功能，必须首先把它放到一定的社会结构中去，弄清它所处的地位，才能确认它的社会作用。

“社会结构”一词，不同的社会学家、学派，有着不同的解释，表现为不同的社会学理论体系，而从不同的社会学理论体系出发，又对文艺在社会结构中的地位和作用有着各种各样的解释。为了准确地说明文艺在社会结构中的地位和作用，弄清“社会结构”的含义及其与文艺现象的关系是必要的。

在19世纪中期孔德、斯宾塞的动态社会学和静态社会学中，社会结构不过是有机体的类比，是自然进化的结果。例如孔德的静态社会学认为，社会制度、宗教观念、道德精神、文化价值相互连接结合成一个社会机制的自然整体，它们的存在与其他任何自然现象一样，有着共存的规律。斯宾塞则认为，社会组织的规律与自然有机体的规律是同源的，如同自然界有机体的进化发展一样，社会结构分化为相互依存的各个部分，不同部分有着不同的功能，艺术、宗教、哲学和科学等都是社会结构机体的组成部分，同是社会进化的结果，服从社会进化的共存规律。

在19世纪末期与20世纪初期，在反实证主义－进化论的思潮中，一些社会学家已不满足于社会与有机体的简单类比，开始研究社会结构本身了。在迪尔凯姆的《社会分工论》等著作中，社会结构主要是指社会组织分工。他认为社会分工是个自变量，其他社会现象，如心理现象、伦理现象、文艺现象等，都是与社会分工有关的派生变量，即社会分工的结果或功能表现。哈尔布瓦克斯（M. Halbwachs）的《意识的社会结构》、齐美尔的《社会分化论》，也颇似于迪尔凯姆的观点。迪尔凯姆的学生莫斯则把社会结构表述为“整体社会现象”。莫斯在《古代社会交换形式和基础》等著作中认为，社会现象是一个有内在联系的整体，考察一些社会现象与另外一些社会现象的联系时，只有把它们归入整体之中才能认识清楚。法律的、宗教的、美学的、经济的等等社会现象，贯穿于社会体系的各个方面，它们在一定情况下使社会及其设施整体运转起来。

在马林诺夫斯基、拉德克利夫－布朗等早期功能学派学者的著作中，社会结构是由相互依存的诸因素的总和构成的社会组织体系。在他们看来，这个社会体系中的诸因素，如经济、科学、宗教、道德等，是互为功能的，而文学和艺术则被用来满足功能的需要。例如马林诺夫斯基在其《文化论》中认为，音乐、舞蹈、装饰、雕刻、建筑、诗歌、戏剧等艺术，首要的功能是满足人们感官的需要，其次是满足于社会组织、科学技术发展、礼仪、宗教、自尊心等功能的需要。在早期功能学派看来，文艺现象只有放到整个社会文化体系中，放到社会各种因素的关系中，才能够说明它存在的理由，体系内部的任何一方都对另一方发生功能，每一方的存在都是以另一方的存在为前提的。实际上，这种解释只是同义反复，并没有真正说明文艺在社会结构中的地位和作用。

到20世纪五六十年代，美国的帕森斯、贝尔斯（Bales）、莱维（Levy）、默顿等人，则把社会结构定义为一个社会体系中诸因素稳定的布局，且这个布局不因体系以外关系的影响而产生变化，只由结构内部关系的交替作用而产生功能。因此他们认为，社会结构只要适应环境和维持它的价值准则，就可以处于稳定平衡状态并永恒存在下去。这种理论观点特别强调社会规范和价值一般模式的作用，把它们看成是社会体系各个部分相互依存、不断综合的纽带。他们认为，文学和艺术是社会文化的组成部分，它可以为社会提供一般活动的方向和共同的价值标准，可以帮助人们作出选择，具有保持社会整体化并维持社会体系正常秩序的功能。不难看出，结构功能主义不过是把文艺看成是维护工业社会秩序稳定性和永恒性的一种文化工具，它强调文艺的社会价值规范的作用，却无法解释这种价值规范是确立在什么样的社会基础上的。

20世纪五六十年代，法国学者围绕着结构论的观念展开了一场争论。在这场争论中，列维－斯特劳斯的结构主义和戈尔德曼的“发生结构论”的观点，是颇有影响的。

列维－斯特劳斯用“结构”、“模式”等来解释社会，把社会看成是由相互关联的语言、宗教、科学、艺术以及婚姻制度等符号系统构成的集合体，即象征符号体系。一个社会由于一个系统内部矛盾或不同系统的相互矛盾而处于不停的变换状态。这种矛盾和变换不是产生于社会经济基础的发展与变化，而是来源于人类心灵本身或心灵的基础结构——自然环境的变化。列维－斯特劳斯认为，象征符号体系表示着社会现实的秩序，为了维护秩序，就要肯定既成事实。在他看来，一个人死了，不仅影响他的近亲，也影响整个社会结构。正是从这种观点出发，在多卷本的《神话学》中，他研究了神话作为一种社会文化象征符号体系的抽象的、普遍的语义结构，认为神话、风俗等具有调整社会结构的意义。

戈尔德曼的“发生结构论”是一种对社会现象综合分析的理论，主要是研究社会文化结构。因为他的学说是建立在社会学基础上的，所以会涉及社会结构问题。这种理论认为，研究社会文化现象时，不仅要考察正在形成的结构，同时也要研究这种结构在社会中的发生学的意义，因此它强调的是精神文化在社会化过程中的“有意义的动力学结构”和“总体上有意义的结构”，而前者是指连贯性，后者是指整体性。戈尔德曼受马克思主义的影响，试图成为比马克思“更大的”唯物主义者，因而在研究精神文化现象之间的关系时，提出了“直接同源说”，即认为各种精神文化作品具有与社会经济生活类似的结构，都是完全服从物质基础的直接影响的。这样，他就不仅否认了各种精神文化作品之间的相互影响，也否定了社会意识对精神文化作品的影响。

关于“社会结构”的界定，我们还可以举出一些社会学家、学派的观点，如法国的乔·古尔维奇的“辩证的”社会学，把社会结构理解为不同层次、不同“深度水平”的“社会整体现象”；美国的存在主义社会学家埃·蒂里阿基安把社会结构理解为思想或逻辑的结构，即制度化的观念体系、价值体系、思想准则等。由此种种，我们不难看出，在西方社会学家的理论中社会结构是一个多义的概念，不同社会学家、学派从不同的社会结构概念出发，研究社会发展变化的规则，研究社会存在与社会意识，也研究文学和艺术等社会文化现象。他们在研究原始民族的风俗、宗教、诗歌、神话、音乐、舞蹈等社会文化时，能够从社会结构的观念去考察、分析，是卓有成效的，但他们把“结构”、“功能”等观念作为一般方法论时，又常常把“秩序”、“符号”、“价值”等概念抽象化，是用一般的社会结构代替了具体的社会结构。

与上述社会学家不同，马克思是从经济的发展揭示社会结构的历史内容的。马克思在《〈政治经济学批判〉序言》中说：“人们在自己生活的社会生产中发生一定的、必然的、不以他们的意志为转移的关系，即同他们的物质生产力的一定发展阶段相适合的生产关系。这种生产关系的总和构成社会的经济结构，即有法律的和政治的上层建筑竖立其上并有一定的社会意识形态与之相适应的现实基础。”① 马克思把社会结构划分为经济基础

①《马克思恩格斯选集》，第2卷，第82页。

和上层建筑，把各种社会关系概括为生产关系，并以此观察、研究、分析人类社会不同阶段的发展特征，这就把社会学放到了经济发展的基础上，避免了一般的谈论社会结构，从而深入到了人类社会不同发展阶段去具体地观察社会生活各个方面的演变及其发展趋势，也明了了文艺在社会结构中的地位和作用。

马克思的唯物史观认为，历史过程中的决定性因素是现实生活的生产和再生产。社会生活中的各种关系，不管多么错综复杂，都是生产关系和交换关系的产物，都是自己时代经济关系的产物。各种生产关系的总和构成一定历史阶段的社会经济结构的现实基础，人们的政治的和法律的观念、哲学的与宗教的观念、文学的与艺术的观念等等，就是从这个基础上发展起来的，应该由这个基础来解释或说明。自然，唯物史观也并不完全是经济因素决定论。经济状况是基础，但决定历史发展进程的还有上层建筑的各种因素，如各种政治形式、法权形式以及政治的、法律的、哲学的、宗教的观念等因素的交互作用。特别是文学和艺术的发展，它虽然以经济状况为基础，但是"它不是直接由经济决定的，而是由那些在经济基础上成长起来的社会关系决定的"①。除了社会关系，还有社会制度、哲学和宗教观念、伦理道德精神等因素的影响。这里，表现出一切因素间的交互作用，而这种交互作用在马克思看来，归根结底是以经济运动为内在根据的。

恩格斯曾说:"政治、法律、哲学、宗教、文学、艺术等的发展是以经济发展为基础的。但是，它们又都相互影响并对经济基础发生影响。"② 这就是说，文学和艺术在整个社会结构体系中：第一，它们是以一定社会经济为基础的；第二，它们并不只是消极地被经济基础所决定，而是积极地影响经济基础的发展；第三，文艺与政治、法律、哲学、宗教等是交互影响的，并且都对经济基础发生影响。

由此可以看出，文艺在社会结构中具有一种文明因子的功能。我们知道，希腊文明期是从荷马史诗的写作开始的，而荷马的史诗以及全部神话，和它的整个文化发展一样，是希腊人由野蛮时代带入文明时代的主要遗产。马克思在谈到但丁的时候曾说："封建的中世纪的终结和现代资本主义纪元的开端，是以一个大人物为标志的。这位人物就是意大利人但

①《普列汉诺夫美学论文集》（Ⅰ），第442页，人民出版社1983年版。

②《马克思恩格斯选集》，第4卷，第506页。

丁。他是中世纪最后一位诗人，同时又是新时代的最初一位诗人。”① 由此不难看出，文艺的发展是怎样成为一个社会文明的标志了。因此，我们才把文艺视为整个社会结构体系的一个文明因子。所谓文明因子，一方面是说文艺对社会经济发展与文明的造就是一个积极的、有影响的因素；另一方面是说文艺作为精神文化，同政治、法律、哲学、宗教、伦理、道德一样，乃是人类文明的一个重要成分。人类于一定社会文化历史阶段产生和发展出某种文艺，同时这种文艺又积极地为那个社会历史时期的文化或文明服务，虽然它作为文化遗产被积累下来可能长时期地影响后来人们的社会生活，但在当时它的产生则主要是作用于那个时代社会生活和精神生活的，是作为那个历史时期整个社会结构体系的文明因子出现的。

二　文艺作为社会历史结构体系的文明因子

我们要研究文艺创作和社会生活之间的联系，必须从社会结构生产的一定历史形式来考察。如果不从产生它的特殊的历史的形式去看社会结构，那就不可能理解与它相适应的文艺创作产生的特征及其社会功用。因此，我们要研究文艺作为整个社会结构体系的文明因子作用，只有从整体的、系统的观点，把文艺放到一定的社会历史结构中去才能够理解。

首先让我们看看文艺在原始社会的情况，然后我们再把文艺放到社会结构层次中进行一些比较研究。

在人类之初，当一些民族尚处在野蛮时期低级阶段时，如摩尔根《古代社会》所描述的易洛魁人，这些原始民族只会制造燧石器、简单的木器、粗糙的陶器以及树皮制品、兽皮衣物，虽然个人尊严、正直、勇敢、刚毅等人类一般的高级属性已经开始发展，但他们的物质生活基本上是处于自然界的统治之下，他们的精神生活则主要处于自然崇拜和人格化神灵的宗教观念之中。这个时期所产生的原始诗歌、神话、传说等文学作品，主要是以自然神和人格化神灵为崇拜对象，不过是用想象和借助想象力把自然界的力量加以形象化。这个时期的原始舞蹈、绘画、装饰等艺术作品，则是以简单的物质生产为对象的，是以追求功利为目的。饰以豹皮，不过表示自己像豹子一样凶猛、勇敢；画一野马，不过表示野马是狩猎的对象。这些原始的文学和艺术都是与落后的文化发展阶段相适应的，既是植根于人类野蛮时期低级阶段社会结构之中的，又是当时人类高级属性开

①《马克思恩格斯选集》，第1卷，第249页。

始发展所采用的粗糙的自然形态的表达形式，显示了人类野蛮时期低级阶段社会文明的萌芽。

当人类从野蛮时期的低级阶段发展到高级阶段的时候，铁器、风箱、手磨、陶器、酿酒等生产活动发展了起来，一夫一妻制家庭及与之相适应的家庭经济活动产生了，部落军事首领以及部落之间的掠夺战争同时也产生了，人类从崇拜神的时代过渡到了崇拜英雄的时代。正是在这个社会阶段，产生了希腊荷马史诗《伊利亚特》、《奥德赛》，印度史诗《玛哈帕腊达》、《腊玛廷那》，巴比伦史诗《吉尔伽美什》以及中国古代黄帝大战蚩尤的传说和尧舜"禅让"的政治文化制度及歌颂此的《帝舜歌》等等。阿基里斯、俄底修斯、阿尔朱、腊玛、吉尔伽美什、黄帝、尧帝、舜帝，这些英雄人物成了当时部落、氏族的象征，也成了团结部落、氏族的力量和纽带。这些史诗和传说所描写的英雄行为，所表现的思想感情和文化观念，都是为部落、氏族整体利益服务的。这些文学是人类进入文明时期的重要标志之一。

这里，我不想详细地叙述文艺进入阶级、阶层社会之后社会历史结构的变化，只消把传统社会与现代工业社会两种文学和艺术作一简单比较，就可看出它作为不同社会结构体系文明因子的特点了。

我们从中国传统社会中，是可以看出是在怎样的社会结构体系中产生了为当时社会文明服务的文艺的。我们知道，中国传统社会结构是建立在与西方工业经济社会不同的经济基础上的。中国传统社会的经济基础，无疑是很落后的，是建立在以人力、畜力、风车、拉犁、辘轳井、手推磨等为主要生产方式的农业经济基础上的。中国之传统社会，本来三代之法，是"藏天下于天下者也"。当时"山泽之利不必其尽取，刑赏之权不疑其旁落，贵不在朝廷，贱不在草莽也"。然三代之后，中国之传统社会变封建而为郡县，以郡县为私有，即使汉朝为巩固王室，建庶孽以为藩屏，亦为其私也。因此，天下之法，也就如黄宗羲所说的，由"藏天下于天下"变成了"藏天下于筐箧"[1]。也正是在这样的私有制度下，中国以农业为基础的传统社会，才产生了以宗法家庭、村落、小集镇为主体的社会组织结构，产生了贵族与庶民、世族与寒门等相互对立的社会阶级结构，产生了郡县制、小封国、中央集权的社会政治结构，也产生了家风、德行、礼教、古训以及忠、孝、节、义一类社会意识结构，并由这些结构联结构成了中国传统社会结构体系。这个结构体系及其所产生的各种斗争，都是建立在土地私有制基础上的。在以农业

①《明夷待访录·原法》，见《黄宗羲全集》，第1册，第6页。

经济为基础的私有制社会，谁有地谁就有权有势。因此可以说，传统农业社会的斗争主要的或基本上是围绕着土地问题展开的。为了土地，攻城野战，浮尸百万，流血千里；为了土地，拉帮结派，出谋划策，明争暗斗。正是在这种斗争中，产生了刘邦与项羽、曹操与诸葛亮一类的军事家和政治家，产生了拿大刀的关羽、使长矛的张飞、抡板斧的李逵一类勇士，产生了以口舌胜的苏秦、张仪及以文笔胜的司马相如、朱买臣一类得意文人，也产生了泽畔苦吟的屈原、长沙悲吊的贾谊、登楼伤感的王粲一类失意的知识分子……胜利者高歌："大风起兮云飞扬，威加海内兮归故乡，安得猛士兮守四方！"[①]失败者悲歌："力拔山兮气盖世，时不利兮骓不逝。骓不逝兮可奈何，虞兮虞兮奈若何！"[②] 整个传统农业社会的斗争就是在这样的基础上展开的。看透了这个症结，有人隐退，有人进逼。隐退者采菊东篱，种豆南山；进逼者罗致祸殃，身死东市。中国传统社会的文艺，可以说都是围绕着土地私有制展开的，不论是描写田园生活的诗歌，还是描绘战争风云的演义，都是植根于土地之上，维系并内在于传统农业社会结构体系之中的。由于中国历史上许多朝代为民制产的问题解决得较好，又注重伦理道德教化，因此，其时代虽然有争斗，但更多平静和谐的生活，其文艺作品，不仅有写战争风云者，而更多的则是写和谐、恬静的田园生活的，特别是描写田园生活和家庭伦理亲情的诗歌和散文，显得极为亲切、安详和宁静。如果说"狗吠深巷中，鸡鸣桑树颠"[③]，"开轩面场圃，把酒话桑麻"[④]，是传统农村生活的写照，那么"弄儿床前戏，看妇机中织"[⑤]，"悦亲戚之情话，乐琴书以消忧"[⑥]，则是传统亲情伦理的天然攸叙。不仅诗歌、散文把田园风光写得悠闲、静谧、安详，而且音乐、绘画也把田园风光与江河夜色的清澈、明净、静穆之美表现到了极致。如乐曲《春江花月夜》、《平湖秋月》、《彩云追月》和绘画《周昉听琴图》、《运河风景》等等，就是这样。凡此皆是中国土地上的文学和艺术，它们把浓郁的田园生活与闲适的人生心境，都写得极为自然、和谐、平静与恬适。

与中国传统社会相反，西方工业社会则是在大规模机器生产和金钱、资本私有制的基础上重新组织起来的结构体系。从前主要的势力是土地，

①此歌是刘邦胜利后归故乡时所唱，见《史记·高祖本纪》。

②此歌是项羽兵败垓下时所唱，见《史记·项羽本纪》。

③陶渊明：《归园田居》（其一）。

④王维：《过故人庄》。

⑤鲍照：《拟行路难》（其六）。

⑥陶渊明：《归去来兮辞》。

而现在钱、资本成了主要的势力。在这个社会经济基础上，产生了核心家庭、学校、大公司、大都市为主体的社会组织结构，产生了工人与资本家相互对立的社会阶级结构，产生了政党、国会、代议制以及各种利益集团所构成的权力金字塔，也产生了“时间就是金钱”、“信用就是金钱”以及“秩序”、“效率”等资本主义的职业伦理观念和道德精神。这些构成了西方现代工业社会结构体系。尽管西方工业社会还存在着其他成分，并不是一个单一的、纯粹的社会，但它作为一个社会历史形态的存在，其社会结构体系则主要是建立在大规模机器生产和资本私有制的基础上的。在这个基础上所产生的斗争，主要是或者基本上是围绕着资本展开的。为了资本的胜利，产生了英国的工业革命、法国的政治革命、德国的宗教改革运动、美国的独立战争和南北战争，产生了为公司、政党利益的各种明争暗斗以及帝国的争夺。在这种斗争的历史中，为了维护资本的地位和尊严，为了维护掌握资本的那个阶级或阶层的地位和尊严，产生了《社会契约》、《人权宣言》等社会思想理论，产生了笛卡儿、孟德斯鸠、卢梭、伏尔泰、马丁·路德、康德、黑格尔一类社会思想家及拿破仑、杰弗逊、林肯、华盛顿一类政治军事人物；同时，也产生了各种冒险家、征服者、金融寡头、百万富翁以及与此相对立的城市贫民、无产者、流浪人。西方工业社会的文艺正是在这个基础上产生的，正是这种社会结构体系的派生物。它既伟大，又渺小；既崇高，又卑鄙；既神圣，又污秽。正像资产阶级有过自己的英雄时期一样，受资本支配的西方现代工业社会的文学和艺术也创造过自己的英雄时代。从古典主义到浪漫主义，西方工业社会创造了自己的喜剧、歌剧，也创造了自己的绘画、音乐、雕刻。狄德罗、哥尔多尼[①]、博马舍[②]以喜剧刻画了资产阶级的英雄行为、火热感情和热烈追求；雨果、小仲马则以歌剧确立了资产阶级在舞台上的地位；大卫[③]用绘画表现了资产阶级的道德精神；在音乐领域里，贝多芬在前边喊着：“颤抖吧！不信神的人!”舒伯特随后以音乐特有的语言呼唤着建立新的秩序。正如中国传统农业社会以音乐、绘画、诗歌极致地创造了一个宁静恬适的田园艺术世界一样，西方现代工业社会创造了自己的文明，也以自己的小说、戏剧、绘画、雕刻及巨大的交响乐，呐喊、呼啸着创造为工业文明服务的文学和艺术，并且创造了极为辉煌的艺术时期。

①哥尔多尼（Carlo Goldoni，1707—1793），意大利启蒙运动时期喜剧作家。

②博马舍（P. de Beaumarchais，1732—1799），法国喜剧作家。

③大卫（J. -L. David，1748—1825），法国画家。

"但是，一切都在流动着，一切都在变化着，谁到达了顶峰，谁就往下坡走。"① 西方商业资产阶级建立了市场，建立了货币体系和价值体系，建立了维护这个体系的社会关系、准则、秩序，整个工业社会结构像一部精巧的钟表机械一样，使人们都服从于金钱和效率。但越来越细的专业化分工使无数生命变成了孤零零的片断，使人们越来越陷入孤独和寂寞之中；同步化的社会生活使千百万人每天单调地重复着起床、上班、吃饭、睡觉的统一准则而感到索然无味。同时，工业生产效率越高，资本的积累越厚，社会生产也就越集中化，也就越来越造就了集权化的官僚垄断统治。因此，整个社会就处于生产与消费、手段与目的、劳动与报酬、政治与宗教、法律与道德的割裂状态之中。资产阶级的英雄行为和辉煌业绩，曾几何时成了病态的社会、文化、心理和行为。人们的情绪坏到了极点，无端的吵架、殴斗、枪击，到处充满了恐怖主义、暴力行为，警报器、防身用品以及为逃避现实生活和解脱精神痛苦所产生的自杀、酒精中毒、吸食大麻、可卡因、海洛因等成了社会生活的家常便饭。社会矛盾、精神分裂、变态心理、失常行为，这就是西方工业社会结构体系给人们带来的社会文明。人们为建立这个社会文明付出了代价，包括为帝国争夺所付出的生命代价，但却看不出生活的意义。"啊！这就是生活"，恩斯特·托勒尔在作品中这样提出问题；② "我们靠哪类信条过活，这些信条是真实而有价值的吗"，约翰·奥斯本用作品人物这样发问；③ 尤金·尤涅斯库以其作品嘲笑了商业资本社会的荒诞；④ 萨特用自己的戏剧揭露了西方社会政治的肮脏⑤……象征主义、表现主义、意识流小说、荒诞派戏剧、英国的"愤怒青年"、美国的"垮掉的一代"、抽象绘画、无题音乐，如此等等，整个西方文学和艺术陷入了深沉的悲观主义风尚之中。这种文艺上的悲观主义风尚正是西方工业社会结构体系没落、衰亡的表现，是西方现代社会文明破产所造成的。

①《普列汉诺夫美学论文集》（Ⅰ），第483页，人民出版社1983年版。

②恩斯特·托勒尔（Ernst Toller），德国表现主义剧作家。引文出自他的剧作《啊！这就是生活》。

③约翰·奥斯本（John James Osborne），英国"愤怒青年"剧作家。引文出自他的剧本《卖艺人》。

④欧仁·尤涅斯库（Eugène Lonesco），法国荒诞派剧作家。引文出自他的剧作《秃头歌女》。

⑤萨特，法国存在主义哲学家、剧作家、小说家。引文出自他的剧作《肮脏的手》。

一般说来，人类社会生产力发展到一定程度必将造成一种新的经济基础，同时也就产生新的社会结构体系和表现出不同的社会文明进步。当一种新的社会文明出现的时候，文学和艺术总是积极地为之呐喊，为之开道，为确立这种社会文明进步服务，但当这种社会文明衰退、消亡的时候，文学和艺术常常表现出深沉的悲哀。然而真正的文学和艺术是一种高尚的精神活动，它永远不会沉沦。旧文明的消亡乃是新文明的开始。文学和艺术必将谛听新文明的召唤，为它的来临叩响人们的门窗，唤醒人们的心灵！

三　文艺作为社会结构诸系统的文明因子

任何一个社会结构体系都是由各种不同的因素组成的，例如经济、科学、政治、哲学、宗教、道德等等。这些因素一方面相互联系、相互作用构成了社会结构体系的统一整体；另一方面又有相对的独立性，自成系统，有着独立的结构与功能，有着自己内在的发展法则。为了更清楚地认识文艺作为社会结构文明因子的功能，在考察了它在一定社会历史结构的地位和作用之后，现在把它从社会历史结构体系中抽出来，看一看它对社会结构诸系统的影响和作用。

政治、经济、科学、哲学、法律、道德、宗教等系统有着相对的独立性，但它们并不是封闭的系统。系统论不仅要从整体性上观察各个系统怎样构成一个完整的结构体系，而且非常强调各个子系统之间的相互反馈关系。为了说明文艺作为社会结构诸系统文明因子的作用，这里不准备详细论述这些系统与文艺之间的相互关系，只指出文艺如何影响这些系统的文明发展与进步。

文艺以其审美特性曾经给经济发展和科学技术进步带来了文明。经济史表明，首饰、陶器、木器等手工业的发展，是与绘画、雕刻等工艺美术紧紧地结合在一起的。这些手工业品由于刻画和描绘了不同民族的优美舞姿、动人诗歌及古代神话故事，一方面提高了人们的审美感情、审美要求，使人们得到审美满足；另一方面，艺术的审美价值也大大地提高了产品的经济价值，刺激了经济的文明发展。这在现代经济的发展中表现得更为突出，不仅精美的绘画、高超的雕刻充满了现代工业（特别是轻工业）、建筑业等各个领域，而且连交通、运输、商业、财贸领域里也到处播放着音乐、戏曲唱片以及各种各样的艺术作品，用以刺激人们的审美兴趣，提高产品的经济价值。为了搞好工艺，就要发展科学、技术，提高知识水平。艺术的象征给科学的发明创造以审美启示，使科学家不断地考虑人们社会生活的审美动机，这只要看一看现代工业产品的精美设计就很清楚了。因此我们可以说，物质财富的生产与艺术的生产是密切联系的。物质生产方式不仅产生了与之相适应的艺术观念、审美感情，而且这些艺术观念、审美感情作为反馈，成为物质生产的文明因子。经济价值与审美价值相结合使粗糙的原始生产发展为精美的现代生产，人们最初的简单的实用价值观念也愈来愈让位于艺术的审美价值考虑了。

“艺术舞台”与“政治舞台”是息息相通的。中国古代所谓的“文助王政”、“文与政通”，就是指的文艺对政治文明的影响。在中国历史上有不少诗人、作家以文学干预政治的史实，如司马相如以文谏①、潘佑以词谏②、白居易以诗谏③等。他们试图通过文艺的形式改变统治者的政治行为规范，但由于忽视了文艺作用于政治的特点，这种直接的干预一般说来效果是不太好的。文艺对政治的影响主要是它通过艺术形象所反映的时代精神。文艺形于治乱，系乎国风，通古今，述美恶，国家之兴亡、时代之盛衰、政治之得失皆可从文艺作品中看出。从这个意义上，可以说文艺是政治生活领域的精神指导者，它指导着时代，指导着政治，经国家，纬政事，不断地完善着政治法律制度，修正着各项政策和策略，使政治得以文明进步。

文艺本于教化，与风俗、伦理、道德自古相通。文艺假正邪之人，道善恶之事，载之文字，留于丹青，传于后世，足以使善者自勉，恶者自禁。所谓“经夫妇，成孝敬，厚人伦，美教化，移风俗”，指的正是文艺的这种作用。高则诚的《琵琶记》借赵五娘之事迹，宣之于勾栏，可以使孝者事其亲，仁者奉其尊，老者以此终，少者以此长，一出戏剧所提供的社会规范，在传统社会的教化作用，可以抵得上一部《孝经》加上一部《论语》。歌德的《少年维特之烦恼》所描写的维特与夏绿蒂的爱情故事，曾在18世纪的欧洲掀起一阵“维特热”。当时，为爱情而死成为高尚行为，平庸则成为姑娘们厌恶的对象，青年人甚至连服饰也模仿维特的打

---

①《史记·司马相如传》说相如以《子虚赋》“明天子之意”，“归之于节俭，因以风谏”。

②南唐后主游宴，潘佑进词云：“楼上春寒山四面，桃李不须夸烂漫，已失了春风一半。”谓亡国在即，不可再沉醉歌舞升平了。后主为之罢宴，后人谓之词谏。事载沈祥龙《论词随笔》，见《词话丛编》第23册，第4页。

③白居易《与元九书》云：“身为谏官，手请谏纸，启奏之外，有可以救济人病，裨补时阙，而难于指言者，辄咏歌之，欲稍稍递进闻于上。”是谓诗谏。

扮。一本小说提供的社会行为规范，恐怕比席勒的27封《审美教育书简》还要大。同样，人们不会忘记奥斯特洛夫斯基的小说《钢铁是怎样炼成的》对中国20世纪五六十年代青年的影响。保尔·柯察金顽强的毅力、不屈的意志以及对事业的忠诚，曾经热烈地鼓舞过刚刚踏上社会道路的中国青年一代。我们可以说，每一个时代都有自己的文艺作品作为人们伦理学的教科书，用之进行社会规范的教育，给人们以道德精神文明。

每一个时代的哲学、宗教都企图奴役文艺，使它成为布道的工具。但是，仅仅把文艺看成是哲学、宗教的奴婢，也是不正确的。一定程度上正是文艺的发展为社会哲学开拓了道路，引导人们文学中进行人的思辨。西方文艺复兴、启蒙运动的思想家们中间许多人都是文学和艺术家，当时的文艺创作也取材于宗教，但并不是为了宣传宗教，而在于揭示人生的乐趣。如文艺复兴时期波堤切利①的《维纳斯的诞生》、拉斐尔②的《西斯廷圣母》、达·芬奇的《圣安娜与圣母子》等绘画，都是以地上的神描绘天上神的，其人性美和亲子感情等，无不表现了人文主义者的思想、感情和气质。这些作品对于净化人们的思想感情无疑是有积极作用的。至于像丢勒③的《四圣图》画像、米开朗琪罗④的《最后的审判》所描绘的青年基督形象，则几乎是用马丁·路德宗教改革者的语言说话了，是以神的形象体现了资本主义的新教伦理精神，标志着一个新的社会文明时期的到来。

从系统论的观点来看，文艺并不是孤立地、单一地影响经济、科学、政治、哲学、法律、伦理、道德、宗教等社会结构子系统的，而是通过这些不同子系统相互影响、相互发生作用的，并由此推动整个社会结构体系的运动和发展，推动整个社会的文明和进步。由是观之，可以说文艺作为一种社会结构的文明因子，是处于一个多层次的交互作用的地位的。孤立地看待文艺的社会功能，或者把文艺的社会功能作简单的抽象概括的做法，都不足以说明文艺的真正社会地位和作用，因而都显得微不足道。

---

①波堤切利（Sandro Botticelli，1445—1510），意大利文艺复兴时期画家。

②拉斐尔（Roffaello，1483—1520），意大利文艺复兴时期画家、建筑师。

③丢勒（Albrecht Durer，1471—1528），德国宗教改革运动时期的油画家、版画家、雕塑家。

④米开朗琪罗（Michelangelo，1475—1564），意大利文艺复兴时期的画家、雕塑家、诗人。

第八章　文艺作为一种社会信息系统

——从信息论看文艺的社会作用

西方从孔德到斯宾塞的社会学，无不是把社会进化看做是社会经济形态发展的自然历史过程，看做是活的有机体的。社会作为一个活的有机体，它的运动、发展、变化，不仅要靠机体的各种结构系统，而且还要靠它的神经联络系统。没有这种联络系统，各种结构系统就不能协调一致地发挥功能。社会通讯正是这样一种重要的神经联络系统。研究通讯系统信息传递及一般规律的理论则称为信息论。

信息论最初应用于自然科学的通讯系统，后来又和系统论、控制论等结合起来，不仅应用于自动化控制，也应用于社会过程的各种领域，逐渐发展成为一种方法论。

我们要想知道宇宙的发展和人类的进步，就要弄清产生和消失之间、前进的变化和后退的变化之间的普遍相互作用与联系。信息论作为一种方法论，所要求的不是别的，正是这样一种理论与方法。这种理论方法要求摆脱直线的简单的因果关系，把自然界和社会看成是各种因素相互交叉、相互影响的复杂世界，这个世界既有扩大的变化，又有缩小的变化；既有自动调节的稳态秩序，又有混乱的耗散结构。西方社会科学家利用这种方法论，常常从“一般科学”、“一般社会”出发解释社会现象，难免在理论上陷入简单的类比。但由于这种方法论在形成和发展中吸收了许多现代自然科学发展的研究成果，在说明和解释一些具体问题时也有其独到之处，故而能给人们以启发。哲学社会科学体系，并不是封闭的，它必须随着自然科学领域每个时代的发现而不断丰富发展自己的内容。信息论正是随着现代化信息系统的出现而发展起来的自然科学研究成果。因此，我们吸收信息论的知识研究文艺的社会功能，也必会得到新的收获。

一　文艺是一种社会信息载体

社会机体同其他生命一样，各种机能既有适应、协调、和谐的常态，也有不适应、不协调和不和谐的变态。从人体病理学的角度看，人体各种机能在一定条件下是不断相互转化的。若阴不足则阳有余，即形成一种“热象”，如发烧、面赤、舌红、便黄等；阳不足则阴有余，出现一种“寒象”，如手足冰凉、面色苍白、血压下降等。社会机体自然要比人体复杂得多，社会的发展变化也要比人体的生长、发育等有着更为深刻的社会政治根源和经济基础，但社会作为一个活的机体，它的各种机能随着社会条件的不断变化，也自然会万象纷呈：它既有热的、向上的、明亮的、亢进的、兴奋的、强壮的社会盛象，如五谷丰登、六畜兴旺、夜不闭户、路不拾遗、风俗淳厚等，也有寒的、向下的、晦暗的、倒退的、抑制的、虚弱的社会衰象，如饥馑饿殍、田园荒芜、断井颓垣、瘟疫流行等。这各种各样的社会现象都会通过文艺反映出来，给人们以社会信息。

文艺成为一种社会信息系统，主要是通过语言、符号、线条、色彩、图像、造型等，构成一种传递社会意义的形象载体。文艺信息系统较之一般通讯系统有着不同的特点，它涉及一些更深层次的理论问题。

文艺作为信息载体，必须能够传递某种社会意义，若不能传递社会意义，就不能成为信息载体，但文艺并不像一般通讯那样，只要把某种思想传递给对方就可以了。文艺不仅传递思想，而且传递感情，这正是文艺信息在传递内容上不同于一般通讯的地方。文艺的特点在于以情动人：喜怒哀乐系于治乱，其歌必有所思，其哭必有所怀，“情发于声，声成文谓之音。治世之音安以乐，其政和；乱世之音怨以怒，其政乖；亡国之音哀以思，其民困”[①]，所以文艺信息是通过所表达的思想感情而传递出的一种社会的声音。一部作品愈是从广阔的现实生活中吸取思想内容，愈是熔铸时代的感情，那么，这部作品的社会信息价值就愈大；反之，那些没有思想内容和真切感情的作品，那些“为艺术而艺术”的作品，则没有或很少有社会信息价值。

文艺信息必须传递思想感情，但并不是任何思想感情都可以作为文艺信息内容的。普列汉诺夫在《艺术与社会生活》一文中曾引约·赖斯金的话说，一个少女可以歌唱她失去的爱情，但一个守财奴却不能歌唱他失去的金钱。[②] 为什么呢？因为文艺是一种人们高尚思想感情交往的信息手段。一部作品表现的思想感情愈崇高，它的信息作用就愈强烈，就愈容易被人们所接受。一个少女歌唱她失去的爱情之所以感人，是因为爱情在人类文

①《毛诗正义》，卷一。

②《普列汉诺夫美学论文集》（Ⅱ），第837页，人民出版社1983年版。

明社会中是崇高的，而守财奴歌唱他失去的金钱，不过是歌唱自己的损失，这种损失是一种自私的感情，是不会感动人的。由此我们可以说，文艺信息必须传递某种具有社会意义的思想和感情，这种思想感情不能是虚伪的、自私的、污秽的，而应该是真挚的、崇高的、纯洁的，只有传递这种思想和感情的作品才具有社会信息的价值。

文艺作为一种社会信息还必须能被接受者所感知。普列汉诺夫在《没有地址的信》中说："艺术既表现人们的感情，也表现人们的思想，但并非是抽象的表现，而是用生动的形象来表现。艺术最主要的特点就在于此。"① 这正是文艺信息在传递形式上不同于一般通讯的最主要的特征。一般通讯虽然也不乏生动的比喻或个别形象叙述，但它主要是抽象地传递某种思想内容。而文艺信息则不然，它主要是通过生动形象来传递的。中国古代文论中讲究"赋"、"比"、"兴"，不管是铺陈直书、写物言情的赋，还是取类以言、因物喻志的比，抑或是托事于物、触物起情的兴，或隐或显，或藏或露，皆离不开"形象"二字，总是通过语言、符号、线条、色彩、图像、造型等构成一个形象的载体，诉诸人们的感官，如听觉、视觉、知觉等，使人们能够感知文艺信息所传递的某种思想和感情。京剧《三岔口》虽然表演的是"摸黑开打"，但通过演员的一系列动作，观众们可感知在黑房间里大打出手的经历。音乐好似很抽象，其实不然。司马相如爱卓文君，以琴心挑之，文君为之私奔，可见音乐的意境是可以被感知的。西方现代派的所谓抽象主义艺术，其实并非完全抽象，如毕加索画牛、马蒂斯画人物，不过是把艺术对象简化、概括而已。如果文艺抽象到不可理解，也就失去社会信息的价值了。如康定斯基把垂直线与水平线联结为"戏剧语言"，从三角形看出"特殊精神上的芳香"，再如蒙德里安用大小不同的方格子表示人生和宇宙②，如此等等，只有他们自己感受，别人是很难理解的。所谓"画虎类犬"、"刻鹄类鹜"，可以看做是对这类缺乏社会信息价值的抽象艺术的讽刺。

文艺作为社会信息系统必须有一定的传递媒介。文艺信息如同一般通讯一样，离开传递媒介，即信道，也就不能发生交互作用，即使是一部具有社会意义的作品，若"藏于名山，留于后人"，在现实生活中也会失去社会信息的价值。但是，文艺信息传递过程较之一般通讯的传递过程要复杂得多。一般社会通讯主要是依靠电话、电报、通讯卫星等现代科学技术

①《普列汉诺夫美学论文集》（Ⅰ），第458页，人民出版社1983年版。

②蒙德里安（Piet Mondrian，1872—1944），荷兰画家，风格派的代表。

媒介传递的，它虽然也受噪音等干扰，但基本上是按照传播者和接受者相互依存的模式等量等值传递的。文艺信息的传递则不然。首先，它的传递媒介是社会化的，除了报纸、广播、电视、通讯卫星等大众媒介外，还有发行、放映、演奏、展出、录放、手抄笔录、街谈巷议等社会媒介；其次，由于社会媒介具有广泛的群众性，文艺信息的传递主要是沿着持续运动着的各个部分相互作用的模式进行的；再次，由于社会公众所属的阶级、阶层、家庭等社会群体地位不同，所受的社会文化教养不同等，对文艺传递的社会心理也就各异，因此，文艺信息的量和值在其传递过程则会出现多层次的变量关系。

文艺信息量是指它提供的社会信息的多少及其重要程度，它的值则指其社会作用的大小。研究文艺信息的量和值，我们必须考虑文艺创作（信源）→社会传递（信道）→社会感受（受信者）这一持续运动变化、相互作用着的整个过程中各种客观和主观因素的变量关系。

从文艺创作（信源）来说，自然文艺信息的价值首先在于它反映社会生活的真实性，无真性则无信息价值。一切虚假的文艺，不反映社会生活真实的文艺，都不提供文艺信息量，也不具有社会信息价值。但是，我们也不能把文艺信息工程学简单表示为这样的公式：文艺信息 = 文艺作品 - 虚假文艺作品。一切文艺作品都是社会生活的反映，但它不是简单的反映，而是作家、艺术家能动地对社会生活进行选择、提炼和概括的结果。因此，我们在研究文艺信源的量和值的时候，必须用客观和主观两种尺度考察作家、艺术家的作品创作。所谓客观尺度，是指对文艺作品艺术形象所反映的客观社会现实生活的量度。例如一部电影若其所描绘的人物、场景等反映了人们在其他作品中所没有看到过的社会生活，它的信息量就多，价值也就大。如果这部电影反映的社会生活与其他作品是雷同的，又没有深入地或从不同角度进行反映，那么，这部电影就等于没有向人们提供任何社会信息，也就没有社会信息价值。这正是人们不愿意看那些千篇一律、俗套的拙劣作品的原因。所谓主观尺度，是指对作家、艺术家创作的主观愿望的量度。作家、艺术家提倡什么，反对什么，如何在作品中体现出来，这些都会影响作品的信息量和值。有社会责任心的作家、艺术家总是把社会生活中人们最关心的主题反映出来，向社会提供最有价值的信息。反之，凡不关心国家命运和人民痛痒的作家、作品，它所提供的信息量和值一定是微小的。但同样题材或内容的作品，由于作家、艺术家的才华、能力不同，也会影响作品的信息量和值。一部具有艺术魅力的作品，可以使它的信息量得到最充分的传达，表现为增值；反之，则表现为减值。例如有的作品虽然提供的社会信息很多，但不分主要的和次要的，一股脑儿把许多不同信息硬要塞给人们，结果次要信息淹没了主要信息，反而减少了作品的信息量和值。高明的作家、艺术家则不然，他们常常在作品中强调主要的信息，而把一些次要信息丢掉不顾；有的高明剧作家常常把一些重要的台词讲三遍，其目的就在于把最重要的信息传达给人们，以增加作品的信息量和值。作家、艺术家的客观描绘与主观愿望有时是统一的，有时候则是相互矛盾的。例如巴尔扎克、列夫·托尔斯泰的作品所描绘的社会生活与其世界观的矛盾。在这种情况下，我们就应该以客观尺度为主，从作品所反映的社会生活的本质来量度其信息量和值。

同样，我们在研究文艺信息在其社会传递（信道）和社会感受（受信者）过程中的量值变化时，也必须用客观的和主观的两种尺度。例如文艺信息在社会传递过程中，印刷、录制、放映、演出、播送、展出等客观条件好，就会减少干扰，充分地传递文艺信息量，表现为增值；反之，则表现为减值。除了这些客观条件，文艺信息传递过程还受风俗、伦理、道德、宗教、哲学、政治等主观意识的影响。如果一部文艺作品所提供的信息符合一个国家、民族的这些文化意识的需要，信息量则会得到最广泛的传播，表现为增值；反之，则表现为减值。实际上，文艺信息传递是一个可逆变化的过程，它的熵值①是一个不肯定性的量，量愈大不肯定性愈大。文艺信息的感受过程也是这样。感受者的年龄、家庭出身、社会地位、所受文化教育等客观情况与其爱好、趣味、信仰、社会心理、政治态度等主观因素，也都会给文艺信息的量值带来变化。

综上所述可以看出，文艺信息的熵值是一个多么复杂的变数。只有从信源→信道→受信者的整个过程的各种主客观的因素完全统一、整合，文艺信息量才能达到最大值，即文艺信息集合为最佳社会效果。事实上，这只是一种理想的境界，由于种种干扰，这种最大值只能接近，而不能完全实现。但是，只要对影响文艺信息量值的各种相关因素用客观和主观的两种尺度，分出层次、等级，并作出量的规定，我们是可以对文艺信息进行社会学分析的。

---

①“熵”原是热力学中表示物质系统热学状态的物理量。在物质状态一定时，物质的熵值一定；物质在可逆变化过程中，熵的增量为 $dS = \frac{dQ}{T}$（dQ 为对物质加入的热量，T 为物质的绝对温度）。熵在信息论中用来描写不肯定性大小的量，熵愈大不肯定性愈大。

二 文艺信息的社会反馈作用

信息论的一个主要的思想是反馈论。所谓反馈，是指受信者对信息所发出的指令或给予的回应。信息论认为，从生物体到人类社会的各个领域里，都存在普遍的反馈现象，它是保持生命（包括社会有机体）不断延续、循环、开拓的重要机能。

文艺作为一种社会信息系统，它的重要作用也首先在于反馈。所谓文艺反馈，是指社会感受者对文艺信息所给予的回应或所采取的措施。《周易》所说的“观乎人文以化成天下”①，就是一种文艺反馈见解。所谓人文，主要是指当时《诗》、《书》、《礼》、《乐》所提供的社会信息，从中可知国之利病，民之休戚，依此制定法令即可反馈治理天下。《毛诗序》说“风以动之，教以化之”，“上以风化下，下以风刺上”②，讲的就是这个道理。这里，“风以动之”是文艺信息，“教以化之”是文艺反馈；“下以风刺上”是文艺信息，“上以风化下”是文艺反馈。可见，文艺反馈的思想在中国古代社会已有所认识。

文艺反馈对于社会机能有着重要的调适作用。白居易所谓“补察时政”、“泄导人情”③，讲的就是通过文艺信息可以看出人心向背、政治得失，然后采取措施使怨者不怨，哀者不哀，愤者平，怒者息，奋勇者依然前往，落伍者急起直追，以保持社会各种机制的正常功能。这种调适在社会变革时期尤为重要。如果我们对近半个世纪反映中国农村生活的小说进行一次艺术形象的综合研究分析，从不同人物形象群的社会心理取向和行为取向上，是可以看出当时社会变革的发展趋势及其所遇到的社会问题的，自然也就可以从中总结经验教训，采取更有效的社会政策、措施等，使变革沿着正确的道路更健康地发展。社会机制同任何生命一样，是一个自组织系统，没有反馈就不能流通，不能循环，不能疏导，甚至会丧失功能而终止生命。只有保持正常的反馈，各种社会机能才能不断调适并健康地发挥作用。文艺反馈正是这样一种不可缺少的社会反馈。

根据社会感受者对文艺信息发出指令和采取措施的不同态度和目的，文艺反馈可分为消极和积极两种不同形态。

---

①《周易正义》，卷三。

②《毛诗正义》，卷一。

③白居易:《与元九书》，见《白氏长庆集》，卷四十五。

消极反馈力在于使文艺信息有利于保持和维护社会的平衡和稳定。这种反馈压制、改变文艺信息，使它限定在一定的水平线上。特别是当某种文艺信息量（如文艺思潮）有可能打破社会的稳定状态时，那么，消极反馈为了限定文艺信息传递过程中熵值的增加，就要改变、压制或消除这种文艺信息，以维持社会的稳定。一般说来，取得统治地位的阶级、政党、集团，为了维持社会的安定，常常采取这种消极的文艺反馈。在一定社会历史条件下，这种反馈的结果并不完全是消极的，例如在逆转性的社会动乱中，压制或消除某种不利于社会稳定的文艺信息，对于保持社会的安定、统一，维护社会机能的平衡和正常运转，是有积极意义的。

积极反馈力在于使文艺信息促进社会的变革和发展。它不是压制文艺信息，而在于利用文艺信息向社会的稳定状态挑战。为了打破稳定实现变革，它常常增加文艺信息传递过程中的熵值，如加强文艺宣传。一般说来，革命或改革社会的阶级、政党、集团，常常采取积极的文艺反馈，以实现革命和变革社会现实的目的。有时候在社会竞争中，为了自我激励和击败对方，也采取积极文艺反馈。积极反馈的结果有时并非全是积极的。由于这种反馈常常依赖增加文艺信息的熵值以实现社会变革，所以当文艺信息失去控制时，会出现社会混乱状态，反而会造成某种恶果。

文艺的积极反馈和消极反馈是相互作用、相互影响的，这正如任何复杂的有机体内都存在着积极的和消极的两种反馈系统一样，增量的变化和减量的变化不断地调节着生命体的生长和发育。因此，一个稳步发展的社会总是把消极的和积极的两种文艺反馈结合起来，既采取消极反馈使文艺信息有利于实现社会的安定状态，又采取积极反馈使文艺信息有利于社会的变革、发展。这种反馈我们可称之为有控制的文艺反馈：它一方面使文艺信息系统不断地传递、流动，处于耗散结构状态；另一方面又使它保持稳定的系数，具有一定的秩序。这种既开放又控制的灵活文艺反馈，并不是刻板的简单公式，它只能根据社会机体和功能的需要不断地进行调适。

文艺反馈是社会稳定和发展不可缺少的一个系统。文艺信息不仅具体、生动、形象，而且包罗万象、无所不呈，因此，它具有多样性和集合性（综合性）的特点。我们愈是迅速地对文艺信息进行反馈，愈能增加社会自组织系统的能力；如果不迅速反馈，甚至不反馈，就会无控制地增加文艺信息传递的熵值，给社会造成混乱，使社会自组织系统衰败。这在中国历史上是有过教训的。唐代诗人白居易在谈到这种历史情况的时候曾说：“洎周衰秦兴，采诗官废，上不以诗补察时政，下不以歌泄导人情。

乃至于谄成之风动，救失之道缺，于时六义始刓矣。”[1] 失去了对文艺信息的反馈，就等于失去了一种拨乱反正、匡世济民的工具，这是任何正常稳步发展的社会所不取的。

要坚持正常的文艺反馈，就必须反对虚假的文艺反馈和刺激性的文艺反馈，因为这两种反馈都无补于社会机能。虚假文艺反馈回避社会矛盾和社会问题，搞假、大、空，一味瞒和骗。这种文艺反馈弄得人们飘飘然，昏昏然，障目塞听，不了解社会生活的真实情况，所以是必须反对的。同时，我们也必须反对另一种文艺反馈，即刺激性反馈，因为这种文艺反馈专门寻找社会的黑暗面，夸大它，歪曲它，常常使人们惶惶然、愕愕然，只能造成社会系统的过分紧张，而无益于社会自组织系统的能力。这两种文艺反馈正如医生摸不着病人真实的脉搏病情而开处方一样，是不利于社会机体健康长寿的。

三　文艺信息的社会交往作用

普列汉诺夫说：“艺术是人与人之间的交往手段之一。”[2] 文艺作为一种社会信息，在于通过一定的形象把某种思想和感情传递给别人（受信者），达到社会交往的目的。这是文艺信息的一个重要社会作用。

以文艺信息进行交往是人类社会独有的一种手段。我们知道，自然界一些动植物也存在着信息交换活动，但它并不是艺术信息，尽管这种信息形式人们看来很漂亮、很美。例如某些鸟类交尾期间展示自己美丽的羽毛，显示自己优美的歌声，以此卖弄风情。这算不算文艺信息交往呢？不是。因为它只是一种生物性交的表示，不含有任何社会思想或感情，不包含任何社会学的意义。再如蜜蜂发现蜜源时用舞蹈向同伴传递信息，这算不算文艺信息交往呢？也不是。因为这种舞蹈并不是一种艺术的思维表达形式，而只是一种生物信息。那么，有的动物进行艺术表演，如猴儿拉车、小狗钻圈儿，算不算人兽之间的文艺信息交往呢？我们知道，这种表演是经过人训练的，是人赋予的行为，这些动物每完成一个动作必须得到一定好处，如给点食物，而它自己并不理解这种动作的社会意义。因此，这种动物表演不过是人化的艺术形式，动物本身没有任何社会学上的交往意义。“对牛弹琴”虽然是讥笑说话人不看对象或听话人不懂对方讲的是

①白居易:《与元九书》，见《白氏长庆集》，卷四十五。

②《普列汉诺夫美学论文集》（Ⅰ），第458页，人民出版社1983年版。

什么，同时也说明对牛一类动物弹琴鼓簧，即使牛耳不聋不聩，它也听不懂琴簧等声乐艺术。文艺信息是人类发展到一定阶段所创造的一种独有的特殊社会交往手段。

文艺信息是作家、艺术家在周围社会生活影响下所体验的思想和感情，再经过反复的思索和感觉，通过一定的艺术形象表达出来。它的特征是生动形象性。因为它生动、形象、通俗、易懂，所以具有广泛的群众性。一部优秀的文艺作品在社会中交互传诵，脍炙人口，所起的作用令许多哲学家和伦理学家惊叹。

文艺信息在社会交往中可以帮助人们界定环境，确定行为规范。这正如工人运动史上欧仁·鲍狄埃创作的《国际歌》，一个有觉悟的工人，不管他到了哪个国家，不管命运把他抛到哪里，不管他怎样感到自己是异邦人，语言不通，举目无亲，远离祖国，都可以凭《国际歌》那熟悉的曲调，找到自己的同志和朋友。《国际歌》所以能够帮助一个身处异国他乡的工人找到同志和朋友，是因为它所描绘的内容反映了工人的共同生活，表达了他们共同的理想和信念。一个觉悟的工人在异国他乡听到这歌声时，凭着熟悉的曲调，自然可以界定出环境，界定出同志和朋友。界定出了环境，他才可以确定自己的奋斗目标与行为规范。文艺信息的这种作用在社会生活中是广泛存在的。例如人们听到欢乐愉快的音乐时会翩翩起舞，而听到英勇悲壮的音乐时会肃然起敬；面对英雄雕像，不可嬉戏，否则会被斥为不恭敬，处郊游歌舞，不可不乐，不然会被视为不随和。如此等等，不一而足。不同的文艺信息给人们提出不同的价值准则与行为规范，使之界定环境，采取相适的行为。从这个意义上说，文艺信息具有协调人类社会行为的作用。特别是在大规模的社会行动中的文艺信息，如战争中的军乐、游行中的行进曲、社会运动中的诗歌等，它们的协调作用更为明显。当社会处于运动状态时，这种协调有促进变化的作用；当社会处于平静状态时，这种协调则起抑制变化的作用。

由于文艺信息是一种精神交往，它所传递的思想和感情是崇高的，所以具有净化人们思想感情的作用。所谓艺术的力量，就是事物本身看上去尽管引起痛感，但惟妙惟肖的图像看上去却能引起我们的快感。作家、艺术家在社会生活中体验了某种感受，引起了思想和感情的激荡，要把这种感受到的社会信息传递给别人，于是赋予一种美的形式，诉诸人们的感官，以引起同样的思想和感情激荡。读一部小说，看一出戏剧，欣赏一幅绘画，听一首乐曲，作家、艺术家倾吐思想和感情，如怨、如慕、如泣、如诉，社会公众感受着这不断传来的信息波，不由自主地化入其情其景，为其愤者不平，为其怒者发指，为其乐者莞尔而笑，为其悲者潸然泪下，在潜移默化之中使人们的思想和感情得到熏陶、感染、净化。从这个意义上说，文艺信息的交互感受，具有整合和同化人们思想和感情的社会作用。特别是某种文艺信息的连续传递，如反复宣传某种文艺作品，这种整合和同化作用更为明显。在建立和维护社会秩序的时候，它有利于社会的思想和感情稳定，以加强社会秩序；当需要打破社会秩序的时候，它可以掀起人们思想感情的轩然大波，给社会秩序带来混乱、动荡和不安。卓越的文艺作品所起的这种作用要比政治家、哲学家、伦理学家的著作更有精神力量。一幅优秀的绘画，它所起的作用要比一百本宣传小册子大得多。

文艺作为信息载体传播社会文化的作用也是不可忽视的。鲁迅喜欢看电影，特别喜欢看关于非洲和南北极一类的片子，因为他没有可能去这些地方，从这类片子中可以“得到一点见识”①。所谓见识，除了山川景物的自然面貌，更主要的是异域的风俗民情等社会文化状况。文艺信息载体可以生动形象地把不同国家或地区的衣食住行、婚丧嫁娶、家庭生活、社会生活等社会文化传递给别国别地的人们。特别是在信息发达的现代社会中，各种行为方式、生活方式常常是通过小说、戏剧、电影等文艺载体传递的。这种传递一方面加强了不同国家和地区的社会文化交流与整合，另一方面也带来了各种不同社会文化模式和文化性格的矛盾与冲突。因此，一些国家和民族为了保持其文化模式和文化性格，而控制异国他乡的文艺传播就是可以理解的了。这种控制对于保持其社会文化的稳定是有利的，但往往有碍于社会文化的发展。所以，大凡求稳定又求发展的社会，总是采取既开放又控制的政策，既传播有益的文艺，又控制有害的文艺，使文艺传播有益于民族社会文化的健康发展。

任何文艺信息的交互作用都表示着一定的社会关系。简言之，文艺信息作为社会交往的手段都是在一定的社会关系中发生的。因此，文艺信息作为社会交往的手段，常常是不同阶段、阶层、政党、集团的理想、愿望、意志、信念的体现者，它不仅组织其力量，而且是其斗争的工具。正是从这个意义上，可以说每一个时代不同的阶段、阶层、政党、集团都有自己文学和艺术的“圣经”，并以此培养他们的道德感情与政治力量。也正是从这点出发，我们才可以把文学看做是社会集团意识形态的形象化表现，看做是不同社会集团普及、方便、简单而有力的宣传方式与手段。

①鲁迅:《致颜黎民》(1936年4月5日)，见《鲁迅全集》第10卷，第309页。

四　文艺信息的社会历史储存作用

文艺信息不是传递即逝的，它常经过印刷、录制、拍摄等物化形式储存起来，成为一种社会历史的形象载体，恢万里，传千代，不泯不灭，影响着人类社会历史进程的各个方面。

文艺信息作为社会历史的形象载体，具有社会文化传递、积累的储存器作用。通过这个储存器，人们可以看到人类的童年和所有过去的历史，看到他们在一定社会历史环境中是怎样地生产、生活、行事，看到他们的言谈举止、音容笑貌、思想感情、风俗习惯、伦理观念、宗教信仰等。大则种族盛衰、国家兴亡、时代更迭；小则衣食住行、婚丧嫁娶、方言礼俗，凡可观之的一切方面、侧面、细节，都以比历史书籍、哲学著作、社会法典、宗教经卷等载体更生动、更形象的方式显示给后来的人们。历史、哲学、法学、宗教学等载体最多不过是启示或规定人们应该怎样做，不应该怎样做，建议一些方案，提供一些社会生活和个人生活的榜样，而文学和艺术载体却生动形象地体现着一个历史时期社会文化性格、时代感情和心灵领域的主要特征，描绘了社会生活各个方面活生生的细节、情景，揭示出社会历史事变发展的最真切的内幕和隐蔽的力量。可以说，凡是历史文献、道德法典、宗教教义所漏掉的地方，文艺载体都补足了；凡其所疏忽、遗忘的地方，文艺载体都提醒了，注意到了。英国哲学家波普尔（K. R. Popper）曾把客观世界叫做“世界Ⅰ”，把人的主观世界叫做“世界Ⅱ”，把文学、艺术、科学、技术等叫做“世界Ⅲ”。这种划分法是否正确姑且不论，但他在强调“世界Ⅲ”的重要性时打了个比方是颇有意思的。他说，如果打一次世界战争，把全世界的物质财富都摧毁、破坏了，但只要“世界Ⅲ”还存在，人们通过世界Ⅱ就可以把现代世界重新建立起来，倘若是把“世界Ⅲ”毁灭了，人类就要重新经历几万年甚至几十万年的历程。① 我们不妨把波普尔的比方继续下去，如果发生一次世界战争把历史、哲学、宗教、法律、科学、技术、生产方式、生活方式、行为方式，总之，一切物质文化和精神文化都摧毁了、破坏了，只要还留得文学和艺术存在，人们通过这个形象载体仍然可以把这些社会文化恢复起来；如果文学和艺术也毁灭了，人们恐怕就要过一种蒙昧野蛮的生活了。

①参见钱学森:《研究社会主义精神财富，创建事业的学问——文化学》，载《中国社会科学》，1982 年第 6 期。

比喻只不过是比喻，但从这里我们是可以看出文艺对社会文化积累和传递的社会作用的。文艺虽然不创造机械工具和政治、道德、法律观念等，然而它却是这些社会文化创造的热情的参与者、记录者，以真诚的态度表示着自己的价值判断，传之子孙，留于后人，成为人们社会历史生活的教科书。它所展示的五彩缤纷、绚烂多姿的物质文化和精神文化，使人视之于目，听之于耳，感之于心，耳濡目染，心领神会，不知不觉地向往之，实习之。文艺对社会文化积累不断进行，从而构成一个形象载体的系列。一代一代不断地输入、储存、积累，又一代一代不断地输出、扩散、传播，在社会不断的绵延、进步、发展过程中，滋补着人们的政治生活、社会生活和精神生活，促进了人类社会文明的发展与进步。

由于文艺是一种社会历史的形象载体，所以它才可以作为人类自我观照的镜子。大凡优秀的文艺作品，它所反映的社会生活总带有历史的色彩。杰出的作家、艺术家同历史学家一样，他们在反映波澜壮阔的社会的时候，总是抓住影响社会生活的主要事件和表现人物情感的主要事实，描绘人物形象，编制德行和恶习的历史，显示出历史发展的情势及时代某些本质的东西。清朝孔尚任的《桃花扇》作为形象载体的历史价值，就在于它通过文人聚散、悲欢离合，揭示了明王朝灭亡的历史悲剧的社会政治根源。诚如作者在其“小识”中所说:“桃花扇何奇乎？其不奇而奇者，扇面之桃花也。桃花者，美人之血痕也。血痕者，守贞待字，碎首淋漓不肯辱于权奸者也。权奸者，魏阉之余孽也。余孽者，进声色，罗货利，结党复仇，隳三百年之帝基者也。”① 至清，虽明之帝基不在，权奸不存，然通过血痕桃花之扇，却形象地总结了权奸“进声色，罗货利，结党复仇，隳三百年之帝基”的历史经验教训（且不说总结得正确与否），使后人引以为戒。因此可以说，文艺载体是活的历史，它给予人类各种各样的自我认识。马克思称赞狄更斯等现代英国的小说作家:“在自己的卓越的、描写生动的书籍中向世界揭示的政治和社会真理，比一切职业政客、政论家和道德家加在一起所揭示的还要多。”② 也正是在同样的意义上，马克思称巴尔扎克的作品“对现实关系具有深刻理解”③。

文艺创作虽然无意担负地方志的任务，但由于它生动详细地描绘社会生活，所以，当它构成一种社会历史载体时，常常可以起到各种社区年鉴

①孔尚任:《桃花扇小识》，见《中国历代文论选》（下册），第26页。

②《马克思恩格斯全集》，第10卷，第686页。

③《马克思恩格斯全集》，第25卷，第47页。

的作用。许多社会学家、文化人类学家、民族学家及历史学家，通过一些古代民族的诗歌、神话、传说等详尽研究和考察了人类社会各种制度、礼俗的变迁。社会学家、文化人类学家在研究人类社会发展史的时候，得益于文艺载体的地方是很多的。如摩尔根《古代社会》一书研究日耳曼人的古代歌谣，把日耳曼人的古代歌谣视为他们的历史传说和编年史。许多社会学家、文化人类学家，有关古代民族社会生活的研究，在时间、地点、生活情景以及各种事实、数据等细节上，许多材料都来源于古代的文学和艺术作品。从这个意义上说，文艺载体具有社区研究的史料价值。

第九章　社区文学和艺术[①]

一　什么是社区文学和艺术

“社区”与“社会”是两个含义不同的社会学概念。1887 年，德国的社会学家滕尼斯将人类活动分成“社区”（gemeinschaft）和“社会”（gesellschaft）两类。社区含有道德上的整合和互属、感情上的联系和投入以及亲属关系、团结契合等意思。在德文中，“gesellschaft”（社会）是指一种类似商业组织、具有特定作用的团体。滕尼斯在这里把“社会”视为欲达到某种目的而产生的特殊契约关系，这种关系是以自愿性和自我利益为中心的，而缺少社区那种道德整合和感情联系。我们知道，社会是以共同的物质生产活动为基础的，是人们交互作用的产物。自从滕尼斯提出“社区”的概念以后，社会学研究后来一直把“社会”与“社区”作为两个不同的理论范畴概念。20 世纪 20 年代初，美国哥伦比亚大学社会学家麦基弗（Maciver）写了一本《社区与社会》的书，专门讨论这个问题。中文“社区”一词是 30 年代初从英文“community”翻译过来的。“community”的英文原意是指一种人的共同体，而中文“社区”则含有“地方社会”的意思。在社会学研究中，社区的定义很多，每个定义都有它自己的作用。如果我们概括起来，可以把社区简单界定为在一定地区自然环境和社会文化环境生活的共同群体。所谓自然环境，是指自然条件、自然资源等。所谓社会文化环境，则包括人们传统的风俗、习惯、伦理、道德、宗教、语言、法律、制度以及人们的生产方式、生活方式、行为方式等。生活在这种社区环境中的人类群体，利害相关，有着共同的认同感和归属

①本章曾以《论文艺社会学中的社区文学与艺术》为题，发表于《内蒙古社会科学》1984 年第 4 期。

感。过去所谓“老乡见老乡，两眼泪汪汪”，就是社区认同感和归属感的表现。社区可大可小，大则一个国家、一个地区；小则一个城市、一个乡村、一条街道等等。不论范围大小，凡具备上述特点，皆可谓之社区；不具备上述特点，只能叫“行政区”，而不能以社区称之。

所谓社区文艺就是指反映特定社区生活的文学和艺术。

首先，社区文学和艺术描写的对象是特定的社区生活。社区文学和艺术的作家、艺术家以社区为基地，观物察人，进行创作，其写人、言事、状物、抒情，都以社区为对象。如老舍写北京社区、赵树理写山西社区、孙犁写冀中社区、刘绍棠写京东社区等等，其作品的题材、人物、故事、语言等都源于社区生活。他们不像有些作家，今天写山东，明天写河北，后天又可能写广东，天南海北，没有一定的社区作为描写对象，而是笃情于一定社区人民的生活，援笔不出社区之情，投篇满是社区之貌。以刘绍棠为例，他“头顶着大运河的高粱花，脚沾着大运河的泥土，走上文坛”，一生都以讴歌大运河两岸的劳动人民为己任，从《运河的桨声》到《蒲柳人家》、《瓜棚柳巷》、《草莽》、《花街》，再到《鱼菱风景》、《小荷才露尖尖角》等，无不是以京东运河农村社区为描写对象和反映京东运河农村社区人民的生活、劳动及斗争的。这样的作品就是典型的社区文学和艺术。

其次，正如社区的范围可大可小一样，社区文学和艺术的地域范围也是大小不一的。大则为一个国家、一类民族区的文学和艺术，如印度文学和艺术、日本文学和艺术、阿拉伯文学和艺术等；小则一个国家内的一个城市、一个地区的文学和艺术，如中国的北京文学和艺术、山西文学和艺术等等。这里值得说明的是，当我们说“印度”、“日本”或中国的“北京”、“山西”的时候，我们不是把它们作为一个“国家”或“行政区”的概念说的，而是把它们作为一个人类群体生活的特殊的自然环境和社会文化环境的“社区”说的。例如当我们把印度文艺当做社区文学和艺术的时候，我们想到的是印度的诗集《吠陀》，史诗《玛哈帕腊达》、《腊玛廷那》，戏剧《沙恭达罗》以及各种庙宇的雕塑和绘画等，想到的是这些文学和艺术所描写的静修林、芒果树、菁葵藤等静穆恬淡的自然环境和宫廷、庙宇等充满“寂静味”的达摩社会文化环境，而不是它作为一个国家的行政长官及政治法律制度等。同样，当我们说北京文学和艺术或山西文学和艺术的时候，也是指老舍、赵树理等作家的作品分别所反映的北京社区和山西社区特有的风土人情，而不是把它们当做一个城市和行政区的概念来说的。因此，我们说，凡是能够反映社区生活特点的文艺，则不论区域范围大小，皆可谓之社区文学和艺术；反之，则不能以社区文学和艺术称之。

其三，社区文学和艺术系列的形成可能集中于一代，也可能散见于数代，时间可长可短。例如当我们谈山西社区文学和艺术的时候，是说数十年间形成的赵树理、马烽、西戎、束为、孙谦、胡正等山西作家群的文学和艺术作品，时间则比较短。可是当说阿拉伯社区文学和艺术的时候，其文学和艺术系列则包括从公元六七世纪的《古兰经》、9世纪的诗歌总集《哈玛萨》、13世纪的《天方诗经》(即《布尔德》)，到14至15世纪的小说《天方夜谭》（即《一千零一夜》）等作品。它们的出现先后经过了一千年左右，虽然时代比较长，但正是它们构成了一个阿拉伯社区文学和艺术的系列，反映了阿拉伯半岛广大社区各族人民特有的生活、劳动和斗争，表现了他们的聪明智慧、奇思妙想及伊斯兰教虔诚的感情，形成了阿拉伯社区特有的文学和艺术。

最后要说明的是，社区文学和艺术不完全等同于乡土文学，它们既有联系又有区别。凡乡土文学都是集中写农村社区生活，反映农村社区生活特点的。从这个意义上说，乡土文学都是社区文学和艺术。但是社区文学和艺术不是乡土文学所能概括了的。这是因为，一则乡土文学只写农村社区生活，而某些描写城市社区生活的文学和艺术，则无法包括进去，如老舍描写北京社区生活的文学和艺术，我们则不能称之为乡土文学，但它却是社区文学和艺术；二则乡土文学的作者都是自己作品社区里的人，即所谓写本乡本土的作者，如赵树理、刘绍棠等人，都是写本乡本土的乡土文学作家。而那些非本乡本土的作家的作品，虽然深刻地反映了某一社区的特殊生活，我们也很难以乡土文学论之，如欧阳山是湖北人，而他的小说《三家巷》、《苦斗》却描绘了广州近郊社区风俗画般的情景。我们显然不能称它为乡土文学，但它却是社区文学艺术。由此可见，社区文学和艺术的概念的外延要比乡土文学大得多，内涵也要丰富得多。因此，乡土文学的研究不能代替社区文学和艺术的研究，社区文学和艺术作为一种文艺社会学的概括是有它自己的性质与特点的。

二　社区文学和艺术的特性

社区文学和艺术作为一种文艺社会学的概括，它究竟有什么不同于一般的文学和艺术的性质和特点呢？我们可以从它的产生、存在的社区性质来回答。

第一，社区文学和艺术是社区特殊的社会经济生活的产物，反映社区生活特有的本质。我们知道，文学和艺术的产生、发展都是建立在一定的社会经济生活基础上的。但是，当我们谈及社区文学和艺术的时候，绝不能满足于一般地谈论经济生活的作用，而应该考察是什么样的社会经济生活产生和发展出了那样的社区文学和艺术。我们在这里不妨拿同是反映中国20世纪30年代农村社区生活的端木蕻良和沈从文的作品作一个比较。端木蕻良说："在人类历史上，给我印象最深的是土地……土地给我一种生命的固执。土地的沉郁的忧郁性，猛烈地感染了我，我爱好深厚和真实，使我也像土地一样负载了许多东西。"① 而沈从文则说："我感情流动而不凝固，一派清波给予我的影响实在不小。我幼小时较美丽的生活，大部分都同水不能分离。我的学校可以说是在水边的，我认识美，学会思想，水对我有极大的关系。"② 端木蕻良说的"土地"，沈从文说的"水"，除了对作家思想品格、美学趣味的陶冶和影响外，可以说它们代表了中国两种完全不同的农村社区特殊的社会经济生活，是两种农村社区特殊社会经济生活的象征物。在端木蕻良生活的辽北大草原，土地是维系人们各种社会关系的基础。人们为土地而生存，为土地而斗争！正是土地上产生了各色人等：地主、二茬地东、佃户、帮工、"年造"、车把式、炮手、侍女以及粮栈、油坊、商号中的掌柜，管事的，跑腿的，掌包的等等，产生了土地兼并、高利放贷、投机倒把、聚敛剥削及风水、望族、君子之泽一类迷信，也产生了人民为保卫土地所进行的可歌可泣的英勇悲壮事迹。这"土地的历史"表现在文学艺术中，就是端木蕻良的《科尔沁草原》、《大地的海》、《大江》、《大时代》等作品。这些作品围绕着"土地问题"，深刻地揭示了辽北大草原社区生活的本质。

沈从文所处的湘西社区是苗族、土家族生活的古邑水乡，不仅边城的草木是湿的，而且连"值得回忆的哀乐人事"也是湿的。在这里，水是"生命另一形式的表现，即人与自然的契合"③。人们水里来，水里往，察风观水，撑篙扬帆，呼喊对歌，打情骂俏，辱祖谩宗，自然而又古朴，妩媚而又野蛮，刚直而又粗犷，真诚而又愚昧。这种社会经济生活中的人与自然契合所构成的生命表现形式，就是当时湘西社区病态的机体。正是这

①转引自任时：《论端木蕻良的早期小说创作》，载《社会科学辑刊》1982年第4期。

②沈从文：《我读一本小书同时读一本大书》，见《从文自传》，重庆出版社1986年版。

③沈从文：《泸溪·浦市·箱子岩》，见《沈从文散文选》，人民文学出版社1982年版。

种病态的社区机体才产生了愚昧的杀戮、宗族间的械斗以及贩毒、卖淫、行巫等社会现象，同时也产生了昏庸的官吏、杀人的刽子手、械斗的醉汉、苦难的矿工、多情的妓女、热恋的水手以及孤儿寡母等等人物，演出了许多“哀乐人事”，流入作家的笔底，则表现为沈从文的长篇小说《长河》及散文《湘西散记》、《湘西》等社区文学艺术作品。这些作品通过“世界一小角隅”各种不同人物的悲惨凄苦的遭遇，深刻地揭示了湘西各种社会现象的社区生活本质。

第二，社区文学和艺术的产生、发展不仅受社区特定社会经济生活的制约，而且还受社区特有自然环境和社会文化环境的影响，反映社区特有的风土人情。秦牧、陈残云、杜埃等岭南作家群的形成便是这样。岭南历来有清淡的风尚，不仅那茶楼风清、葵棚阴浓、椰林韵味、水乡风情影响着作家的气质、情趣，而且那青山滴翠、沙田水秀、竹林晨雾、芭蕉夜雨也给予作家审美的熏陶。这种社区自然环境和社会文化环境于20世纪初已经形成了清新明秀的岭南画派。在新的时代精神和社会条件下，岭南作家爱竹、恋海、颂山、赋花，晨溪、暮雨、晚墟、落日尽入笔端，一个以清秀婉约的风格描写岭南社区乡土风情的作家群出现，也就是自然的事了。

我们不是地理环境决定论者，但应该承认不同社区自然环境和社会文化环境给予作家的影响。以反映湖南五岭山乡镇社区生活出名的作家古华，在其小说集“自序”中非常深情地谈到这一点。不仅那五岭山区古老的“伴嫁”歌舞、月下禾坪老人们神奇的“讲古”等社区文化在古华心田里撒下了文学的种子，而且连那儿时生活的老树林的风声、雨声、松涛声，鸟叫、虫叫等，也都对作家后来的文学创作有着强烈的吸引力。古华在谈到《芙蓉镇》的创作时说：“山区小镇古老的青石板街，新造的红砖青瓦房，枝叶四张的老樟树，歪歪斜斜的吊脚楼，都对我有着一种古朴的吸引力，一种历史的亲切感。居民们的升迁沉浮，悲欢遭际，红白喜事，鸡鸣犬吠，也都历历在目，烂熟于心。山镇上的物质生产进展得十分缓慢，而人和人的关系则在发生着各种急骤的变幻，人为的变幻。”① 这段话颇能说明人、自然、文化、物质生产及人际关系等复杂因素是怎样构成文学艺术创作的底蕴而影响作家的。这些因素不是孤立的、割裂的，而是一个相互联系的有机体。当这些因素之间相互适应、协调、和谐时，社区表现为常态；不适应、不协调、不和谐时，社区表现为变态。这些常态和变态反映到文学和艺术作品中来时，就构成了社区形象。

---

①古华：《古华中短篇小说集·自序》，湖南人民出版社1982年版。

社区形象总是融于作品风俗画和风景画般的描写中的。如刘绍棠的小说《蒲柳人家》、《瓜棚柳巷》、《草莽》、《花街》等，写何大学问解囊助人，写柳叶眉打抱不平，写叶雨扶弱济危，写陶红杏滴水之恩、涌泉相报，写姑娘们七夕乞巧、下河戏水，写孩子们摸鱼偷瓜、玩拜花堂游戏，写瓜棚茅舍、泥墙柳篱，写蒲苇水草，红皮柳，清水波，鸭嘴鹅掌……通过这一幅幅风俗画和风景画，描绘了京东运河农村社区特有的形象。这种社区形象是独特的，非一般化的，是别的社区形象所不能代替的。刘绍棠笔下的花街，前不靠村，后不靠店，看似烟波渺茫，但我们只要看一看作品人物的言语、行事、风俗、习惯及花街特有的自然风光，立即就可以看出它是属于京东运河社区的。它与刘绍棠的其他作品是同属一个艺术系列的，是反映京东运河社区特殊的风土人情的社区文学艺术。

第三，社区文学和艺术中的人物性格、行为和心理特征受社区特有的社会文化环境的影响；反过来，这些人物的性格、行为和心理特征也显示出社区文化环境的行为规范和价值取向。每一个社区都有不同的风俗、习惯、伦理、道德、宗教、语言等等传统的社会文化，而这种社会文化是一代一代积累起来的，它虽然受一定经济基础的制约，但与经济的发展是不平衡的，表现出一定的连续性和相对的稳定性。每个人都生活在一定的社区文化环境中，要接受社区文化规范的教化。这种社区教化不仅奠定了人们性格的天然秩序和心理的基本特征，而且会让人们形成强烈的感情色彩和鲜明的价值取向。社区文学和艺术作品的人物性格、心理、行为自然表现出这种社区文化的特征。曹禺的《雷雨》、《日出》和老舍的《骆驼祥子》、《离婚》、《四世同堂》、《正红旗下》等，虽然同是描写城市社区的文学艺术作品，但其人物的性格、心理和行为却显示出了不同社区文化的教化特征。《雷雨》中周朴园作风的专横冷酷、态度的虚伪矜持，周蘩漪内心的忧郁孤愤、个性的疯狂追求以及精神的空虚绝望，周萍的淫乱自私等等，无不深刻地反映了中国城市传统家庭浓厚的专制色彩和腐朽虚伪的心理特征。至于《日出》中所描写的银行经理、小职员、交际花、洋博士、妓女、流氓、富孀、面首等等，则更是中国殖民地城市社区文化孕育出来的一群人物。高级妓女陈白露的孤独放荡、玩世不恭，银行经理潘月亭的投机倾轧、奸诈狡猾，银行秘书李石清的苦心钻营、拼命上爬，小职员黄三省的被抛出社会沉沦自杀，其他人物如流氓黑三的嚣张欺人、洋博士张乔治的洋相百出、富孀顾八奶奶的自作多情等等，虽然各人的身份、地位不同，但其性格、心理、行为多是殖民地城市社区文化环境所赋予的，也显示了这种社会文化的行为规范和价值取向。

在老舍所描写的古老北京“市民王国”里，却是另一种不同社会文化教养出来的人物。无论是拉洋车的、剃头的、行商坐贩的、唱戏说书的、打拳卖艺的，还是巡警、土匪、娼妓、歌女、破落的八旗子弟、下层的知识分子，这些三教九流、五行八做的各色人等，不论怎样的动作、行事、言语，一句话，无不和“老北京”有关，和昔日北京社区传统的社会文化有关。这里的社会文化环境别有天地：东单、西单、鼓楼、牌坊、五坛、八庙、胡同、四合院、磁罈、花插、风俗遗韵，古色古香；酒铺、茶馆、戏院、市场，熏人的鱼腥味儿、盈耳的叫卖声，庸俗不堪，市侩十足。这里的人物也别有风度，别有路数：一方面是礼教、家风、古训、德行，爱面子，讲礼节，谦恭随和，古道热肠，举止娴雅，豪爽大方；另一方面是和平、中庸、落后、守旧，事事知足，不问世事，提笼架鸟，二两老白干，一盘花生豆，点头哈腰、圆滑混世。在这个世界里的人物，既有传统美德，又有庸人俗气。与曹禺作品中的人物比较，别有风格，别有境界。同是写家庭执权柄者，《四世同堂》中祁家老太爷那种“绝不愿救了别人而连累自己”的谨小慎微的心理和“反正咱们姓祁的也没得罪东洋人，他们一定不能欺侮到咱们头上来”的顺民性格，与周朴园的冷酷专横、虚伪矜持行为多么不同；同是写小职员，《离婚》中张大哥那种希望有个“有模有样”的儿子，“有家有室，生个白胖小子”，“闹个科员，名利兼收”的理想以及“不曾得罪过谁”、“招惹过谁”，安天乐命，与世无涉的态度，与《日出》中李石清那种苦心钻营、拼命上爬的行为迥然各异。即使是写市井无赖，《离婚》中的小赵、《四世同堂》中的冠晓荷、《茶馆》中的唐铁嘴，与金八、黑三之类相比也自有招数。这些人物的性格、心理、行为和习性等等，除了它们社会经济生活之基础，都明显地受到社区文化的影响，为社区文化所独有。这也是社区文学和艺术的特征。

第四，社区文学和艺术一般都采取现实主义的创作方法和社区人民所喜闻乐见的艺术形式与艺术风格。首先，这是为了适应社区文艺反映特殊社区生活的需要。社区文学和艺术要想真实地再现社区特殊的风土人情，就必须采取现实主义的方法，对社区生活进行真切的描绘。萧军的《八月的乡村》可以说是描写20世纪30年代东北农村社区的文学艺术作品之一，鲁迅在为该书写的中说：“作者的心血和失去的天空，土地，受难的人民，以至失去的茂草，高粱，蝈蝈，蚊子，搅成一团，鲜红的在读者眼前展开，显示着中国的一份和全部，现在和未来，死路和活路。”① 一般说来，

①鲁迅：《且介亭杂文二集》。

社区文学和艺术除了地名、人名以外，向壁虚构者少，真实的事实多，有的社区文学艺术几乎是可以作为报告文学来读。社区文学和艺术的形式与艺术风格也大都采取社区人民所易于接受和喜闻乐见者。例如赵树理描写山西太行山和晋中汾水一带农村社区人们特殊的生活方式、行为方式的作品，总是从人物生活的特定的社区环境出发，对现实生活作实事求是的描绘，既没有豪言壮语，也很少艺术夸张。他的作品写人、言事、状物，语言朴实、自然、亲切，又带点诙谐、幽默，如向农民兄弟谈家常、讲故事，那爱情的瓜葛，家庭的纠纷，张家长、李家短，慢慢叙来，不仅头头是道，而且娓娓动听，乡音绕耳。如果采取非现实主义的方法和其他艺术形式及语言，则既不足以表现社区的特殊风土人情，也收不到好的社会效果。社区文学和艺术的形式和风格，在戏曲、音乐中表现得更为鲜明。如中国北方人多喜欢锣、鼓、唢呐等乐器演奏粗犷、豪放的曲调，而南方人则对丝竹乐器演奏纤细、温柔的曲调有更多的爱好。

其次，社区文学和艺术采取现实主义的创作方法和社区人民所喜闻乐见的艺术形式和艺术风格，是因为这些文学和艺术本身许多都是民间创作，是所谓“饥者歌其食，劳者歌其事”的作品。例如中国南北朝时期的民歌，大都出于街陌的民间歌手，他们歌其所见所闻，抒其对社区生活的真切感受。南朝江汉社区商业发达，但商人重利轻别，因此歌谣多写离愁别绪。如：“布帆百余幅，环环在江津。执手双泪落，何时见欢还?”① 又如：“始欲识郎时，两心望如一。理丝入残机，何悟不成匹?”② 北朝汉族与少数民族社区连年战争，因此歌谣多写战争之苦。如：“兄在城中弟在外。弓无弦，箭无栝，食粮乏尽若为活？救我来！救我来!”③ “男儿可怜虫，出门怀死忧。尸丧狭谷中，白骨无人收。”④ 由于南朝北朝社区的自然环境和社会文化环境不同，因此民歌的形式与风格各不相同。如南朝民歌：“采莲南塘秋，莲花过人头。低头弄莲子，莲子青如水。”⑤ “蚕生春三月，春桑正含绿。女儿采春桑，歌吹当初曲。”⑥ 这些描写江南社区采桑、养蚕、纺织的五言歌词非常绮丽、委婉、细致。而“健儿须快马，快

①《乐府诗集·石城乐》。
②《乐府诗集·子夜歌》
③《乐府诗集·隔谷歌》。
④《乐府诗集·企喻歌》。
⑤《乐府诗集·西洲曲》。
⑥《乐府诗集·采桑度》。

马须健儿。淚跋黄尘下，然后别雄雌”①，“敕勒川，阴山下。天似穹庐，笼盖四野。天苍苍，野茫茫，风吹草低见牛羊”②，这些描写北方社区少数民族牧马、赛马及自然风光的诗，语言长短不一，活脱自如，显得非常豪放、质朴、自然，表现了与南朝社区文学艺术的不同的特点。

我们说社区文学和艺术一般采取现实主义的创作方法和社区人民所喜闻乐见的艺术形式和艺术风格，并不是说它绝不能采取其他的方法、形式和风格，更不是说这些方法、形式和风格是社区文学和艺术所独有。例如刘绍棠的小说《蒲柳人家》中望日莲七夕乞巧一节，一丈青大娘向何满子讲七月七日夜里成群喜鹊在银河上搭桥让牛郎挑着儿女与织女相会，在葡萄架下可以听见织女的哭声，这个浪漫主义的故事无疑不是京东运河社区文化独有的，但这种浪漫主义的描写至少是社区文化环境的组成部分。这种描写不仅不会影响社会文学艺术反映社区生活的需要，反而会给社区文学艺术增加浓厚的社会文化色彩。正如社区之间是相互联系的一样，社区文学与艺术也是相互交流的，一个社区的文学和艺术会影响另外一些社区文学和艺术的发展，为另外一些社区人民所喜闻乐见。如越剧、黄梅戏已经成为我国许多省市社区人民爱好的剧种，但它们仍然是社区艺术。

三　从文艺生态系统看社区文学与艺术的发展

社区文学与艺术的发展，不是一个孤立的现象，而是和整个社区的自然环境、社会环境和文化环境分不开的。如果从生态学的意义上讲，我们也不妨称之为文艺生态系统。

文艺生态系统这个题目颇带有一点风险性，说不定有的人看到这个题目会喊：“又捉住一个史达尔！”提起19世纪法国文艺理论家史达尔，人们往往与文艺“环境决定论”联系起来。为免遭非议，长期以来人们也就很少对文艺与自然环境的关系问题写文章了，更何况文艺生态系统的提法是如此刺人耳目。即使不抱此偏见的先生，也可能会认为用生态学的观点研究环境保护、国土开发、经济发展尚还可以，用之研究观念形态的文艺现象，似乎也有点不走正道。但是这些先生没有看到，文艺创造如同整个人类社会文化的创造一样，是与自然界有着极为密切的依存关系的。

我们知道，人是自然界的一部分，人类的活动首先是作为一种自然力

①《乐府诗集·折杨柳歌辞》。

②《乐府诗集·敕勒歌》。

与自然界发生着关系。在这种关系中，人把自身当做现有生命的类来对待，当做万物一体的普遍存在物来对待。人类的创造活动与其他生命的活动一样，一开始就是以自然界为对象的，不同之处就在于这种创造活动是有目的性的，即把对象世界（自然界）变成有意识的存在物，表现为他的作品和他的现实的存在部分。人类的创造活动是一种与自然界的交换，不管这种创造是法之于天，法之于地，还是法之于人，归根结底是法之于自然，是按照自然界的根本规律创造的，其万象万物都是自然界的延伸和再创造。因此，从大千世界或宇宙整体性的观点来看，人类的社会和文化（包括文艺）创造活动仍然是一种自然力，是宇宙间的一种自然力，或者说是一种超越一般生物的创造力。从整个自然界的普遍存在与联系上说，人类既是创造活动的主体，又是对象世界的客体，他的整个活动是受外部自然环境制约的，是不能自由地选择自己的环境的，这就是人类全部历史的创造基础。文艺的创造也是这样。文艺被人们创造出来，但这绝不能说某种文艺一定会或者必然会被创造出来。中国南方的丝竹音乐，如果没有茂竹的生长及丝从自然界利用起来就无从创造。北方的鼓吹曲，若没有草原畜牧业，没有牛皮羊角，恐怕也是无法产生的。这一点在民族工艺美术方面表现得更为突出。无论是陶器、石雕、木刻、泥塑，还是服饰、首饰、装饰，除了传统的工艺技术外，它们的产生和发展无不和一定的地理环境中自然资源有关。离开了自然生态环境的客观基础，这些艺术的产生和发展是根本不可能的。因此我们可以说，自然生态环境是艺术的“天然”摇篮。

文艺生态系统乃是一种从人类生存的整个自然环境和社会环境的各种因素交互作用及互相联系中研究文艺产生、发展规律的理论体系。作为观念形态的文艺，作为一种精神创造活动，它的发展无疑是受各种社会文化与经济活动制约的。但是，这并不是说文艺创造仅仅是社会文化与经济活动的产物。如果把文艺看做是一种动态的、发展变化的现象，我们就会发现，人类的文艺创作活动与社会文化及经济活动之间存在着各种变量关系，不仅存在着一系列的知识、宗教、信仰、政治、思想等特殊的目标和价值取向，而且存在着山脉、河流、海洋及一切自然风物的影响。总之，作家、艺术家的居住地、环境、前社会观念、现实中的新概念及社会特殊的发展趋势等，都给文艺创作及其发展提供了独一无二的场合和情景。研究这种场合和情景是怎样影响文艺发展的，就是文艺生态系统的任务。就其理论和方法的性质来说，这种系统研究并不属纯粹的生物生态学，而是属于社会文化生态理论的范围。

文艺生态理论认为，人类是一定环境中总生命网的一部分，并与物种群的形成体构成一个生物层的亚社会层，这个层次常被称为群落。如果我们在这个总生命网中引进超有机体的文化因素，那么，在生物层之上就建立起了一个文化层。这两个层次交互影响、交互作用，从而造成生态上的一种共存关系。这种共存关系不仅影响人类一般的生存和发展，而且也影响着作家、艺术家的创作活动。可以说人类是活动在由社会、文化与自然环境相互作用、相互影响、相互融合构成的背景极为复杂的生命大舞台上的，而作家、艺术家作为人类生命的一类特殊活动者，在这个舞台上进行文艺创作，他们不仅以社会的尺度和文化的尺度寻求着真善美的存在，而且以自然因素的尺度探索真实与美的表现。

文艺生态理论认为，在影响文艺产生、发展的各种变量关系中，自然环境的影响是一个重要的变量。正如人类的物质文化创造首先以自然界为对象一样，文艺史的发端表明，人类的艺术创作也首先是把自然界作为自己描写的现实世界的。1879 年在西班牙发现的阿尔塔米拉洞窟壁画和 1940 年在法国南部发现的拉斯科克斯洞窟壁画有力地证明，人类艺术一开始就与自然界有着极为密切的依存关系。壁画所描绘的那些被射倒的野牛、奔跑的野马和野鹿以及河流、游鱼等画面，不正是人类在万年以前活动环境的一幅生态图吗？这些原始艺术法于自然，取材于自然，不仅那壁画中所表现出来的快感是在人类与自然界交往中萌发出来的，就连绘制壁画所使用的木炭及动物油脂和着的红色泥土等材料，也皆取自自然界。诚然这些洞穴艺术是以原始狩猎生产为经济基础的，但是如果没有自然界赋予的这些优厚条件，恐怕它们的出现也是不可能的。更为值得注意的是，这些原始艺术中没有任何宗教色彩的痕迹，它表明自然力远比宗教、哲学一类社会文化因素更早、更有力地影响着艺术的起源。这一点在舞蹈艺术中表现得更为突出。澳洲原始民族的青蛙舞、蝴蝶舞、野犬舞、袋鼠舞，北美印第安人的熊舞、水牛舞等，都是对动物动作的简单模仿，表现为自然力的影响。至于说一些原始民族的恋爱舞，诚如普列汉诺夫所说的：“这类舞蹈同任何经济活动都没有直接的联系。”①

即使到了现代社会里，自然环境因素也是影响文艺创作的重要变量，而且这种影响是多方面的，从题材、内容以至风格、面貌特征等。例如前边提到的端木蕻良和沈从文的作品就是这样。虽然他们都是描写中国 20 世纪 30 年代农村生活的老作家，但由于自然环境的熏陶不同，其审美理想、

①《普列汉诺夫美学论集》，第 1 卷，第 405 页，人民出版社 1983 年版。

情趣及作品的风格、面貌是迥然不同的。端木蕻良的作品，如《科尔沁草原》、《大地的海》、《大江》、《大时代》等，其风格的深厚和沉郁就像那土地一样。而沈从文所描写的则是“生命的另一种表现形式，即人与自然的契合”①。在湘西水乡，人是与水结合在一起的。在那里水不仅是湘西社区特殊生产关系的象征物，也是人与自然契合所表现出来的生命特殊形式。正是这种生命特殊形式演出了许多“哀乐人事”，流入作家的笔底，产生了沈从文的长篇小说《长河》及散文《湘西散记》、《湘西》等作品。自然因素既是一定社会生态环境的组成部分，又是作家、艺术家生活底蕴的一种审美力量所在，对它进行文艺生态学的研究，对于我们认识社区特有的生活本质及文化风貌有着积极的意义。

自然，某种自然环境因素不是孤立地发生作用的，而是与社会、文化诸因素交互影响，并共同影响作家、艺术家的文艺创作的。文艺生态系统理论认为，在人、自然、社会、文化的各种变量关系中，自然环境的因素是一个比较稳定的变量，人事往而不返，社会进而无极，万物生化而不息，唯独自然环境，相对来说比较稳定，虽有变化，也不显著，然而它对文艺创作的影响却是深远的，有时候是一代，有时候是数代的作家、艺术家。例如，正是清淡岭南风光的熏陶，那里在20世纪初形成了清新明秀的岭南画派；在新的时期又产生了秦牧、陈残云、杜埃等岭南社区的作家群。文艺生态学认为，自然环境因素虽然是一个影响文艺创作的稳定变量，但也只有当它与人事社会、文化等易变量结合在一起的时候，即自然美与社会美相互渗透、凝聚，并激发起作家、艺术家创作热情的时候，才能更深刻地影响文艺作品的思想内容。如古华反映湖南五岭山乡小镇生活的小说《芙蓉镇》的创作就是这样。自然界的风声、雨声、松涛声，鸟叫、虫叫，曾给他的文学生活以影响，然而激发起他创作欲望的恐怕还是居民们的升迁沉浮，悲欢遭际以及人与人关系的各种急剧变幻，人为的变幻。这里，充分显示了人、自然、社会、文化对作家创作的交互作用，如果没有自然环境特殊风物描写及其所显示出的审美趣味，小说将失去芙蓉般的自然魅力；同样，如果没有社会、文化的变迁的思想内容，小说就不会有如此强烈的社区生活气息和鲜明的时代色彩。文艺生态系统理论认为，应该从人、自然、社会、文化的各种交互作用中，综合地研究文艺的产生及其分布。一个社区包括民族区、风俗区，所以产生某一作家群，产

①沈从文：《泸溪·浦市·箱子岩》，见《沈从文散文选》，人民文学出版社1982年版。

生几代的艺术系列，并不是偶然的，而是由人、自然、社会、文化所构成的整个社会生态环境长期发展的结果。当这些因素相互适应、协调、和谐的时候，它表现为常态；反之，当它们不适应、不协调、不和谐的时候，则表现为变态。这种常态和变态的交互更替和发展，则常常形成艺术产生、发展、衰亡的周期。加强文艺生态学的研究，对于我们考察文艺的社区分布及其产生、发展规律，无疑会提供一种新的综合理论和方法。

文艺生态系统理论认为，作家、艺术家一方面是社会的人，他们的思想、观念及审美理想等都是社会化的结果，其文艺创作是一种社会行为；另一方面他们又是自然的人，在一定程度上，他们的性格、行为还受自然属性的支配，一些作家、艺术家还会表现出某种亲自然的倾向。陶渊明所谓“性本爱丘山”、李白所谓“一生好入名山游”，从某种意义上说都是这种亲自然倾向的表现。俄国画家列维坦在1886年写信给契诃夫，叙述他被南方克里木山的美景所倾倒的时候说：“昨天黄昏，我爬上了悬崖，从峰顶俯览大海。你知道吗？我竟然哭了，而且放声大哭，在这永恒优美的地方……”① 一个画家独自登上悬崖，眺望海景，放声大哭，这对一般人来说似乎是不可理解的，然而对一个酷爱大自然的艺术家来说却是千真万确的事实。诚然，作家、艺术家的亲自然倾向是有一定的社会根源的，但是我们不能不看到大自然与作家、艺术家确实存在血缘关系。文艺生态学对于我们从自然与社会的各种因素中研究不同社区作家、艺术家的亲自然倾向，无疑也是一种有意义的理论和方法。

文艺生态系统的理论和方法虽然是20世纪中叶以来随着文化生态学的发展而出现的，然而在中国历史上，对文艺进行自然环境和社会环境的综合研究却是有优良传统的，特别是在古代的文论中。《毛诗序》所指出的“六义”就是一种诗的综合研究法则。六义之首的“风”，即风土民俗之意。“风者，天气有寒暖，地形有险易，水泉有美恶，草木有刚柔也。俗者，含血之类，像之而生。故言语歌讴异声，鼓舞动作殊形，或直或邪，或善或淫也。”② 这实际上就是一种文艺生态学的理论。刘勰所说的“象天地，效鬼神，参物序，制人纪，洞性灵之奥区，极文章之骨髓者也”③，也是从人、自然、社会、文化诸因素的交互作用立论的。钟嵘所谓“春风春鸟，秋月秋蝉，夏云暑雨，冬月祁寒，斯四候之感诸诗者也”，讲的就是

①转引自迟柯：《西方美术史话》，中国青年出版社1983年版。

②应劭：《风俗通义·序》。

③《文心雕龙·宗经篇》。

自然环境对文艺创作的影响，而他所说的“楚臣去境，汉妾辞宫”，“寒客衣单，孀闺泪尽”等，讲的就是社会环境对文艺创作的影响。文艺生态学的理论在西方可以追溯到古希腊的德谟克利特、亚里士多德等人的一些著作。18世纪德国的歌德、席勒等人，都是非常注重自然环境对诗歌的影响，19世纪法国的史达尔、丹纳则更是如此，丹纳的《艺术哲学》可以视为一种自成体系的文艺生态理论著作。虽然在他的著作中受生物进化论和地理社会学的影响较深，但是如果撇开他那些文艺生物进化的简单类比以及夸大的地理决定论的思想，那么，他从自然环境中的山脉、河流、湖泊、海洋气候等因素与社会风俗、时代精神的交互影响出发，对12世纪至16世纪意大利和尼德兰画派的风格、面貌特征所作的分析和研究，还是有一定合理成分的。这些理论本来是可以批判地接受的，然而在19世纪末与20世纪初西方兴起的反社会进化论的思潮中，各种非理性的文艺理论派别，如新康德主义、新黑格尔主义、“生命的哲学”、“精神科学”以及直觉主义、现象主义等等，他们要求社会科学与自然科学分开，认为文艺是精神的科学，不能用自然科学的方法去研究，这样就产生了一些不良后果，从此文艺学的研究也就放弃了人与自然的研究，放弃了作家、艺术家所在自然环境的研究，以致到20世纪中叶才开始这两门学科之间的联系。然而在中国，直到今天，用自然科学与社会科学相结合的方法对文艺现象进行研究仍然是很薄弱的。从这个意义上说，加强文艺生态理论的研究，对于开拓中国文艺研究的领域，繁荣学术理论，也是有着积极意义的。

事实也已经证明，放弃人与自然的研究，放弃作家、艺术家居住地、自然环境的研究，对文艺的发展和繁荣是非常有害的。从文艺生态学的观点看，虽然人类整个社会文化创造活动是有目的性的，但就整个历史过程来说，这种创造活动还是有很大盲目性的。这种盲目性不仅会破坏人类社会生态环境，也会破坏艺术创作的园地。例如过去济南有“山水甲齐鲁，泉甲天下”之称，而且泉城自古是诗城，李白、杜甫、曾巩、苏辙、苏轼、黄庭坚、李清照、辛弃疾、元好问等在济南居住、云游期间都曾留下过美好的诗篇。然而过去由于挖建防空洞等活动，破坏了水文地理，致使水源断竭，大煞泉城好风景。这不仅败兴，而且有损于诗人、艺术家的诗情。其他像南京的秦淮河、成都望江楼等等名胜地，失修、污染也是很严重的。历史上诗的河流，如今成了污水河，就“流”不出诗来了。保护和维持优美的生态环境，不仅有利于人类生息、繁衍及创造活动，而且有利于诗歌、绘画诸多艺术的繁荣和发展。

我们研究文艺生态理论，是从人与自然的相互关系出发的，绝不是像现代社会达尔文主义者 E.C. 威尔逊所说的那样，是从人类基因中寻求艺术创作普遍性而作社会生态研究的。人类社会与动物社会的区别就在于，动物最多是搜集，而人则能生产。正是有这个区别，就不能把动物的规律直接搬到人类社会中来。艺术的创造也是生产，而且是高级的创造性的生产活动。只有从人类整个社会发展过程中，从人类科学、技术及经济、文化创造的复杂关系中，我们才能弄清和把握生态环境对社区文学和艺术的影响和作用。

四　社区文学和艺术研究的意义

西方社区文学和艺术研究的历史，我们可以追溯到文艺社会学产生以前的古代希腊、罗马，一些文学和艺术大都集中在雅典城邦，因此带有城市社区文学和艺术的性质。欧洲启蒙运动时期，随着民族文学和艺术的兴起，法国的伏尔泰曾提出过要研究艺术在不同国家的发展方式和考察相互联系的各个时代不同类型的史诗史的问题，德国的文艺史家文克尔曼曾到罗马研究过古代希腊的造型艺术的产生、发展、变化及衰颓的自然环境和社会文化背景，这些可以算作社区文学和艺术研究的萌芽。

在文艺社会学史上，真正可以算作社区文学和艺术研究的，应该首推19 世纪法国的史达尔夫人和丹纳。史达尔夫人的《从文学与社会制度的关系论文学》（简称《论文学》），别开生面地把西欧分为南方和北方两个不同的区域，从自然环境、民族文化、民族意识、宗教感情等方面分析和研究了希腊、意大利、西班牙、法国等南方文学艺术与英国、德国、丹麦、瑞典等北方文学艺术的不同特色。丹纳的《艺术哲学》从种族、环境、时代三种因素分析和研究了意大利文艺复兴时期的绘画、尼德兰绘画和希腊雕刻艺术。这些研究虽然有很大局限性，也没有明确提出社区文学和艺术的含义，但是他（她）们的工作对于后来社区文学和艺术的研究来说，是带有开拓性质的。

其次应该指出的是，许多文化人类学家对社区文学和艺术的研究作了大量的工作。如 19 世纪英国的斯宾塞等人，为了研究原始民族文艺起源，搜集了大量的资料，以至于像格罗塞和希尔恩等文艺社会学家在研究艺术起源时也不能不依靠这些人类学家所提供的丰富资料。不过，后来的一些研究民族文化（包括艺术）的人类学家，已不像斯宾塞那样坚持当时尚有的进化论思想，而走到传播论、文化历史论的方向去了。如 19 世纪末至20 世纪初期德国的文化圈学派、英国的传播学派、美国的历史学派等。他们在研究文化（包括文艺）起源时，认为一个地区的物质生活、社会制度、宗教观念等因素构成一个文化圈，它是一次性产生的，其他地区如果遇到这种现象，则是文化传播的结果。很显然，这种观点是用传播论、历史论代替了进化论。到20世纪后期，美国出现了“现代社区研究派”，他们在研究社区文学和艺术的时候，主要是把现代社区文艺与原始社区文艺作比较研究。例如他们研究莎士比亚所描写的奥赛罗“爱情与嫉妒的性格规范”，认为那是当时所特有的，在现代社区已经过时了。现代社区研究派所用的统计分析方法相当烦琐，为了分析一个色情人物往往要描述一系列的淫秽情节和场面，而不能从社区政治、经济、文化发展的整个系统研究文学和艺术产生、发展的原因，因此无法揭示社区文学和艺术的真正本质。还应该指出的是，所有西方文艺社会学史上对社区文学和艺术的研究都是为当时的政治经济服务的，是为当时社会发展所需要的，因此，不论是其研究目的，还是理论和方法，我们都不能照搬照用。

今天我们研究社区文学和艺术，对于认识中国不同社区经济和文化状况、发展民族文学和艺术创作及文艺社会学学科建设，都是有着理论意义和实践意义的。

诚如大家知道的，现在中国社会、政治、经济、文化都发生了巨大的变化，特别是我国进入现代化建设时期以后，随着现代科学技术的发展，现代化信息系统越来越发达，社区与整个社会的联系越来越密切。如今不论农村社区，还是城市社区，其经济结构、人口结构、社会组织管理结构等都在发生着历史性的变革。随着现代化的变革，传统的生活方式正让位于新的生活方式，伴之而来的是人们的风俗、习惯、格调、情趣等社会心理也必将发生深刻的变化，而这种变化无疑会反映到社区文学和艺术中来。例如刘绍棠的小说《草长莺飞时节》、《鱼菱风景》、《小荷才露尖尖角》等，已从《蒲柳人家》、《瓜棚柳巷》等田园牧歌式的传统农村社区的描绘，挺进到现代农村社区的描写。作家在这些作品中，从时代变迁的新角度，描写了新的田园风光，新的风土人情，从而反映新农村社区人们思想、感情、性格、心理的深刻变化。再如蒋子龙的小说《机电局长的一天》、《乔厂长上任记》、《人事厂长》、《开拓者》、《赤橙黄绿青蓝紫》等，描写了一个中国现代化城市工业社区开拓者的家族谱系，从20世纪70年代的朱石、霍大道、乔光朴，到80年代的车蓬宽、应韦、解净等，组成了一个工业社区的人物形象群，深刻地反映了新旧交替的时代我国现代化工业社区“社会的、伦理的、道德的、心灵的和外在的变化”①。这些作品使我们看到“在千奇百怪的矛盾，五花八门的问题”后面，现代工业社区有着多么复杂微妙的历史的和现实的人际关系所构成的社会网左右着人们的行动和决断，这种行动和决断是怎样的受着政治的、思想的、伦理的、道德的矛盾和冲突，这种矛盾和冲突给人们的思想感情和社会心理带来怎样的困惑和烦恼、痛苦和悲伤，从而使我们认识到现代工业社区改革的深刻性和复杂性。在这里，社区文学和艺术不仅只是社区生活的镜子，而且是我们观察现代社区变化的窗口和瞭望所，它所迅速反映的社会问题，其细节之真实，描绘之形象，要比研究社区经济统计报表及有关历史记载都要深刻得多，生动得多。因此我们说，研究社区文学和艺术对于了解现代社区变迁有着积极的认识意义，是社会学研究的一个重要理论课题。

现代社会的变革正在深刻地影响着文学和艺术的发展，各种现代派文艺思潮，如存在主义、表现主义、意识流小说、新诗歌等等，不断出现并影响中国文艺界。在科学文明的现代社会，人类生活的速度和节奏加快了，文学和艺术无疑也应跟上时代生活的旋律，这些现代文艺派别固然有其产生和存在的社会基础，艺术上也不乏可取之处，但在这些现代派文艺思潮冲击下，文学和艺术越来越失去它的社区感。读这些文艺作品，作家之“自我”，海阔天空，任意驰骋；其作品的人物、情节，招之即来，挥之即去，若天马行空，忽隐忽现。尽管这些作品不乏鲜明的时代特征，但我们却看不到人是何方之人，事是何方之事。文学和艺术越来越丧失了反映社会生活的空间方位，变得扑朔迷离、恍恍惚惚，如佛家说禅，除了自家妙悟，一切皆无所考诘。文学和艺术如此发展，将会失去生命力存在的基地。纵观世界文学和艺术发展史，大凡有生命力的作品，多半是从本国本土的民族生活中产生的，古代希腊、罗马文学和艺术自不待言，其后，莎士比亚的戏剧，菲尔丁、狄更斯、托马斯·哈代、巴尔扎克、欧仁·苏等人的小说，无不独特地描绘了一定社区风俗史和社会史般的图画，成为不朽著作而立于世界文学艺术之林。若以当代获得诺贝尔文学奖金的作家和文学家为例，许多作家、文学家也是以描写本国本土民族生活获此殊荣的。例如前苏联的肖洛霍夫获奖是因为他以“描绘了顿河的史诗式的作品”，“表现了俄国人民生活中具有历史意义的面貌”；美国的威廉·福克纳获奖，不是因为他是一个意识流作家或“一代人”的代表，而是他的作品所描写的美国南方家乡几个家族兴亡史的小说体系，“对当代美国小说

①蒋子龙：《跟上生活前进的步伐》，载《文艺研究》1981年第3期。

作出了强有力的和艺术上无与伦比的贡献”；澳大利亚作家帕特里克·怀特因“他那史诗般的气概和刻画人物心理的叙事艺术，把一个新大陆介绍到文学领域中来”而获奖；危地马拉作家、诗人米格尔·安赫尔·阿斯图亚斯因作品“深深植根于拉丁美洲印第安人的民族气质和传统之中”而获奖。许多文学家和艺术家正是立于本国本土民族生活，创作出了反映有社区意义的作品，具有强烈的生命力，才获得时代意义而为世人所注意。我们不反对现代派或后现代派文学、艺术的创造和探索，但若就文学、艺术的生命根源与深厚基础而言，在这里我们仍然有必要呼吁“文学和艺术要回到社区里去”！从这个意义上讲，研究社区文学和艺术对于文学和艺术创作发扬现实主义传统，坚持民族化道路有着重要的实践意义。

值得高兴的是，目前中国社区文学艺术创作出现了蓬勃发展的兴旺景象。除了老一辈社区文学艺术作家、艺术家外，一大批中青年作家和艺术家正在积极地追求着社区文学和艺术的创作实践。山西作家群“山药蛋”派，现在又出现了张石山、韩石山、马力等新“山药蛋”，他们沿着赵树理所开创的道路，扎根山西农村社区，着意于山西人特有的生活方式、行为方式的描绘，追求着山西社区文学艺术特有的“醋味儿”；在湖南作家群中，谢璞、孙健忠、古华、莫应韦、韩少功等人正沿着沈从文的路径，醉心于湖南山区水乡风土人情的描绘，追求着作品的山味儿和野味儿；被称为荷花淀派的韩映山、从维熙等人正师承孙犁的美学理想，徜徉于冀中、冀东农村社区芳香的泥土上，正在创建自己“土气”的文学艺术风格；北京的邓友梅、苏叔阳等人继承老舍的传统，描绘北京的风俗遗韵，追求着艺术上的“北方风味儿”和民俗风味儿。其他像张一弓（河南）、王润滋（山东）、周克芹（四川）、赵本夫、高晓声（江苏）等人，也都在社区文学艺术的土地上耕耘着。研究和总结这些作家社区文学艺术创作经验，不仅是文艺社会学研究的一个光荣任务，而且对于文艺社会学学科本身的建设也有重要意义。

中国对社区文学和艺术的研究是有悠久历史的。从《诗经》、《楚辞》、《乐府》到南北朝民歌、唐代敦煌曲子词等等的考证、分析、解释，都带有社区文学和艺术研究的性质。社会学、文化人类学传入中国以后，闻一多等人曾吸收其有用知识用之于《诗经》、《楚辞》的研究，作出了不少新的探索和解释。今天在新的历史条件下，我们应该运用社会学、文化人类学的理论和知识，全面地把社区文学和艺术的研究推进一步，作出新的有益的贡献。

第十章　社会文化与人物性格塑造①

在社会生活中，为什么一个孩子做事、说话，甚至一举一动总有点像他的父母？为什么你乍到一个单位，只要听一听谈话，看一看衣着，就差不多能分得出谁是山东人、河南人、北京人、上海人？再如，一个农村姑娘刚进城，不管衣着怎么讲究，打扮得如何漂亮，为什么你仍看得出她是从乡下来的？如此等等，都是因为人们的行为、气质、教养与一定的社会文化有关。

社会学、文化人类学所讲的“文化”概念，乃是“大文化”的概念，即指人类所创造的一切，并不是在通常所说的某某“有文化”、“没文化”，或“文化知识”一类意思上说的。它包括人类所创造的各种事物，这些事物有着特殊的形式与内容、价值与意义，也就是“文化特质”。文化特质不能孤立地存在，而是与许多特质联系、复合在一起的。因此，“文化”的概念，就是指人类所创造的各种不同形态的文化特质之复合体而言的。在人类所创造的各种文化中，有些文化，如风俗、伦理、道德、宗教、信仰、礼仪、制度及语言等等，它们既是特殊的文化现象，又是社会构成的参数，二者是很难完全区分的。在不能严格区分时，社会学家、文化人类学家就笼统地称之为“社会文化”②。由此可知，“社会文化”的概念虽然不等于“文化”的概念，但它的含义也是很宽广的，可以泛指人类整个世代相传的生活方式、风俗习惯、伦理道德、礼仪制度、宗教信仰及语言等等的规则。社会文化是在一代一代相互传递中积累的，是社会群体共有的，它告诉人们应该怎样生活，应该怎样对待周围的生活环境。

每个人都生活在一定的社会文化环境中，其社会心理、习性、气质、

①本章第一、二、四节曾以《论社会文化与人物性格塑造》为题，发表于黑龙江社科院院刊《学习与探索》1984年第6期。

②请参看拙著《文化社会学》，山西教育出版社2007年版。

性格、行为等等无不潜移默化地接受社会文化的教育和熏陶。一个婴儿呱呱坠地来到世上，他就不再是一个单纯的生物人（虽然有其生物的遗传性），而逐步成为一个社会人了。从此，他就要按照一定的社会文化的要求成长了。开始，他从妈妈喂奶的脸色表情上，如高兴、生气、发怒等等，接受妈妈的行为准则；而后，他从各种带有风俗性的玩具中陶冶性灵；长到稍大一点儿，他开始模仿父母的行为（这些行为也常常是上一代传递下来的）；同时，他从父母、祖父母、兄弟姊妹等首属关系中辨别远近亲疏，接受“家风”、“家教”一类行为规范，培养起对家庭的归属感情，这就是家庭对孩子社会化的过程。再长大一点儿，他在与邻里、村落、社区的孩子一起玩耍时和在各种社会活动中，从长者、乡亲等次属关系中学习到许多风俗、习惯、语言、伦理、道德、乡规民约以及各种礼教制度等等，懂得了什么是能够做的，什么是不能够做的，慢慢形成了他的风俗习惯、生活方式、行为方式，培养起了他对乡土的感情，这就是民间礼俗社会对孩子社会化的过程。所谓社会化，就是社会教化，就是人的后天行为的规范化，即人们生活在一定的社会文化环境中，并按照这种社会文化的要求来界定自己的行为，采取合乎礼仪的行动，使自己成为一个共享这种社会文化的群体的成员。

人们在社会现实生活中，不仅要在家庭、社区等民间礼俗社会化过程中奠定其性格倾向的天然秩序和社会心理的基本模式，形成其强烈的感情意向和鲜明的性格特征，而且常常由于居住区位的变化、社会交往的发展而要接受多种社会文化的教育和熏陶，形成人们性格和心理的多层次结构，变得非常复杂。鉴于此，研究各种不同的社会文化给予人们性格和心理的影响和作用，对于克服文艺创作中那种脱离中国社会文化背景编造不伦不类人物的不良倾向，塑造既有民族性格又有鲜明个性的人物形象，有着积极的意义。

一　社会文化的丰富多彩与人物性格的多种多样

社会文化具有一定的连续性和相对的稳定性，表现为不同的社会思想系统和社会结构系统。一定社会文化的形成是非常复杂的，就其社会思想系统来说，它既有政治的、经济的、哲学的等不同因素，又有历史的、民族的、宗教的、语言的等不同因素，从这个意义上讲，社会文化的思想系统可以说是一个多种因素的复合体；就其社会结构系统来说，它既有“纵”的家庭、社区、民族、国家等不同传递形式，又有“横”的历史民俗区、宗教民俗区、语言民俗区以及各种风俗阶层、民俗集团等不同区位，从这个意义上讲，社会文化的社会结构系统可以说是一个多层次的结构。各种社会文化不仅千差万别，而且在其发展过程中又相互影响、相互渗透，这就必然使其显现出绚烂瑰丽、丰富多样的色彩，而生活在不同社会文化环境中的人们的性格和心理，也就表现出多种多样的特征，这又为文学创作塑造各种各样的人物性格提供了丰富多彩的社会文化环境的依据。

印度和日本虽然都属东方社会，却表现出很大的差异，考察其文学作品中的人物性格，就会发现无不与他们的社会文化有关。

印度是一个宗教占统治地位的国家，人们的行为规范和生活方式都是以梵文化为理想模式的。这种社会文化认为，人不是宇宙的中心，宇宙本身才是中心，现实世界是痛苦的、烦恼的，只有梵天的精神世界才能把人从痛苦和烦恼中解脱出来。因此，它不要要求人们追求个人幸福，恰恰相反，是要求人们牺牲个人幸福以修行来世。正是因为这种文化的影响，我们看到印度的许多古典文学和艺术作品充满了“寂静味”。例如史诗《腊玛廷那》，尽管它是一部反映宫廷激烈斗争的作品，但它是按照印度梵文化塑造腊玛性格的。当腊玛受到盖圭夷王后的嫉妒，接受放逐14年的不合理决定时，他是那样平静地听着，一点不感到愤怒、悲哀，平静地离开了王国和家，放弃了王位和宫廷生活。放逐地那幽深的森林、隐居的茅屋，都写得那样寂静、恬淡。甚至高萨拉王后等赶来请腊玛回京，他也坚持自己的誓言，服从父亲的命令，继续过流放生活。作品正是这样从梵文化出发，以肃穆宁静的笔调塑造了腊玛不计私利、牺牲自己地服从父王命令的德行和性格。又如戏剧《沙恭达罗》所描写的净修林那种静穆气氛，孔雀、野鸭、小鹿、芒果树、青葵藤、茉莉花、荷花须子……这一切自然界的恬淡寂静的美，都烘托了沙恭达罗性格的纯洁和美好，其爱情的美妙、女性的温柔，可以说无不带着印度梵文化的味道。

但是印度社会文化对人们性格的影响也并不仅仅是一味安静，叛逆、抗争在文学作品中也是显而易见的。在印度社会文化中，按照教规把人们划分为洁净和污秽的不同职业种姓，每一个职业种姓都按地区实行内婚制度，于是就形成了各种以血缘关系为基础的职业种姓集团。在长期的种姓制度统治下，高贵的种姓产生一种优越感，而低贱的种姓则充满了自卑心理。印度在工业化、都市化过程中，虽然种姓制度有所改变，但在人们的社会心理和思想观念上，种姓偏见仍然占着统治地位。电影《流浪者》中拉贡纳特法官所宣奉的“贼的儿子永远是贼”的信条及其高傲的态度和偏见，拉兹的自卑感、痛苦的折磨以及愤怒地刺杀拉贡纳特法官的举动，都是种姓社会文化所赋予人物的社会心理和性格行为。

印度文化是宗教占统治地位的梵文化，而日本文化则是以神道文化为历史渊源的。日本的神道包含有生观、有灵观、有神观三种意义。在《古事记》、《日本书纪》等书的神话故事中，如叙述日本国土产生、大国主命、海幸与山幸等篇，其神态形象大都有人物、精灵的性格特征。所谓"神人同教格"，不过是人格的神化。这些神话上的宇宙就是日本，开天辟地的诸神谱是与历史人物同系的，人不过是神的后裔。日本社会文化虽然后来受中国儒教、道教和印度佛教的影响，但神道精神仍是其社会文化核心。

日本普遍存在的根深蒂固的社会文化意识是"家"的观念。日本的家庭观念，既不同于印度按职业划分的实行内婚制的种姓家庭，也不同于中国的血缘关系的宗法家庭，而是一种建立在居位组合基础上的经营团体。根据这种家庭制度及其伦理人情观念，女婿、管家等无血缘关系的人，可以被吸收为家庭的亲密成员，甚至可以作为后嗣或继承人，要比有血缘关系的分家另过的兄弟、出嫁的女儿重要得多。日本电影《华丽家族》中的高须相子小姐，虽然是位家庭教师，然而她在万俵大介家中的身价和地位却要比分家另过的儿子铁平等人重要得多。这除了她与万俵大介有两性关系外，一个更为重要的原因就是日本的家庭制度。作品正是从日本这种社会文化环境出发，展开人物之间的矛盾冲突，塑造了万俵大介、高须相子、铁平及其母亲等人物的不同性格特征。在日本的这种家庭制度中，由于女子出嫁后与娘家关系就疏远了，她有任何不幸是不会得到娘家人同情和支持的，所以日本的妇女比任何国家的妇女更依赖她的丈夫，对丈夫处处恭敬、温顺、从命。高须相子得到万俵大介的宠爱，那样得势逞强，铁平的母亲忍气吞声，依然对万俵恭敬顺从，也是日本这种家庭制度造成的。如果我们不了解日本这种社会文化背景，对作品中人物关系及其心理、性格、行为就很难理解，也作不出确切的评论。

日本的社会集团也是根据这种"家"的观念形成的，是家庭意识的扩大。日本在工业化过程中，为了适应内在的社会结构，用传统家庭制度的伦理口号和道德训诫，在公司企业中建立起了"家"的社会集团意识。所谓的"爱公司精神"、"新家族主义"等等，就是这种社会文化的表现。在这种社会文化影响下，社会集团之间的门户之见和集团派别斗争异常激烈。电影《华丽家族》中金融集团之间的明争暗斗、相互吞食，也正是在这种社会文化背景中展开的。银行总经理万俵大介那种冷漠寡情的性格和老谋深算、独断专行的作风，也正是在社会集团之间相互鱼肉、相互厮杀的社会文化环境中凝聚成的。电视连续剧《姿三四郎》中桧垣派与纮道馆柔道武术派之间的矛盾冲突，也是在这种社会文化环境中展开的。剧中桧垣兄弟的褊狭自私的心理、恶劣的宗派习气，也是这种社会文化意识所赋予的一种性格特征。

日本这种"家"的社会文化，导致在社会集团内部处理上下级关系时，多采用"亲分"、"子分"的制度，其结果是到处是师承关系、主仆关系，等级森严，不可逾越。不同等级有不同的礼俗，对上司、先辈的卑躬从命成为普遍的风尚。《姿三四郎》中的主人公对老师矢野和老和尚的谦恭从命，拘谨审慎，也是日本社会文化意识所赋予的一种民族文化性格特征。

不仅不同的国家、民族社会文化存在着差异，即使同一个国家和民族内部不同区域，社会文化也不相同，所谓"百里不同风，千里不同俗"①，讲的正是这个道理。拿中国来说，各种社区的社会文化差异就很大。鲁迅先生说的"北方人的优点是厚重，南方人的优点是机灵"②，正是这种社区社会文化差异所显示的不同性格特征。在实际的文学创作中，这种不同社区文化所显示的人物性格更是多种多样。例如周立波的小说《暴风骤雨》和《山乡巨变》，虽然同是描写农村社区的作品，但北国风俗的质朴、淳厚不同于南国风俗的流丽、淡雅；同是写爱情纠葛，郭全海与刘桂兰之间的淳朴、爽快，不同于刘雨生与盛佳秀之间的蜜意柔情；同是写落后而又可爱的农民形象，老孙头的憨厚、直爽，不同于亭面糊的糊涂、啰嗦。即使是同写北方农村社区的作品，赵树理笔下晋中社会文化的宗法守旧，不同于孙犁笔下冀中社会风俗的通达开化，因此，二人作品中人物的习惯、心理、处世方式、行为方式也绝不相同。

二　社会文化教化与人物性格的多层次结构③

常常看到这样一种现象：对文学作品的一些人物，由于其性格比较复杂，常常引得研究者争论不休。如《红楼梦》问世以来，对钗、黛的争论

---

①《汉书·王吉传》。

②鲁迅：《花边文学·北人与南人》。

③本节曾以《试谈人物性格的多层次结构》为题，发表于1981年1月25日《光明日报》。

就从来没有停止过。尊薛抑林者，多谓黛玉尖酸刻薄，不如宝钗端庄大方；扬林贬薛者，多谓黛玉天真烂漫，纯洁无瑕，而宝钗矫揉造作、行多藏奸。钗、黛所以引起争论，一个很重要的原因，就是人物本身性格比较复杂。《红楼梦》中，不光钗、黛二人，许多人物的性格都有其复杂的一面。这种人物性格的复杂性和矛盾性，可以叫做人物性格的多层次结构。人物性格的多层次结构，是从不同的角度显示出人物性格的各种层次的侧面，既相互矛盾，又相互联系，是情节发展中人物多重性格的复杂的有机结合。

人物性格的多层次结构，来源于人的不同社会文化生活，来源于不同社会文化生活中多次社会化或教化。我们知道，社会文化极为复杂纷纭，它既有经过训练教育的规范的文化，也有没经过训练教育而在社会上流行的不规范文化；既有风俗、伦理、道德、宗教、哲学、礼仪、制度等等主流文化，也有行帮习气、市侩作风一类亚文化或副文化。人性之初，虽然是纯真、灵性、素朴的，但其在社会生活中，由于经历着各种极为复杂的社会生活，进行着一次次的社会化或教化，其为心性，也就既有伦理的、道德的、宗教的、哲学的、审美的与知识的涵养与扩充，也有鄙俗的、污浊的、黑暗的污染与侵袭。因此，不仅人的思想、情感、欲望、动机、行为等等会变得极为复杂，而且人性也不再像儿时那样纯真、灵性、素朴，而是被各种文化浸染、割制、分化得极为复杂，这些反映到文学作品中来，也就使人物性格出现了多层次结构，而且愈到人生暮年，其为人性也就愈复杂。读过鲁迅小说《故乡》的人都还会记得，作品中的少年时代闰土，是一个十一二岁，“项带银圈，手捏钢叉”，刺猹或捉小鸟雀的纯真无邪的孩子，而老年的闰土，经过饥荒、苛税、兵匪、官绅的重重苦难与折磨，则完全变成了一个凄凉的、木然的存在者了。在英国作家哈代的小说《德伯家的苔丝——一个纯洁的女人》中，少女时代的苔丝是那样天真、纯洁、美好，除了“一团感情”，没有一丝一毫任何的私心杂念，然而当她美好的感情受到欺骗，纯真的少女受到玷污，在经历了各种苦难和折磨之后，忍无可忍之下竟杀死了她的仇人，成了明正“典刑”的对象。[①] 由此可知，人生极为复杂的社会文化生活及其社会化的经历，是怎样造就复杂的社会人生，是怎样形成文学作品人物多层次的性格结构的了。

正如任何一个事物都与其他事物有着各种各样的关系和联系一样，人生一世，几乎每一个人都有着极为复杂的社会关系与联系，在社会人生实

①［英］哈代：《德伯家的苔丝——一个纯洁的女人》，人民文学出版社 1957 年版。

践中都有着自己不同的遭遇，因而也有着自己极为复杂的社会人生，有着自己无限的欢乐、痛苦与烦恼。这种极为复杂的社会文化生活及其多次社会化或教化所获的思想、感情、知识或认识，有时是相互矛盾的、冲突的。这反映到文学作品中来，也就必然表现为人物性格中相互矛盾着的各个不同方面。如《三国演义》中的曹操，作者便多方面地描写了他的性格。曹操有极端利己主义奸诈行为，但他毕竟是当时的政治家和军事家，并在群雄角逐中统一了大半个中国，因此，作者在描写曹操时并没有将其简单化。如董卓专朝、汉灵帝刘宏被废之时，帝后号哭，群臣悲惨，皆恸哭不已，座中独曹操抚掌大笑说："满朝公卿，夜哭到明，明哭到夜，还能哭死董卓否"，随即自荐刺杀董卓。寥寥数笔，一位卓尔不群、高人一筹的曹操形象，一下子被突现了出来。又如刺卓不成，见机献宝刀，是何等的机智；再如赐酒关羽，成就温酒斩华雄的佳话，又是何等的识人。作者通过这多层次的描写，将曹操这位"乱世奸雄，治世能臣"的形象，刻画得丰满而有厚度，深刻而不浮泛。

在我国现代文学史上，鲁迅笔下的阿 Q，既有让人"哀其不幸"的一面，又有让人"怒其不争"的一面。作为精神胜利法的阿 Q，是奴性的，可笑的；作为受压迫的阿 Q，又是可怜的，引人同情的。阿 Q 之所以成为具有病普遍意义的典型形象，正是鲁迅先生深刻地理解和刻画了他那独特的相互矛盾的复杂性格特征。

其次，人物性格的多层次结构，其相互矛盾着的各个方面，并不是好坏参半，平分秋色，而总是有主导性的本质特征。曹操虽有其雄才大略、远见卓识的一面，但在《三国演义》中，他却是封建社会政治舞台上的奸雄的典型形象。鲁迅笔下的阿 Q，虽有令人同情之处，他的本质特征却是麻木、愚昧、落后。人物性格的本质特征，是构成人物性格的核心和基础，反映着作家的褒贬爱憎。

再者，人物性格的本质特征，不是单一的、固定不变的，在结构上也往往显示出多样性和发展变化，这在鸿篇巨制中的典型人物上表现得尤为显著。如《三国演义》中的诸葛亮是作为智慧的典型描写的，为了写好这一本质特征，作者从各个方面写了诸葛亮的"才、学、识"，而"识"是诸葛亮行为的基础。定三分隆中决策，写了他识时；激周瑜、辞鲁肃、骂王朗、收姜维等等，又写了他识人。但随着形势的变化，却又偏偏写了他的不识：曹操已定汉中，统一了大半个中国；曹丕正位，文臣武将云集，已不可争锋，而诸葛亮却一再上书阿斗，北伐中原，劳而无功，不能算识时；街亭要地，用马谡而失之，不能算识人。随着人物性格本质特征的发展变化，其性格结构层次也随之发展变化，从而显示出人物性格的发展趋势。如诸葛亮“识”的变化，不仅影响了他才、学的发展，而且构成了五丈原悲剧的内在因素。人物性格的本质特征主要方面发生变化，是构成人物行动力量的内在逻辑，从而使人物性格的行为具有了深刻的内涵。

综上所述，可以看出，人物性格的多层次结构，并不是各种性格特征的堆积和拼凑，而是人物的气质、习性、心理教养等等“基因”自然地有机结合和发展。在一个人物身上，它是相互矛盾的、多层次的，又是统一的、有主次的。作家在塑造人物时，愈是从不同方面来理解和看待自己的角色，愈是从不同角度刻画人物性格的多层次结构，人物形象就愈丰满，愈有厚度，愈有生命力。

在文学创作中，一些作者还不同程度地存在着简单化倾向。反面人物，自然是十恶不赦，绝不能做一点好事，好像从娘肚子里生下来就装满了坏水；英雄人物，则是纯而又纯，绝不能有半点私心杂念，好像是通明透亮红彤彤的塑料模特。这种人物在现实生活中是不存在的。这种创作中简单化倾向，是由于长期受某些形而上学的模式论影响而形成的。恩格斯曾批评拉萨尔的剧本《佛朗茨·封·西金根》把一个15世纪至16世纪德国封建小骑士作了抽象的道德化和主观主义的处理。恩格斯提醒拉萨尔：“不应该为了观念的东西而忘掉现实主义的东西，为了席勒而忘掉莎士比亚。”① 莎翁所以伟大，不仅是他深刻地描写了当时五光十色的社会生活，而且还在于他充分地刻画了众多人物行动起来的内心力量。哈姆雷特虽是个“英雄”角色，然而作者却极为深刻地展示了他复仇行动中的一系列内心矛盾和踌躇，从而使这个人物形象更深刻，更真切。

写出人物性格的多层次结构，并不是要作家在描写英雄人物时一定要写其缺点，或者在描写反面人物时一定要写其做一点好事。这里只是想说，文学创作一切应该从复杂纷纭的实际生活出发，从现实生活中复杂的经常矛盾着的人出发，而不要纯粹化、单一化，不要整齐划一和机械地一刀切。只有从实际出发，才能塑造出深刻感人而富于生命力的艺术形象。处于社会文化变迁时期时，文学艺术作品中人物性格形象的塑造更应该随着社会文化变迁而有所发展。

①《马克思恩格斯全集》，第29卷，第585页。

三　社会文化变迁与人物性格发展

社会文化并不是静止的、不变的，而是随着社会的、经济的、政治的等等变化而不断发展变迁的。地久天长，风俗无恒，三皇不同礼，五帝不同俗，先秦降而为两汉，降而为魏晋，降而为六朝……礼义殊变，风俗屡迁。所谓“时运交移，文质代变”，“歌谣文理，与世推移”，“文变染乎世情，兴废系乎时序”①，指的就是社会文化变迁对于文学创作的影响和作用。

社会文化变迁对于人们的心理、习性、气质、性格的影响是非常大的。例如中国东周末年，由于当时政治经济的发展，新兴的势力日益扩张，旧的贵族相互兼并，于是王室衰落、诸侯兴起，引起了社会政治经济的大动荡、大更迭，造成了社会文化的大演化、大变迁。世卿世禄的贵族等级制度破坏了，“以德配天”的宗法伦理道德观念动摇了，代之而起的是思想解放、个性自由。“天道远，人道迩”，何以为之，于是诸家蜂起，各引一端，崇其所善，争相驰说。这正如刘知几所言：“战国虎争，驰说云涌，人持弄丸之辩，家挟飞钳之术，剧谈者以谲狂为宗，利口者以寓言为主，记载苏秦合纵，张仪连横，范雎反间相秦，鲁连解纷而全赵也。”连孟子自己也承认：“予岂好辩哉！予不得已也。”② 可见苏秦、张仪、鲁仲连、范雎、孟子等人物好辩的性格特征，乃是当时社会文化变迁环境所造成的。

正如社会文化的形成具有多方面的原因那样，社会文化变迁的原因也是多方面的，除了经济的、政治的原因外，其他如战争、社会制度、哲学、外来社会文化的影响也是重要原因。例如中国统一的汉代社会分化为魏晋南北朝时期社会文化的变迁就是这样。当时除了经济上的土地兼并造成了人身依附，政治上的杀戮造成了社会心理上的恐惧绝望外，其他如军事上的连年战争造成了生灵涂炭，社会的世积离乱造成了风衰俗怨，门阀士族的世代沿袭造成了森严的等级制度，儒家经学的衰落造成了黄老哲学的兴起，佛教的流行造成了人们信仰上的虚无等等，也都是这个时期社会文化变迁的原因。社会文化变迁的因素愈是多样，它对人们社会心理、性格行为的变异也就愈明显，愈复杂。魏晋南北朝时期正是这样。一方面是

①刘勰：《文心雕龙·时序篇》。

②刘知几：《史通·言语》。

腐朽、沉沦、堕落、颓废、悲观、厌世、崇尚空谈，无所用心，甚至以变态的心理、谲狂的行为对待社会，对待人生，对待周围的一切；另一方面是社会的觉醒，人生的追求，现世的享乐，胸襟坦率，毫不掩饰，个人的才情、气质、风度、格调成了行为的中心，伴之而来的是对礼节法度的蔑视和对一切世俗的鄙弃。上自朝廷大臣，下逮草莽处士，无不卑名教，尚放达，风行草偃，披靡一世，而汉朝以来朝野那种繁文缛节消失了，学术上那种白首穷经的风气弥鲜了，文人中那种饰虚矜伪的行为不见了，代之而起的是怪诞不羁，放浪形骸，饮酒作乐，不拘礼节。所谓“竹林七贤”就是这样一班人物。如阮籍的任性不羁，酗酒酣醉，以至于文帝为武帝求婚因醉六十日而不得言，钟会数欲以世事问之致罪而皆因酣醉免。① 又如嵇康的傲慢不群，土木形骸，亲居贱职，鄙视权贵；与向秀打铁，钟会去了，“康不为礼，而锻不辍”；即使被杀，临当就命，还“顾视日影，索琴弹之”。② 刘伶的放情肆志，不顾形骸，也是这种行为的表现，甚至乘车游玩也要携酒一壶，并使人带上起土的臿锸，嘱咐“死便埋我”③。除“竹林七贤”外，其他人物也是如此，甚至醉裸不以为非，盗饮不以为耻，皆以卑名教自乐，可知当时社会文化环境中的人物性格行为是如何的放达任性了。

现实生活中的人物以谲狂怪诞的行为表现内心的苦闷和对人生的热切追求，而文学作品同样以志怪神异的形式，曲折地描写了人的高尚情怀和对美好生活的向往。如《荀氏灵鬼志》中的《广陵散》描写的嵇康晚上在荒郊野外遇见一个死于非命的古代音乐家的鬼魂，人鬼慷慨释怀，谈琴论艺，志投意合，临别时鬼魂将名曲《广陵散》赠予嵇康。这种人鬼邂逅相遇结为笃朋挚友的荒诞行为，正是现实生活中嵇康的习性、品格、心理、意志的真实写照。《搜神记》中《范巨乡》描写的张伯元死而鬼魂不泯，葬时因密友范巨乡未到，以至于灵柩也抬不动。待范“素车白马，号哭而来”，“执绋而行，柩于是乃前”，会葬者千人，皆为之挥涕。这种生死异路，终不见悖的友情描写，正是当时人祸横流、道义不兴、人伦丧尽的现实生活在人们心理上的折光反映。至于《拾遗记》中《怨碑》对秦始皇“生殉工人”的揭露，《搜神记》中《东海孝妇》、《苏娥诉冤》对封建社会冤狱的控诉，《冤魂志》中《徐铁臼》所描写的后母杀孤儿、哥哥鬼魂

①《晋书·阮籍传》。
②《晋书·嵇康传》。
③《晋书·刘伶传》。

杀死弟弟的行为，《张稗》所描写的父亲的鬼魂杀死儿子的故事，这些无数的冤魂屈鬼，都是当时现实生活中伤天害理、草菅人命所造成的非正常死亡以及家庭关系中人伦丧尽的反常行为所形成的社会变态心理在文学作品中的反映。毋庸置言，这类作品包含着许多因果报应、生死轮回的迷信观念，但不管这些观念怎样的荒诞和不合理，都是植根于当时社会现实生活土壤上合理的反映，是当时社会文化变迁的必然结果。

不仅在中国社会文化史上可以看见这种文化变迁对人们社会心理、习惯、气质、行为、性格的发展所发生的重大影响，而且在世界社会文化史上也发生过类似的现象。如欧洲中世纪，由于瘟疫的流行、宗教的统治，在艺术作品中所表现的死亡、恐惧、绝望的主题；文艺复兴时期，人本主义社会文化所表现的个性解放、反对僧侣禁欲主义；美国在第二次世界大战后由于官僚垄断统治、商业文化的泛滥、存在主义哲学的兴起，所造成的爱情至上，远离社会，只关心自己的变态心理和浪漫蒂克行为等等，都是社会文化变迁所带来的结果。

在现代工业化过程中，随着科学技术的发展，世界许多国家正处于从礼俗社会向现代化社会过渡的转变时期，同时产生了与之相适应的现代社会文化，它对人类社会心理、性格、行为的影响有着许多不同的特点，这是值得我们特别重视的。

四　现代社会文化与人物性格塑造

所谓现代社会文化，乃是现代社会政治经济和科学技术发展过程中所形成的文化，包括新的社会关系、家庭结构，新的生活方式、思想方式、行为方式和价值观念等等。例如社会生活中人与人之间的关系越来越契约化，核心家庭的生活方式越来越普遍，自然科学发展的突飞猛进对人们伦理观念、思想方法的影响和作用越来越大，某些专业化人员工作方式和行为表现越来越特殊，如电子计算机管理人员工作的程序化和行为与社会隔绝等等，这些都是变迁中的现代社会文化现象。随着工业化和科学技术的发展，现代社会文化对人们的伦理观念、社会心理、行为规范的影响越来越大。例如自然科学的方法论近百年来越来越广泛地被用来处理人与人之间的关系，西方历史上盛行的用决斗来解决个人意见分歧的风尚，由于科学方法论诉诸人们的理智，19 世纪以来就不再流行了。在当代社会生活中，现代社会文化与传统的社会文化之间的矛盾越来越明显，不管人们愿意与否，都将经受这种现代文化与传统社会文化矛盾冲突的痛苦折磨。

中国正处在实现现代化的过程中，为了使文学、艺术创作能够更好地担当起文化教化、精神建设的历史责任，我们应该认真研究现代社会文化对人们教化的新特点：

第一，传统社会文化对人的规范主要是单一的教化，而现代社会文化对人的规范则表现为复合的教化。在传统社会，由于交通不便，人们长期甚至终生束缚在一个不变的民间礼俗社会中，很少流动，接受着单一的社会文化熏陶，其心理、习性、气质、性格都比较稳定。而在现代化社会中，人们不再死死束缚在一个不变的土地上，火车、汽车、飞机、轮船等等现代化交通工具越来越发达，人口的流动、社会的交往越来越频繁，人们接受不同社会文化的机会越来越多，常常要受到两种以上社会文化的复合教化。例如一个农村青年，在幼年时代所受到的教化是乡村礼俗社会文化的教育；后来他参了军，就要接受军事训练，按照军队社会文化的要求养成新的生活习惯和工作作风，抛弃在农村礼俗社会文化中养成的普通老百姓的生活习惯和散漫作风，从而使自己成为一个军人或战士；转业以后，他可能回到家乡，也可能到工厂或机关工作，他又必须接受工厂的技术训练或机关的行政教育，才能成为一个合格的工人或工作人员。这些多层次的社会文化教育所赋予他的不同规范要求，就形成了他的社会心理、性格品行的多层次结构，而且每一次教化过程中，各种副文化参差其间，如农村小私有者的自私自利、工厂中的行帮习气、机关中的官僚主义等等，这就使人物的性格、心理变得异常的复杂。现代社会中人们的交往、迁移越来越频繁，如农民当了工人，青年上了大学，干部由甲地调往乙地等等，因此人们接受现代社会文化复合教化的现象越来越普遍，这也正是现代社会中的人不同于礼俗社会中的人的原因。在中国新时期的文学创作中，不少作品都描写了这种社会文化的复合教化，塑造了各种不同的典型形象，如《西线轶事》对新参军的六名女兵的描写，《陈奂生上城》对主人公在县招待所文化环境中的描写等，都是通过变迁中的社会文化环境生动细致地刻画人物性格、心理活动，深刻地反映出时代社会生活发展的变化。

第二，传统社会文化对人的规范主要是初级教化，而现代社会文化对人的规范则主要是高级教化。人们在礼俗社会的教化中，主要是形成人性天然的结构，即按照传统社会文化的风俗习惯、伦理、道德等界定自己的行为，并形成强烈的感情。这种教化是初级形式的，并不需要严格精密的训练。在现代社会中，由于社会分工的高度专业化，形成了许多职业社会文化，如科学工作者的理论修养、科学方法以及积累知识、运用资料分析问题的能力等等，都必须经过精密严格的训练，要遵循特殊的行为规范。这种用现代社会文化重新改造自己，以强烈的感情牺牲重新发展自我身份认同的过程，就是现代社会文化的高级教化。这种高级教化的感情牺牲是非常痛苦的。比如一个学生考入法学院以后，他不仅要学习大量的法典知识，背诵许多法律条文，了解诉讼、判决等方面的程序，更重要的是他必须放弃初级教化时所养成的普通人的思想感情，学会从法律上看问题，而不是从感情上看问题，尽管法律与感情有时可能会发生冲突，但法律的观念要求你必须放弃感情而服从法律。这种感情的牺牲是很痛苦的。看过电影《流浪者》的人都会记得，丽达在确认拉兹的“罪行”的时候，因为爱情的关系是有强烈的感情倾向的。尽管这种感情是合理的，符合人们感情需要的，但是，在这种法律与感情的冲突中，拉贡纳特作为法官却一再提醒丽达，不要忘记自己将成为一个法官，必须学会从法律上看问题。电影正是从这种人生感情与法律观念的矛盾冲突中，生动地塑造了丽达、拉贡纳特不同的社会心理和性格行为，同时也显示了两种社会文化的不同要求。

第三，现代社会文化的传递形式和方法也不同于传统的社会文化。在礼俗的民间社会中，社会文化的传递形式基本上从家庭、社区到整个社会，传递方法也是一代接一代进行的，父母传递给儿女，儿女传递给孙儿孙女，或者是先生传递给学生，师傅传递给徒弟等等，这种传递形式和方法基本上是纵式的。而现代社会文化的传递，虽然还不同程度地保留着传统社会文化的传递形式和方法，但是由于人口流动所造成的生活区位的变化，特别是电视、电影、网络等现代化信息系统越来越发达，它的传递形式和方法已经打破了时间和空间的界限，基本上是整个社会的大规模的横式传递了。即使是家庭教育、文化训练，也采用了电化教学等手段。这种传递形式和方法的优点是速度快、效率高，我国应该充分发展这些文化传递手段，使之为建设社会主义精神文明服务。但是，由于它不受时间和空间的限制，各种社会文化的交流和相互影响、相互渗透，就会加快社会文化的变迁；同时，也带来了各种不良社会文化对人们思想感情的影响，这也是应该注意的。

现在世界上许多国家在工业化过程中都经历着不同形式的现代社会文化的变迁，对待这种文化变迁的态度也是不一样的。如有的国家长期以来把宗教法典作为神圣的社会文化，虽然这种社会文化历史上也曾有过生机勃勃的繁荣时期，但由于后来过于执著宗教经文的语言而不许变更，因此社会文化的发展就停滞了。这些国家现代化过程遇到的困难有着许多因素，其中这种传统社会文化的影响不能说不是一个重要的因素。看过日本电视连续剧《姿三四郎》的人都会对高子小姐留下深刻的印象。她虽然是子爵的女儿，然而她所接受的教育却是西方社会文化，她羡慕西方社会文化，陶醉于鹿鸣馆的社交舞会、音乐、威士忌、白兰地一类的西方社会文化生活方式，鄙视当时日本的落后、保守、愚昧，不只一次地称日本的柔道武术家们为“野蛮人”，可以说高子是“无限拥抱”西方社会文化的“思想杂居性”典型人物。日本明治维新以后，像高子这样的人物是不少的。但是日本在工业化过程中，采取了种种措施，既学习了西方先进的科学技术，又在发展现代社会文化的过程中，保持了自己原有民族社会文化的优良传统，以适应日本内部的社会结构，如前边讲到的把家庭制度的伦理口号和道德训诫扩大到公司企业中去。这是值得我们研究的。

中国在进行现代化建设过程中，随着科学技术的进步以及社会分工的专业化程度越来越广泛、细致和深入，人们的生活方式、思想方式、行为方式以及伦理道德、价值观念也必将发生巨大的变化。同时，由于经济上采取了对外开放政策，特别是超越时间、空间的现代化信息系统越来越发展，西方商业文化也必将渗透到中国来。这种社会文化的变迁将会反映到现实生活的各个方面。在这种社会文化变迁面前，我们既不能像茅盾《子夜》中吴老太爷那样死抱着《太上感应篇》不放，也不能像《姿三四郎》中高子小姐那样采取“无限拥抱”的态度，而必须根据中国社会内在结构的实际情况，既要保持中国几千年来社会文化的优良传统，又要适应现代社会文化变迁的要求，创造发展新的现代文化思想体系，用之以教育人民，塑造人民，建设起新的社会文明。我们的作家、文学家也只有深入地研究各种社会文化及其变迁对人们社会心理、性格行为的影响，同时批判落后、愚昧的文化，才能在文学创作中塑造出既具有民族性格，又有鲜明时代特征的新思想、新道德、新气质和新性格的人物形象，为建设新的社会文明作出有益的贡献。

第十一章 风俗·文艺与时代

风俗，不仅是整个社会文化的重要内容之一，也是最具社会学性质的一种文化特质。风，即风气，即民风，即社会风气，即某个时期流行于国家或社会区域的风气、时尚与追求。它流行既久，习以为常，约而成俗，也就是风俗。风俗非道德，却有道德的力量；风俗非制度，却能强力制约人的行为；风俗非政治，却关乎天下教化与治理。故曰："风，风也，教也；风以动之，教以化之。"①

风俗虽风气所向，流俗所成，然而在风气流俗的所向所成中，却有人心在、民性在，有天下或一方百姓的价值追求存在，甚至包含着很深层的民心民性与价值追求。因此，不仅居庙堂之上者不敢忽视天下之风俗，即使一般人到异国他乡办事，也要"入国问禁，入境问俗"。中国自古就有"考八方之风俗"的传统，而且辨风正俗以研究之，成了一门学问，即所谓民俗学。

风俗不仅流荡于社会，风行于天下，而且常常通过诗歌、民谣等形式表现出来。《诗经》十五国《风》，即殷周以下十五国之诗歌。近现代以来，作家、文学家、艺术家更是理性自觉地利用民俗学研究的成果，把民之风俗、时尚及其动静习性与好恶取舍反映到自己的作品中来，创造了许多有血有肉、活生生的艺术形象，取得了很大的成功。因此，研究风俗、文学与教化的关系，亦是文艺社会学不可推卸的责任。

一 论民俗学的文学功能②

民俗学是研究一定社会区域特殊风情民俗知识的一门学科。研究民俗

①《毛诗序》，见《毛诗正义》，卷一。

②本节曾发表于《光明日报》1982年5月13日学术版"文学"第257期。

学的文学功能，对于发扬文学创作的现实主义传统，建立中国具有民族风格和民族气魄的文学艺术具有积极的作用。

文学作品是现实生活的反映，但它并不仅仅是一般的反映现实生活，而是要求反映出某些特定的社会生活的本质来。一定社会区域的文化，是一定社会区域中社会存在的反映，而这些社会区域的风物、人情、风习、民俗等等，乃是一定社会区域文化的组成部分，对一定的文学艺术有着深刻的影响。“歌谣文理，与世推移，风动于上，波震于下。”① 因此，作家如何考其风雅，辨其异同，通过一定社会区域的风情、民俗的描写，反映特定的现实生活的社会风貌，塑造情态逼真、亲切感人的人物形象，对于形成别具一格的艺术风格和艺术流派是有着特殊的功能的。

文学作品愈是写出一定社会区域的风情民俗，愈能深刻地反映一定社会生活的风貌。“百里不同风，千里不同俗。”大凡成功的文学作品，都是作家（包括民歌作者）对特定的社会区域的风情民俗作了深刻的描绘。中国最早的诗歌总集《诗经》，其国风部分大都是当时的民歌、民谣。如《周南·关雎》是青年男女恋爱风情的歌咏，《唐风·绸缪》则是新婚嫁娶嬉戏情景的描写，《郑风·女曰鸡鸣》则是清晨家庭的写照，《豳风·七月》则是农家风俗的详细记事。凡此种种，都保存了中国古代的原始风味和民间习俗。汉朝司马迁的《史记》，在具有文学价值的世家、列传中，充满了风情民俗的描写，服饰如赵武灵王胡服骑射，风俗如西门豹治邺等。这些风情民俗的描写，不仅增加了它的文学色彩，而且真实地反映了当时社会生活的风貌。六朝乐府中《子夜》、《读曲》等歌，也多是风俗之言。在唐宋诗词中，关于我国民间春节剪纸、贴对联、换门神，元宵节放烟火、玩龙灯，春社祀土神、祈农事等风俗的描写更多。如“镂金作胜传荆俗，翦彩为人起晋风”②；“千家万户曈曈日，总把新桃换旧符”③；“风箫声动，玉壶光转，一夜鱼龙舞”④；“箫鼓追随春社近，衣冠简朴古风存”⑤。这些诗词无不充满着当时浓厚的民间生活气息。在小说中，一部《红楼梦》可以说是中国传统社会满汉民族北俗、南俗的百科全书，大则礼节、行事，小则发式、服饰、饮食以及语言、称谓等等，全面深刻地反

---

①刘勰：《文心雕龙·时序篇》。

②李商隐：《人日即事》。

③王安石：《元日》。

④辛弃疾：《青玉案·元夕》。

⑤陆游：《游山西村》。

映了中国清代中叶的生活风貌。

在中国现代作家中，鲁迅先生是通过风俗描写反映时代风貌的著名作家。小说《药》中吃人血馒头可以治病的描写，《祝福》中“捐门槛”的刻画，甚至《孔乙己》中鲁镇的曲尺柜台，《风波》中赵七爷的辫子，都真实地反映了中国近现代社会变化过程中南方村镇的社会生活风貌。

至于反映中国云南撒尼族生活的《阿诗玛》、反映藏族英雄史诗的《格萨尔王传》等少数民族的作品，其风俗的奇异、传说的迷人、民歌谚语的魅力，更是充满了浓厚的少数民族生活气息和特有的传奇性色彩。所有上述文学作品，由于深入地描写了特定社会区域的风情民俗，真实地揭示了一定社会生活的本质，从而使作品充满了特有的浓厚生活气息，增加了作品的艺术魅力和社会价值。文学作品愈是深入地描写一定社会区域的风情民俗，愈能显示社会生活的典型环境，愈能塑造出情态逼真、亲切感人的人物形象。

在中国当代作家中，老舍、赵树理、周立波、沙汀、欧阳山、孙犁等人都是善于运用方言土语、风情民俗描写环境、塑造人物的能手。老舍先生在《茶馆》等作品中，运用北京的方言俗语和生活习惯写人物，不管是三教九流、五行八做，还是新的工农兵学商，无不写什么人像什么人，写一个活一个，常常是三笔两笔勾画出一个人物来。赵树理的《三里湾》通过对马家大院的大门、腰栓、木楔子、顶门杈等的描写，深刻地反映了马家大院的文化传统与人生状态。周立波的《山乡巨变》通过“亭面糊”对牛的啰嗦的议论、入社时引人发笑的申请，盛佳秀和刘雨生的爱情故事、青年男女的嬉戏笑闹的描写，使江南水乡人物的风貌情态，俱显得惟妙惟肖、情趣盎然。《三里湾》、《山乡巨变》虽有其时代的局限性，然而它们通过社会文化风俗的描写，在塑造人物艺术形象方面还是很成功的。

在20世纪七八十年代的文学创作中，周克芹的长篇小说《许茂和他的女儿们》、刘绍棠的中篇小说《蒲柳人家》，运用风情民俗塑造人物所取得的成就更是值得称道的。周克芹的《许茂和他的女儿们》，那抒情的笔调、浓厚的气息、悦耳的乡音，在对四川乡村风土人情的描写中，揭示了人物的内心世界。刘绍棠的《蒲柳人家》可以说是描写冀东乡村情真风淳的农家谱，其叙人情之妙、写人物之肖，使人触性性通，触情情出。如写周檎和望日莲的爱情故事，儿童时代的周檎戴着个柳圈儿，斜挂两个柳枝串起的花环；望日莲穿着个兜肚儿，顶着一张荷叶。作者通过对两个孩子堆起土堆为桌子，插起三根艾蒿当香烧，划个方块作洞房，双双玩拜花堂游戏的乡村儿童风习的描写，妙趣横生地表现了他们儿时青梅竹马的纯洁友谊。又如写小何满子听奶奶讲了七月七日夜里成群喜鹊在银河上搭桥让牛郎挑着儿女与织女相会，在葡萄架下可以听见织女哭声的神话故事，于是夜里睡不着觉，蹑手蹑脚地溜到葡萄架下偷听，恰遇望日莲七夕之夜点上红蜡，烧起高香乞巧，企盼与周檎相会，共订终身。在这绘声绘色的描写中，把神话故事、民间乞巧的风习与现实的爱情生活融合得天衣无缝，既有浪漫色彩，又有生活气息，何满子的好奇感，望日莲的儿女情，周檎的风云气，皆栩栩如生，跃然纸上。

文学作品中一定社会区域风情民俗的描写，对形成作家独特的艺术风格有着重要的影响。如老舍用北京话和生活习惯勾画人物的语言特色，周立波以江南水乡风情的生活细节描写人物的特点，赵树理用山西民间说书的传统通俗易懂地讲故事、写人物的民族化作风，欧阳山以叙事抒情的手法情趣盎然地描写南国风土人情的格调等等，无不和作家对一定社会区域风情民俗的描写密切相关。

基于共同对一定社会区域风情民俗的描写，往往产生一批艺术风格相近的作家群，从而形成一个文学艺术流派。如以赵树理为代表的“山药蛋派”，以孙犁为代表的“荷花淀派”，便是这样形成的。赵树理、马烽、西戎等山西作家群，长期生活在山西农村，他们的作品都较为深刻地反映了太行山区和晋中汾水一带的风土人情，具有故事生动、情节连贯、语言朴实通俗的共同特色。孙犁等作家善于抓住最富有乡域特点的风俗人情和自然景色，以富有特色的语言准确生动地描绘出冀中水乡、太行山区特殊的气息和风味。如《荷花淀》中对月光下女人坐在小院编苇席的描写，《风云初记》中对新婚夫妻在瓜园子开园摘瓜品尝的风情描绘，无不饶有冀中乡村农家风味，既是农村风景画，又是农家风俗画。可以说，风格和流派的土壤是生活，一定社会区域的风情民俗乃是形成作家风格和流派的重要条件。

提倡文学作品描写一定区域的风情民俗，并不是要把文学创作引向专门描写日常琐事，而是为了发扬文学创作的现实主义传统，建立中国具有民族风格和民族气魄的文学艺术。在古今中外文学史上，许多有成就的作家都非常注重民俗学的研究。司马迁为写《史记》，“二十而南游江、淮，上会稽，探禹穴，窥九疑，浮于沅、湘；北涉汶、泗，讲业齐鲁之都，观孔子之遗风，乡射邹、峄”①。左思写《三都赋》，“其山川城邑，则稽之

①司马迁：《史记·太史公自序》。

地图；鸟兽草木，则验之方志；风俗歌舞，各附其俗”①。在外国作家中，莎士比亚“是一位向他的读者举起风俗习惯和生活的真实镜子的诗人”②。

莎士比亚的戏剧可以说描写了那五光十色的平民社会。恩格斯说：“单是《风流娘儿们》的第一幕就比全部德国文学包含着更多的生活气息和现实性。”③ 巴尔扎克在描写法国社会时，总是把“风俗研究”同“哲学研究”结合起来，他的《人间喜剧》可以说是一部法国社会的风俗史。由此可见，要在我们的文学创作中发扬现实主义的传统，建立起具有中国民族风格和民族气魄的文学艺术，研究民俗学的文学功能是何等的重要了。

文学作品要反映出一定社会区域的风情民俗，作家就要真正熟悉生活。要做到这一点，一个很重要的办法就是作家要建立自己的创作基地。如柳青在陕西、赵树理在山西、孙犁在冀中等等，长期生活在那里，对当地的风情民俗进行考察了解，并且要能辨其清浊，识其真伪。因为在考察了解一定社会区域的传统文化时，还有一种非主流的副文化，如行帮习气、封建迷信等。因此，在一定社会区域的风情民俗中，“天气有寒暖，地形有险易，水泉有美恶，草木有刚柔”，“故言语歌讴异声，鼓舞动作殊形，或直或邪，或善或淫”④。我们必须学会辨流俗之谬，析义理之正，而后取之。王安石有句诗说：“聊向村家问风俗。”⑤ 北宋时代的文学家王安石尚且能面向村家，我们的作家向来有和人民群众生活在一起休戚与共的传统，只要能更多地反映各地人民群众情真风淳的民俗，就一定会建立起辉煌的具有中国民族风格和民族气魄的文学艺术。

二　风俗·文学与时代精神

也许有人认为，文学作品只注重风情民俗的描写，所反映的最多只是一幅风俗画，或只是对民间风俗的艺术描绘，根本不可能写出社会历史的重大主题，反映出时代的根本精神。其实，这也是一种误会。抱此看法者，多不知道，一个历史时代的巨大思想内容与深沉思考，常常就反映在时运交移、风俗代变之中。风俗史，有时就是时代史、思想史、精神史，

①左思：《三都赋序》。

②约翰生：《莎士比亚戏剧集·序言》，载《文艺理论译丛》1958 年第 4 期。

③《马克思恩格斯全集》，第 33 卷，第 108 页。

④应劭：《风俗通义·序》。

⑤王安石：《郊行》。

就是那个时代人心人性、国运盛衰及重大社会历史事件最集中的反映。特别是在诗歌、民谣一类文学形式中，对社会历史内容及其风俗民情、时代精神的反映，则更为直接迅速。“诗有六义焉，一曰风，二曰赋，三曰比，四曰兴，五曰雅，六曰颂。”① 诗歌的创作，虽有赋、比、兴诸多手法的运用，但它基本上是直抒胸臆，歌其所当歌，颂其所当颂，讽其所讽，刺其所刺，情动于中而形于言，多是无所隐讳。

诗或诗歌之作，其始也，虽然可能出于一人之心，唱于一人之口，然其所风、所赋、所比、所兴、所雅、所颂者，则皆是和人心人性联系在一起的，是和风衰俗怨联系在一起的，是和天下兴亡、国家盛衰联系在一起的。因此，诗歌、民谣一类文艺创作，并不仅仅是个人感于物、动于心所致，它所反映的也不仅仅是个人情感和情绪，而总是与社会治乱、政治顺逆以及天下是否清明、人民是否安乐、人心人性是否淳厚和平等等相关。故孔颖达注疏《毛诗》，在谈到“风”与“雅”时曾说：

> 一人者，作诗之人。其作诗者，道己一人之心耳目。要听言一人心，乃是一国之心。诗人览一国之意，以为己心，故一国之事系此一人使言之也。但所言者，直是诸侯之政，行风化于一国，故谓之风，以其狭故也。言天下之事，亦谓一人言之。诗人总天下之心，四方风俗，以为己意，而咏歌王政，故作诗道说天下之事，发见四方之风，所言者乃天子之政，施齐政于天下，故谓之雅也。②

由此可知，诗歌及整个文学艺术作品的创作，是怎样与社会风气、风俗及时代精神相关了。正因为诗歌直抒胸臆，是情动于中而形于言者，并且是和人心人性、天下兴亡、国家盛衰联系在一起的，所以我们透过诗歌才可以看出人心人性如何，看出人的喜怒哀乐与欲望追求，看出人心人性的种种情欲与精神活动，因此，我们也才可以看出它所反映的社会风气、风俗与时代精神之所在。我在《盛衰论》一书中曾说：

---

①《毛诗序》，见《毛诗正义》，卷一。

②《毛诗正义》，卷一。

我们读陶唐时期的野老《击壤》① 之谈，郊童《不识》② 之歌，不仅可知那时的盛德化钧，更可见彼时人心人性之纯朴自然；读虞舜时期的《南风》③ 之诗，《卿云》④ 之歌，不仅可知那时的政阜民暇，更可见当时人心人性的恬适、自由、和乐；读大禹敷土，《九功》⑤ 之歌，不仅可知当时的正德、利用、厚生之致，更可见禹好生之德怎样合于民心民性，以及民之从化，其动如风；读《商颂》之《那》、《烈祖》⑥ 诸篇，不仅可知成汤至中宗时期的礼乐制度，更可见那种人心和平、人性无争；读《豳风·七月》、《周南·汝坟》⑦，不仅可知后稷先公与文王时期文德教化之功，更可见当时人心人性之纯正；而读《板》、《荡》之诗，《黍离》⑧ 之歌，则不仅可知幽厉时期人心的愤怒，更可见周王朝的衰微和人心的悲哀。⑨

诗歌是时代的心声，是人心人性最直接的流露，也是时代社会风气、

---

①王充《论衡》说："尧时五十之民，击壤于塗。观者曰：大哉尧之德也！击壤者曰：吾日出而作，日入而息，凿井而饮，耕田而食，尧何等力！"（《感虚篇》、《艺增篇》）。又载皇甫谧《帝王世纪》，文字略有不同。

②《列子·仲尼篇》说："尧游于康衢，闻儿童谣曰：立我烝民，莫匪尔极，不知不识，顺帝之则。"

③《释史·有虞纪》引《尸子》说："帝舜弹五弦之琴，以歌南风。其诗曰：南风之薰兮，可以解吾异民之愠！南风之时兮，可以阜吾民之财兮？"现在《尸子·绰子篇》只有"南风之薰兮"两句。其他像《礼记·乐记》、《史记·乐书》以及《吕氏春秋·泰族训》皆有"帝舜弹五弦之琴，以歌《南风》之诗"的记载。

④《尚书大传》卷一说："舜将禅禹，于时俊乂百工，相和而歌《卿云》。帝乃唱之曰：卿云烂兮，糺缦缦兮，日月光华，旦复旦兮。"

⑤《左传·文公七年》说："《夏书》曰：戒之用休，董之用威，劝之以《九歌》，勿使坏。九功之德，皆可歌也，谓之《九歌》。"九功之德，即六府三事。

⑥《诗经·商颂》其《那》篇有"既和且平，依我声声"之语，《烈祖》篇有"鬷假无言，时靡有争"之唱，故可见其时人心和平，人性无争。

⑦《诗经·豳风·七月》序曰："《七月》陈王业也。周公遭变故，陈后稷先公风化之所由。"《诗经·周南·汝坟》序曰："《汝坟》，化道之所行也。文王之化行乎汝坟之国，妇女能闵其君子，犹勉之所正也。"

⑧《板》、《荡》是《诗经·大雅》中讽刺周厉王暴虐的诗，诗多怨恨与愤怒之情；《黍离》是《诗经·王风》中周大夫悲悯周室衰微的诗，诗多悲哀之情。是故《文心雕龙·时序》说："幽厉昏而《板》《荡》怒，平王微而《黍离》哀。"

⑨司马云杰：《盛衰论》，第172、173页，陕西人民出版社2003年版。

风俗与精神一类文化的比兴托喻之载体。它不仅多忠诫美刺，而且随时代的变化而变化。是故刘勰《文心雕龙》说："时运交移，质文代变。大禹敷土，九序詠功；成汤圣敬，《猗欤》作颂。逮姬文之德盛，《周南》勤而不怨，大王之化淳，《邠风》乐而不淫。幽厉昏而《板》、《荡》怒，平王微而《黍离》哀。故知歌谣文理，与世推移。"不仅诗歌如此，整个文学也如此。它们的形成与出现，都是时代的风衰俗怨不断积累的结果。建安时期的文学，所以"雅好慷慨"，所以"洒笔以成酣歌，和墨以藉谈笑，并志深而笔长，梗概而多气"，乃"良由世积乱离，风衰俗怨"所致，由那个时代风之所动，波之所震，所积累的风衰俗怨造成的。由此也就可知，诗歌及整个文学创作是怎样的与社会的风气、风俗与时代精神相关了。有鉴于此，故刘勰作结论说："文变染乎世情，兴废系乎时序，原始以要终，虽百世可知也。"① 惟其如此，春秋之时，吴公子礼聘鲁观乐，才能够从《周南》、《召南》之乐的勤而不怨，知周之始基未久；从齐乐的泱泱大风，知国可未量；从郑乐的细声微弱，知民风之不振，有先亡之兆；从陈乐的"国无主"，知其不可久于世等等。此即诗与乐舞染世情，系乎时序者也。

因此，讲民俗学的文学功能，并不仅仅只是追求一定社会区域风物人情的描写，也不在于仅仅以此塑造人物形象及反映一般的社会生活风貌，更在于通过时运交移、风俗代变的深沉思考，在作品中揭示出历史社会的巨大思想内容与特殊本质，反映出时代的根本精神。这自然是不容易的。要做到这一点，首先是要有对社会风俗的深沉思考与历史本质的把握。《礼记》所谓"审声以知音，审音以知乐，审乐以知政"②，讲的就是这种思考与把握。风俗民情，歌谣文理，虽皆出于人心人性，虽都是时代的声音，然而"治世之音安以乐，其政和；乱世之音怨以怒，其政乖；亡国之音哀以思，其民困"③，其为精神是非常不同的。时代精神是一个时代最为本质的东西，是一个时代人心人性之本质及其欲望、目的、理念与价值追求的存在。安以乐也好，怨以怒、哀以思也好，只是一定社会历史时代的声音，而这声音背后的东西才是重要的，才是本质的存在。作家、艺术家的创作，只有深沉地思考这种本质的存在，思考一个时代人心、人性的本质及其欲望、目的、理念与价值追求的存在，才能把握社会历史的本质，

①《文心雕龙·时序篇》。

②《礼记·乐记》。

③《毛诗序》，见《毛诗正义》，卷一。

才能在作品中揭示时代的精神。《易传》所谓“圣人见天下之赜，而拟其形容，像其物宜，观其会通，以行典礼”①，讲的就是这个道理。它从见天下之动，观察复杂的社会历史开始，通过描绘其形象，会通于贞一之理，而后揭示其社会历史之本质，以礼乐的形式传达时代精神。

这就涉及另一个问题，即文学、艺术如何揭示社会风俗的深层结构，透视和把握其根本精神？“风俗”二字，若从心性习俗之动静上讲，则动之谓风，积之谓俗。可是总体上讲，风俗不是不可变者。三皇不同礼，五帝不同俗，先秦降而为两汉，降而为魏晋，降而为六朝……可以说礼义殊变，风俗屡迁。但这不等于风俗中没有社会永恒的本质，没有人的永恒道德本性，只是稍纵即逝的东西，只是变动不居的东西。不是的。每个时代的社会风俗所动，好恶取舍，以及其种种欲望、目的、动机与价值追求，都是和人心人性联系在一起的，都是和人的永恒道德本性联系在一起的。它表现人心人性最根本的存在，也形成风俗最深层的本质。所谓“饥者歌其食，劳者歌其事”，就是人性永恒本质的欲望、目的和追求。当这些欲望、目的和追求成为一个时代之普遍诉求而得不到实现时，它就成了那个时代社会风俗最为内在深层次的结构。一个贪腐的时代，人们要求廉洁；一个邪妄的时代，人们呼唤正义；一个饥荒的时代，人们期盼温饱；一个动乱的时代，人们希望和平！如此等等，内之于本性，藏之于深层，虽是普遍诉求与深层结构，然而却得不到实现。于是人们歌之谣之，以风其上。作家、艺术家只有透视和把握这种社会风俗的普遍诉求与深层结构，去描写歌颂那些为民请命或奋斗不息者，才能把握其时代的根本精神。

精神不是流俗，不是一般的诉求、欲望、目的、动机、情感和情绪，而是由此提高、升腾出来的与真理、正义、大美、崇高等等相关的思维形式。一般的诉求、欲望、目的、动机、情感和情绪，属于心理的东西，还不是精神。只有经过提高、升腾，超越个人思想与感情，成为真理、正义、大美、崇高、庄严、神圣一类纯正美好的思维形式，它们才是精神。时代精神也是这样。因此，作家、艺术家要想通过社会风俗的描写，在作品中揭示出社会历史的本质，表现出时代精神，不仅要透视和把握这种社会风俗的普遍诉求与深层结构，去描写歌颂那些为民请命或奋斗不息者，更要能够把握一个时代社会风俗中最为纯粹的东西，把握其善良美好的东西。社会风俗及其歌谣文理，虽出于人心人性，然而其感于物，发于声，成于文，则有薄厚、雅俗、邪正之分。郑、卫之声，浇薄之俗，虽亦风

---

①《周易·系辞上传》。

俗，然其实乱世之音，是不能称之为时代精神的。流辟邪散、夷狄涤荡之声，只是民之淫乱者，更不能成为时代的最强音。一个时代风俗及歌谣文理，心之所感，皆有邪正；言之所形，皆有是非。《易传》说：“天地感而万物化生，圣人感人心而天下和平。观其所感，而天地万物之情可见。”① 唯有以圣人之心，感无不正，言无不是，所感所言，可见天地之情者，才是时代纯正之音；唯有乐而不淫，哀而不伤，其情贞正者，才是那个时代纯粹的精神。作家、艺术家的创作，要想揭示社会历史的本质，反映出时代精神，其好恶取舍，不能沉湎于哀乐淫伤之中，而必须超越它，以诚明纯正的心灵，感通天下之心，知其所思所想、所欲所求，而后才能创作出反映那个时代精神的好作品。

社会风俗不仅与人心人性及其欲望、目的、动机和追求联系在一起，表现为社会历史的深层结构与本质，其动荡流变亦影响着社会历史的盛衰。而作家、艺术家以何态度对待它，以怎样的作品介入自己的时代，更是与国家兴亡、历史盛衰密切相关的。这是不可不研究的。

三　风俗·乐舞与历史盛衰

在中国古代历史上，由“大道之行，天下为公”转为私有制的小康社会，太康失国是第一次有国有天下者因个人行为影响了历史盛衰。而这种行为的一个重要内容，就是太康不遵从禹、启所演奏的具有开创精神的《九歌》、《九辩》一类传统音乐歌舞，而作淫荡之声，以此放纵情欲以自娱乐，不顾黎民之苦，不思天下之治。太康失国之后，“厥弟五人御其母以从，徯于洛之汭。五子咸怨，述大禹之戒以作歌”②。屈原所说“启《九辩》与《九歌》兮，夏康娱以自纵。不顾难以图后兮，五子用失乎家巷”③，讲的就是这件事。由此可知，以歌舞、音乐一类艺术形式流荡放纵，若成为风气与流俗，会怎样影响历史的盛衰了。

也正是因为这样，所以商灭夏之后，成汤没，太甲立，伊尹为了防止

---

①《周易·彖上传》。

②见《尚书·五子之歌》，或见《史记·夏本纪》。

③《楚辞·离骚》。

国家政治腐败堕落，特作《伊训》，提出反对“三风十愆”[1]。风，即风气、风俗；愆，即错也，过也。三风，即巫风、淫风、乱风。不论是恒舞于宫、酣歌于室的巫风，还是殉于货色、恒于游畋的淫风，或是侮圣言、逆忠直、远耆德、比顽童的乱风，只要流行于宫中，风行于天下，有国有天下者染于身，都是可以丧其身、亡其国的。特别是巫风，装神弄鬼，歌舞于宫中，以事鬼神，更是属于怪力乱神之事，必须严加禁止。古之王制，讲“假于鬼神，时日，卜筮，以惑众，杀”[2]，讲的就是这种情况。由此可知，中国古代圣贤明哲是怎样重视风俗、乐舞之影响于天下之治理及历史之盛衰了。

那么，风俗、乐舞是怎样影响历史盛衰的呢？这自然首先是通过对人心性的贞正或浸淫发生作用，而后影响历史盛衰。音乐、诗歌、舞蹈一类艺术形式，虽不过是唱唱歌、跳跳舞、演奏些音乐、朗诵些诗歌，然而若其成风成俗，那就有一个淳厚浇薄、雅正邪妄的问题。纯粹、敦厚、雅正的乐舞，自然使人性淳厚，内心和平，行为刚健中正而不邪妄，天下自然兴盛和平。而如果音乐、诗歌、舞蹈一类艺术形式，充满着淫荡、邪妄、浇薄的内容，自然它也就会浸淫人心人性，使人好恶取舍，随情欲所至，甚至陷入邪妄而不知。中国儒家文化论人心人性及音乐、歌舞之最根本的要求，一言以蔽之，曰“思无邪”[3]；佛教论人心人性及其修行，最高的要求就是保持自心性，且忌一个“染”字。人心正，天下定，若人心虚妄，必天下皆妄行。音乐、诗歌、舞蹈一类艺术，看似小事，其实关乎人心的贞正、天下的盛衰。

音乐、歌舞之风起，其习之延，俗之成，并不是像物的存在那样是旋起旋灭的，而常常是相激相荡，波流旋转，持久不息的，其浸淫于世，也常常是天下趋之若鹜，肆意狂奔的。因此，当其相荡，波流漫延，滥于社会，浸淫人心时，就会造成一种情势，一种时势，一种人人相驰骛的疯狂时尚与潮流。而当此风以之动，成为风俗，流行于世，它也就构成了一种

---

①《尚书·伊训》说：“敢有恒舞于宫，酣歌于室，时谓巫风；敢有殉于货色，恒于游畋，时谓淫风；敢有侮圣言，逆忠直，远耆德，比顽童，时谓乱风。惟兹三风十愆，卿士有一于身，家必丧；邦君有一于身，国必亡。臣下不匡，其刑墨，具训于蒙士。”孔颖达疏曰：“此皆汤所制治官之刑，以儆戒百官之言也。三风十愆，谓巫风二，舞也，歌也；淫风四，货也，色也，游也，畋也；与乱风四（指侮圣言、逆忠直、远耆德、比顽童）为十愆也。”

②《礼记·王制》。

③《论语·为政》。

系乎兴废、关乎盛衰的力量了。如汉代成、哀之世，刘歆等人以五行灾异的歪理邪说，鼓吹播淫，愚昧天下，不仅巫风流行，而且以白雉献、黄龙见一类的歌谣传说蛊惑人心，其风浸淫弥漫，遂使天下恍惚迷离，虽人心蒙昧而不可禁，祸生于不测而不能察。及至哀帝死，人皆妄称莽之功德，遂使汉以全盛无缺之天下，未浃岁而亡矣！故王船山说："天下之风俗，波流簧鼓而不可遏，国家之势，乃如大堤之决，不终日溃以无馀。"①

音乐、歌舞之风和其他风气、风俗一样，既是一种社会文化系统，又是社会结构的参数，其风流延荡，贞正或浸淫人心人性，即构成一种社会机体的存在，并影响于历史盛衰。社会机体的通化运转是和道德立与不立、风俗美与不美相关的，而道德立与不立、风俗美与不美，又常常是与音乐、歌舞及礼教联系在一起的。这些皆是内在于社会之中的，是关乎社会机体通化运转的。礼教行，道德立，风俗美，天理不悖，人伦不乱，人无乖戾之气，治无失度之忒，德盛化钧，风俗醇厚，自然是一片和平兴盛景象。及至礼教衰，道德不立，风俗浇薄，天理悖，人伦乱，百行不正，国事日非，百姓罹其弊，国家蒙其害，天下哀怨生，叛乱作，则历史就进入衰败时期了。例如唐朝国运的盛衰运演就是这样。唐以功立国，虽于道德之旨有亏，但商、周及汉之后，能以治相继，以道相承，敬天勤民，扬清激浊，更有房玄龄、杜如晦、魏徵一班贞正清和之臣的辅佐，因此，当时虽有竞为奢侈，以亭榭歌舞相尚的风气，但仍有清廉之风，化俗之淳，是故才有贞观之治。然及至高宗永徽之后，其奢淫贪纵不但不能革除，反而更加淫逸生，奢侈纵，沉迷于声色歌舞。开元之初，玄宗虽持志修治，但随着奸佞进，女宠兴，酣歌恒舞不断，他就心满意足，偷于晏安之乐了。整个朝野上下，全被贿风、淫风、乱风笼罩着，整个社会机体皆因其骄奢淫逸、政治不修，而陷入了混乱。故天宝之末，终于引来安史之乱，一个腐败堕落的王朝，也就不断走向衰落败亡了。此音乐、歌舞之风气从社会机体的最深处乱国乱天下者也。

风俗的形成，虽然有天气寒暖、地形险易、水土美恶及人性刚柔、好恶取舍诸多原因，然而就其根本处讲，还是社会政治影响所致。特别是君上之好恶与情欲，是最能影响社会风气、风俗之形成与发展的。所谓"邹君服长缨，左右皆服长缨"，"齐桓公好紫服，一国尽服紫"②，就是这样。

①王夫之：《读通鉴论》卷五，见《船山全书》，第10册，第202页，岳麓书社1998年版。

②《韩非子·外储说左上》。

《管子》说："凡民之从上，不从口之所言，从情知所好也。上好勇则民轻死，上好仁则民轻财，故上之所好，民必从焉。"① 故风气或风俗之发生与发展，常常是风动于上，波震于下。及至一种风气或风俗形成，它就好像风行水上，波流旋转，延荡不息。音乐、歌舞之风的形成与发展，也是这样。不论是汉唐，还是魏晋，其风已成，则必染乎情性，通于事变，系乎兴废，关乎盛衰。特别是不以雅正示人，崇淫声，侈哀响，以不和乐之声为歌为乐者，源浊于上，流污天下，未有不最终不成衰败之祸者。故成帝宠飞燕之舞，以衰汉业；玄宗造《霓裳》之曲，而乱唐室；齐有《伴侣》之曲而灭，陈有《后庭花》之唱而亡！

综上所述，可以看出纯正的音乐、歌舞，不仅可以美风俗，止浮竞，更具有修清化醇的大用，而淫荡、邪妄、浇薄的音乐、歌舞，其相激相荡，则不仅污染世情，更会唱衰国家与天下。故顾炎武说："《小雅》废而中国微，风俗衰而叛乱作。"② 由此也就可知，以淳厚雅正的乐舞、诗歌教化天下是多么重要了。

四　风俗·诗歌与天下教化

中国古代有"天子巡狩，见诸侯，问百年，命太师陈诗，以观民风俗"③ 的记载。他们所以这样做，在于通过诗歌的采风形式，察民之动静好恶取舍，以化成天下。所谓"风，风也，教也；风以动之，教以化之"，就是指此而言的。诗是人之心声，是情动于中而形于言者，也是时代的声音。通过诗歌，可以看到政治的得失、人伦的好坏及风俗的厚薄。故曰："正得失，动天地，感鬼神，莫近于诗。先王以是经夫妇，成孝敬，厚人伦，美教化，移风俗。"④

后世之有国有天下者，若欲移风易俗，治世化平，醇厚天下者，自然也应该通过采诗以辨风正俗，以诗教化天下。陆游有诗说："在昔祖宗时，风俗极粹美。人材兼南北，议论忘彼此。谁令各植党，更仆而迭起；中更夷狄源祸，此风犹未已。臣不难负君，生者固卖死。傥筑太平基，请自厚

①《管子·法法篇》。

②《日知录》，卷十三，"清议"条。

③《白虎通义·巡狩》引《尚书大传》。

④以上均引自《毛诗序》，见《毛诗正义》，卷一。

俗始。"[①] 论世不辨风俗之邪正，不知教化之深浅；说史不察风气之流变，不知盛衰之根由，是不足以论盛衰的。陆游处于金兵入侵，南宋衰微之际，尚把厚风俗视为建天下太平的始基，由此也就可知，以诗歌教化天下，对于兴盛治、致太平，是多么重要了。

那么，有国有天下者，应该怎样以诗歌教化天下呢？这自然首先要有一个博大宽容的态度，即"上以风化下"首先必须正确对待"下以风刺上"。诗言志，歌咏言。不论是诗情动于中而形于言，还是歌咏者手之舞之，足之蹈之，都是思想情感的表现。在下者欲讽其上，自然要吐露心声，要表达思想和感情，有的直抒胸臆，有的则以微言谏诤。但不管下以风讽上采取何种形式与态度，有国有天下者，都必须正确对待。《易传》讲圣人"观天下之赜"[②] 云云，赜，即杂乱也。天下之动，即使乱糟糟的，天下之言，即使乱纷纷的，甚至到处是骂人的话，圣人观天下之动，也能看出真意所在，加以会通，制定出教令与政典，以化成天下。此即"上以风化下，下以风刺上，主文而谲谏，言之者无罪，闻之者足以戒，故曰风"[③] 者也。自然，能有此博大宽容态度是不容易的。因为论功颂德，以顺其美，是谁都爱听的；刺过讥失，以匡其恶，自然会感到不舒服，特别是后世各为其党的情况下，刺讥其过失与恶行，常常是不允许的。但自古以来，凡防民之口者，则甚于防川，不能疏之导之，"川壅而溃，伤人必多"[④]。自己不让人民讲话，最后必然被人民抛弃。周厉王弥谤，国莫敢出言，三年被流于彘，就是历史之鉴证。因此，与其徒劳地防民之口，不如以宽容的态度，疏之导之、教之化之。惟其如此，才能化成天下，以成大治。

同时，有国有天下者，也应该相信人民是可以教化的。因为天降衷于民，是有永恒先天道德本性的，是向往美好事物与崇尚道德情操的，是愿意接受道德教化，以涵养其美好品质的，而不只是追求声色物欲。《尚书》讲"惟皇上帝，降衷于下民，若有恒性"[⑤]；《诗经》讲"天生烝民，有物有则。民之秉彝，好是懿德"[⑥]，讲的就是这种本性。人有此本性，才可以接受教育与教化，才可以化民以义，教民以礼，以树民节，以建正气，从

---

①陆游：《岁暮感怀》(十首之九)。

②《周易·系辞上传》。

③《毛诗序》，见《毛诗正义》，卷一。

④《国语·周语上》。

⑤《尚书·汤诰》。

⑥《诗经·大雅·烝民》。

而达到天下和乐太平之治。

这自然要用纯正美好的诗歌教育人民，才能成功。诗之兴也，“风以动之”，虽谓之风，然其风则有邪正，有美与不美，善与不善，有和乐与淫乱、淳厚与浇薄之不同。因此，“教以化之”，就不能没有价值判断与选择，不能不选择纯正、美好、善良、和乐的诗歌，以教天下，以化万民。一个时代的风气风俗如何，民心民性如何，无不和教化相关，和教化的内容相关。唯有教之以纯正美好的东西，天下才能纯正美好；唯有教之以善良和乐的东西，天下才能善良和乐。未有教之以恶的东西，未有把天下的物欲、情欲、性欲、恶等等都调动出来，让其放纵，让其流行，让其淫逸，让其奢欲，让其沉迷，天下能够和乐太平的！唯有以大德教天下，天下才能纯正和平，国家民族才有正风正俗。这也正是《诗序》视《关雎》为“后妃之德，风之始”的原因所在，惟其如此，才能“风天下而正夫妇”，才能“用之乡人，用之邦国”，“风以动之，教以化之”①。因此，以诗教化天下，是不可忘记诗的温柔敦厚之教，止僻防邪之训的。源流清浊，芬臭气泽，唯有循其上下，观之判之，然后才能知风之所动，教之所化，此观诗之大纲，亦教化之大纲也。

中国古代的诗教，是和礼乐教化的音乐、舞蹈联系在一起的，因此，它不仅具有很强的社会教化效果，而且能达到一种高度和乐的境界。中国古代的礼乐，正如中国哲学讲人性原于天道本体一样，也是以天道法则为其本原的。《礼记》说“大乐与天地同和，大礼与天地同节”，故“乐者，天地散殊，而礼制行矣。流而不息，合同而化，而乐兴焉”，讲的就是这个意思。② 中国的礼乐之教，是以《诗》、《书》、《礼》、《乐》为基础，为深厚的文化底蕴的。以此教天下，不仅可以贞正人心人性，更可以提升人的道德精神境界，使人“温柔敦厚而不愚，疏通知远而不诬，广博易良而不奢，洁静精微而不贼，恭俭庄敬而不烦，属辞比事而不乱”③。惟其如此，其礼乐之教，才可以使天下归于和乐，归于贞正与大治，才能发展出一个有深厚文明的国家和民族。这种礼乐歌舞，我们不仅可以从唐虞时代《帝舜歌》“敕天之命，惟时惟几”，《皋陶谟》“元首明哉，股肱良哉，庶

①《毛诗序》，见《毛诗正义》，卷一。

②《礼记·乐记》。

③《礼记·经解》。

事康哉"[1] 以及《卿云歌》"日月光华，旦复旦兮"[2]，看到其神清气朗，雍雍穆穆的平旦气象，更可以从《诗经》、《商颂》的"既和且平，依我磬声"[3]，《周颂》的"钟鼓喤喤，磬筦将将"[4] 和"箫管备举，喤喤厥声"[5]，感觉到商之荡荡、周之"郁郁乎文哉"的和平、文明、繁荣而又理性的盛世景象。当时礼乐、歌舞及诗章，可以说顺天之德，极人之情，大乐盈，《诗》教显，合诸德音，纯正和平。正因为整个音乐、歌舞、诗章，皆唯大德是演，故其蔚然成风，才能节民性，兴民德，国治天下平，使整个社会才能成为文明之世。《礼记》所说"言语之美，穆穆皇皇；朝庭之美，济济翔翔；祭祀之美，齐齐皇皇；车马之美，匪匪翼翼；鸾和之美，肃肃雍雍"[6]，就是当时文明之世的真实写照。

如果说在中国原始的诗歌礼乐教化中，尚存在着巫风一类非理性的成分，那么，当它发展到商周之际，随着中国文化的成熟，隐退了上帝，以"无声无臭"、"于穆不已"的天道法则为其本体的价值源头，也就发展成了一种文明、理性、成熟的道德教化体系了。特别是以孔子为代表的儒家，把温柔敦厚的《诗》教，疏通致远的《书》教，广博易良的《乐》教，洁静精微的《易》教，恭俭庄敬的《礼》教以及属辞比事、大义深远的《春秋》教，融合而为一个完整的教化体系时，就不仅为中华民族提供了一套完整系统的《诗》、《书》、《礼》、《乐》之教，也把其道德提升到了博大高深、洁静悠远的境界，而且使诗歌及整个文学艺术社会教化功能达到了人类前所未有的水平。

①《尚书·皋陶谟》。

②《尚书大传》，卷一。

③《诗经·商颂·那》。

④《诗经·周颂·执竞》

⑤《诗经·周颂·有瞽》。

⑥《礼记·少仪》。

第十二章 论文艺作品人物的归属感

——文艺作品与社会群体心理

社会的构成虽然有组织结构、文化制度诸多参数，然而从其整个体系的社会学本质来讲，乃是由大大小小的社会群体构成。这也许正是严复最初把“社会学”译为“群学”的原因所在。因此，研究社会学不能不研究社会群体，特别是组织、群体哲学、群体心理和群体行为。文艺社会学的研究也是这样。

人类本来就是有思想、有感情的社会群体存在者，大则国家、民族、部落、军旅、阶级、阶层、集团；小则机关、学校、工厂、企业、宗族、家庭等等，无不属于各种社会群体。人们在不同的社会群体中生活，各种群体彼此发生着文化和精神上的联系，也发生着各种利害攸关的矛盾和冲突，于是人们对所属的社会群体就产生一种意向所归的社会心理取向，这种社会心理取向就叫人们的归属感。

文学是社会生活的反映，是形象地描写人们的内心世界和行为表现的一种艺术形式。研究人们群体生活中的归属感，不仅有助于文学创作理解生活、揭示人物行为的内在依据，塑造成功的人物形象，而且是一种具有社会学意义的文学艺术研究。

一 归属感与群体组织

社会群体并不是一群乌合之众，而总是处在一定的社会文化组织形式中。这种组织形式有时是经过一定的组织手续成立的，如党派、工会等；有时是血缘群体的自然组合，如宗族、家庭等。一方面，群体组织对群体角色有着文化制度的约束；另一方面，群体成员一旦从属于一定的社会群体组织时，就会在心理上产生一种归属感，人物的行为就会出现新的取向，并为这个群体组织的任务努力奋斗，甚至在必要时作出牺牲等等。如《三国演义》中的诸葛亮，未出茅庐时，躬耕南阳，“苟全性命于乱世，不求闻达于诸侯”，虽抱经世之才，也只是笑傲风月，懒于应世。当经过刘备三顾茅庐之中，咨询当世之事，他归属刘蜀社会群体之后，受任军师，便竭尽忠诚，以至于鞠躬尽瘁，死而后已。作者正是通过诸葛亮这种归属感的描写，生动地塑造了一个“达则兼济天下，穷则独善其身”以及“士为知己者死”的中国传统社会知识分子的典型形象。

社会群体组织结构并不是单一的，而常常是多层次的。以魏蜀吴三国而论，蜀是一个大的社会群体，里面还有刘、关、张“桃园三结义”的小群体。小群体常常以一两个角色为轴形成核心，组织性强，关系密切，情绪安定，感情联系强烈，角色感到满足、安慰，因此群体角色归属感强烈，行为意向也执著，其性格带有显著的集团性。如《三国演义》中的“屯土山关羽约三事”。当时，曹操为了使关羽归属自己，累送美女金帛，甚至以纱锦作囊与关羽护髯，恩不能算不深，礼不能算不厚，然而关羽“财贿不以动其心，爵禄不以移其志”，虽蒙新恩，不忘旧主，一旦闻得刘备在汝南袁绍处，便封金挂印而去，千里走单骑不辞其劳，过五关斩六将不避其险。这种对小群体归属感的描写，深刻地揭示了关羽行为的内涵，塑造了关羽念旧恩、讲义气的忠勇典型。

人们常常同时属于不同的社会群体组织，这便形成了归属感的多属性。同时，这些社会群体的利益又往往是相互矛盾冲突的，因此也就构成了归属感的多层次的矛盾冲突。如《水浒传》中的林冲，他一方面是家庭群体的成员，另一方面又是宋王朝军官社会群体中的人物，后来又是梁山泊农民起义军群体中的重要角色。三个利益不同的社会群体的激烈斗争，造成了林冲归属感中复杂的多层次的矛盾冲突。作为丈夫，他热爱自己的妻子，有着强烈的家庭归属感；作为八十万禁军教头，他受着宋王室军官群体的种种约束，虽遭高俅陷害，却一再妥协退让，直到爱妻离散，家破人亡，风雪山神庙，走投无路，才杀了仇人陆谦，被逼走上了梁山水泊，归附农民起义军群体。这种复杂的多层次的归属感的矛盾冲突描写，深刻细致地刻画了林冲复杂的性格和英雄行为，也揭示了人物归属感的社会学性质与意义。《水浒传》中对杨志、卢俊义等人物归属感的描写，也同样是深刻生动、富有意义的。

荀子说：“人之生不能无群。”① 因此，社会群体并不仅仅是一种社会组织形式，更是人在社会生活不可脱离的群体存在形式。也正是因为这样，所以当人们长期生活在一个社会群体中时，感情上也就会发生千丝万缕的联系，而当角色改变群体组织时，其归属感则表现为留恋、眷顾，甚

①荀子：《富国篇》。

至宁愿牺牲而不愿出走。如元杂剧作家马致远的《汉宫秋》中的王昭君，作者并没有拘泥于史实细节的真实，而是把王昭君对汉元帝的爱情和对国家民族的感情交织在一起，深刻细致地描写了她出塞时归属感的变化，灞桥“留下汉家衣服”，在番汉交界处，南望祖国，举杯浇奠，宁纵身投江，而不愿归属异境群体。这种感情变化正是改变群体组织时产生的。在当时异族统治下，对这种归属感的描写无疑是有现实意义的。

但是，人之一生，完全不发生群体的分离或新的整合是不可能的，因为社会群体是处于不断分化、变异、同化、整合之中的。而当社会群体发生分化、变异、同化与新的整合时，角色往往对不同的社会群体都保持着感情联系，如果在不得不改变社会群体组织归属时，人物往往会出现双重归属感的矛盾冲突。如郭沫若先生的剧本《蔡文姬》，主人公一方面在战乱中去匈奴十二年，祖坟尚在，父业未就，有着“狐死首丘”的强烈的思念乡土的感情，当曹丞相要赎她归汉时，自然是喜出望外；另一方面，她毕竟和左贤王生活了十二年，生有一双儿女，“身归国呵！儿莫之随，心悬悬呵！长如饥”，自然难以割舍。这种双重归属感的矛盾冲突是非常痛苦的。“今别子呵！归故乡，旧怨平呵！新怨长，泣而仰头呵！诉苍苍，胡为生我呵！独罹此殃？”做母亲的人与儿女天各一方，自然是如割心肝。作家愈是真实地描写人物归属感的矛盾冲突，愈能激发人物的内心世界，愈能感人肺腑、催人泪下，也就愈能揭示其矛盾冲突的社会群体意义。

人们生活在社会群体之中，与之患难与共、生死相依。因此，社会群体组织不仅是人的群体生存形式，而且是其感情归宿之所在。因此当群体角色所属的社会群体遭到破坏和毁灭时，人物的归属感则会因此受到刺激，表现为强烈的复仇行动。如《水浒传》中武松杀西门庆、潘金莲。特别是当其所属社会群体遭到毁灭，在强烈的归属感支持下，有时人物表现为强烈的殉死行为。如《桃花扇》中的史可法，在南明王朝灭亡时，看到“江山易主，无可留恋”，于是沉江殉国。有时群体角色所属社会群体已不存在了，但人物与社会群体在思想感情上还有着千丝万缕的联系。在这种情况下，人物的归属感并不随之消失，常常表现为留恋、怀念，许多表现“亡国之恨”、“故国之思”的作品大抵如此。由此可以看出，文学作品人物归属感所揭示的社会历史内容，是极具社会学意义的。

二　归属感与群体哲学

社会群体的关系不仅有一定的组织形式，而且还有一定的群体哲学，或叫群体思想，并以此把各种不同的群体角色的思想联系和统一起来。由于社会群体千差万别，群体哲学便各不相同，可以说，有多少社会群体，就有多少群体哲学。

群体哲学的形成有各种各样的形式，有的是社会行动中群体角色共同认可的，如《水浒传》中的“替天行道，保境安民”；有的是社会行动中群体角色的共同口号，如西方启蒙运动时期所提倡的“自由、平等、博爱”；有的是社会群体角色的一种共同信念，如宗教观念。但在多数情况下，群体哲学是其群体成员共同遵守的文化思想或群体意识。凡此等等，都是维系一定社会群体的思想基础。

任何群体哲学都反映着社会群体角色的共同利益和思想要求。群体哲学愈明确，愈是能被群体角色所理解、认同，也就愈能培养其归属感，愈能强有力地吸引群体角色的行动。如《水浒传》中“替天行道，保境安民”的口号正反映了中国传统农业社会农民起义的思想要求。为了实现这种群体哲学，水浒英雄们“八方共域，异姓一家”，虽“相貌语言，南北东西有别”，但“心情肝胆，忠诚信义并无差”，共同反抗着宋王朝的贪官污吏，形成了一支轰轰烈烈的农民起义军队伍。

作品人物的归属感，不仅取决于群体哲学的明确，更在于这种哲学的博大和包容。梁山水泊之所以能够吸引那么多人物，而且这些人物来自不同社会阶级、阶层、政治团体或社会集团，除了其群体哲学的明确，能够为大家所理解、认同以外，更在于“替天行道，保境安民”、“八方共域，异姓一家”的口号具有文化上的博大和包容性。这是口号，也是他们的群体哲学。有此博大、包容的群体哲学，才能把不同社会阶级、阶层、团体或集团的人物吸引过来，团结在一起，建立起大家共同的认同感与归属感。小团体主义、狭隘的群体哲学，是不可能起到这种作用的。

这种博大和包容的哲学，对于国家民族群体来说，是更为重要的。中国文化、中华民族以小德川流、大德敦化、兼覆兼载的大道本体论所建立起来的群体哲学，就是这样一种博大包容的哲学思想。中华民族几千年来所以能够维系在一起，凝聚在一起，就是靠了这种哲学，靠了这种哲学所建立起来的认同感和归属感。它不褊狭、不自私，能够兼覆兼载、包容一切、敦化一切，能够“万物并育而不相害，道并行而不相悖”①，能够像孔子所说的那样夷狄各族“进中国则中国之”②。也正是因为这样，所以楚武

①《中庸》第30章。

②韩愈：《原道》，见《韩昌黎全集》，卷十一，“杂著”。

王本来自称“我蛮夷也”①，但随着参与周政，受其礼乐文化之教化，也就渐渐融合到中华民族大家庭中来了。读过《中国文学史》的人都知道，唐代诗人元稹、白居易，并称为“元白”，但许多人并不知道元稹是鲜卑人。那是因为经过南北朝及隋唐几百年的历史时期，鲜卑人已经华化，变成中华民族的成员了，元稹在思想上也就自然归属华夏民族了。现在世界上一些国家抱着狭隘的民族主义思想，排挤和反对外来民族，而中国历史上却从来没有发生过这样的事情。第二次世界大战期间，西方一些国家屠杀犹太人，而犹太人在宋朝时即来到了中国。中国从来没有屠杀过犹太人，可那时的犹太人现在都不见了，那是因为全融合到中华民族这个大群体中去了。历史上的人物是这样，文学作品中的人物又何尝不是如此呢！蔡文姬所以归汉，苏武所以思汉，所以有那么强烈的归属感，皆不仅仅是忠于汉室，更为主要的是思念故土，思念祖国雍容、深厚、博大的文化。

自然，人们在社会生活中所处的群体关系及其所充当的角色地位是极为复杂的。人们常常是多方面的角色，并且有着多层次的社会群体关系，如前面讲到的林冲，在家庭群体中是丈夫的角色，在宋王朝军官群体中是八十万禁军教头的角色，在梁山群体中是三十六天罡成员的角色等等。每一种社会群体都有着不同的群体哲学，都要求角色按照群体哲学看问题，因此就构成了群体角色复杂的参考系统。由于群体角色不同、参考系统不同，若处于一个大的复杂社会群体时，对其哲学的理解，自然也就不同，其归属感也有深有浅，其行为也千差万别。“替天行道，保境安民”虽然是水浒英雄们的共同群体哲学，在鲁智深则表现为“禅杖打开危险路，戒刀杀尽不平人”；在李逵则表现为“杀去东京，夺去鸟位，在那里快活”；在武松则表现为“平生只要打天下硬汉，不明道德的人”；而在阮小五则表现为“酷吏赃官都杀尽，忠心报答赵官家”；在宋江则表现为“保国安民”、“忠义双全”。由于群体角色对群体哲学的理解不同，常常出现群体角色的内部矛盾冲突。因此，在水浒英雄群体中，一些人物角色维系着“保境安民”，如李逵、武松、鲁智深等；而另一些人物角色维系的则是盼着“早日招安”、“保国尽忠”，如宋江、卢俊义等。这种群体哲学的斗争是导致人物行为冲突的思想根源之一。

群体哲学是联结和统一群体角色的思想纽带，是支配角色行动的精神支柱，一旦群体哲学在群体角色内心世界破产，失去了吸引力，就会出现群体危机，造成归属感的破灭。这时，人物的最常见的行为之一就是叛逆

①《史记·楚世家》。

和出走。例如易卜生的剧本《玩偶之家》中的娜拉，她是一个具有独立思想的女性。在家庭关系中，她认为自己是“一个人”，一个跟自己丈夫一样的人。娜拉和海尔茂结婚八年，已有了三个孩子。她真挚忠诚地热爱自己的丈夫。为了搭救丈夫的生命，她伪造父亲的签字借来一大笔款子。为了还债，她像一个男人一样想办法挣钱。为了挡住债主的要挟，她甚至准备用自己的生命来维护丈夫的声誉。但她万万没想到当海尔茂知道了那张伪造的借据之后会暴跳如雷，原形毕露，是一个极端虚伪和极端自私自利的人。娜拉醒悟过来，她明白自己在家庭中的地位不过是一个玩偶。她过去理想的家庭群体哲学破灭了，对家庭的归属感没有了。于是，她和海尔茂决裂了，从家里叛逆出走了。作者正是通过娜拉家庭归属感的破灭，深刻地批判了西方近现代社会婚姻家庭群体关系的虚伪，生动地塑造了娜拉这样一个具有开创性格的女性形象。这种归属感的破灭促使人物叛逆出走的例子，我们还可以举《红楼梦》中的贾宝玉。

因为人类是有思想、有感情的社会群体，且思想感情不可能是“真空”，所以当一种社会群体哲学破灭时，人们总是寻找新的归属感，使感情得到寄托。例如列夫·托尔斯泰笔下的安娜·卡列尼娜就是这样。她是一个追求个性解放的贵族妇女，而她的丈夫卡列宁却是一个虚伪、冷酷、极端自私的官僚。冷酷虚伪毫无爱情的家庭生活，使安娜无法忍受，她对这个家庭的归属感淡漠了，开始追求新的归属感，爱上了青年军官渥伦斯基。这种寻找新的归属感的追求是非常强烈的。安娜为了新的归属感的满足，勇敢地承受了上流社会的三个集团可怕的打击：以卡列宁为首的“政府官吏集团”，用法律、责任、拒绝离婚、不准跟儿子见面等虚伪道德观点和冷酷措施的折磨；以莉蒂亚·伊万诺夫娜为首的“年老色衰、慈善虔敬的妇人和聪明博学、自命不凡的男子组成的集团”，用宗教名义夺走她的儿子的痛苦；以培脱西·特维斯卡雅公爵夫人为首的“跳舞、宴会和华丽服装集团”，用关闭社交界、谩骂的屈辱为手段的打击。凡此种种，安娜都承受了，一点也不退缩、后悔，甚至盛装向社交界挑战，勇敢地和贵族社会群体决裂了。安娜的这种旧的归属感的破灭和寻找追求新的归属感的行为，正深刻地反映了俄国社会在新的资本主义经济冲击下旧贵族社会群体的衰亡过程，以及旧的婚姻家庭、政治的面貌变化所引起的思想感情与道德观念的矛盾冲突。

社会群体哲学思想之所以能够影响人物的归属感，不仅在于它能够维系各种社会群体的角色地位，或在矛盾冲突中能够支配人物的思想、精神和行为，更在于一种好的群体哲学，能够使社会群体成员在思想、感情及其整个情感、情绪上，相呼相应、相感相通，并且相互愉悦、相互亲和、相互认同，在这种群体参与过程中建立起真挚的归属感情。这种哲学愈是利贞，愈是亨通，愈是和谐，愈是中正，就愈是能够建立起作品人物对群体的归属感情。不论是过去描写梁山农民起义军群体的《水浒传》，还是描写现代南方巾帼英雄群体的《红色娘子军》，其人物归属感的建立，都是和其群体哲学的相感相应及其相互认同分不开的。自然，这种感应与认同，应该以相感之道的贞正为真理、为正道。如果群体哲学不正，则相互感应及其行为，也就会走到邪路上去，那自然是不值得提倡的。

最后要说的是，任何群体哲学都在于使人获得存在的价值和意义，不过这种价值和意义有高尚与卑贱、真诚与虚妄、纯正与歪邪而已。不论是国家民族一类的大群体，还是家庭、家族之小群体，只有拥有高尚、至诚、纯正的群体哲学，才能使作品人物对群体建立起真挚至诚的归属感情。蔡文姬归汉，乃是为了要续修《汉书》，实现这样一个伟大而又崇高的目标，而简·爱所以不忘旧情，拒绝里弗斯的求婚，执意要回到当家庭教师时的男主人罗切斯特那里去，是因为她在那里能够获得真正的爱情，能够获得生命存在的价值和意义。由此可知，一种高尚、真诚、纯正的群体哲学，是怎样能够建立作品人物真挚至诚的归属感情了。这不论是过去还是现在，都是一样的。

三　归属感描写与现时代

群体角色的归属感，作为社会文化心理，总是植根于一定社会经济文化土壤中的。因此，当我们研究人们归属感的时候，不难发现它总是或淡或浓地带着固有的时代色彩。例如同是描写歌妓感情归属变化的作品，《卖油郎独占花魁》中的莘瑶琴、《杜十娘怒沉百宝箱》中的杜十娘迥然不同于《桃花扇》中的李香君。莘瑶琴见爱于秦钟的忠厚而许以终身，杜十娘愤怒于李甲的负心而归属感遭到破灭，这种感情的变化正反映了当时社会心理的时代特征。而李香君对侯朝宗跌宕起伏的感情变化，则是明朝末年动荡不安的时代生活的反映。时代发展变化决定了人物归属感的社会心理特征，这些心理特征又反映了鲜明的时代色彩。所以我们在研究人物的归属感时，不能不研究人物所处时代的社会政治、经济、文化对人物命运遭遇和感情归属的影响。特别要注意的是，现时代中，作品人物归属感的描写带有许多时代所不具有的特殊本质与心理特征，这是我们必须给予特别重视，并需要加以研究的。

中国的作家、艺术家，在描写现时代作品人物的归属感方面是成果颇丰的。不论是在塑造战争年代的英雄形象方面，还是在描写和平年代进行艰苦创业的人物方面，都有许多成功的作品。这些作品中的人物形象，在强烈的归属感支配下，大都具有不屈不挠，舍身忘我，敢于抗争，勇于牺牲的思想与行为，都具有感天地、泣鬼神的精神。尽管他们的群体哲学有很大局限性，但若就其所经历的人生道路来说，无不有着自己的悲欢离合和特殊的命运遭遇。他们能够舍小群，归大群，能够从大群体胜利与欢乐中感受到时代需要及献身精神的满足，仍然是具有现时代精神的。

特别是在反映现代企业变革方面，中国的作家、艺术家以极大的热情，创作了一批颇为引人注目的作品，塑造了不少具有现时代精神的新的人物形象，如乔光朴（《乔厂长上任记》）、贝汉廷（《船长》）、罗群（《天云山传奇》）、车蓬宽（《开拓者》）、丁猛（《三千万》）等等。这些新人形象大都具有开拓的性格和独创的能力。他们共同的社会心理特点是：虽遭十年内乱，但对事业必胜的信念坚定不移、毫不动摇，在困难和挫折当中不是怨天尤人、悲愤叹息，而是按住内心的痛苦创业，甩掉身上的污泥浊水，迎着生机勃勃的春天，披荆斩棘，重新投入了战斗。乔光朴立下把企业整顿好的“军令状”上阵了，贝汉廷以“十年沉思的伟大力量”起航了，罗群带着20年用心血写成的“博大精深”的天云山区规划书出山了……乔光朴那种“面临着千奇百怪的矛盾，五花八门的问题”，以把电机厂“大翻个儿”的决心，进行大张旗鼓整顿的行为；罗群那种追求真理，坚持真理，不屈不挠进行斗争的精神和高尚情操；贝汉廷那种以“第一流的头脑，外加一副铁手腕”，强硬地与外国港口打交道，“闪电似的进击”的办事能力等等，无不充分地表现了现代企业家为国家民族利益，不畏艰险，整顿乾坤，生气勃勃的献身精神。这种群体哲学和英雄行为不能不为文学艺术家所激赏，不能不使社会学家和心理学家折服！作家正是从这样的现时代精神出发，深刻地分析了人物的社会心理特征，以现实主义的笔触来塑造这些当代英雄人物的艺术形象的。但是作家在进行这种描写时，并没有把他们写成不食人间烟火的第一等“超人”，而是用饱含深情的笔墨，描写了他们各自不同的命运遭遇以及现实生活中独特的社会心理和感情。乔光朴与童贞的爱情过去是那么多磨，被“泼了那么多脏水”，而在现实生活的斗争中，这爱情又成了某些人为达到政治目的进行攻击的口实。当有人用“家天下”、“夫妻店”的借口把童贞调开的时候，他是那样的“感到若有所失”；为了使童贞回来，他打电话的心情是那样的急切；当童贞回来后，他那无声的眼泪滴到童贞的头上又是那样的纯真。他对童贞的爱情并不是仅仅为了感情上的满足，而且还出于事业上的需要，为了扑下身子工作，他以迅速果断的行为与童贞结合了。作家在描写这种家庭归属感时，把这位工业企业家的家庭归属感和对工厂事业的忠诚有机地结合在一起，从而使乔光朴的形象更加丰满，更富于血肉感情，深刻细致地刻画了他的那种“男子汉特有的雄伟顽强的性格”。

近年来，中国文学艺术作品虽然在描写现代社会生活及反映现时代精神方面取得了一些成就，但若就其所写作品人物的归属感来说，仍然是有很大局限性的。有些作品不仅在社会心理方面存在着简单化的倾向，而且在结构作品、塑造人物方面，更是存在着脱离现实生活，单纯追求赤裸裸的性感情爱的庸俗风气及卿卿我我的情调，有的作品甚至胡编乱造，严重扭曲人性，违背人情事理。因此，中国文学艺术如何大其心胸，站到时代之上，以其博大高远的视野，研究人类究竟应该建立何种归属感，以满足现时代人们的精神需要，仍然是一个值得深思的文艺社会学理论问题。

现在西方国家已由工业社会走向后工业社会，由现代社会走向后现代社会，而就中国来说，仍然处于一个由传统社会向现代化社会过渡的历史时期。在这个时期，传统社会那种温情脉脉的群体伦理道德生活已经远远地离我们而去，而西方现代工业社会及其整个政治文化制度，并没有给人生带来应有的价值与意义，反而充满了对人的奴役、肢解、压抑和意义的消解。这也正是西方哲学文化领域存在主义及后现代理论、解构主义所以产生发展的原因。因此，在当今世界，不论是中国，还是西方社会，如何解决人生存在的价值和意义，都是现时代最为重要的理论问题。不仅哲学、宗教、伦理、道德需要解决这个问题，文学和艺术也同样需要解决这个问题。因此，研究人的群体归属感，研究人的存在及其思想、感情和整个精神世界归于何处，不仅具有非常现实的意义，而且是极具理论价值的。

传统社会虽离我们而去，但它的尊尊亲亲、彝伦攸叙的伦理道德生活，它的“亲亲而仁民，仁民而爱物”①，天地万物一体和谐的社会理想，仍然是让人向往的。西方现代工业社会及其政治文化制度对人的奴役、肢解、压抑和意义的消解，虽然是应该批判的，但它所建立起来的理论、结构、体系及其客观性与确定性，还是有一定说服力的，把它解构成支离破碎的东西，恐怕仍然是不能解决人生价值和意义问题的。因此，我们今天解决人生意义问题，解决人生归于何处、精神于何处寄托一类问题，不论

①《孟子·尽心上》。

是哲学、宗教、伦理、道德，还是文学和艺术，对传统社会的伦理道德和现代工业社会的理论体系及其政治文化制度，还是不能采取一种完全推翻或彻底解构的态度。从文学上说，中国文化过去提倡父慈子孝、兄友弟恭的那种伦理道德关系，现在虽然不讲了，但在文学作品描写上，是否就可以代之以子追父爱、嫂以弟孕的乱伦关系而歌颂之呢？中国过去那种主张男尊女卑的思想已不存在了，但在文学作品的描写上，是否要代之以《夫妻兵法》、《爱情三十六计》而以为美好呢？我们虽然没有浸透在西方现代社会理论体系及其政治文化制度下的感受，但至少现在“以某某为纲”、“以某某挂帅”及“某某领导一切”不讲了。那么，今天我们的文学、艺术，包括音乐、歌曲、舞蹈、电影、电视剧等等，是不是只能描写或歌唱一些人生的痛苦、失恋的哀怨或生活的烦恼呢？或者像后现代主义文学家、艺术家所提倡的那样，面对多媒体艺术稍纵即逝的信息洪水，只能采取一种感觉主义的态度，捕捉一些零星的新感受、新体验及对声色物欲的刺激，作出浅薄的反应呢？我看恐怕是不行的。现实生活愈颠倒，愈凌乱，愈缺乏人生意义，人也就愈要在浩浩大化之中建立知觉主宰处，建立起精神的家园。惟其如此，人才能安身立命，才有精神的寄托处与生命的归属感。离开国家民族的大群体，离开深厚博大的文化内涵，只是写些无谓的争斗、个人的哀怨与愁绪，或只是捕捉生活中零星的新感觉、新体验，是不能解决人生归属感问题的。

在由传统社会向现代化社会过渡的历史时期，面对现代社会的争斗和多变，我们在描写或解决人的归属感问题时，应该站到历史的高度，看待世界上的各种是非、恩怨与纷争，而不能陷入狭隘的群体意识，或被偏颇短见的文化意识遮蔽住视线。西方近现代工业社会的发展，不仅创造了大机器生产，也创造了联邦、国会和政党政治，它以人权政治代替了神权政治，固然是一个进步，但它也亵渎了国家权力的神圣性，使国家政道和治道陷入了党派纷争。现代科学技术和大工业的发展，创造了巨大的财富，但其垄断和竞争，也带来了世界性矛盾与利害冲突，以致发生了两次世界大战。现在的全球化，更加剧了这种矛盾冲突，“9·11”事件的发生就是这种矛盾冲突最集中的表现。现在整个世界都处在多元化的矛盾和纷争之中，许多事情根本无法统一认识，例如一方称之为“反恐”，而另一方则称之为“圣战”；一方称之为“爱国主义”，另一方则称之为“狭隘的民族主义”；一方称之为“民族利益”、“国家利益”，另一方则称之为“保护主义”，如此等等，不一而足，可以说各讲各的“道理”。实际上，而今的世界，在文化或文明上是一个多元的时代，在政治上乃是一个各国纷争的时代。“冷战”之后，世界上一个强大的帝国正在走向衰亡和没落。如果把现在这个世界各种力量不断地分化与重新组合，看成是一个太极图，那么，这个图太极两仪的阴阳两种力量的均势尚没形成，更没有超越这两种力量之上“寂然不动”的主宰力量。因此，世界陷入了纷争，各种力量为谋求自己的利益不断地出击和抗争。虽然这段历史还在延续，但不管怎么说，纵观这个时代，现在的政党、国会、帝国的统治、民族的利益以及各种公司、集团、帮派、大大小小诸多社会群体的存在，都是这个历史时期的产物。但它是要消亡的，是要随着一个更加美好理性时代的到来而消失或改变自己之存在的。因此，我们处于这个历史时期，讲人的归属感，寻求人的意义，或在文学作品中描写这种感情与精神归宿，是不能以狭隘的群体意识看待人生的是非、恩怨与纷争及其感情、情绪的，也是不能被偏颇短见的文化意识所遮蔽，去随便歌颂或贬低一些人生的认同感与归属感的，而是应该站到历史的高度，除去人的遮蔽与偏见，寻求更高的情感归宿与精神主宰。

从这个历史时期的大局势、大变化出发，也就不难看出文学艺术创作应该怎样对待中国几千年的传统社会与历史，以及怎样描写与这个历史时期有关的作品人物的归属感了。我在《绵延论》、《盛衰论》两书中都曾讲过:“中国从未出现过西方中世纪那种领主向附庸提供保护和经济援助，而附庸心甘情愿地向领主宣誓效忠，并以纳税或纳贡报答领主的封建制度。中国周朝虽然也发生过封土地、建诸侯的制度，但它只是一种以血缘宗法关系为基础，裂土封侯、以邦群后的制度，与西方建立在庇护与寻求庇护基础上的封建制度，根本是两回事。更何况自秦以后，中国已废除了封建制度，改为郡县制，何来几千年‘黑暗的封建专制制度’?”① 近现代的历史只是几百年，与中国几千年的历史相比还很短暂，把夏、商、周三代的圣治说成是奴隶制社会，把秦汉以后两千多年的历史说成是封建社会，而且是“专制、独裁、黑暗”的封建社会，然后诅咒它、谩骂它、诋毁它、批判它，是不合理的。特别是有些作品把那时的家庭和家族看成是坟墓，看成是棺材，看成是封建专制的牢笼，看成是万恶之首或万恶之源，反抗它、破坏它、逃离它，把中国几千年的历史看成是“吃人”的历史，把整个神州大地看成是一个大坟，甚至把当时的宇宙都看成是屠场、囚牢、坟墓、地狱，不仅诅咒它、谩骂它，而且要彻底地破坏它、粉碎它、毁灭

①参见拙著《绵延论》，第 427 页；《盛衰论》，第 657 ~ 658 页，陕西人民出版社 2003 年版。

它，如此看待并描写中国几千年的传统社会，就不仅是照搬西方社会历史时期的划分，而是拿中国几千年辉煌的文化历史为一些人的现代政治观念垫背了。如此描写传统社会，描写国家和民族几千年的文化历史，特别是那些描写家庭或家族的文学作品，人们看了它，也就只有诅咒它、谩骂它、破坏它、逃避它的份儿，还能建立起什么群体归属感呢？特别是近现代以来，批判、破坏和抛弃了中国文化的大道哲学或道体的形而上学之后，还能如何使国家民族于浩浩大化之中，建立起知觉主宰处与精神家园，寻求情感的归宿和精神的主宰，以安身立命呢？如果我们立于时代的高峰，回过头来看这些问题，应该怎么做，也就会有一个非常清醒、理性的观念了。

不管现时代较之传统社会发生了怎样的变化，也不管这个历史时期存在着怎样复杂的矛盾冲突与利害纷争，但人的永恒的道德本性并没有什么改变，人追求群体生活，追求群体归属感，追求美好的道德精神生活及其归宿也没有改变。因此，我们现时代的作家、艺术家有责任也有义务，通过自己的作品向人们描写并揭示出应该过一种怎样和谐、美好、快乐的群体生活，应该建立起一种怎样刚健、中正、仁义、和平的归属感情，以及应该把自己的思想感情提升到何种境界，在哪里寻求精神的家园与归宿。自然这不仅仅是一个文学作品人物的归属感问题，更是一个与道德精神世界的大美、崇高、庄严、神圣相关的艺术欣赏和审美理想问题。这些问题，我在以后几章还会谈到，本章就不多叙了。

第十三章　文艺欣赏是一种社会感受

文艺的社会功能实现的一个重要途径是文艺欣赏，因此，研究文艺的社会学性质不能不研究文艺欣赏。

文艺欣赏是各种各样的，一首诗的吟诵，是文艺欣赏；一幅画的观看，是艺术欣赏；一段乐曲的聆听，是艺术欣赏；看一场电影，听一场音乐会，或观摩一台文艺表演，自然也是文艺欣赏。大凡欣赏，皆离不开个人审美情感和审美情趣。文艺欣赏也是这样。但我要说的是，任何文艺欣赏都是一种社会感受，或者说都是带有社会学性质的感受。只有弄清了文艺欣赏的这种性质，才知道文艺欣赏的社会学本质，也才能懂得文艺的社会功能是怎样实现的。为此，我们只有从什么是文艺欣赏的社会感受这一基本概念讲起了。

一　什么是文艺欣赏的社会感受

当人们看完一出描写婚姻爱情的戏剧走出剧院的时候，假如你夹在人群中间，就会听到各种各样的议论：

年青的恋人可能为主人公罗曼蒂克的爱情感动了，大谈“中国太封建了，爱情就应该这样才够味儿”!

老年人则嘟嘟囔囔地抱怨现在的青年人恋爱方式，“太放肆了！太不像话!”

“应该加强婚姻道德教育!”说这话的可能是一位伦理学家。

“应该加强婚姻法制教育!”说话者可能是一位法律工作者。

“应该加强青年婚姻恋爱的思想政治工作!”说话者可能是一位政工干部。

这些社会公众不同的议论、品评、判断、界定等等心理取向活动，就是文艺的社会感受。

这种感受乃是文艺作品在社会公众中所引起的一种复杂的社会心理活

动，是社会公众界定、评价文艺作品的社会心理过程，也是文艺作品发挥社会大用，实现其社会功能的一个重要环节。

作家、艺术家创作的有价值的文艺作品，只有通过社会感受才能作用于现实生活。因此可以说，文艺社会感受是作品的艺术价值、审美价值、文化价值等转化为社会价值的过程。没有社会感受，作品的价值还是内在的，不被社会公众所承认的。只有经过社会公众的感受、认识、界定，文艺的价值才能为社会所接受，才能发挥社会作用。从这个意义说，文艺社会感受是研究文艺家与社会公众、文艺作品与社会现实之间是如何互动及交互作用的一个重要社会文化过程，也是研究文艺社会功能的一个重要领域。

文艺虽然有审美价值，但文艺社会感受所研究的内容不同于它的审美感受。无论是感受的客观对象，还是感受的主体，文艺社会感受所研究的内容都要比审美感受丰富得多。文艺欣赏的审美感受主要是一种审美意识活动，它把文艺作品作为审美研究对象，研究文艺作品是怎样与审美主体（欣赏者）的审美理想、审美观点、审美趣味等发生作用和相互联系的。这一精神过程主要是审美意识活动，而文艺社会感受则是一种广泛的社会意识活动。就其对象来说，它不仅注意文艺作品所创造的审美价值，更着重于文艺作品所描绘的艺术形象与境界所提供的生活方式、行为模式和伦理观念、秩序、状态等等的社会文化价值。就其主体而言，它不仅注意欣赏者的审美观点、审美趣味等审美心理取向，更着重于不同的风俗习惯、道德准则、行为标准、宗教信仰、价值观念等社会文化心理取向，以及不同的阶级、阶层、集团、国家、民族、家庭等社会群体心理取向和政治心理取向等等。文艺欣赏自然是一种审美心理活动，但并不是所有的人在文艺欣赏中都是以审美心理取向为唯一目的的。我们不妨用日常生活的例子说明这一点。比如同是一片茂密的树林，它含有自然美，或者说是自然的艺术，但不同的人看了会有不同的感受：诗人可能认为郁郁葱葱的茂林充满了诗意，阴阳先生可能发现它是一块风水宝地，木匠师傅可能考虑它可以做什么样的木工材料，行路人可能觉得它是一个休息的阴凉地方。虽然茂密的树林具有自然美，是自然的艺术，但并不是所有的人都是从艺术的审美心理感受它的。以上四种人，除了诗人以艺术的审美心理为取向外，其他三种人所采取的心理取向是各不相同的：阴阳先生是以风俗、堪舆及神秘主义思想等社会文化价值心理为取向的，木匠师傅是以木材的实用价值心理为取向的，而行路人则是以生理的自我调节价值心理为取向的。这种情况对于文艺作品的欣赏是同样存在的。同样一部文艺作品，艺术家可能对它的审美价值赞不绝口，伦理学家可能会对它所提供的行为规范作道德上的判断，政治家可能从政治上看它是否有利于政治需要，而另外一些人呢，可能觉得它可以消遣、解闷儿。虽然文艺作品是一种审美对象，但并不是所有的人都是把它作为审美对象看待。这里，我们不能排除不把它当成审美对象的人去观看文艺作品。这正如文艺作品并不是仅仅为了实用价值一样，文艺欣赏者并不都具有艺术的眼光，但他们也要观看、欣赏、感受。文艺欣赏是一种具有广泛的群众性的社会活动。当上千名观众、听众拿着同样的入场券步入剧院的时候，面对着同样一场演出，他们的感受是各不相同的，除了审美感受以外，还有不同的社会文化心理、群体心理、政治心理等等感受。因此，我们可以说文艺社会感受是比审美感受更多层次的社会学研究。

文艺社会感受无疑是与社会经济发展联系在一起的，是受经济基础制约的。但是文艺社会感受作为一种精神活动（不是它的前提），它并不是直接由经济基础决定的，而是由一定的经济基础上发展起来的各种社会文化环境、社会群体关系以及不同政治斗争情势等所决定的。正是这些复杂的社会因素决定并影响着人们文艺社会感受的心理过程。我们只有深入研究这些不同的社会心理取向，才能更好地认识文艺作用于现实的社会学性质。

二　文艺社会感受的审美心理

这里，我们不妨回过头来，还是把文艺作品作为审美对象，再研究一下它的审美感受的社会学性质。

当我们把文艺作为审美对象的时候，是说它具有艺术的审美价值，能给人以美的享受，而不指它的别的价值，如商品价值、文化价值、政治价值等而言的。这里是把文艺作为欣赏的对象，作为美的对象，研究它是怎样影响社会公众的审美心理的。

所谓审美心理，主要是指社会公众的审美理想、审美观点、审美兴趣等等心理活动。这里，我们是把社会公众作为审美主体看待的，作为文艺欣赏中除了审美感受之外不带其他功利观点的人们看待的（尽管纯粹的审美欣赏的社会公众是很少的）。总之，我们是在审美感受这个层次上研究文艺感受的社会学性质的。

文艺欣赏中的审美感受（美感）乃是审美对象（文艺作品）作用于审美主体（欣赏者）的感觉（视觉、听觉等）所产生的一种审美感情。美感的产生，从审美对象到审美主体都是离不开社会实践的，离不开社会实践基础上发展起来的社会意识的。

自然，文艺欣赏不同于听政治家讲演，不同于听道德说教，也不同于听哲学家讲启示录或宗教家布道参禅。文艺欣赏是一种感情的交流。不论是欣赏诉诸视觉的造型艺术和诉诸听觉的音乐艺术，还是诉诸表象的语言艺术，只有欣赏者的心灵与作家、艺术家的心灵和谐、一致，不断回响，只有欣赏者的感情与文艺作品的感情沉浸在一个为艺术形象、境界所提供的和谐、秩序、意义里边去，纳入美的旋律里，美感才能产生。正是从这个意义上，我们说艺术是诉诸人们的感情发生社会作用的，艺术欣赏是一种直接的感情交流，艺术欣赏离不开感情。

但是，当我们说文艺欣赏是一种直接的感情交流的时候，或说艺术欣赏离不开感情的时候，是以下述原则为前提的。

首先，文艺欣赏的美感并不是纯粹主观的东西。没有审美对象的客观内容，就没有审美主体的感受。文艺欣赏者可以联想、想象、再创造，但是他不能离开文艺作品所提供的客观内容任意地联想、想象和再创造。这里，文艺作品所描写的社会生活内容无疑规定并制约着欣赏者的审美感情的。文艺作品作为社会生活的反映，自然是观念形态的东西，然而当它作为欣赏对象或艺术载体的时候，它本身又成为客观对象了。作家、艺术家集中、概括了大量的社会生活现象，用语言文字、色彩、线条、图像、符号等，构成美的形象、美的境界、美的旋律、美的造型等，成了可供欣赏的客观的艺术对象。文艺欣赏者只有根据这样的客观的艺术对象，才能联想、想象和再创造，才能产生审美感情。即使是弹无弦之琴，听无声的音乐，也是在艺术经验中将琴弦和所听的音乐变为了可供欣赏的纯粹艺术形式，不然的话，这些活动也是无法进行的。

“观文者披文以入情”①，文艺欣赏自然要用感情领悟文艺作品的审美价值。但是，并不是任何人都能领悟到文艺作品审美价值，欣赏者必须有一定的审美能力和审美趣味。马克思说：“对于没有音乐感的耳朵来说，最美的音乐也毫无意义。”② 又说：“如果你想得到艺术的享受，你就必须是一个有艺术修养的人。”③ 人的审美能力、审美趣味等是从哪里来的？自然一方面要靠在艺术欣赏中培养，加强审美经验积累，但更为主要的是它

①刘勰：《文心雕龙·知音篇》。

②《1844年经济学哲学手稿》，《马克思恩格斯全集》，第42卷，第126页。

③《1844年经济学哲学手稿》，《马克思恩格斯全集》，第42卷，第155页。

们是从社会生活实践中来的，是社会实践的产物。因此，任何审美能力、审美趣味等都是受社会历史条件制约的。由于欣赏者不同的社会生活实践，对美与不美都有不同的看法。《红楼梦》创造了“林黛玉型”的美，但对她的欣赏也是有条件限制的。正如鲁迅所说：“北极的爱斯基摩人和非洲腹地的黑人，我以为是不能懂得‘林黛玉型’的；健全而合理的好社会中人，也将不能懂得的，他们大约要比我们听讲始皇焚书、黄巢杀人更为隔膜。”① 同样，维纳斯断臂女神的圣像在近代西方人看来是很美的，甚至有着一种“不容怀疑”的原则。这是因为她“与白种人发展的一定阶段——即资本主义制度在与封建制度斗争而确立下来的时期——相适应的那些关系，而弥罗岛的维纳斯所具有的这种关于女人外形的理想，是适合于白种人发展的许多阶段的。”② 但维纳斯对中国老百姓或其他地方的人们来说，就未必是那么美了。一个市民看了街上叫卖的维纳斯塑像说：“一只胳膊，袒胸露肉的，有啥美!”由此可见，审美感情是离不开欣赏者社会生活客观实践的。

美感是审美对象作用于审美主体的结果，是主观与客观统一的产物。无论是审美对象，还是审美主体，都是与一定的社会生活实践相联系的，抹杀了这种联系，把文艺欣赏美感的产生看成是纯粹主观的心理过程，也就抹杀了审美感受的社会学性质。

其次，文艺欣赏的美感并非完全是非理智的。文艺欣赏是一种认识活动，是从具体感性的艺术形象出发把握普遍的社会生活内容的一种认识过程，因此，它也必然遵守由浅入深、由表及里、由片面到全面、由感性认识到理性认识的一般规律。文艺欣赏自然要通过视觉、听觉等感受，因为不通过感受，我们就不能确切知道事物的任何形式，也就不知道其运动的任何形式。自然，不通过感受也就不能知道任何艺术形象，不能感受作品的思想内容和艺术激情。但是，文艺欣赏并不能仅仅停留在感觉阶段，一个正确的艺术界定，一个健康的审美判断，只有提高到理性认识阶段，才能更全面、更准确地把握文艺作品的思想内容，认识艺术形象美之所在。审美判断无疑不同于知识判断和道德判断、逻辑判断，但是这并不是说审美判断是与这些判断无关的。审判感受不仅与人们的敏感、想象力有关，而且与人们的知识增长、道德修养和文化程度等成正比。一个正确的审美判断是离不开人们的知识、道德、文化等素质的，是离不开由这些素质支

①鲁迅：《看书琐记》，《鲁迅全集》第5卷，第430页。

②《普列汉诺夫美学论文集》(Ⅱ)，第838页，人民出版社1983年版。

配的理智考虑的。文艺欣赏需要感情，但有时理智胜于感情。正是从这一点出发，狄德罗说：“理智时常纠正感情的过于匆促的判断，而重予审定。”①

最后，文艺欣赏的美感并不是与利害无涉的。文艺作品创造了美的形象、美的境界，从自然风景到社会环境，从人物形象到内心世界，从悲剧到喜剧，英雄的行为，高尚的感情，可尊敬的德行，一切都洁净、明亮、美好，充满了诗情画意。文艺作品要给人以美的享受。作为艺术，它不是为了满足人们的实用价值，不是为了满足人们的自私心或琐碎的个人欲望。“自私心与美学没有任何共同之处。”② 一切庸俗的、刺激人们感官的作品，引诱人们自私感情和个人欲望的作品，都不是美的，都不配称作真正的艺术。“美是一种价值。”③ 这自然有点商品的味道，带上了商品的属性。但是，如果美对人们是没有任何价值，没有任何意义的，那又会是什么样子呢？在原始民族那里，在人类社会初起时期，美是从功利的观点来看待对象的。穿一件兽皮，试图像野兽一样凶猛；画一头野牛，因为它是狩猎对象；跳一个舞，是为了表示对于自然神的崇拜，如此等等。随着社会的发展，完全功利的观点才渐渐改为审美的观点，但是任何审美的存在都不能离开它对人的意义。自然，不是任何有价值的、有用的东西都是美的，但是也只有对人有价值、有用的东西，与生存的斗争有意义的东西，才能成为审美对象，才能引起愉悦的快感。从人的生物属性说，耳欲听声，目欲视色，口欲察味，文艺作品的语言、色彩、线条、形状、节奏等，只有满足人们的感官需要的时候，人们才会感到它是美的，才会产生浓厚的审美感情；从人的社会属性说，人的审美理想、审美观点、审美趣味等等的心理取向，都是受一定的社会历史条件制约的，是受社会环境中的风俗习惯、道德准则、行为准则、价值观念、宗教信仰、政治思想等影响的。这只要想一想法国 18 世纪的音乐、绘画等等的欣赏，人们的审美观念和审美趣味是怎样和当时的大革命思想联系在一起的，想一想 19 世纪末至 20 世纪初俄国沙皇宫廷的风气和癖嗜，以及贵族和资产阶级的兴趣和爱好，是怎样地影响了当时的绘画、雕塑和建筑艺术，就可以明白审美欣赏完全排除功利主义的观点是多么不可能的了。价值的观念是从事物能满足

①狄德罗：《绘画论》，《西方文论选》（上卷），第 395 页，人民文学出版社 1964 年版。

②《普列汉诺夫美学论文集》（Ⅱ），第 882 页，人民出版社 1983 年版。

③[美] 乔治·桑塔耶纳：《美感》，第 14 页，中国社会科学出版社 1982 年版。

人们需要的关系中产生的。只有文艺作品创造了一定的审美价值，并能满足人们审美需要的时候，美感才能产生。作为社会属性的人，其审美界定主要是从满足社会活动需要出发的。把文艺欣赏看成是与利害无涉的纯粹的艺术欣赏在社会生活中极少存在，它只有个别的人排除以任何功利考虑为前提的时候，才会存在，然而作为社会的人，作为国家、民族、党派及其他社会集团的人，这样的人是很罕见的。即便是这个别的人，仅仅是为了美的欣赏，为了满足生理感官愉悦需要，而功利也就在其中了。因此我们说，完全与利害无涉的审美感受是不存在的。

文艺感受的审美心理是一个复杂的思维现象，它既有艺术爱好的多样性，又有审美感受的差异性。刘勰说："慷慨者逆声而击节，蕴藉者见密而高蹈，浮慧者观绮而跃心，爱奇者闻诡而惊听。"① 喜欢清幽的人，则常卑淋漓痛快之作；喜欢苍劲的人，则每恶宛转悠扬之音。范仲淹喜谈兵，好诵韦苏州的诗，"兵卫森画戟，燕寝凝清香"；苏东坡性嗜清净，爱诵"宁知风雨夜，复此对床眠"②。同样一部作品，同样的艺术形象，不同的人也有不同的看法。自从《红楼梦》问世以来，对宝钗、黛玉两个女性，扬宝抑黛者有之，褒黛贬宝者亦有之，甚至为"一言不合，遂相龃龉，几挥老拳"，从此誓不谈《红楼梦》。③ 人们的个性不同、爱好不同，在文艺欣赏中自是以入耳为佳，适心为快，贵乎合己。但是，人们的个性、爱好等等是从哪里来的呢，仍然是与不同的社会经历、生活经验、文化教养诸因素分不开的，是与一定的社会环境分不开的。

综上所述，我们就不难看出文艺感受审美心理的社会学性质了。文艺作品的审美欣赏是一个相当复杂的心理过程，研究这个过程不能简单化。我们既要反对一些美学家把美感看成是与利害无涉的纯粹感性的主观倾向，因为它使文艺审美欣赏脱离社会学性质；同时，我们也反对庸俗文艺社会学的错误，因为它取消了文艺欣赏形象诉诸人们感情的特点，也取消了文艺对社会的特殊作用。

三　文艺社会感受的文化心理

艺术的心理、审美的心理，本身也是一种社会文化的心理。现在让我

①刘勰：《文心雕龙·知音》。

②惠洪：《冷斋诗话·韩欧范苏嗜诗》，卷二。

③(清) 邹弢：《三借庐笔谈》，见孔另境编《中国小说史料》，第192页，上海古籍出版社1982年版。

们把文艺欣赏的心理放到更为广泛的“社会文化”概念中去，看一看文艺社会感受的心理特征。

文化一词来源于拉丁语“cultura”，是指耕作、培养、教育、发展起来的东西，是与自然生长的东西相对而言的。后来，文化的概念被引申为人类所创造的一切特质，包括物质的和精神的。因此，虽然文化类型的划分是各种各样的，但一般分为物质文化与精神文化两类。物质文化是指人类所创造的各种物质特质，如工具、器皿、机械、食物烹调、衣物服饰和房屋建筑等。精神文化是指观念形态的特质，如知识、经验、科学、技术、宗教、哲学、风俗、道德、法律、教育、文学、艺术等。总之，人类社会一切生产方式、生活方式、行为方式和思维方式等，皆谓社会文化。

社会文化是普遍存在的，它在人类社会的一代一代相互传递中，具有一定的连续性和相对的稳定性，并影响着人们的生产、生活、思想和行为。人类从一个生物的人到一个社会的人，无不经过社会文化的教化。人们的知识、技术、经验，人们的宗教信仰、风俗习惯、道德观念、行为准则、价值标准，人们的衣食住行、婚丧嫁娶等生活模式、行为模式，如此等等，无不是社会文化教化的结果。人们无不生活在一定的社会文化环境中，受社会文化的教育，受社会文化的熏陶，因此，人们的思想、品德、心理、性格、行为以及是非观念、爱好憎恶等，皆是一定的社会文化环境赋予的。凡此，不仅影响着作家、艺术家的文艺创作，也影响着社会公众的文艺感受。

文艺作品作为社会生活的反映，不仅是文艺欣赏的审美对象，还是一种社会文化载体。文艺作品所描写的社会生活方式、行为方式、道德准则、价值观念等，无一不是人类的社会文化。因此，大凡优秀的文学和艺术作品，都具有社会文化价值。

不同的民族和国家有着不同的社会文化，即使同一个民族和国家的不同地区，社会文化也存在着很大差异。社会文化是绚烂多彩的。只有文艺作品所反映的社会生活内容和艺术形式，适合于人们的社会文化心理取向时，才能被接受，才能成为喜闻乐见的作品。裸体画、裸体雕塑一类艺术作品，在西方文化环境中是被人们欣赏的，因为人体美体现了西方文化的原则。这种文化原则，是一定历史条件下的产物。在古代希腊时期，雕塑家发现人体的美是和体育竞技分不开的，是和城邦之间以及异族之间频繁战争分不开的。竞技运动时不仅男运动员赤身裸体，而且连少女也这样做，但绝无嬉戏之情和青春的放荡。为了保卫国家，强健的身体会受到人们的尊敬，因为健全的身体显示着健全的精神。当时的希腊人是以非常纯真的态度看待裸体的，这正是朝气蓬勃的希腊文化造成的，也是希腊裸体雕塑产生的社会文化背景。到文艺复兴时期，裸体雕塑、绘画是和人文主义精神联系在一起的。中世纪的神学和禁欲主义把人的身躯视为“灵魂的牢狱”、“罪恶欲念的根源”，而人文主义者则从尊重人、解放人、给人以幸福的自由为出发点，以人道反对神道，以世俗反对天国，上帝何在？太一安有？天国是渺茫的，人间是真实的，只有世俗的生活才是真实的，可亲近的。因此，他们把人看成是神圣之物，认为人体是生命之所在，认为描绘人体、雕塑人体，是对生命的歌颂，是对幸福和自由的歌颂，是人性觉悟的表现。文艺复兴时期，达·芬奇、拉斐尔等人的裸体绘画、雕塑体现了当时的文化原则和人生哲学，反映了当时的人道精神和社会文化要求。到了19世纪浪漫主义时期，裸体绘画、雕塑则成了热情、奔放、幻想等积极人生理想的表现，它体现了对复辟势力的挑战，也体现了当时的民主、自由精神。由于法国大革命失去了方向，陷入了暴力、杀戮、劫掠等等的非理性，因此，浪漫主义者一方面重新审视理性的法则，另一方面注重精神的自由与解放，希望从理性的原则中得到解脱。因此，他们欣赏自然和原始的动力，试图以人体表现个性的解放和心灵的自由，这就是浪漫主义裸体绘画、雕塑所体现的文化原则。综上所述，不难看出裸体绘画、雕塑一类艺术作品在西方能够得到人们的欣赏、感受，是有其社会文化基础的，是符合他们的文化心理取向的，所以是有文化价值的。而这对于中国社会文化环境中的人们，则是很难理解的，因为不符合中国人的社会文化心理取向，也就无法让人感受这类艺术作品的文化价值。

由于社会文化是在一代一代传递中积累的，因此一个国家、一个民族的文化心理具有一定的继承性。这正是现代人能够理解古代人的思想感情的原因。一部古典作品所描写的当时人们的生活方式、行为方式、思想、感情、心理、性格，为什么能够为现代人所感受？因为我们现在的社会文化是古代的社会文化的积累，在我们现代社会文化中仍然保留着古代社会文化的部分。《三国演义》、《水浒传》虽然是描写古代人的社会生活方式、斗争方式，但是这种生活方式、斗争方式等在现代社会文化中仍然保留着（虽然不是全部），所以我们阅读这些作品时自然会与现代社会文化中的一些生活方式、斗争方式联系起来。如关羽的大刀、张飞的长矛、李逵的板斧，以及弓箭、战船、城头、酒楼等等，在社会文化中仍然可以看到它们的遗迹。如果这些物质文化完全消失了，我们就很难想象它是什么样子了。诸葛亮造的木牛流马，我们虽然看不到了，也不知是怎么造的，但至少可以想象它们的样子像牛、像马。同样，舌战群儒、智激周瑜、单刀会、空城计、拳打镇关西、血溅鸳鸯楼等等的行为方式、斗争方式，我们仍然可以从现存的类似社会文化现象中得到启示，想象当时是什么样子；桃园三结义的伦理观念、关羽华容道义释曹操的思想以及宋江怒杀阎婆惜、武松为哥哥报仇的心理等，我们从现存的社会精神文化中仍然可以得到解释。正是由于社会文化的不断传递和积累，才形成了人们一定的社会文化心理。这种社会文化心理是人们感受和界定文艺作品文化价值的一种思想准则，也是文艺社会感受发生“共鸣”现象的一个重要社会文化根源。

社会文化一方面表现为传递、积累的连续性和稳定性，另一方面又表现为不断发展变化的演变性和差异性。任何社会文化都不是永恒不变的，随着社会生产的发展，随着社会经济基础的变革以及社会的动荡、政治的更迭、自然环境的变化等，也就会出现社会文化变迁。社会文化的变迁和发展，自然会影响人们的文化心理的变化。特别是在社会动荡和变革时期，旧的社会文化在衰退、没落，新的社会文化在兴起、萌发，但还没有建立起来，这时社会文化处于一种耗散状态，人们常常会失去文化价值的心理取向，感到无所适从。因此，在这种时候，对文艺作品的文化价值取向也会出现混乱状态。从积极方面讲，这种状态有利于文艺的“百花齐放，百家争鸣”，使作家、艺术家的艺术个性与文艺欣赏者的文化个性得到解放，使文艺出现一个繁荣的局面。例如，中国春秋战国时代的文学和艺术。从消极方面讲，这种状态也极容易造成怪诞荒谬的文艺兴起，也会造成文艺欣赏者不健康的社会文化心理。一种新的社会文化发展起来了、建立起来了，人们在心理上必须重新与它整合，才能逐步建立稳定的社会文化心理，建立起新的社会文化价值观念，表现为秩序状态。

一个民族、一个国家在历史的发展中，社会文化都具有一定的模式，一定的个性，但是任何社会文化都不是一个封闭的体系，它总要不同程度地受外来社会文化的影响，这在现代社会文化交流中表现得更为明显。在近代历史上，中国不仅输入了西方飞机、大炮、工业机械、咖啡、白兰地等物质文化，也输入了哲学、政治经济学、科学、技术、宗教、教育以及文学、艺术等精神文化。这些西方社会文化曾经积极地影响了中国社会文化的发展，丰富了中国社会文化的个性，但与此同时，一些西方腐朽文化也不同程度地影响了中华民族所具有的优良文化传统，打破了某些社会文化心理的价值取向。这也正是那些宣扬西方文化思想的文艺作品，能够在一部分读者、观众、听众中引起反响的原因所在。社会调查表明，一部分青年人，之所以追求西方文艺作品中所描写的生活方式、行为方式和情趣格调，一个很重要的原因是受到了社会文化的影响，但他们又不了解这些社会文化产生、发展的历史根源。历史经验证明，实行封闭政策是不利于民族社会文化发展的，外来文化只有和民族文化相结合，只有经过同化、整合，才能在一个民族、一个国家生根。外来文化经过同化、整合，就不再是原来的社会文化，而变成了民族社会文化的一部分，形成了一种新的民族文化。同化、整合是民族文化与外来文化矛盾冲突的过程，也是民族文化丰富内涵、发展个性的过程。同化、整合不是一切兼收并蓄，而是有选择的。

日本文艺理论家鲍山葵在谈到文艺欣赏时说过这样的话："一切值得称为文化的东西，其目的就是使人能够喜欢得对头，讨厌得对头。"① 这话可以看成是由衷之言，也可以看成是文化选择的一种目的论。要使人们有一个健康的社会文化心理，正确地界定文艺作品的社会文化价值，并进行合理的选择，不能不说是文艺欣赏的一个重要课题。特别是在当今世界存在着不同文化或文明冲突的情况下，这种文艺欣赏中的文化价值判断与选择尤为重要。

四 文艺社会感受的群体心理

人类不仅在物质的生产和交换中形成了各种各样的社会群，而且过群体生活也是其本性。故荀子说："人之生，不能无群。"② 社会群体是人类社会生活的基本形式，也是文艺社会感受的重要形式之一。

从文艺欣赏的社会形式说，一般可分为个人欣赏和群体欣赏两种，前者如一个人阅读小说、听听音乐、看看绘画等，后者如集体观看戏剧演出、听音乐会、参观绘画展出等。文艺欣赏无疑是以个人感受为主要形式的，即使是群体欣赏，也是建立在个人感受基础上的。但是，任何个人在社会生活中都不是孤立的、与社会不发生联系的，而是属于一定社会群体的，是一个群体角色。因此，他在文艺欣赏时的感受不能不受所属群体思想、行为规范的影响。正是从这个意义上，我们说任何文艺社会感受都存在着一定的社会群体心理。

社会群体的种类很多，不同的社会学家根据不同的需要对此有着不同的分类。我们从文艺欣赏的角度，首先可以将其划分为制度化的常规群体

---

①[日] 鲍山葵：《美学三讲》(1914 年)，第 3 页，人民文学出版社 1965 年版。
②《荀子·富国篇》。

和非制度化的暂时群体两种，比较一下两种群体在文艺欣赏过程中的社会心理的差别；然后，我们再把欣赏的个人放到不同群体的层次中去，研究其在文艺感受中的群体心理。

制度化常规群体是按照某种社会规范组织起来的，是有一定的制度约束的社会群体，如工厂、学校、机关、班组等。因为这种群体有着共同的社会规范，有着组织纪律和制度的约束，群体角色尽管感受也有差别，但价值取向比较容易集中到一个共同的目标上去。如部队战士看戏剧《白毛女》常集中到对地主老财的仇恨上去，学生看电影《雷锋》常集中到为人民服务的精神上去等。文艺作品所描写的社会生活愈是符合群体规范的要求，愈容易产生共同的群体心理和情绪。这种群体感受对建立其共同的规范，培养群体意识是有积极意义的。如果文艺作品的内容唤起了强烈的群体意识，热情所至，会产生共同的行为，如呼口号、群情振奋等。但这种群体感受一般只受群体意识的影响，而不受个别角色超越群体意识的情绪、心理、行为影响。同时，欣赏者个人的心理因受群体意识的约束，不容易发挥创造精神，不容易发现新的价值和建立新的规范，尽管有时群体也鼓励他们这样做。如中学生看电影，老师要求他们每人写一篇有独特感受的作文，他们的感受虽有差别，但基本精神常常是千篇一律的，主要原因之一就是受群体心理约束和影响。

文艺欣赏中大量存在的是非制度化暂时群体。看电影、戏剧，出席音乐会、舞会等，观众、听众来自四面八方，都是一些“暂时角色”，大家没有共同的群体规范，没有群体组织纪律和共同制度的约束。每个观众、听众都有不同的艺术爱好，不同的社会文化心理，不同的政治态度，欣赏是充分自由的，感受也各有千秋。由于群体背景复杂，文化心理是非单一性的，所以一般不容易产生群体意识和群体行为，但欣赏者容易受其他群体角色的心理、情绪的影响，特别是文艺作品的内容唤起了一部分观众心理激动的时候，其他欣赏者也会受其感染，随着各种感受中的情绪流波动，随着文艺感受的进行，会渐渐出现一种暂时群体心理和情绪。这时，如果文艺演出的形象、境界、节奏、旋律、音响等继续强烈地激励这种群体心理和情绪，使之感动，使之兴奋，使之悲，使之喜，使之怒，使之愤，使群体心理和情绪不断高涨和狂热，人们就会摆脱日常的道德规范，产生一种新的群体规范。此时，一声欢笑，一声饮泣，一个灯光舞影，就可能使群体产生放纵、狂野的行为。这种文艺感受的狂热心理与情绪也是有界限的，超过了新的规范即会破坏群体心理和情绪，使之败兴或不欢而散。一般来说，这种暂时群体心理和情绪随着文艺节目达到高潮之后，就会渐渐失去势头，恢复日常的行为规范而平静下来。

如果把文艺感受放到更为广泛的社会群体层次中去，其心理状态则更为丰富生动，更为复杂多样。

自然，伟大的文学和艺术作品是不受职业、习惯、理想、时代等社会因素局限的，会得到异口同声的赞扬。但是，如果我们深入地考察这些不同的赞扬内容，就会发现其价值取向是各不相同的，是与人们所属的社会群体地位、职业、身份联系在一起的，是与社会群体的思想、理想、意志、爱好、习惯等心理分开的。

人们长期生活在一定的社会群体里面，自然而然地会形成一种特有的群体心理和习惯。由于存在不同的群体心理和习惯，对于同一部文艺作品感受就有深浅、巨细之别。只有当文艺作品所描写的内容符合欣赏者的群体心理和习惯时，其感受才是深刻的、细腻的。以家庭群体心理为例，老舍在《龙须沟》、《骆驼祥子》等作品中所描写的市民家庭对"老北京人"来说是很亲切的，而对农民来说则比较隔膜和生疏。一家一户的农民是很难理解城市"大杂院"是怎样生活和怎样为人处世的。同样，孙犁在《白洋淀纪事》等作品中所描写的农民家庭生活，世代生活在城市里的人也很难理解，他们以为一家人在月光底下编织芦苇席子一定很好玩，却不知那弯着腰、蹲着是很辛苦的。在中国当代文学作品中，同一部电影《天云山传奇》所描写的家庭生活，对那些经过社会动荡饱受家庭离散痛苦的人们来说，其感受要比没有这种遭际的人深刻得多；同一部电影《人到中年》所描写的家庭生活，对为家务所累、每天日夜兼程在超负荷中工作的中年知识分子来说，其感受与一般人们自然不同。文艺作品所描写的社会生活愈是与欣赏者的群体心理发生整合，愈能激起热情，引起反响，发生"共鸣"，也愈能发生社会作用。

不同的社会群体有着不同的群体思想（或称群体意识、群体哲学），也有不同的群体规范，它既是联结社会群体角色的纽带，也是社会群体角色的共同的心理基础。一部文艺作品愈是适应这种群体思想和规范的需要，愈能使群体角色的心理得到普遍的满足，也愈能为多数群体成员所感受，从而发挥巨大的社会作用，特别是对大的社会群体来说，如民族、国家。这也正是现在一些国家的民族文学和艺术，所以能够发挥重要作用的一个原因。在存在着阶级阶层、政党及各种社会集团的社会中，阶级或党派一类的政治意识对文艺感受有着强烈的影响。同是列夫·托尔斯泰的作品，俄国民粹派、自由派及立宪民主派与当时的无产阶级革命派，对其评价是各不相同的。由此可知，人们不同的社会群体思想对文艺感受的价值取向和心理取向是非常不同的。只有正确的社会群体思想才能深刻地感受文艺作品的社会生活内容。

人们的社会群体心理的结构并不是单一的，而常常是多层次的，因为人们往往同时属于不同的社会群体，受不同社会群体思想和规范的影响，而这就给文艺感受带来了复杂的社会内容和丰富的思想色彩。一个人读《红楼梦》的时候，同是贾宝玉和林黛玉的爱情悲剧，当他作为一个社会科学研究人员的时候，可能大谈宝黛爱情悲剧的社会进步意义；当他作为家庭群体父亲角色的时候，他可能教育孩子说贾宝玉和林黛玉的行为是不可取的，因为贾宝玉“不求上进”，林黛玉太尖酸刻薄；如果他是一个受过艺术训练的人，向学生群体讲授《红楼梦》中一些人物的诗歌创作，他可能会称赞贾宝玉、林黛玉的诗比别人写得好，富有才情，如此等等。一个人为什么对同一文艺形象有如此不同的价值取向和心理取向？因为他处在不同社会群体地位中，有着不同的群体思想和规范要求。如果各种不同的、相互对立的群体思想和规范共同作用于一个文艺感受者时，就会出现感受心理的矛盾和冲突，而主要的社会群体思想和规范，则会规定和制约着他采取有倾向性的价值取向和心理取向。

一个社会群体的组织结构、规模、思想、规范、角色体系是不断变化的，一个人在社会群体中的角色地位、归属心理、认同心理等也是不断变化的。因此，文艺社会感受的群体心理是一个复杂的社会学问题，我们不可简单化地将其描述或归纳为几条定理与公式，而必须把它放到一定的社会发展的历史环境中去考察、研究、分析，然后才可能深刻地揭示出文艺社会感受的丰富的群体心理内容和形式。

五　文艺社会感受的政治心理

在文艺的社会感受中，最能集中体现国家民族群体意识的是政治感受。在中国文化中，政治者，乃正天下之不正，治天下之不治者也。它并不是作为社会政治经济发展的集中表现来说的，而是为政以德、贞正天下的意思。故孔子说:“政者，正也。子帅以正，孰敢不正?”① 又说:“为政以德，譬如北辰，居其所而众星共之。”②

但不管怎么说，自从有了国家，有了天下治理之后，大凡有国有天下

---

①《论语·颜渊》。

②《论语·为政》。

者，无不是从政治上看问题，无不是从是否有利于国家、有利于天下治理看问题的。文艺问题也是如此。远在古代希腊时期，柏拉图就认为，如果异邦的诗人悲剧带进希腊城邦，就应该实行法律检查制度，若是不经过法律检查就发给他们允许证，让他们以异邦的语言向妇女、儿童、平民谈论希腊城邦的制度，那就是发了疯。① 中国古代的孔子，讲诗的“思无邪”②，讲诗要“温柔敦厚”③，也是从政治上看问题的。所谓文艺感受的政治心理，就是从政治上看待文艺的心理。

社会经济发展到一定程度，总要造成一种社会政治情势。这种情势必将影响政治心理状态，决定其爱憎好恶，也决定其对文艺的感受态度：是对治国平天下有利，还是有害？有利则表现为浓厚的兴趣和热情的支持；有害则表现为冷淡、敌视或强烈的抵制。

一般说来，当社会需要建立政治秩序的时候，有国有天下者对于纷繁的文艺现象，对于不利于政治的文艺家及作品，会采取压制的态度。例如秦统一中国以后，经过春秋战国的社会混乱，政教乱于上，文学昌于下，正如韩非所说，“主上有令，而民以文学非之”、“儒以文乱法”④。秦始皇为了制止这种“多文学”现象，造成了中国历史上有名的“焚书坑儒”事件。再如清朝统治者入关以后，为了惩处一些具有民族思想的汉人知识分子，大兴“文字狱”。这种做法虽然表面上是民族矛盾的表现，实际是政治上的需要。这些对文艺家及其作品的打击、压制都是由当时政治斗争情势所决定的，是政治斗争情势影响于统治者的心理所采取的行动。

当一种社会政治制度建立起来，恢复了秩序，出现稳定状态，有国有天下者有信心掌握政治统治的时候，则对“多文学”现象比较容易容忍、克制，甚至收集一些批评社会现实的文学作品，如周朝的采诗、汉朝的乐府，以从中考察政治得失、民心向背。当然，这样做从根本上说还是为了有利于国家政治治理。

任何政治心理都是一定社会政治经济发展的产物，是政治经济形势在治国平天下者心理上的反映。例如隋朝建立以后，南北混乱的局面即将统一，当时社会经济政治都有新的发展，为了适应这种政治需要，革除江左、齐梁以来的浮华文风影响，开皇四年隋文帝杨坚下诏：“公私文翰，

---

①《柏拉图文艺对话集》，第 313 页，人民文学出版社 1983 年版。

②《论语·为政》。

③《礼记·经解》。

④《韩非子集解·五蠹篇》。

并宜实录。”其年九月，泗州刺史司马幼之文表华艳，付所司治罪。[1] 由此可见，文艺的政治心理取向乃是由一定的政治经济发展形势需要决定的。即使是像汉武帝赞赏司马相如的《子虚赋》，也是由于他当时处于政治经济稳定时期，不过是以一些文人诗赋点缀升平而已。这类现象在唐太宗、宋徽宗时期都有所表现，但均是为当时政治生活所需要的，并非仅仅是个人心理爱好所致。

文艺社会感受的政治心理取向，相对于其他取向，如审美取向、文化取向等来说，是一个比较严肃的问题。因此，在谈论这一问题时，绝对要求我们把它放到一定的历史范围之内来看待。虽然治国平天下者是不能以狭隘的政治心理要求文艺为政治服务的，但文艺也是不能完全脱离政治，脱离政治生活需要的。这种需要，不是褊狭自私的政治目的，而是要服从于当时治国平天下之教化的根本任务。要做到这一点，不仅要有敏锐的政治眼光，更要审时度势，洞察治国平天下之大局，特别是历史盛衰治乱之转折所带来的平治之需要。鉴于此，对文学艺术担当教化的任务，自会有不同的政治要求。当天下处于杀戮与混乱之中，需要以刚健文明之强势，担当大义，为民争生死，以拯百姓于凶险之时，而文艺若是以雕虫小技，竞于浮泛，流连忘返，或竞骋文华，风花雪月，那自然要不得的。若真是如此，那有国有天下者，也就只能流为萧绎、杨广、陈叔宝、李煜一类国君之命运了。但是，当天下已平，需要文艺宣示至和大德，以诚正之心意和谐上下，平顺各方，建立根深蒂固之道的时候，而有国有天下者仍然不要文治，耀武扬威，以武力显示自己，那就是不知图治的政治心理了。也正是因为这样，唐贞观七年春正月，太宗更《破阵图》为《七德》舞，宴三品以上之官及州牧蛮夷之酋长于玄武门，让太常奏《七德》、《九功》之舞，以显示自己的武功圣德，而魏徵侍宴，每见《七德》舞，则低头不看，而演奏《九功》舞，则仔细观看。[2] 为什么呢？因为在魏徵看来，武功虽可以征服四海，然而唯有大德才可以收天下之心。取得天下之后，不以大德建根深蒂固之道，仍以武力显示自己，并非明智之举。魏徵之意，实乃劝太宗放弃褊狭政治心理，以大德建根深蒂固之道，以求国家社稷长治久安也。

文艺感受的政治心理，从根本上说，应该以刚健、中正、仁义、和平的态度为最高的要求，是不能带有个人偏好、嗜好的。因为若带有个人偏

---

①《隋唐·李谔传》。

②参见《资治通鉴》卷一九三、《唐纪》卷十、《韩非子》卷十一。

好、嗜好，也就显示出有国有天下者自己对文艺的欲望、目的、动机和要求了。对普通人来说，这也许算不了什么，或许还可以说具有天然的合理性，但对于执国家大器者来说，对于有国有天下者来说，这是要不得的，或者说是根本不允许的。为什么呢？因为有国有天下者一旦有自己的偏好、嗜好，一旦显示自己的欲望、目的、动机，天下之文章、文学就会投其所好，乘机而进，不仅会造成极坏的文艺风气和社会风气，造成“齐桓公好服紫，一国尽服紫”，“邹君好服长缨，左右皆服长缨”① 的价值偏颇，更会造成社会饰玩物、耽声色、荡心志的淫逸之风，会造成政治上的腐败、道德上的堕落。唐玄宗之于羯鼓，宋徽宗之于花石，就是这样。对于经国治世者或有国有天下者来说，个人的偏好也许是偶动于衷而形于外，但对窥伺者来说，则是有意曲以相成。及至沉迷不反，种种嗜好之不可遏，天下皆趋之谀之，流俗成而荡其心，则危于政治之道矣。文艺作品之思想并不是非常纯正的，它往往迎合着各方面的情趣、爱好和需要。有国有天下者或经国治世者，是不可不以刚健中正之理来对待它，以免陷于个人嗜欲、偏好的。也正是因为这样，所以王船山说:“《风》、《雅》兼贞淫之什，《春秋》有逆乱之书，远流俗，审是非，宁静以镇耳目之浮，则道贞于一。”②

最后要说明的是，文艺社会感受的审美心理、文化心理、群体心理、政治心理等层次，并不是孤立的、割裂的，而是相互依存、相互影响的，有时是融为一体的。文艺感受是各种社会心理因素交互作用的过程，我们不分析这不同的因素，不分层次研究这些社会心理活动，就不能准确地把握文艺社会感受的具体内容。但是，如果我们把这些社会心理因素孤立、割裂开来，则无法看到文艺社会感受的整体性和统一性。我们只有采取既分析又综合的方法，才能科学地说明文艺社会感受的价值与功能。

①《韩非子》，卷十一。

②王夫之：《宋论》，卷二，见《船山全书》，第 11 册，第 68 ~ 69 页，岳麓书社 1998 年版。

第十四章　文艺社会传播与控制的科学管理

——从控制论看文艺社会传播与控制的机制

也许有人看到本章的题目会想，文艺不是极为自由的精神活动么，怎么还有传播与控制问题呢？文艺既然是一种社会现象，那么它就既有传播也有控制。不过，这种控制不是机械的人为操作或政治压制，而是社会本身的一种功能上的实现。这就是控制论问题，就是文艺的科学管理问题。本章就是从这一理论出发，研究这些问题的。

一　控制论与文艺社会传播和控制

所谓“控制论”，用英国学者阿希贝的话说：“它实质上是这样一门科学，它研究应当怎样去操纵很复杂的系统，使这个系统按我们所愿望的方式去动作。”① 美国维纳最初提出控制论时，只是把它称为关于控制和通讯的科学。后来，英国的阿希贝等人把这种科学应用到生物学和社会科学中，所表述的事实和逻辑的概念已经扩展到哲学问题。作为哲学的认识论和方法论，控制论的创始者及发展者，只是看到了人类历史过程的“一般状况”、包罗万象的“生活目的”及绝对的“人类存在”，而看不到人类社会发展一定历史阶段具体的社会存在和社会意识，看不见人们依赖于一定社会历史所产生的精神活动。因此，他们企图使复杂的社会系统按照自己的意愿去行动，只是一种天真的愿望，是不可能实现的。但是控制论作为对现代自然科学的概括，特别是在20世纪40年代以来，经过各方面科学家的共同努力，综合了系统论、信息论、耗散结构论、集合论、突变论以及生态科学、遗传工程、化学、数学等等方面的研究成果，它对我们研究和思考文艺社会传播与控制还是有不少启示的。

控制论把生命和人类社会内部系统看成是有秩序状态和混乱状态不断

---

①［英］阿希贝：《控制论在生物学和社会学中的应用》，见《控制论哲学问题译文集》第1辑，第76～77页，商务印书馆1965年版。

更迭变化的过程，从而构成生命和人类社会的不断进化，并且认为任何生命和社会都有一种自我调节的组织系统，这种自组织系统就像房间的恒温器一样，热量增加到一定程度就会自动关掉闸门，温度过低时又会自动打开闸门，以使房间保持一定的温度。这种自组织系统对外界信息有感知和选择能力，它是生命和人类社会自我调节的一种机制。生命和社会利用这种机制可以控制、调节其行动，达到最佳目的，取得积极的效果，并使之不断地延续和进化。社会是一个活的有机体，自然也存在着自我调节系统。如果我们用控制论的理论研究文艺的社会传播与控制，对于科学地管理文学和艺术是不乏积极意义的。

所谓文艺社会传播，是文艺信息通过一定的大众媒介在社会上传递、散布的过程。文艺社会传播的大众媒介是多种多样的，如发行、演出、展览、电视、广播、录音、录像、手抄笔录等。任何媒介都必须经过社会公众，才能广为传播。因此，文艺社会传播实质上是大众传播。凡用文字的、口头的、技术的等媒介在社会公众中传递和播送文艺信息者，皆可谓之文艺社会传播。

文艺社会传播的模式很多，不同的过程有不同的模式。最简单最基本的模式是传播者与接收者相互依存的模式和一条链条式的向前后运动的模式，前者如A传给B，或B传给A；后者如A依次传给B、C、D，或D依次传给C、B、A。如果把传播过程放到更大的时间和空间去，又有波式（横式）传播和根式（竖式）传播两种模式。所谓波式传播，是指文艺信息从一个点向四面八方传递，如同水中掷了一块石头激起的波纹一样，一层一层地向四周扩散。它基本上是在同一个时间的横向传递，所以又称横式传播。所谓根式传播，是指文艺信息从上向下扩展式的传播，如同树根一样，从主根、支根到毛细根依次传递和扩散。它可以是同一个时间，也可能是一个连续时间，但由于它基本上是垂直的传递，所以又称为竖式传播。我们知道，社会关系是一个复杂的网络，各种社会关系既是相互联系的，又是相互作用的，所以文艺社会传播是一个复杂的多层次的结构模式，是一个持续运动着的各个部分相互作用的模式。

文艺社会控制是指社会对文艺信息传播的限制，它包括文艺从创作、传播到感受的整个过程。从文艺创作来说，它无疑是一种在“一定社会形态下的自由的精神生产”①。在这个领域里，是最不能作机械的平均、划一、少数服从多数的。但是，作家、艺术家通过作品反映社会生活，表现

---

①《马克思恩格斯全集》，第26卷（Ⅰ），第269页。

人生，并以此影响社会和人生，这本身就是一种社会行为。凡社会行为，都要遵守一定的社会规范和社会秩序。作家、艺术家的创作有时候是与社会规范、社会秩序一致的，有时候则是不一致的，甚至是根本相反的，这就出现了一种社会“越轨”行为，即文艺作品与社会规则的矛盾。这时候，作家、艺术家的创作就会受到社会规范、社会秩序及社会力量的限制，这种限制就是文艺的社会控制。同样，文艺传播、欣赏、感受也是如此。凡文艺作品不符合社会规范的时候，它的传播、欣赏、感受必会产生与社会规范相矛盾的社会效果，自然会受到社会的控制。

文艺社会传播与控制所研究的是文艺作品与其欣赏、感受的中间环节，是文艺发挥社会作用、产生何种社会效果的中间变量，也是科学地管理文艺的重要内容。

文艺传播与控制是一个复杂的社会学和社会心理学问题。不论文艺传播者是个人、群体，还是社会机构，其传播的意愿和动机都是受一系列社会因素影响的。它不仅受所属的社会意识、爱好兴趣、教育水平、艺术鉴赏力等因素的影响，而且受社会生产方式、生活方式、所属社会群体地位、职业地位以及权力结构、社会制度、政治经济形势等因素的制约。文艺信息的社会传播并不是等量等值进行的，而是依据传播的不同社会心理和观念对信息不断地加工、改造，赋予新的社会意义的。文艺社会控制也不同于一般的社会“越轨”行为控制，即使是一个有“越轨”行为的作家，一部与现行社会规范不一致的文艺作品，你严禁出版、发行，但作品可能在私下里流传得更厉害；你公开进行批判，但作品可能引起更多有好奇心的人对它感兴趣，非找来读读不可；你可以把作家囚禁起来，严刑于法（如果他触犯了法律），但他的作品可能照样在社会上流传，不死于市。由此可见，文艺社会传播与控制是多么的复杂。

文艺传播与控制不管多么复杂，都是在一定社会机制中进行的。无论是文艺传播的媒介、模式，还是文艺控制的规范、法则，都是在一定的社会机制中发生作用的。社会作为一个活的有机体，本身存在着这种传播与控制的自组织系统，传播即是通过社会自组织系统使社会处于信息增量状态、运动状态、开放状态；控制则相反，是使信息处于减量状态、相对静止状态和抑制状态。如果我们用现代控制论的理论研究文艺社会传播与控制的自组织系统，自觉地调节其行动，是可以达到文艺科学管理最佳效果的。

文艺传播与控制的社会自组织系统是多方面的，这里，只就其文艺的专业系统、社会群体组织系统、社会文化系统及政治思想管理系统几个方面，用控制论的理论作简要的研究说明。

二 文艺的专业传播与控制

从事文艺创作的诗人、作家、艺术家以及文艺书刊的编辑，他们无论是作为独立工作的个人，还是作为从事文艺职业的群体，都有一定的专业社会规范。按照这样的规范，他们组成了一个特殊的职业系统。

作家、艺术家、编辑的社会规范，既是他们专业社会教化的结果，又是他们行为的准则。这种专业社会规范不仅包括什么是文学、什么是艺术的界定标准，还包括文艺创作的社会性质、社会使命，文艺家的艺术道德、情操、审美理想以及一大堆关于文艺创作理论、知识、方法、技巧等等方面的训练。他们在这些社会规范的教化过程中，一方面作出了常人的感情牺牲，另一方面又学会了从专业规范上看问题，建立起了特有的专业参考系统，即文艺观，从而决定他们对不同文艺作品的价值取向。

文艺家专业社会规范对文艺传播与控制有着重要作用。一个文艺编辑，除了要对作品思想内容作界定外，还必须从专业参考系统界定，看它是否达到了当代文艺参考系统所维系的水平。如果达到了，则发表，它会受到艺术界同行们的赞扬，说编辑者有眼力，否则，发表一些拙劣的作品，就会受到责难；同样，达到了水准不予发表，也会受到同样的责难，说编辑外行。这种文艺的专业界定，不仅现代社会存在，即使在古代社会也是存在的。中国南北朝时期梁朝昭明太子萧统所编辑的《文选》，除了思想内容外，在专业上严格区分了以艺术形象反映社会生活的文学作品与典论文章一类非文学作品的界限，这种体例分明的严谨选择，在那时就是文学专业上的传播与控制。

文艺专业参考系统是随着社会生活的发展和文艺创作的实践不断发展变化的。社会发展了，生活变化了，一些陈旧的文艺观念已不能反映社会生活的需要，一些人要求创新，另一些人顽固守旧，这就必然表现出对文艺的不同专业界定，从而影响文艺的传播或控制。例如西方从文艺复兴到17世纪古典主义时期的戏剧理论认为，悲剧只能表现高尚的题材，只能描写古代诸神男女及伟大人物的仇恨与友爱、报复与庇护的行为，一些“卑贱”人物的生活是不能作悲剧内容的，而且这种剧创作还必须严格遵守“三一律”（即行动、时间、地点的一致）。随着近代社会经济的发展，神祇、自然、政治、人情、风俗等发生了巨大的变化，法国的高乃依（P. Corneille）、圣·艾弗蒙（S. Evremond）等人，要求打破这种戏剧理论的束缚，使描写神祇、“伟大”人物家庭爱情的悲剧让位于描写现实生活中争夺权力和复仇的悲剧，认为“伟大”人物和“卑贱”人物都可以成为悲剧角色，以表现新的情欲。为了适应艺术创作实践的需要，他们对“三一律”提出了新的解释。但是，他们建立新的艺术规范的要求遭到了法兰西学院及当时教会神父的激烈反对。这种反对实际上就是文艺的专业控制，相反，高乃依的戏剧《熙德》、《贺拉斯》的创作及演出则是新的文艺专业传播。

这一点在中国五四新文学运动时期表现得同样突出。蔡元培、陈独秀，特别是鲁迅、郭沫若等人“提倡新文学，反对旧文学”，遭到了林琴南等人的激烈反对。他们除了在政治思想上的不同见解以外，在专业上则是极力反对新文学的，称新文学是尽用“土语为文学”、“鄙俚浅陋”等等。这种反对就是以旧的文艺观反对新的文艺观，维护旧的专业参考系统以达到文艺社会控制的目的。与此相反，鲁迅、郭沫若等人在语言上博采口语，以“四万万中国人嘴里发出来的声音”为文学语言；在艺术方法上采取“拿来主义”，吸收许多外国文学创作方法和表现形式，冲破了当时的社会控制，创作了一大批新文学作品，如鲁迅的《狂人日记》、《阿Q正传》，郭沫若的《女神》等，并影响于世。这就是当时的文艺社会传播。

每一个时代，由于作家、艺术家的社会地位不同，所处的社会文化环境不同，所接受的社会政治思想不同，因此常常形成不同的作家、艺术家群体。文艺群体不同，文艺观不同，所维持的文艺参考系统也就各异，因此在专业上表现出传播与控制的尖锐冲突。在中国现代文学史上，这样的例子是很多的。不仅胡先骕、梅光迪等“学衡派”及章士钊等“甲寅派”与当时的政治力量合作查禁新文学书籍，禁止新文艺演出，属于文艺群体的控制，即使在新文学阵营内部，随着新文学革命运动的深入，所分化出各种不同的文学派别，也存在着不同程度的控制，不过性质不同而已。这种现象在现在西方文艺界表现得更为突出。他们一方面利用与出版商的关系争先出版传播自己派别的作品，另一方面又利用“版权”、“优先权”等规定，控制其作品被其他出版社再版重印。

文艺的专业传播与控制并不仅仅表现在作家、艺术家方面，而且更主要地还表现在社会公众方面。读者、观众、听众在长期的艺术欣赏过程中，对文艺的内容与形式常常形成一种艺术上的嗜好和习惯。如电影艺术，中国农村青年喜欢看战斗故事片和戏剧故事片，而城市青年则喜欢看爱情故事片和惊险故事片等；再如戏剧艺术，河南人喜欢豫剧，安徽人喜欢黄梅戏，广东人喜欢粤剧，浙江人、上海人喜欢越剧，东北人喜欢二人转等。这种长期艺术欣赏中形成的嗜好、习惯，就是社会公众的文艺观。公众文艺观乃是维持专业参考系统的社会力量，任何文艺作品的传播与控制都是与这种社会公众的文艺观紧密联系在一起的，当它受到公众欢迎的时候，则被传播、普及、流行；反之，就会受到社会公众的控制。例如俄国音乐家斯特拉文斯基创作的狂暴、乖戾、狂欢的芭蕾音乐《春之祭》1913 年在法国上演的时候，引起了极大的震动、骚乱，赞成的和反对的激烈地争吵，一些高贵的妇人用手提包儿甩打邻座的女人，甚至一些貌似绅士的男人也参加了相互殴打。《春之祭》之所以激起了听众如此疯狂的行为，一个很重要的原因是一些社会公众对过去纤细、轻柔、高雅的芭蕾舞音乐有个传统的艺术爱好，接受不了《春之祭》狂暴、乖戾、狂欢的音乐旋律，认为它是对高尚音乐的粗暴践踏，破坏了传统芭蕾舞音乐的美感和魅力，也破坏了公众的感情，因此表现出了一种社会公众对文艺的强烈的专业社会控制。

作家、艺术家为了适应文艺反映社会生活的需要，常常追求一些新的艺术形式和表现手法。社会生活在不断地发展变化，艺术上墨守成规的文艺家是没有出息的，他们在艺术上有所追求、有所创新，无疑是合理的，但这种追求、创新也有个公众艺术观的适应问题。如果作家、艺术家追求、创新的艺术形式和表现手法为社会公众所接受，艺术作品自然会得到社会传播，否则就会受到社会公众的控制。例如人们所熟悉的作家王蒙，在 20 世纪 80 年代为反映现代社会生活的需要，借鉴了一些西方现代派的艺术形式和表现手法，在当时的读者中引起了激烈的争论。赞扬者认为王蒙的作品“具有很高的格调”，“写出了无法形容的内心感受”，王蒙是很“富于历史感”的作家，鼓励他继续攀登前进；与此相反，另外一些读者则提出了批评、劝诫，甚至警告：“《深的湖》是文学的堕落!”“看王蒙的作品，等于对大脑的惩罚!”于是有人发出质问：“请问，意识流是不是坐在家里瞎‘流’?”甚至有人警告说：“我们去订阅杂志时，先要问问这杂志是否登王蒙的作品。如果登载你的作品，我们就坚决不订!”[①] 对王蒙作品批评的意见集中一点就是：不懂。不懂就说明一些社会公众的艺术观尚不能接受这种艺术形式和表现手法。社会公众中两种不同意见是如此强烈、鲜明，一些人专找王蒙同志的作品看，另一些人只要登载王蒙作品的杂志就不订，足见社会公众不同文艺观对文艺传播与控制作用之大了。

一般说来，通俗的大众文化的文艺作品比较容易为社会公众所接受、

①冯骥才：《话说王蒙》，载《文汇月刊》1982 年第 7 期。

传播，但是我们也必须看到，社会公众的艺术观也是在发展变化的，而且现代社会公众的艺术胃口变化也是相当快的。西方人对18世纪浪漫派及19世纪早期现代派的绘画并不太感兴趣，但近十几年来这些作品已成了争相购买的收藏品。十几年前只有一些高等艺术院校音乐系的少数人欣赏西方贝多芬、莫扎特等人的古典音乐和肖邦、舒曼等人的浪漫派音乐，而从20世纪八九十年代以来，这些音乐已在中国许多城市广泛流行了。这种社会公众艺术观的变化也是我们研究文艺社会传播与控制应该注意的。

三　文艺的群体传播与控制

社会群体是人类社会生活的基本形式，也是文艺社会传播与控制的重要的社会形式。不同的社会群体对文艺信息有着不同的感受和选择态度，因此社会群体就构成文艺传播与控制的一个自组织系统。

诗歌、音乐、舞蹈一类文艺形式本身就非常适合社会群体活动的需要。孔子说："诗可以群。"① 诗的语言优美，富于节奏韵味及哲理性，它常常是人们群体社交场合表达思想、抒发感情的工具，不仅中国有言必称"诗云子曰"的礼俗，即使在西方，若人们在社交活动中援引莎士比亚、歌德等人的诗句，也会被视为是有教养的表现。诗不足而歌，歌不足而舞。竹楼对歌，渔舟唱晚，手之舞之，足之蹈之，至今仍是许多少数民族群体生活的风俗，一代一代传播了本民族的诗歌、音乐、舞蹈。

任何社会群体都表示着一定的社会关系，这不论在群体内部还是在群体外部都是一样的。文艺的群体传播与控制正是这种社会关系的交互行为与抑制行为。社会群体的组织规模、角色体系不同，社会关系也不同，其文艺传播的范围、形式、快慢，控制的手段、强弱、效果也各异。一般说来，一个小的群体，如家庭、班组等，社会关系较少，群体角色也较单纯，则文艺传播的范围小、速度快、控制也比较容易。比如某一家庭买了一本小说，其中一个人看了说写得很好，其他家庭成员相互传着看，这本小说很快就在家庭群体传播开了。如果家长看了这本小说认为有害，不让阅读，收藏起来，也就得到了控制。而这对一个大的社会群体来说，就不那么容易了。例如一个国家，一个民族，它的群体角色、社会关系要比小群体复杂得多。如果某种文艺传播开来，范围已相当广泛，控制也就较为困难。例如曹雪芹的《红楼梦》写成于清朝乾隆二十七年，到乾隆五十年

①《论语·阳货》。

左右，其书不仅风行于中国北方，而且在南方也广为流传，及至嘉、道两朝，已成为与“经学”并称的“红学”了！青年人感其爱情故事“呜咽失声”者自不待言，也有一些老年人为品评其书人物“几挥老拳”。当时官方虽把它视为“淫书”，严行查禁，但由于已流行广泛，角色体系复杂，终不能禁绝。

社会群体的组成都有一定的思想把群体角色维系在一起，并支配其行为，这种思想我们称之为群体哲学。不同的群体哲学有着不同的行为规范，对文艺也有着不同的价值取向和心理取向，从而对文艺采取不同的交互行为或抑制行为。大凡制度化、符合社会规范的群体，都重视具有道德教化作用的文艺作品，而对违犯社会道德规范的文艺作品采取控制态度。北齐颜之推所撰《颜氏家训》注重文章（即今天所说的“文学”）的典正，不从流俗，无郑卫之音，正是古代传统家庭群体对文艺传播的要求。[①] 现在中国许多文明村镇，组织青少年阅读有益的文学作品，禁止某些不健康的文艺作品，也是村镇群体对文艺传播与控制的做法。与此相反，大凡受一些“团伙主义”、“享乐主义”、“哥们义气”等思想的影响、支配的群体，则容易传播一些不健康的文艺作品。因为这种群体哲学多是追求一些感官刺激的满足，所以比较容易传播一些诲淫、诲盗、惊险怪诞的文艺作品。不少社会调查表明，一些黄色歌曲、裸体照片、春宫画、有害手抄本小说等多是通过这种小群体传播的。由于这种小群体有着特殊的行为规范和价值观念，对其进行文艺控制也比较困难，只有施之于正常的道德教化，帮助其建立起正确的价值观念，才能控制有害文艺作品的传播。

文艺作品的思想内容愈是符合群体哲学、规范，愈能使群体角色感情上得到满足，也就愈能得到社会传播，不论这种群体哲学、规范是进步的或是落后的，都是一样的。但是，群体哲学、规范总是带有一定时代的内容与色彩的。法捷耶夫的《毁灭》、绥拉菲摩维奇的《铁流》等过去所以在中国广泛流传，产生那么大的影响，是因为这些作品描写了新的人物、新的世界，为当时的解放运动所需要。与此相反，鸳鸯蝴蝶派一类小说所以在一些市民群体中流行，也是与当时一部分人的精神生活分不开的。

我们到一些学校去调查，常常看到一些学生拿到一本有兴趣的小说或画册，只给自己要好的同学看，而不给另外一些同学看，虽然他们同属一个班级的。这就说明，在班级一类制度化群体里还存在着一些非制度化小群体。实际上，在社会生活中，人们很少是属于单一的群体的，往往同时

---

①参见《颜氏家训·文章篇》，第251页，上海古籍出版社1982年版。

属于不同的社会群体。例如一个青年，工作时间他可能是某机关的办事员或工厂车间的工人，业余时间他又可能是某业余合唱队的队员或业余体校的学生，而回到家里他又是父母的儿子或爱人的丈夫，如此等等。在社会生活中几乎每一个人都是一个多面角色，他不仅在社会群体内部交往互动，而且与群体外部发生着联系。因此，任何社会群体都不是孤立的，而属于相互联系的多层次的交互作用的社会关系网。这种关系网就像社会机体的神经系统一样，四通八达，彼此传递信息，使文艺的社会传播迅速地跨越各种群体之间。一首歌曲流行起来，不出数日里巷之间皆可唱和；一个入时的唱片辗转录制，会在不同社区到处播放。同样，社会上要批判什么作品了，控制什么演出了，他们也会奔走在群体之间相互打招呼，或收藏，或私下借阅。

由于社会群体之间是相互联系的、沟通的，群体思想、行为是相互影响的，因此不同社会性的文艺传播也是相互渗透的。例如第二次世界大战后的摇滚音乐，最初它只是在一些黑人群体中流行，以低音和简单的节奏由黑人即兴演唱，倾吐他们被压抑的痛苦心情。这种音乐对当时西方社会来说是一种危险品，白人统治者曾试图通过摧残一些音乐家迫使其沉默下来，但这种控制并未奏效。20 世纪 50 年代，美国一些城市中“异端”的白人青年也模仿起这种音乐来，于是它开始在白人青年中流传，其内容与形式也有变异。到 20 世纪六七十年代，它成了西方盛行的音乐。它的传播不仅跨越了群体，也跨越了社区。由此，足可见社会群体之间相互影响的作用。由于社会群体是整个社会组织的一部分，是和整个社会机体联系在一起的，因此，一个健全的社会机体对于文艺正常的传播与控制是非常必要的。

人类各种社会群体的组织结构、角色体系、群体哲学、行为规范等都是随着社会政治、经济、文化环境的改变而不断变化的。群体组织结构变了，群体哲学、规范变了，那么它对文艺的价值取向和心理取向也将随着变化。以 1976 年清明前后北京天安门广场悼念周恩来总理的群众活动为例，最初它是由各机关、工厂、学校等制度化社会群体按照中国社会礼俗进行的，规模也不大，只有一些人抬着花圈、挽联等，陆陆续续来到天安门广场人民英雄纪念碑前，表示对已故周恩来总理的哀思。但是由于一些人从中压制，使群众表示哀思的要求得不到满足，从而激怒了群众，结果参加悼念活动的群众越来越多，规模越来越大，由小群体变成了大群体，制度化的群体变成了非制度化群体，表达群体发展成为行动群体，常规群体变成了非常规群体。新的群体哲学、行为规范产生了，由最初的用花圈、挽联表示哀思，发展成为用歌曲、诗词朗诵、演说等文艺形式表示示威、抗议和进行战斗，群情愤怒，不可遏止。当这种革命的群体行动遭到镇压的时候，又由集会形式的密集群体转入地下，变成了一个泛布群体，即社会运动。而悼念周恩来先生的挽联、诗词、歌曲等文艺作品，也由社会泛布群体更为广泛地私下传播。虽然当时严加追查，这些文艺作品依然为参加这个社会运动的群体角色所收藏、刻印、散布。由此可见，变动的社会群体不仅能使文艺传播得迅速、广泛，而且使控制也比较困难。

社会变迁对于文艺的社会群体传播与控制有着深刻的影响。在社会变迁过程中，旧的社会机制衰退，新的社会机制产生；同时，社会群体哲学、规范也发生变化，产生新的社会心理取向和行为取向。文艺作品如果迅速地反映了这种变迁的群体哲学、心理，则具有帮助群体角色界定环境的作用，使其感情得到满足、兴叹、感动，这种文艺作品必能得到迅速广泛的传播。刘邦围项羽于垓下，汉军四面楚歌，项羽知其势去，自刎于乌江。汉军何以能一夜之间尽会楚歌？所谓楚歌，实际上不过是吴谚越吟一类民间歌曲。最初可能由少数人哼起来，唤起一种思乡情绪，其他人受其感染，也跟着哼起来，越传越多，于是四面八方都唱起来，起到了瓦解项羽军队士气的作用。这在中国抗日战争的“九一八”事变之后许多抗日流亡歌曲的传播中表现的更为突出。例如《松花江上》等歌曲，千百万流亡民众之所以低吟高唱，涕泪纵横，乃是这歌曲深切地表达了山河沦亡、无国无家的民众抗日救国的共同要求，使他们能够界定环境，确立哲学，建立规范，发展心理并产生新的行为。在社会变迁过程中，旧的群体哲学、规范不断破坏，新的群体哲学、规范不断地产生，而群体组织结构也在不断地松散、瓦解或重新组合，因此，这时要想使文艺沿着正常的社会群体传播与控制是很难的，采取措施调整社会机制和社会规范以适应社会变迁就显得十分必要了。只有经过调整，文艺的传播与控制才能从混乱回到正常状态。

四　文艺的文化传播与控制

文艺的阅读、观看、听取、感受等是与社会公众的心理分不开的，而社会公众的心理又是与一定的风俗、习惯、伦理、道德、宗教、语言等社会文化分不开的。诚如大家所知道的，这些社会文化虽与一定的社会经济发展相关，但与经济的发展是不平衡的，表现出一定的连续性和相对的稳定性，并在一代一代的相互传递中深刻地影响着人们的社会心理和行为，也影响着人们对文艺的阅读、欣赏等价值取向。因此，社会文化体系对于文艺的传播与控制来说，是一个重要的社会自组织系统。

无论是物质文化，还是精神文化，都对文艺的传播与控制有着重要的作用，而风俗、道德、宗教、语言、哲学等社会精神文化的作用尤甚。

风俗是一定社会人们约定俗成的行为模式。凡风俗都有一定社会行为价值准则，顺之则成，逆之则乱。它虽不似道德、法律那样严格制约人们的行为，但对人们的行为有着强烈的约束力。文艺传播既是一种社会行为，自然不能不受风俗的制约。风俗有淳厚和浇薄之分。大凡淳厚之风俗，必传播淳厚之文艺；凡浇薄之风俗，而怪诞荒谬之文艺则兴起。这是因为淳厚风俗使民有常规，人心安定，不思淫乱，多不信荒诞妄说一类文艺，一旦风俗日旧，礼仪不兴，人心摇荡，失去控制，自然荒诞不稽的文艺作品会流传起来。中国古代《诗经》中的“变风”、“变雅”，就是风俗衰微的表现。正所谓“王道衰，礼义废，政失教，国异政，家异俗，而变风、变雅作矣”①。除此，风俗对文艺的传播与控制还有几个特性：首先，它有一定的群众性和社区性。文艺必须通俗，才能被群众所接受、流传。因为百里不同风，千里不同俗，因此文艺常常受社会区域的限制。例如中国一些少数民族恋爱采取对歌的方式，在汉族地区则行不通。其次，文艺活动的内容、形式与风俗仪式有一致性。因为文艺活动常常是与风俗仪式结合在一起的，逢年过节、红白喜事、祀天地、祈农事、祭祖宗，都要求文艺活动的内容和形式必须紧紧配合这些风俗仪式。如伴嫁歌舞只能在嫁女时演唱，平时则要受到控制。再者，因为这些风俗仪式多有一定时间、季节限制，如元宵节要狮子、玩龙灯、跑旱船等，只能一年一次，即使祈农事演戏、唱歌、跳舞也都有一定时机，因此这种文艺活动常常周而复始，表现出时间上的节奏性，既有有节奏的传播，又有有节奏的控制。最后还要说的是，这些文艺传播活动都是在社区一些德高望重的有一定威信的人物主持下进行的，如家长、族长、社长、会长等，因此这种文艺传播活动多是有节制地进行的，较少有越轨行为。如果有人演唱时歇斯底里，则会受到训斥、惩罚，也就是说社会控制相当严格。

道德是较之风俗更有普遍性的社会规范。风俗有社区性，道德则必须为全社会大多数成员所承认，因此道德对文艺的社会传播与控制也较之风俗更有力量。不同国家、不同民族有着不同的道德规范，因而对涉及不同道德的文艺作品也存好恶之心理。以描写爱情生活的文艺作品为例，歌德

①《毛诗序》，见《毛诗正义》，卷一。

的《少年维特的烦恼》写维特为爱夏绿蒂而自杀，在西方当时社会曾掀起过一阵“维特热”。姑娘们厌恶平庸的青年，青年小伙为爱情而死遂成为高尚的行为。这在西方文化是可行的，而在东方文化则认为是不可行的，如在中国和印度。为什么呢？因为西方社会文化有这种传统道德背景。西方远在基督教盛行的时候，人们就有一种把仰慕上帝的精神移至仰慕爱情、崇拜女性的思想感情。上帝不可期，则代之以爱情、女性，“爱人啊”、“爱情啊”不过是“上帝啊”、“神啊”的移情呼唤；及至中世纪骑士精神时代，尊重和保护女性被视为是高尚的侠义行为；到18、19世纪浪漫主义时期，女性成了美的象征、灵感的源泉，因此把女性和爱情神圣化、理想化了。了解这种传统道德背景，也就不难理解《少年维特的烦恼》广为流传的原因了。如果在东方描写为爱情而自杀，无论是在印度的达摩文化中，还是在中国以儒家思想为核心的道德规范中，都被认为是不可取的。印度达摩文化要求人们清心寡欲，静修来世，不要为现实的幸福而采取过激的行为。中国儒家道德规范要求忠君、孝父，为一女子而死，置君父于何地？自然是要不得的。中国古典文学作品也宣扬爱情忠贞，但它必须符合中国社会文化的道德伦理观念。如元代高明的《琵琶记》中的赵五娘之所以成为中国传统美德的象征，主要是作品描写了她的“糟糠自餍”、“代尝汤药”、“祝发买葬”等行为，体现了她的贤惠孝顺、吃苦耐劳、不慕富贵荣华等道德品质，而不是由于她对蔡伯喈的爱情崇拜。由此可见，文学作品中的爱情描写凡是以道德规范为基础的，符合一定社会道德传统的，就容易为社会所接受和传播，否则就会受到社会控制。

这里还要说的是，古今中外都没有统一的道德规范，不同的国家、民族、阶级和阶层有不同的道德属性和价值观念，所以对文学作品所表现出的道德观念也有不同的认识和态度。同一部《水浒传》，有人称之曰“忠义”，有人则骂之曰“变诈百端，坏人心术”。明清以来的农民革命或曰“奉天倡义”，或曰“顺天行道”，实则以《水浒》英雄“替天行道”为规范，连奇谋秘策也多师承《水浒》。而统治者，如崇祯，则要地方官吏严行查禁，焚其藏书，毁其版籍，肃清窟穴，萑苻屏迹。在封建社会，即使像《西厢记》、《牡丹亭》这类描写青年男女追求婚姻自主的作品，当时一些道德家也是摇头的，曰淫、曰秽、曰色、曰情，一律禁止阅读。这只要想想《红楼梦》第二十三回贾宝玉要把这类书籍带进大观园去，而为他买这类书籍的书童茗烟则说“叫人知道了，我就吃不了兜着走”，也就可想而知了。

人类不仅以风俗习惯、伦理道德调整社会生活，而且还借宇宙的力量来支配人间的行为，这就是宗教。宗教不过是把人类社会的关系延伸到自然界，借助宇宙间的神秘力量来强化社会的政治法律制度与道德规范，以维护社会秩序。宗教对文艺也具有传播与控制作用。宗教对于文艺的传播首先表现在宗教仪式上。许多表现宗教内容的神话、诗歌、戏剧等，在宗教仪式上反复颂诵、演唱，实则是对文艺的传播；其次，宗教传播也是文艺传播的重要途径。例如魏晋南北朝时期随着佛教的传入，许多反映佛陀内容的文艺故事也传到了中国，如割肉贸鸽、舍身饲虎、五百强盗剜目等，这在云冈、敦煌、麦积山等石窟艺术中可以看得出来。宗教虽然传播文艺，但更多地表现为对文艺的控制。西方从古希腊罗马到中世纪，文艺基本上控制在基督教会，为宗教神学服务。这正如柏拉图所说，只有“献给神的诗”，“正确地表达了褒或贬的意图的作品”，方才被准许演唱。①在近代欧洲，虽然宗教对文艺的控制有所减弱，但仍然有很大力量。

语言作为人类交流思想的工具，无疑是文艺社会传播的重要媒介。它一方面表现为口头语言的传播，另一方面表现为文字语言的传播。语言传播文艺首先需要国家或民族语言的统一，语言不统一，则要受到限制。其次，语言对文艺传播往往要借助双语行为。一个人只懂一种民族语言，不懂另一种民族语言，传播文艺同样要受到限制。王蒙先生如果不是在新疆生活时学得一口流利的维吾尔语言，就不能把合木堤·买合买提写的《在奔腾的伊犁河上》译成汉语出版，自然也谈不上传播。语言本身虽然没有阶级性，但它也常常受宗教、教养等社会文化的影响。例如印度的梵语，过去按照宗教教义及种姓制度，首陀罗（奴隶）及妇女是不洁净的卑贱人，是不准讲梵语的，自然以梵语创作的文艺作品传播会受到限制。在世界其他地区也存在这种情况。有的民族语言虽然创造过杰出的优美的散文诗，但由于其他民族对其语言了解甚少，也就限制了它的传播。不光如此，社会生活发展了，还把民族语言视为神圣不可变更的，自然也会妨碍文艺的社会传播。身份教养也是这样，“十月革命”前俄国中产阶层以能够讲法语为优越感，显示自己有教养。他们在家里以法语交谈，并谈论法国文学和艺术，这自然是对法国文学和艺术的传播，而对不讲法语的其他社会阶层则是一种限制。

除了风俗、道德、宗教、语言以外，其他精神文化也对文艺的传播与控制有着深刻的影响，如哲学。欧洲的文艺运动差不多都是与哲学思辨联系在一起的，每一次哲学思潮的兴起都极大地影响着文艺的创作，促使某

①见《西方文论选》（上卷），第48页，人民文学出版社1964年版。

种文艺发展、传播，同时又是对前一哲学思潮支配的文艺的一种抑制。

不仅社会精神文化对文艺有着传播与控制的社会作用，社会物质文化对文艺的作用和影响也是不可忽视的。秦代蒙恬制作的毛笔、汉代蔡伦发明的纸、宋代毕昇发明的活字印刷等对文学和艺术传播的贡献是人所共知的。其他如陶瓷描绘、石碑刻制、冶炼锻作、器皿涂漆等，本身是艺术，也是艺术传播的重要途径。这些物质文化在一代一代发展进步中不断地传播着各种艺术。人们有时把一定的物质文化神圣化，变成不可革新的模式，这也会限制艺术发展与传播。如古代希腊的建筑艺术，它的“高贵的单纯，静穆的伟大”，一段时期成了西方不可逾越的典范，自然也控制了建筑艺术的发展与传播。至于社会动荡、自然变迁使物质文化遭到破坏，如中国秦代的阿房宫、清代的圆明园遭焚烧，这类破坏、毁灭所造成的雕刻、绘画等建筑艺术的失传，也是令人痛心的。

社会的离乱、政治的变幻，特别是经济的发展，常常造成社会文化变迁，进而深刻地影响着文艺的传播与控制。由于社会文化变迁过程中原有的礼仪、制度等相对地衰退，新的礼仪、制度尚未建立起来，即使建立起来也一时很难得到社会大多数成员的承认，因此社会常常处于一种混乱状态，这时传统社会文化对文艺的控制作用也相对减弱，一些反传统社会文化的文艺作品会相对地盛行起来。例如，中国魏晋南北朝时期就是这样。由于土地兼并，战争连年，加之政治杀戮，门阀重隔，于是造成了风衰俗怨、经学没落、黄老兴起、佛教流传等社会文化变迁。在这种社会文化环境中，人们卑名教而任放达，亲人情而去伪饰，放浪形骸，怪诞不羁，风行草偃，披靡一世。当时，志怪小说以曲折的形式隐晦地表达着人们内心的苦闷和热切的追求，于是《搜神记》、《冤魂志》、《冥祥记》、《幽明录》一时盛行起来，广为传播。这种社会混乱状态一直发展到隋唐时代，直到新的社会文化制度建立起来，才恢复到正常的社会状态。

现代社会文化变迁对于文艺社会传播与控制作用更有明显的影响。由于现代科学技术的发展，特别是电子工业的发展，电报、电话、电视、报纸等现代社会信息系统越来越发达，人们生活的时间距离缩短了，空间距离缩小了，文艺传播的速度加快了，领域也扩大了。在传统礼俗社会，由于交通不便，人们的远距离交往是很少的，文艺信息的传递也很困难。例如过去的农村，说书、唱戏的消息传递主要是靠走乡串镇的货郎，或者亲戚朋友之间的往来。有时这种信息传递会中断，前村说书后村不知道，只当听到锣鼓响了，才知道前村有说书的，马上跑去看。而现在农村则不同了，有了广播喇叭，何村说书，何村唱戏，何村放映电影，一广播立即就知道了。现在，城市文艺社会信息传递媒介的变化更大。过去城市唱戏招徕观众主要靠海报。要唱戏了，把海报贴满东西南北城，人们看了海报才知道有唱戏的和唱的什么戏。唱一曲戏贴一次海报，贴起来很费劲儿。而现在有了收音机、电视及每天的报纸，看一下文艺节目预告就什么都知道了。这种现代文化信息系统对文艺的传播已经不再受时间和空间的限制。电台、电视台、电视卫星每天播送文艺节目，文艺节目的电波跨过社区、跨过城乡、跨过不同的民族和国家，渗入人们的社会生活，施加着各种各样的影响。同时，这种现代文化信息系统对文艺的控制也加强了。由于它主要是由电台、电视台、电视卫星、新闻社发布的，这些部门便成了现代文艺活动的控制中心。一部文艺作品播之则传五湖四海，禁之则戛然终止。这些信息中心被控制了，文艺的信息传播便常常会中断。然而由于这些现代信息系统常非源于一国一地，社会制度又不一样，因此要完全控制又是很难的。尽管一些国家实行信息干扰，但其效果也是有限的，因此还得依靠其传统的社会文化来维系人们对文艺的价值取向和心理取向。从这个意义上说，传统社会文化与现代社会文化对文艺的传播与控制又是相辅相成地起作用的，绝不能因为有了现代社会文化系统就忽视传统社会文化系统的作用。

这里还必须指出的是，每一个国家、民族都存在着极为复杂的社会文化，因此，不同的阶级、阶层及社会集团对文艺的传播与控制也存在着不同的价值取向，有时甚至表现出尖锐激烈的对立。历史上一些进步的文艺常常受到反动文化的控制，甚至摧残，而颓废没落的文艺也自然受到民主进步文化的抵制。中国历史上《水浒传》禁而不止，《荡寇志》推而不行，就是例子。在各种颓废没落的社会文化形态中，迷信、色情、江湖义气、行帮习气等副文化的影响也是不可低估的，它是传播腐朽没落文艺作品的重要媒介。这也是我们研究文艺的社会文化传播与控制时不可忽视的。

五　文艺的政治传播与控制

正如我们前面把文艺感受的政治心理视为从政治上看待文艺的心理一样，文艺的政治传播与控制，也是从政治上看待文艺创作及作品散布所采取的政治态度与政治手段。不过，这种态度与手段，不光是针对有国有天下者而言的，也是包括无国无天下者之抗争在内的。凡从政治上看待文艺创作及其作品之传播、散布所采取的态度与手段，都属于文艺的政治传播与控制之范畴。

有国有天下者或经国治世者，首先是从政治上看待文艺创作及其作品之传播的。马克思及恩格斯有一句很有名的话，那就是“统治阶级的思想在每一个时代都是占统治地位的思想”①。这话虽然过于强调阶级的统治，但若换成国家之治理，天下之教化，它也并不为错。因为大凡有国有天下者，既然在政治上占着统治地位，自然也必定会从政治上看待文学艺术一类精神产品的创作与传播：那就是凡有利于统治，有利于天下教化的文艺创作及其作品之传播，就支持，就欢迎；与此相反，凡不利于统治，不利于天下教化的文艺创作及其作品之传播，就反对，就控制。

因此，文艺的政治传播与控制，首先是政治思想上的传播与控制。这在清朝康、雍、乾三个时期最为明显。清朝入关以后，为了巩固政治统治，不仅大肆杀戮反抗清朝的汉人，而且实行“文字狱”，从政治上压制反清抗清的思想与言论，控制一切不利于清朝统治的文化思想与文艺创作，甚至连内廷唱戏，唱何种剧目，都不能犯忌，可见当时对文艺政治传播与控制之严格了。但这种政治上的传播与控制，不仅是不利于文化发展和文艺创作，反而会压制甚至是摧残这种发展和创作。试想在那个时代，不仅因学术思想有灭族的危险，如吕留良，更有因一句诗、一句唱文而遭祸殃者，它还如何能发展文化思想与文艺创作！

因此，虽然每一个时代都从政治上看待文艺创作的传播与控制，但这种传播与控制，是不能流于政治自私之目的的，而必须立于刚健、中正、仁义的思想上，从国家治理、天下教化之大局上，讲清文学、艺术创作的道德责任和历史使命，使作家、艺术家自觉地进行艺术担当。中国历史上，所以强调“文以载道”，强调诗歌创作的“温柔敦厚”以及强调戏剧的“高台教化”等等，就是为了使作家、艺术家自觉地进行这种艺术担当。因此可以说，文艺创作最有效的传播与控制，是从政治思想上影响作家、艺术家的创作，使其建立一种理性的自觉。可是这并不是一件容易的事情，它既需要有国有天下者的博大胸怀与政治眼光，也需要作家、艺术家的道德责任感与历史使命感。

除了从政治思想上影响文艺家的创作以外，文艺的政治传播与控制更多的是通过政治制度、法律制度以及文化、教育制度等手段实现的。为了实现这些制度上的传播与控制，又常常建立一定的文艺管理机关及其管理办法。这样，文艺的政治传播与控制就形成了一个社会系统。

政治和法律制度是维护统治思想的主要工具，也是文艺政治传播与控

---

①《马克思恩格斯选集》，第1卷，第52页。

制的重要手段，在社会动荡时期尤其是这样。法国大革命失败后拿破仑三世对雨果等作家的追捕；俄国沙皇对陀思妥耶夫斯基、车尔尼雪夫斯基的判处苦役等，都是从政治制度上界定文艺家的创作活动的。至于法律制度，从古到今许多国家都有限制文艺家"越轨"行为的内容。柏拉图为了维护希腊城邦的"贵族政体"，曾建议对异邦诗人的悲剧实行法律检查制度。① 中国的周朝也有所谓"造言之刑"②，实际上就是取消言论自由，禁止异教邪说流行。这些自然也包括文艺创作在内。

政治和法律制度对文艺传播与控制虽可收一时之效，但绝非无弊病的良策，因此有国有天下者更着重于从文化、教育制度上使文艺活动按规范进行。文化制度很多，如风俗制度、宗教制度、礼仪制度等。这些我们前边已经讲过了。教育制度也是文化制度，它从课程设置、教学内容、考试及人才录用，皆可对文艺实行政治上的界定，尤为历代经国治世者所重视。远在中国商代的教育中就规定，乡学选出的造士必须"顺先王诗书礼乐"。为了使他们接受这些规范，还规定了"春秋教以礼乐，冬夏教以诗书"的教学内容。③ 在考试及选拔人才方面，汉代置五经博士及第子，招选天下文学才智之士；唐代设国子学监司学校教育，实行科举制度以诗赋取仕等，都是从教育制度上对文艺实行政治传播与控制的手段。

有国有天下者为了对文艺实现政治上的传播与控制，除了利用各种社会制度外，还常常设立一些机构，采取许多管理办法。如汉武帝设立乐府，唐太宗设立东西教坊，并把音乐分为"雅乐"和"燕乐"。这些机构和办法，既是艺术管理，也是政治管理。乐府收集民间歌曲，除了供统治阶级艺术欣赏外，更为主要的是考察政治得失、人心向背，实际上是一种政治控制。

文艺的政治传播与控制实际上是一种综合性管理艺术，是一个综合的社会系统。它既可以利用社会文化制度，也可以通过社会群体组织；既可以施之于政治思想影响，又可以伴之以政治、法律制度裁决。明睿的统治者，总是审势而行，或刚或柔、或行或止，达到文艺政治传播与控制的目的。

不论何种传播与控制，思想的、制度的，还是管理机构的，文艺的政治传播与控制，都不应该是机械的、僵化的，而应该是适合社会机体自身

①《柏拉图文艺对话集》，第 312～313 页，人民文学出版社 1963 年版。

②《周礼注疏》，卷十。

③《礼记正义》，卷十三。

内在需要的，从控制论上讲，都应该是社会自身的一种控制。从这一点出发，不论是传播，还是控制，2 都应该是符合社会自身发展需要的，而不是人为的、从主观意志上强加给它的。这就是控制论的观点，也是文艺科学管理应该具有的观点。

第十五章　文艺家的职业

许多青年人都希望将来成为一个诗人、作家、文学家，成为各种类型的艺术家。但是，他们对文艺家究竟是一种什么样的职业，这种职业有什么特点，它要经过怎样的社会教化，要具备什么样的文化素养和职业道德等等，却是很少了解的。现在让我们从社会学的角度研究一下文艺家的职业问题。

一　文艺家的职业特性

如同其他社会职业一样，文艺家的职业也是一种社会分工，这种分工乃是社会发展的产物。"艺术"从原来意义上讲是一种技术，是人类在熟练的劳动过程中发展起来的一种创作性的技能。随着社会的发展，生产力的提高，交换的扩大，物质劳动和精神劳动开始分离，实现了人的社会分工。从这时候起，意识才能摆脱世界而去构造"纯粹的"理论、神学、哲学、道德等等。社会分工一方面使文学、艺术、科学等等的独立成为现实，另一方面也产生了专门从事文学、艺术、科学等职业的人。正是社会分工，使艺术劳动从一般劳动技术中分离出来，成为审美的创造，也使文艺家摆脱物质生产成为一种精神生产者，成为一种社会职业。

文艺家的职业有什么特性呢？

首先，文艺家是一种特殊的精神生产者。文艺作品作为社会生活的反映，作为一种观念形态的东西，和哲学、道德、宗教、法律等产品一样，是一种精神产品。但是，文艺作品又是一种特殊的精神产品，其特殊性就在于它的形象性，在于它是一种艺术形象的创造。作家、艺术家在社会生活中观察、体验到一种感情，一种思想，一种见解，不是直接说出来，而是通过生动的可感性的形象表现出来。作家、艺术家以形象反映现实，表现自己的思想、感情、观点、见解等，而读者则通过作品的形象认识现实、了解和感受作家、艺术家的思想、感情、观点、见解等。这里，一切精神的交流都是通过艺术形象进行的，而不像哲学、道德、法律、宗教、科学那样运用直接的材料和逻辑的力量使人们接受其所论说的道理。这正是文艺不同于哲学、道德、宗教、法律等精神产品的地方，也是文艺家的职业不同于哲学家、伦理学家、宗教家、法律工作者等职业的一个特点。当然，光有直观的形象也不能算艺术，这种形象还必须是美的、感人的，发人深省的，有深刻思想意义的。但不管艺术形象需要怎样的思想、感情，怎样丰富的社会内容，它必须用形象说话，而不能是直接的道德说教。正如鲁迅所说："我以为一切文艺固然是宣传，而一切宣传却并非全是文艺，这正如一切花皆有色（我将白也算作色），而凡颜色未必都是花一样。"① 作家、艺术家在作品中也流露思想，抒发感情，但这种流露和抒发必须是与形象一致的、和谐的，"应当从场面和情节中自然而然地流露出来，而不应当特别把它指点出来"②。一个作家、艺术家不认识这种职业特点，就不能成为优秀的作家、艺术家，就不能运用这种职业发挥社会作用。卡尔·马克思批评裴拉萨尔的戏剧《济金根》"描写得太抽象了"，"把个人变成时代精神的单纯的传声筒"③；恩格斯批评敏·考茨基的小说《新与旧》中的人物写得"太完美无缺了"，个性"消融到原则里去了"④，如此等等，都是说明他们忽视了文艺家的职业特点。文艺家不是用抽象的概念说话，而是用活生生的艺术形象表现思想，通过具体的个别的社会生活现象再现生活的本质。因此，文艺家应当尽可能地减少抽象的和概念的东西，尽可能用生动的图画和形象来交流思想和感情，以极深厚的笔力写出情状、境界和人物，使读者览其情，会其意，这才算是文艺创作，才算是艺术的精神生产。

其次，作家、艺术家是一定社会形态下自由的精神生产者。文学和艺术的生产自然要有一定的社会经济基础，因为人们首先必须解决吃、喝、住、穿问题，然后才能从事政治、科学、艺术、宗教等等创造性的劳动。正是从这个意义上说，文艺家的生产是离不开经济基础的，是离不开在这个基础上所产生出来的一定社会意识的。简言之，一切艺术生产都是在一

①《鲁迅全集》，第4卷，第68页。

②《恩格斯致敏·考茨基》（1885年11月26日），《马克思恩格集选集》，第4卷，第454页。

③《马克思致裴·拉萨尔》（1859年4月19日），《马克思恩格斯选集》，第4卷，第340~341页。

④《恩格斯致敏·考茨基》（1885年11月26日），《马克思恩格斯选集》，第4卷，第453~454页。

定社会形态下进行的。但是，艺术生产毕竟有它自己的特点，它既不同于一般的物质生产，也不同于哲学、道德、宗教、法律等一般精神产品的生产，而是在一定社会形态下的自由的精神生产，是文艺家按照美的规律，按着一定的审美理想所进行的精神创造。在进行这种创造时，作家、艺术家依据审美理想自由地选择题材，展开想象、幻想，不断地提炼和升华思想和感情，从而创造出美的艺术品，创造出人们社会生活需要的精神产品，没有这种创造，作品就不成其为艺术。自然，作家、艺术家的审美理想是受时代精神影响的，是受产生这种时代精神的社会经济发展状况制约的。但是，艺术家的审美理想并不是直接由那个时代的经济发展状况决定的，而是受一定经济发展所形成的社会关系、社会环境（包括艺术环境）所决定的。马克思说，艺术的一定的繁荣时期绝不是同社会的一般发展成比例的，也不是同社会组织的一般发展成比例的。我们只有历史地、发展地考察社会发展的特殊状况及精神生产的特殊形式，才能够理解一定社会形态下自由的精神生产。正是艺术生产与物质生产的不平衡，在17世纪末叶经济落后的德国才产生了歌德、席勒所创作的伟大文学艺术；正因为艺术是自由的精神生产，才出现了巴尔扎克作品中思想内容与其所属的社会意识形态所组成的思想体系的不一致。因此，艺术的精神生产才不仅和工业社会的物质生产相敌对，而且往往也是与它所要求的哲学、道德、法律等精神产生相矛盾的。这正是西方现代派文艺之所以能够产生的原因，尽管它所表现的某些思想、法则、伦理观念与工业社会所要求的不一致。艺术是与一定的社会发展相适应的，但它并不像政治、法律等生产那样紧紧地依附于一定的物质生产和社会意识，而是表现出独立的自由的创造精神。不了解这一点，就可能成为庸俗的文艺社会学家。文艺生产是自由的精神劳动，是作家、艺术家自由创造的广阔天地，而不是相反。罗丹说："在现代社会中，艺术家，真正的艺术家，可以说是唯一能够愉快地从事自己职业的人。"① 正因为艺术是自由的精神生产，作家、艺术家才能充分展示自己的个性，发挥首创精神，其作品才是有个性的创造性的产品。在文学和艺术这个职业里，平庸的作家、艺术家是没有出息的，是不会有艺术上的造诣的。一个人可以是位卓越的政治家、有才能的经济管理者，但是，如果他没有艺术上的个性，没有想象力和创造力，没有生动活泼的自由创造精神，他就不可能成为一位艺术家，就不能在文学和艺术这种职业上发挥作用。艺术家的职业是与平庸、守旧、俗套、循规蹈矩等等品质格

①《罗丹艺术论》，第124页，人民美术出版社1978年版。

格不入的、绝缘的。

再次，作家、艺术家所进行的文艺创作是非商品生产，其产品生产是为了满足人们的精神需要。一般来说，艺术生产者，如诗人、画家、音乐家等，所进行的生产是非商品生产劳动；所生产的商品，也非商品。只有当他们成为商家的雇佣劳动者成批为其生产或以此致富的时候，其创作(包括演唱等）才是商品生产劳动，其产品才是商品。由此可知，从根本上说，作家、艺术家的职业是非雇佣性的，其产品也不是为了出卖商品才进行生产创造的。文艺家的这种职业性质，是与其生产的目的和动机联系在一起的。作家、艺术家作为自由的精神创造者，绝不是把自己的作品作为手段来创造的，作品就是目的本身。对作家或其他人来说，作品根本不是手段，根本不是为了某种功利目的而创造的，而是为了某种使命、道德责任或审美理想才进行艺术创造的。因此，作家、艺术家才可以在必要时为了作品的生存而牺牲个人的生存。艺术生产是不带自私目的的，是为了满足人的精神需要才进行的。物质生产只是为了满足人们肉体生存的生物性需要，哲学、道德、法律、宗教等精神生产也只是满足人们某些方面的特殊的精神需要，只有艺术的生产才是天性的能动表现，才是不讲报酬的，是既满足人的审美感官需要，也满足人的精神生活需要的。正是从这个意义上说，作家、艺术家的职业是一种大公无私的社会职业，它和任何商品的价值、自私自利的目的是不相容的。所以罗丹说："钩心斗角，谋求富贵，这些不是真正的艺术家。"① 你要想做一个真正的作家、艺术家，就必须准备为艺术而牺牲自己，只是得到高尚的精神享受，除此之外没有任何别的利益。

我们说作家、艺术家是特殊的精神生产者，是自由的精神生产者，是无私的劳动者，是从其职业特点和性质说的，并不是说作家、艺术家可以不要世界观和社会规范，可以离开社会形态而随心所欲、我行我素。不是的，任何文艺家的精神生产和创造，都离不开社会生活实践，离不开社会规范。作家、艺术家的理想、气质、个性、才能等等，都是在一定社会环境、艺术环境中形成的，都是他们接受社会教化和专业教化的结果。

二　文艺家的社会教化

作家、艺术家一般都要接受双重的教化：一般的社会教化和专业教

①《罗丹艺术论》，第 6 页，人民美术出版社 1978 年版。

化。它们是既有联系又有区别的两种教化。

一般的社会教化是最初级教化，是生物人变成社会人的过程。这种教化是任何人都必须经过的阶段。一个赤条条的婴儿来到人间，虽然有先天本性，有人的本质规定性，但在没有进行社会文化教化以前，还只是个生物性的人。他只有按照一定的社会文化，经过家庭、邻里、村落、社区及一般学校的教育、训练，接受了一定的社会规范，才能成为一个社会的人，成为社区、社会群体合格的角色。这种教化一般是按照“民间”社会的风俗、习惯、伦理、道德、宗教、信仰、生活方式、行为方式等社会文化模式进行教育、训练的，它是生物的人逐步社会化的过程，是人的天性逐步与这些社会文化模式整合、同化、融为一体的过程。在这个过程中，人们不仅在行为上接受了社区、社会群体共存的文化规范，而且在思想感情方面建立了对社区、群体的认同心理和归属心理，这样就奠定了人们社会性格、心理、行为的最基本的特征。

作家、艺术家作为社会的人，自然要受一般的社会教化。但是，他们仅仅接受这种初级教化是不够的，还必须接受专业的教化，然后才有可能成为一个作家、艺术家。

作家、艺术家的专业教化是高级社会教化，是作家、艺术家建立艺术规范的过程，也是他们作出感情牺牲，树立文艺观、审美理想的过程。

当一批学生考入文学院系或音乐、美术、雕刻等艺术院系的时候，他们首先接受的不只是要懂得什么是文学、什么是艺术，更为重要的是要懂得应该具备什么样的艺术道德、情操和审美理想。除此之外，他们还必须懂得文艺的社会性质、社会使命，什么是文艺创作，为什么要进行文艺创作。最后，他们还必须懂得用什么方法进行创作，浪漫主义的，还是现实主义的，采用什么艺术形式和表现手法，传统的，还是现代派的，民族的，还是外来的。为此，他们还要接受一大堆关于语言、文字、色彩、线条、音律等知识和技术的训练。这一切不仅要通过文学原理、艺术概论的讲授教化学生，而且还要通过各种各样的文学史、艺术史、文艺作品、作家及艺术家创作经验的分析、研究灌输给学生。在这个过程中，学生们必须学会从文学和艺术上看问题，必须具备从事文学和艺术工作的品格和特有的本领。为了学会从文艺上看问题，就要投入感情，就要放弃初级社会教化时所获得的某些世俗的、不健康的、不美的感情，学会以审美的感情看问题，以艺术的感情看问题，这就是感情的牺牲。这种感情牺牲甚至是很痛苦的，但是，他们也必须这样做。只有他们作出了这种牺牲，懂得了文艺的性质、使命，获得了文艺家的道德、情操、审美理想、艺术趣味以及各种各样的专业知识和技术，才能建立起文学和艺术工作者所具有的社会规范，建立起特有的专业参考系统，即文艺观、审美理想。只有这样，他们才能从事文学和艺术工作。

即使是一些没有进过文学或艺术院系的作家、艺术家，也同样必须接受这种类似的专业教化。起初，他们在青年时期可能通过诗歌朗诵、小说阅读、看戏、看电影、听音乐等对文艺发生了浓厚的兴趣，立志自己也要做一个诗人、作家或艺术家，于是他们试着模仿一些文艺作品进行创作，这就是专业教化的开始。开始时可能写不好，他们会去借阅一些文艺理论及创作经验一类书籍，看看能否找到文艺创作的秘诀，这就使专业教化更进一步。我们常常看到一些青年文艺爱好者投稿，一次一次地寄出，一次一次地被编辑部退回来，这就是感情的牺牲，说明他还没有学会从文艺上看问题，还不具备一个文艺家的参考系统。如果他不灰心的话，可能去文艺刊物编辑部或作家、艺术家那里请教。于是，文艺编辑者、作家、艺术家告诉他许多关于文艺的性质、使命，文艺家的审美理想、艺术趣味以及表现生活的艺术形式、方法等。这样，就使他的专业教化全面、深入多了。他可能慢慢会发表一点作品，此时还要接受来自不同文艺规范的批评、建议，以提高自己的创作水平，纠正或者修改自己的创作规范，努力达到文艺界所维持的参考系统水平标准，这样，他才有可能逐步成为一个名副其实的作家、艺术家。由此可见，即使是一个业余成才的作家、艺术家也必须经过专业教化的历程。只有经过这种专业教化，具备了文艺家的社会规范，他才能进行真正的文艺创作，成为真正的作家、艺术家。文艺家的专业教化如同任何专业教化一样，是一个特别的社会教化过程，它既是建立作家、艺术家专业社会规范不可少的教育、训练阶段，又奠定了作家、艺术家职业的特殊的社会文化基础。

作家、艺术家的专业教化无疑是与一般社会教化有区别的，甚至有时是矛盾冲突的，如在专业教化中要求牺牲初级社会教化所形成的某些世俗的、不健康的而又是常人所具有的思想感情等。但是，这两种教化并不是截然分开的，而是相互联系、相互影响的，是有着前后的连贯性和一致性的。

专业教化虽然是一个特殊的教化阶段，但这个阶段往往在初级社会教化阶段已经开始，而且在作家、艺术家整个生活历程中还要不断地进行。古华在谈到他的教化过程时说，湖南山乡的《伴嫁》风俗歌舞，流浪艺人的“猴子把戏”、“西洋镜”、“万花筒”，月光下禾坪上大人们的讲古，《封神榜》、《西游记》、《水浒传》、征东征西、扫北平南，从杨戬哪吒、罗通罗成、岳飞岳云，到孙猴子猪八戒、观音老母、玉皇大帝，所有这些山村的古老文化都在他“幼稚的心田里”和“冥顽的性灵中”撒下了文学的籽实。① 这是初级社会教化，因为它只是为了建立山村社区应有的社会规范；但同时也是专业教化，因为它培养和熏陶了作家的艺术情趣、个性、爱好。这两种教化都是在一个阶段进行的。然而此时的专业教化是自发地进行的，作家是不自觉地接受这种教化的，它还不能构成一种有约束力的职业规范。古华说他后来参加了“全国作协文学讲习所的离职学习，读了一些文学名著，听了许多老作家、老学者的讲学”，才开阔了生活和艺术的视野，创作上才有了新的突破。虽然他创作上取得了不少成就，然而却“感到内疚、惶恐”②。为什么呢？因为他经过专业的教化，建立起了作为作家的职业规范，这种职业规范虽然没有规定他文学创作的具体模式，但对他来说，如何按照作家职业要求达到或超出这个专业目前所维持的参考系统的标准，写出高水平的作品，却不能不是一个时常要考虑的问题，不然他就不能在这个职业取得新的成就，赢得人们的尊重。为此，他就需要不断地进行专业教化，提高自己的专业水平。由此可见，作家、艺术家的专业教化是一个长期的历程，是一个不断加强艺术规范、修正专业参考系统、发展文学和艺术观念的过程。

初级社会教化不仅对作家、艺术家的艺术情趣、个性、气质有着深刻的影响，而且进行这种教化的社区、社会群体常常是作家、艺术家生活积累的基础，是其文艺创作的源泉和基地。因为在初级社会教化过程中，作家、艺术家与生活的社区、社会群体建立了深深的思想感情联系，各种互属的人际关系，各种人物的行为、心理、习性，各种风物、习俗、人情，他都参与过，体验过，领悟过。作家、艺术家是属于社区的、群体的，而社区、群体也是属于作家、艺术家的。社区的变迁，群体的离合，一切都与作家、艺术家息息相关，在他的生活中留下了深刻的不可磨灭的印象。因此，作家、艺术家接受初级社会教化的社区、群体，也常常是他们进行文艺创作的根基。

许多有成就的作家、文学家，往往是植根于接受初级教化社区和社会群体的。例如美国的著名作家福克纳的初期作品《士兵的报酬》是写第一次世界大战青年痛苦、幻灭的，由于没有深入生活的底蕴，只不过是一本“站在门槛上”的书。可是到了20世纪30年代，福克纳发现他接受初级

---

①古华：《古华中短篇小说集》，第2~3页，湖南人民出版社1982年版。

②古华：《古华中短篇小说集》，第8、13页，湖南人民出版社1982年版。

社会教化的家乡是值得写作的，而且是一辈子也写不完的地方，所以他以南方家乡社区为根基，连续写了19部长篇小说，70多篇短篇小说，如《喧嚣与愤怒》、《当我弥留之际》、《八月之光》、《押沙龙，押沙龙!》、《村子》、《小镇》、《大庄》等，差不多都是取材于他的家乡约克纳帕塔法县社区的生活。作品以宏大的规模、广阔的场景、众多的人物交织成了一个小说体系，以艺术形象的系列深刻地反映了美国自南北战争以来南方社会生活的变迁以及各种人物的命运、遭际和精神面貌，这就是有名的所谓“约克纳帕塔法世系”。福克纳也以“一个区域的人”的卓越文学成就，于1949年获得诺贝尔文学奖金。

这样的例子在中国当代作家中是很多的，例如老一辈的作家赵树理、孙犁等，中青年作家刘绍棠、古华、高晓声、何士光、赵本夫、王润滋等等。特别是刘绍棠，他从13岁发表习作，头顶着高粱花子走上文坛，后来共发表和出版了3部长篇小说，三十几部中篇小说，上百篇短篇小说，除了一个短篇小说是写大学生活的，其他长、中、短篇小说都是写他接受初级社会教化的家乡京东运河农村社区生活的。作者在这些作品中，以深厚的乡情、独特的感受，风俗画般地描绘了京东农村社区人民的侠肝义胆、多情多义、忠贞、豪爽等传统美德、社会心理与高尚行为，表现了他们的历史、命运、理想、愿望和要求。刘绍棠之所以能够取得这样显著的成就，除了他的才华、能力外，恐怕最重要的原因之一是由于他从儿童时候起就徜徉在运河滩里，追求与憧憬，磨难与陶冶，承受了千百年来京东农村社区的风俗、习惯、伦理、道德等社会文化的熏陶、教化。刘绍棠在谈到《蒲柳人家》的创作时说：“我常常回想我在农村生活了三十多年的往事，而童年时代的生活最令人幽思难忘，打鸟、摸鱼、掏螃蟹、偷瓜、过家家、认字方、花兜肚、滚喜床……都涌上心头，历历在目；我仿佛看见童年的我，在村前村后，田野河边，渡口路头，欢蹦乱跳地嬉戏。我并不是孤立地存在的，回忆往事必然怀念故人，于是其他人物便一一浮现出来。”① 刘绍棠自称是“一个土著”，可以说他的整个生活经历、教育、气质、个性都是深深植根于京东农村社区土地上的，是接受家乡社会教化的结果。作家正是有了初级社会教化的根基，根才深，叶才茂，果才硕。从这种意义上说，作家、艺术家接受初级教化的社区、群体是其艺术创作的生命力所在。

①刘绍棠：《我是一个土著》，见《新时期作家谈创作》，第145页，人民文学出版社1983年版。

但是我们必须看到，接受初级社会教化的区域、群体生活所以能够成为作家、艺术家创作的素材，是与他们接受专业教化联系在一起的，没有专业教化，没有艺术上的修养，没有学会从艺术上看问题，这些社区生活的人物、事件、风物、性状等，仍然不能变成文学和艺术创作的材料。这正如任何人都接受过初级社会教化，都生活过一定社区、群体而没有成为作家和艺术家一样，都是因为他们不具有艺术家的职业规范，不会从艺术上看待这些社会生活现象。只有生活的感受没有艺术上的认识是写不出好作品的。只有认识了生活，才能更好地感受、理解生活，才能创作出艺术作品来。王蒙曾经说过，小说创作“是对生活的一种发现”。所谓“发现”，“就是善于从平凡的、芜杂的，甚至是单调的、重复的、貌不惊人的日常生活中，发现迷人的、有趣的、有诗意的、美的、发人深省和富有教育意义的事情”。同时，他认为小说创作又是一种对生活的发展。所谓“发展”，并不是拘泥于生活，而是“生活的一种虚拟和假设，生活的一种补充，生活的一种深化、净化、强化，是生活各因子的一种新的排列组合”①。作家、艺术家的创作无论是发现生活，还是拓展生活，都必须按照艺术规律、美的规律进行，都必须按照一定的艺术规范进行，这些离开作家、艺术家的专业教化是不行的。从这个意义上说，专业教化比初级社会教化所建立的规范要求更高，它不仅是他们创作行为的准则，对作家、艺术家有着职业上的约束力，而且对他们认识生活、进行创作有着指导意义，可以让他们去掉盲目性，增加自觉性。

作家、艺术家接受初级教化的社区、群体为其创作提供了社会生活的积累，但是，这种积累是有局限性的。作家、艺术家要想在艺术上有深刻的造诣，取得伟大的文学、艺术成就，仅仅靠初级社会教化的生活积累是不够的，他们还必须加强社会文化的积累，从整个社会文化中吸取营养，得到教化，努力使自己具有文化学者的渊博知识和高度的精神文明。

三　文艺家的文化积累②

这里，我们从《歌德谈话录》说起。

---

①王蒙:《漫谈短篇小说的创作——在中国作家协会文学讲习所民族班的讲话（摘要)》(1981 年 10 月 29 日)，见《新时期作家谈创作》，第 348、351 页，人民文学出版社 1983 年版。

②本节曾以《作家要学者化——读“歌德谈话录”有感》为题，发表于四川《文谭》杂志 1983 年第 7 期。

歌德在他的书斋里，正和颜悦色地向爱克曼谈论着意大利伟大诗人但丁的一座半身雕像，并兴致勃勃地把珍藏的另一枚但丁像章取出来欣赏，不断地赞美着雕像和像章的艺术魅力。可是当他忽然听到爱克曼接受了一家英国期刊条件优惠的邀请，要就当时德国散文作品按月写一些评论时，他的脸立即沉下来，非常生气，甚至有点愤慨地说："我倒希望你的朋友不要侵扰了你的安宁。他们为什么要你干超出正业而且违犯你的自然倾向的事呢？我们有金币、银币和纸币，每一种都有它的价值和兑换率，但是要对每一种作出正确的估价，就要弄清兑换率。在文学上也是如此。"歌德要爱克曼拒绝接受这项任务，设法集中精力去学习英国文学，阅读哥尔斯密、菲尔丁、莎士比亚、拜伦、穆尔和瓦尔特·司各特等人的作品，以便打下坚实的基础。爱克曼听了歌德这番话，把心安定下来，高高兴兴地去做了。

这就是《歌德谈话录》1824年12月3日的一段记载。一个作家写点有益的短评并无不可，歌德的意思是要教诲青年作家加强社会文化修养。这使我想起了我们文艺界的一些现象。例如，有的青年作家发表了一两篇好的或比较好的作品，马上就有一些文艺期刊向他约稿，许多读者也写信让他谈创作经验。一个青年作家，如果对此沾沾自喜，不思深造，不求上进，那就只能成为没有多大出息的浅薄者。我想，一位真正够格的作家、艺术家，在不断深入生活，加强创作积累的同时，的确也有个加强文化涵养、扩充及不断积累的问题。读《歌德谈话录》是可以给我们一些启示的。

歌德不仅是一位伟大的诗人、剧作家，而且是一位伟大的文化学者。他的文学创作活动是处在欧洲日益强大的资产阶级向贵族夺取政权、确立统治地位的时期，那也是启蒙化与宗教神学文化激烈交战的时期。他的文学作品，特别是那部经过60年惨淡经营的《浮士德》，不仅是当时社会变革的艺术反映，也是以德国民族形式对启蒙文化产生、发展不断探索的总结和概括。歌德虽然出生于德国，但他却是整个欧洲社会文化哺育起来的一位巨人。

歌德一生非常重视社会文化对于作家的教养。在他看来，一个作者写出一两部作品，即使表现出了非凡的才能，也并不能说明作者的社会文化教养已高度成熟。如果一个有才能的人想要迅速幸运地发展起来，就应该从他所处的时代和民族中吸取昌盛的精神文明和健康的教养。歌德不止一次地谈到，古代希腊悲剧之所以伟大，是由于那个产生了古代希腊悲剧作家的伟大时代和民族给予了作家足够的精神文明和高度文化；但丁之所以伟大，是因为他有前几个世纪的文化教养；伏尔泰、狄德罗等人物的出现，是源于法国人深厚的文化环境。因此，在他看来，伟大作家和艺术家的产生，乃是几代社会文化积累的结果。这正如一个豪富家族的家资一样，并不是一代人积累起来的。这使我想起了孔子讲的“周监于二代，郁郁乎文哉”。周朝社会文化的繁荣，不正是商代社会文化积累的结果吗?刘勰《文心雕龙·通变》讲“夏歌《雕墙》，缛于虞代；商、周篇什，丽于夏年”，讲的不也是社会文化积累的道理吗？汉代思想家王充曾把这种社会文化积累比作“庐宅始成，桑麻才有，居之历岁，子孙相续，桃李梅杏，庵丘蔽野，根茎众多，则华叶繁茂”①。社会文化虽然是一定社会经济发展的产物，但它与社会经济的发展是不平衡的，往往表现出一定的连续性和相对的稳定性。社会文化是在一代一代传递中积累的，蓄之于时代，如流水蓄之于土壤，水土滋润，才能人才并出，文章华茂。一个国家、一个民族的社会文化如此，一个家族的社会文化也是如此。中国过去讲所谓“家学渊源”，就是这个道理。中国古代有不少文学家父子相继、兄弟并出的事例，如汉代的司马父子（谈、迁），汉魏的曹氏父子（操、丕、植），唐代王勃祖父、父亲及王勃兄弟六人俱以文学知名，刘知几父亲、叔父及兄弟多人都有文学著述。这样的佳话在中国文学史上是很多的。家学渊源只不过是社会文化在家族中的积累，它与一个国家、一个民族的社会文化积累的意义是不可同日而语的，但由此也可以看出社会文化积累对于作家的成长是多么重要了。

伟大文学和艺术作品的产生，并不是社会文化的加减，而是作家和艺术家高度的修养和才能对社会文化的提炼和凝铸。歌德处在当时社会政治经济都非常落后的德国，之所以能成为伟大的诗人、剧作家和思想家，创造出丰富璀璨的艺术瑰宝，是与他一生热情的性格、不倦的追求、渊博的知识和多才多艺分不开的。可以说，凡当时人类社会所创造出来的文化知识，他都研究过、探索过；凡这些知识有用的“内核”，他都咀嚼过、吸取过。从《歌德谈话录》中我们可以看出，直到晚年，他不仅对政治、历史、哲学、神学以及文学、艺术等社会科学保持着热情，孜孜以求，而且对动物学、植物学、光学、色彩学以及气象学、矿物学等自然科学抱着浓厚的兴趣。虽然他主要致力并取得伟大成就的是诗和戏剧，但他对其他学科所进行的研究以及从中得到的滋补是很大的。他从法国古典主义作家高乃依、莫里哀及启蒙运动思想家伏尔泰、狄德罗等人那里吸取的社会文化

①王充：《论衡·超奇篇》。

教养是很多的，从英国文艺复兴时期莎士比亚的戏剧及启蒙运动时期菲尔丁等人的小说中得到的如何观察和表现人类各种思想感情的教益也是不少的，至于古典希腊艺术的“高贵的单纯，静穆的伟大”所给予他的陶冶，更是人所共知的。歌德的社会文化教养远远不止这些。他研究康德、黑格尔等人的哲学，从而激发了他的哲学思辨，《浮士德》中那种关于光明与黑暗、肉体与灵魂、精神与世界、感情与理智、痛苦与快乐等等相克相生、相反相成的描述就是最好的证明；他研究神学，宗教题材大大地丰富了他作品的内容和生活的色彩，如《浮士德》的序幕，虽然描写的是近代，然而风景却是一片基督教世界，且书中有不少内容就是取材于宗教神话故事；他研究莫扎特的音乐，从音乐与感情结合中加强了他的诗歌和戏剧语言的格调和韵味；他研究法国吕邦斯和荷兰克劳德·芬冉的绘画，从他们大胆的手法和细致的描绘中，领悟到艺术来源于生活又高于生活的法则以及对生活观察的敏感。甚至他对自然科学的研究，也都对他的文学创作有着十分重要的意义，例如对动植物变形的观察，使他体会了人类天性的优点和弱点；对光与颜色的变化的研究，使他认识了客观世界与主观世界的相互影响，如此等等。歌德的文化教养，归功于那个广大世界社会文化千丝万缕的影响。他从中吸取了精华，创造了自己的东西。歌德如此，古今中外，许许多多伟大的作家和艺术家不都是如此吗？意大利的达·芬奇，虽然是位大画家，然而他从数学、物理学的研究中却获得了极大的教益；德国的丢勒，虽然是油画家、版画家、雕刻家，但他从建筑学中得的裨益也是不少的；法国的伏尔泰、狄德罗、卢梭等“百科全书派”人物的多才多艺的学识更是人所共知的。在我国古代文学史上，凡有伟大成就的诗人和作家，莫不具有丰富的学识，集社会文化的大成。屈原如果不是博闻强记，上下求索，具有各种社会文化知识，何以能在《离骚》、《天问》中描写出日月星辰、山川草木以及风神、雷师、各种风俗民情；司马迁如果不是从小受深厚家学渊源的教养，20岁以后广游各地，如何能写出“究天人之际，通古今之变”，成一家之言的《史记》；杜甫如果不是别裁伪体，转益多师，上薄风骚，下该沈宋，尽得古今体势，岂能成为包罗万汇的一代诗圣；韩愈如果不是自幼好学，尽通六经、百家之学，集众家之所长，焉能文起八代之衰，道济天下之溺。至于元代大戏曲家关汉卿的“博学能文，滑稽多智”，清朝伟大作家曹雪芹的工诗、善画以及医药、算卜、烹调等几乎无所不知，自不待言。凡此种种史实，都说明作家只有熔铸古今经典，翔集千载遗韵，博学多识，才能高瞻远瞩，洞晓情变，融合新机，另辟蹊径，出神入化地创造出超脱俗气的具有不朽的生命力的伟大作品。如果说歌德的《浮士德》是欧洲几个世纪社会文化的艺术反映的话，那么，中国曹雪芹的《红楼梦》可以说是中国两千年社会文化的总结。非伟大学者何以能写出如此伟大的作品，由此也足见作家加强文化积累的重要性了。

作家、艺术家要加强文化积累，就要正确地认识文学创作源与流的问题。现实的社会生活是文学创作取之不尽，用之不竭的源泉，它纵横交错，地负山涵，是汇成滔滔江河的本源。所以，一切文学艺术工作者都应该首先深入到国家民族社会文化的源泉中去。唯有源头清楚，作家、艺术家的创作才能立主脑，有主宰，才能摸着国家民族文化的真血脉，而不汗漫无守，也才能源源不绝，咕咕而出，创作出底蕴深厚的文化艺术作品，并在思想上形成泱泱大系。自然，流的传递作用也是不可忽视的。社会文化流虽是涓涓之源汇成的，但它却如百川东导，襟三江而带五湖，较之源更有浩浩荡荡、日夜不息之势。如中华民族的文化之流，起于唐虞，经数千年至于今日，曲折波澜，跌宕迂回，多少次异族入侵，虽曾几次抽刀，然而并未断流，而正是它抚育了中华民族的性格和精神，保持了中华民族的统一和绵延。源和流是统一的，没有源就不成其为流；没有流，源也就没有其导向。我们只有察源观流，从流处溯源，从源处观流，才能通变古今，如驾轻舟，如乘巨轮，浩浩然如大江东去，气象万千，才有可能创作出有巨大内涵的诗篇。假如舍流求源，纵然是江水三千，也只能取弱水一瓢饮，反倒失之于浅薄了。

作家、艺术家要加强文化积累，就要正确地处理社会文化的批判与继承问题。历史上所创造的社会文化，毕竟是当时社会经济的产物，无疑带有旧时代的色彩，是应该进行批判的，但是这种批判的目的是为了更好地吸取，而不是完全抛弃。如果把历史上的社会文化喻为一个带苦皮儿的蜜橘，那么我们剥开它，是为了咀嚼它、吸取它，而不是弃之不食。过去我们对历史上社会文化的批判是应该的，但是我认为过去一定程度上过分强调了批判，而忽略了继承、吸取。这对加强作家、特别是青年作家的文化教养和精神文明是非常不利的。“彻底批判”和“彻底吸取”是统一的，不彻底批判，就没法彻底吸取；没有彻底吸取，批判就失去了目的。我们只有彻底批判、彻底吸取，才能建设现代文化与艺术。

作家、艺术家要加强文化积累，不仅要有深厚的社会文化教养，还应像歌德那样具有丰富的自然科学知识。现在，层出不穷的新科学正在不断地向我们打开自然界的秘密，展示出崭新的前景，形成了许多新的观念。在社会文化上，我们已经从蒸汽机的时代进入了一个知识密集、信息发达的电子时代，社会科学与自然科学整体化的趋势愈来愈影响着社会科学的发展，也愈来愈影响着社会结构及人类社会行为、社会心理的变化。在这样的时代，如果我们的作家仍然故步自封，怎么能反映出新时代的宏观或微观世界呢？作家应该学习和了解自然科学的发展，以便打开自己的视野，在文学创作中反映我们崭新的时代特点。

我们说作家加强文化积累，并不是要作家变成书斋里的学者。那种人不过是第二流、第三流的人物，是唯恐踩死蚂蚁、烧着自己手指的小心翼翼的庸人。作家加强文化积累，也不是只要求作家从过去的历史里吸取激情。历史已经过去了，歌德的时代已经过去了。赵翼诗曰："江山代有才人出，各领风骚数百年。"我们的作家加强文化积累是要吸取和改造人类思想和文化发展的一切有价值的东西，而更为重要的，是要不断地从中国巨大的社会历史变革中吸取激情，创造出具有伟大时代精神的不朽作品。

四　文艺家的职业道德

文艺家的职业道德，是指他们从事这种职业的品格和行为规范。

关于这个问题，我们不妨从法国小说家乔治·桑与福楼拜的通信谈起。乔治·桑是法国19世纪现实主义作家，主张以小说批判社会，改良风气。福楼拜受实证主义－进化论社会学影响，力主文学只作"客观"描写，不作道德上的判断。从1875年底到1876年初的几个月里，两位作家进行通信，展开了一场文学问题的论争。这场通信论争非常鲜明地显示了他（她）们对作家、艺术家职业道德的不同看法。1875年12月18日和19日，乔治·桑写信给福楼拜说："我知道你反对拿私人的学说干预文学。你真的对吗？是不是与其说成美学原则，不如说成信心缺乏？心里有一种哲学，偏不许它露到外头，就办不到。""我愿意看见人原来是什么样子就是什么样子，不是或好或坏，而是又好又坏。不过还有一点东西……就是差异！在我看来，差异就在于，艺术的目的人既然是又好又坏，就有一种内在的力量把他带到极坏和微好，或者极好和微坏的路上。"1876年1月12日，乔治·桑又写道："我们的作品有没有价值，永远只看我们自己有没有价值。"她还认为，对于读者"假如你依然指罪恶给他看，永远不指善良给他看，他会生气的"。3月25日，乔治·桑为了阐明这个道理，又写道："艺术应当寻求真理，真理不是描写罪恶"，"人生不只装满了妖精，社会不光由恶棍和坏人组成，正人君子并不属于少数，因为社会一直存在于某种秩序之中，罪行不受惩罚的也不太多。……指出坏蛋，加以鞭挞，是好事，也是教训，不过也要告诉我们，帮助我们指出对立面，否则天真烂漫的读者，也就是一般读者，就要起反感、发愁、惊恐了”。福楼拜虽然对这位前辈女作家很尊敬，但对她信中的观点却极力反对，说：“你拿形而上学照不亮我的黑暗或者别人的黑暗”，“人算不了什么，作品才是正经”；文学创作“不要妖怪，不要英雄”，应该“尽可能天真无邪地包罗万象”；作家不应该在作品里露面，暴露自己，不要泄露自己对人物的意见，“一件东西只要真，就是好。淫书仅仅是因为缺乏真实性，才是不道德的。人生之中不是‘那样的’”①。

无疑，乔治·桑和福楼拜两人的观点都有一定的局限性。我们在这里较多地引用他（她）们通信的内容，并不是想对他们的观点进行详细评论，而是因为文艺社会学史上的这场争论深刻地涉及作家、艺术家的职业品格、行为规范和社会责任等问题。

作家、艺术家的职业是不是像福楼拜所说的那样，只有作品才是正经的，只有真实性才是道德的，其他都算不了什么呢？当然不是。文艺家作为一种职业，也如同其他任何社会职业一样，从事这种职业的人也必须有一定的品格、行为规范和社会责任心。

清人刘熙载在《艺概》中说“诗品出于人品”②，指的就是文艺家的品格。诗格乃是诗人品格的表现，诗人之智愚贤不肖、富贵贫贱，无不在诗中表现出精神来。诗是如此，一切文学和艺术也无不如此。所谓品格，是指作家、艺术家的道德修养、人品、风格、个性、气质等。这些品格是作家、艺术家社会教化和专业教化的结果，表现在作品里则是作家、艺术家的思想倾向，并影响于社会公众。因此，作品的价值总是与作家、艺术家的品格联系在一起的。只有品格高尚的作家、艺术家，才能创作出感人至深的淳厚作品。屈原、司马迁、李白、杜甫、苏轼、辛弃疾、陆游诸人，其作品所以卓然不群，格调感人，无不是参进了诗人的品格、德行。韩昌黎文起八代之衰，首先是他道济天下之溺，约《六经》之旨而成文，若非如此，他恐怕是很难成为中国古代文学大家的。在中国历史上，有的奸臣、卖国贼也是写过文学作品的，文字也是颇漂亮的，然而终因其无德，作品也就无人提及，不具有社会价值。所谓文章皆从胸中流出，然而“从喷泉里出来的都是水，从血管里出来的都是血”③，由此可见作家、艺

①见《文艺理论译丛》1958 年第 3 期。

②刘熙载：《艺概》，第 82 页，上海古籍出版社 1974 版。

③鲁迅：《革命文学》，《鲁迅全集》，第 3 卷，第 408 页。

术家道德、品格、思想、世界观之重要了。中国古代诗歌创作讲究“诗言志”、“思无邪”、“温柔敦厚”、“发乎情性止乎礼义”等，这虽然是古代社会对诗人、文人的规范要求，但我们今天的作家、艺术家也是不可忽视自我道德修养和思想水平提高的。只有思想境界高的人，才能身立高处俯察社会和人生，“于无我而以万物为我”，提炼、概括、凝聚生活，写出有益于社会，有益于人生的好作品，这绝不是无德的文人才士所能及的。

作家、艺术家的行为规范是指他们进行文艺创作时所遵从的准则。这种准则是多方面的，如创作方法、表现手法、形式选择、语言运用等，但作为一种职业道德的准则，则主要是指他们如何按照真、善、美的要求选择题材、描写人物、结构故事、提炼思想等，即以怎么样的作品影响社会和人生。

真实性无疑是作家、艺术家应该遵守的职业道德准则。所谓真实性，是从作品所描写的生活和文艺家的思想感情两个方面说的。文艺作品是社会生活的反映，自然应该是真实的。一切瞒和骗的文艺，“假、大、空”的文艺，都是苍白无力的，不感人的，是经不住时间考验的，不具有文学和艺术价值。回避矛盾，掩盖现实，不是作家、艺术家的原则。作家、艺术家之所以能够成为作家、艺术家的原则，诚如巴尔扎克所说的，就是他们“对于人类事物的某种抉择”的绝对忠诚。① 只有对生活忠诚的作家、艺术家，笃爱生活的作家、艺术家，才能在作品中真实地、忠诚地反映社会生活，也才能抒发真实的感情。明朝李卓吾说：“天下之至文，未有不出于童心焉者也。”② 所谓童心，就是赤子之心和真情实感。文艺作品有真情实感才能动人，此所谓文贵至情至性。屈原、司马迁、陶渊明、李白、杜甫等皆至情至性之人，行文皆独出己见，思力绝人，卓然不群，无一语随人笑叹，所以作品才有真精神。如果失去这种真精神、真感情，发而为言必言不由衷，著而为文则文不能达，所谓“强哭者虽悲不哀，强怒者虽严不威，强亲者虽笑不和”③，就是因为他没有至情至性。至情至性并非是私欲。沽名钓誉，趋炎附势，利欲熏心的人是不配做作家和艺术家的！文学和艺术与私心无缘！与虚伪无缘！与欺世盗名无缘！

真实地反映社会生活是作家、艺术家的职业原则，但并不是唯一的原则。真与善、美是密不可分的，它们的关系狄德罗曾形象地比喻为“一个

---

①巴尔扎克：《“人间喜剧”前言》，载《文艺理论译丛》1958年第3期。

②李贽：《童心说》，见《焚书》，卷三。

③《庄子·渔父》。

是白天照临我们的太阳，一个是黑夜发光的月亮，第三个是我们托足其上的地球”①。这个比喻自然是美好的，但文艺创作中的真、善、美并不是像太阳和月亮那样轮流照临地球的关系，而是融合为一体的。

正如人类在社会实践中对客观世界的认识与实现改造客观世界的目的不可分一样，作家、艺术家真实地反映社会生活与这种反映的目的也是不可分的，这种目的就是善恶观念。在社会生活中，凡符合社会整体的需要、目的和利益的东西就是善，反之即为恶。只有真的东西，同时又是善的东西，才是美的艺术的材料。作家、艺术家真实地反映生活也好，真实地抒发感情也好，都不可能不没有善恶是非观念，都不可能不对善善恶恶、是是非非表示态度。狄德罗说:“使德行显得可爱，罪恶显得可恨，可笑的东西显得突出，这是一切拿笔杆、画笔和刻刀的诚实人的纲领。”② 当作家、艺术家进行创作的时候，他的心目中总是装满了有德行的善人和无德行的恶人，他总是愿善人以载，流芳百世；恶人以载，遗臭万年；总是愿善人观之思为善，恶人观之以自诫。中国古代文论所谓“劝善惩恶”、“增善消恶”，讲的就是这个意思。作家、艺术家的创作总是有一定社会教化目的，不管是公开的或是隐晦的。因此，真实的原则是以善恶观念为前提的。纵然你写出了真情与实景，然而无关风化，无裨益于社会和人生，其价值也是甚微的。所以顾炎武说:“文之不可绝于天地之间者，曰明道也，纪政事也，察民隐也，乐道人之善也。若此者有益于天下，有益于将来，多一篇多一篇之益矣。若夫怪力乱神之事，无稽之言，剿袭之说，谀佞之文，若此者有损于己，无益于人，多一篇多一篇之损矣。”③ 正是从这个意义上，我们说福楼拜关于艺术不显示道德的观点，以及一切“为艺术而艺术”的观点，都不符合作家、艺术家的职业原则。

生活的真实不等于艺术的真实，道德的说教也不等于作品思想的自然流露，因为艺术是按照美的规律选择、提炼、凝聚和概括社会生活的，它所表现的是一种特殊形式的真实，是用艺术手段对生活的真实所作的提炼、概括和强调。历史上几年战争，舞台上三枪两枪放过即结束了；生活中几千里路，舞台上演员走上几圈就到了，这就是艺术的真实。作家、艺术家是根据历史上或生活中零星的不引人注目的事实和材料，有胆识地集中和概括为典型的艺术形象，复现出时代的生动图画，引起人们深沉的思

①狄德罗：《论戏剧艺术》，载《文艺理论译丛》1958 年第 4 期。

②狄德罗：《画论》，载《世界文学》1962 年 1、2 月号。

③顾炎武：《日知录》，卷十九。

考。这就是作家、艺术家美的法则。但是这种美的创造是不能离开生活真实的，也是不能离开善恶是非观念的。一个人的衣着不管怎样漂亮和真实，如果他不善良，不正直，不富于智慧，也很难给人以美的感受。艺术也是这样。只有作品包括一定思想，能够满足人们善的要求，才能给人以美的享受。有的作家过多地把各种各样"骇人听闻的事"拼凑在一起，把恶习、揭人隐私及种种桃色新闻等等拼凑在一起，以胡编乱造创作自己的所谓作品，那就不仅是思想贫乏，而是向市场廉价推销自己的人格了。真、善、美是一个统一体，共存于同一事物中，同时它们又是与假、恶、丑相对立而存在的。在社会生活中，有凶恶的人必有善良的人，有虚伪的人必有真诚的人，有狠毒丑陋的人必有心灵和行为美的人。作家、艺术家，的原则就是通过自己的作品揭露、鞭挞凶恶的人、虚伪的人、狠毒丑陋的人，歌颂、赞扬善良的人、真诚的人、心灵和行为美的人。这就是作家、艺术家主要的行为规范，也是他们义不容辞的社会责任。

凡有社会责任感的作家、艺术家都不能不考虑自己作品的社会效果。社会效果既是一个检验作家、艺术家创作行为、艺术实践的问题，也是一个作家、艺术家与社会公众、群众关系的问题。作家、艺术家有责任教育群众，但是，群众也不是庸人俗士，他们有自己的主张、自己的见解，有自己的是非和道德观念，有自己对这些观念的表达的方式和特点。如果作家、艺术家妄自尊大，如果作家、艺术家所表达的主张、见解、是非和道德观念及其方式、特点不高明、不适合群众的口味，那么，群众就会嗤之以鼻。例如这几年一些描写婚姻爱情问题的作品，大肆渲染"三角恋"、"多角恋"、"性解放"、"性刺激"，其所表现的低级庸俗的婚姻爱情观念是与中华民族的圣洁感情不相容的，其思想感情的表达方式、方法，也是不符合中国民族习俗、礼仪的，是为人民群众所排斥的。由此可见，只有作家、艺术家的规范符合人民群众需要的时候，才能产生好的社会效果。描写婚姻爱情的作品如此，描写其他任何社会生活的作品也是如此。凡无聊的、低级庸俗的、肉麻的、追求感官刺激的作品，都不会产生有益的、健康的、有教育意义的社会效果，也都是与作家、艺术家的职业道德责任不相称的。

过去曾把作家、艺术家视为人类灵魂的工程师。这种看法说明，作为特殊的精神生产者的作家、艺术家对于人民群众的思想、感情、道德、情操、趣味等等的教育和影响负有着多么重要的社会责任。作家、艺术家的生产活动是自觉的、有目的的精神创造，绝不可能像福楼拜那样不流露自己的任何思想感情和道德观念，也不可能像克罗齐说的那样文艺是纯粹的直觉，与道德活动无关。黑格尔说：“真正的艺术家，不知道自己在做什么，这是一个错误的想法。”① 目前，中国文化已进入现代复兴新的历史时期，作家、艺术家对这种复兴有着不可推卸的社会历史责任。一切有良知的作家、艺术家，一切关心国家民族命运的作家、艺术家，都应该以向中华民族负责的态度，勇敢地进行社会历史担当，以最优秀的作品献给国家和民族，献给人类东方文化复兴的伟大事业！

要进行这种担当，要完成这个历史使命，作家、艺术家的创作就不能不讲“文以载道”了。这不仅涉及一个文艺社会的中国化问题，而且是触及一个作家、艺术家更高道德责任的问题。我们将在下一章，着重研究解决这些问题。

①黑格尔：《美学》第1卷，第359页，商务印书馆1979年版。

第十六章 论“文以载道”

一提“文以载道”，一些人就冒火；即使不冒火的人，也总是把它视为“皇权思想”，视为“封建观念”，视为孔孟的空泛之说，视为卫道者的陈腐说教。其实，没有必要一见“道”字，就这么紧张。天下万事万物，无不各有其道，猫有猫道，鼠有鼠道；人有人道，兽有兽道，怎么可以离开道呢？国家天下、社会人生，也是这样。国有国道，世有世道；政有政道，治有治道；君子有君子之道，小人有小人之道。万物生生不息，完全无道者，几乎没有，只是道不同而已。那些反对“文以载道”的人，仔细看看，其实也在大行其道。这只要看一下文艺作品中那些赤裸裸的性爱描写，那些在“反封建”幌子下歇斯底里的情感发泄，那些假爱情之名行乱伦之实一类作品的思想倾向，那些不顾人类最起码的羞耻感，大行袒露之风，以及那些以丑为美，把自己祖宗那点儿丑闻当成新鲜玩艺去兜售等等，也就不难看出那些反对“文以载道”的人们，是怎样大行其“道”了。更有为人师表者，竟在课堂上扒光不以为羞，裸体不以为耻，讲所谓的人体美。最近有人写了不少关于狼性、狼道的书，全是主张以狼性进行教育、管理与生存竞争的。最近有个电视剧也在大力提倡狼的精神，主张对部队进行狼性训练、狼性管理。把部队称为“虎狼之师”，以形容其刚健勇猛，是可以的，但若把整个部队都培养训练成虎狼之性军队，那也就不能成为仁义之师了。人类社会不从人的道德本性出发，实行文化与道德法则，进行教化，而是以虎狼之心、虎狼之性和狼性法则处理各种世道，处理社会关系，以狼道代替人道，以兽性代替人性，那我真不敢设想，天下将会变成什么样子，中华民族将会变成什么样子。

社会历史究竟应该建立在什么基础上？它的本质是什么？是自然史还是文化史？如果是自然史，那就是生物史，物竞天择史，就是你压迫我、我压迫你，你吃掉我、我吃掉你的历史，就是相互压迫、征服、统治、斗争的历史，就像虎豹豺狼相互争斗、不断吃掉弱者那样。那只有野蛮，是没有文明可言的。然而人类史不同于自然史的地方，恰恰在于它有文化、有精神、有伦理、有道德，在于人类以灵明心性创造了文化，发展起了道德精神世界。惟其如此，人类社会才有亲情，才有仁心，才有伦理道德，才有相互关怀、相互爱护，才能相互融合，成为和谐的社会群体，其发展与持续，才成为了文化史、文明史、精神史，而不是生物史，不是生存竞争史，不是你压迫我、我压迫你，你吃掉我、我吃掉你的历史。这才是人类史的本质，是人类史不同于自然史的地方。如果把人类史看成是自然史，或者把达尔文生物学上的生存竞争引进到人类社会，以社会达尔文主义指导人类社会生活，或以狼道、狼性法则进行社会竞争，那么，人类社会也就沦为野蛮的存在了。凡此种种，不仅涉及文学与艺术创作更为巨大深刻的社会学内容，更涉及它赖以建立的哲学基础及其在当代社会的地位与大用问题。这就是我在这里重新提出“文以载道”的原因。

一　“诗言志”即是作家有话要讲

《尚书》讲:“诗言志。”① 什么是“诗言志”，为什么要讲“诗言志”?有人将“诗言志”和“文以载道”区别开来，对吗？我看不对。为什么呢？因为“诗言志”就是诗人有话要讲。故《毛诗序》说:“诗者，志之所至也。”② 志即意志，即意向，即思想，即道理，即内在想法，即道之明于心者。“志之所至”，就是诗人要表达思想和想法。通过诗表达思想和想法，就是“诗言志”，就是诗以载道，也就是“文以载道”。诗乃是文学艺术形式的一种。故清人孙奇逢先生说：“诗亦道也，艺亦道也。离道而云精于诗，精于文，小技耳。”③ 以诗之“情动于中，而形于言”，即诗属于感情表达方面的事，否定“诗言志”的思想性，否定诗亦载道的性质，或说它不同于“文以载道”，是不妥当的。尽管诗歌一类的文学艺术要用饱满的激情、生动的形象和美好的境界诉诸人的感情，但是这不等于说诗人没有思想，不表达思想，不是思想家。这只要读读《离骚》，想想屈原，就会明白。屈原的《离骚》，虽跌宕神怪，缱绻恻怛，没有纲常之说、礼义之教，然其所发，天性之善，忠君爱国之诚，无处不是天然的流露。惟其如此，朱子读之，才“不敢直以‘词人之赋’视之”。朱子所以这样说，

①《尚书·尧典》。

②《毛诗正义》，卷一。

③《夏峰先生集》，第542页，中华书局2004年版。

就是没有把屈原只是当成诗人，而是视为“为壹郁而不得申”[①]的有爱国思想的人。屈原亦可称为当时的思想家。屈原的诗，不仅是炽热感情的真挚流露，更是忠君爱国思想的真诚表白。

诗人如此，作家、艺术家无不如此。从古到今，真正伟大的诗人、作家、艺术家，无不是思想家，无不是在自己的作品中极力表达思想的。表达思想，就是有话要讲，有真理要告诉人民，不过是采用不同的艺术形式而已。借用明朝李卓吾的话说，就是“夺他人之酒杯，浇自己之垒块；诉心中之不平，感数奇于千载”[②]。这只要想一想司马迁所说的“昔西伯拘羑里，演《周易》；孔子厄陈蔡，作《春秋》；屈原放逐，著《离骚》；左丘失明，厥有《国语》……《诗》三百篇，大抵贤圣发愤之所作为也”的话，也就不难理解了。因为这些人皆是“意有所郁结，不得通其道”者，故才“述往事，思来者”[③]，才进行著述创作的。其目的就是要“通其道”，也就是要文以载道，表达思想，就是要把真理、正义、思想、信仰、信念及治国平天下的种种道理，通过自己的作品告诉人民，告诉有国有天下者，使之有利于政道和治道，有利于天下苍生。不然，写书干什么呢？创造作品干什么呢？只是为风花雪月的描写吗？只是为了流露一些肉麻的爱情，或表达一下内心淡淡的哀愁吗？没有文化内涵，不关讽喻教化，只是个人的一些爱呀，情呀，愁呀，苦呀，哀呀，怨呀，伤感呀，落泪呀，惆怅呀，迷惘呀，悲愤呀，痛苦呀，不管是淡淡的抒发，还是义愤填膺的呼唤，只要这些作品与天下苍生无关，与国家民族盛衰存亡没有联系，即使连篇累牍，积案盈箱，也不过是“轻薄为文哂未休”[④]而已。真正伟大的诗人、作家、艺术家，是不会写这些轻薄玩意的。他们只是有话要讲，有真理要告诉人民，才“文以载道”，进行文学与艺术创作的。

作家、艺术家有话要讲，有真理要告诉人民，并不是要大喊大叫，或者向天下说教，而是要借助生动的艺术形象、感人的故事情节及美好的艺术境界，使其思想倾向自然地流露出来。此即诗之“情动于中，而形于言”者也，亦“情动而言形，理发而文见”[⑤]者也。惟其如此，才是“诗言志”，才是“文以载道”，而不是发表“政治宣言”，不是写经济学教科

①(宋)朱熹：《楚辞集注》，第3页，上海古籍出版社1979年版。

②《杂说》，见《李氏焚书》，卷三。

③《史记·太史公自序》。

④《戏为六绝句》，见《杜诗镜铨》，卷九。

⑤《文心雕龙·体性篇》。

书。这一点，清朝剧作家孔尚任在谈到《桃花扇》传奇的创作时，有一段话讲的是非常透彻的。他说：

> 桃花扇何奇乎？妓女之扇也，荡子之题也，游客之画也，皆事之鄙焉者也；为悦己者容，甘剺面以誓志，亦事之细焉者也；伊其相谑，借血点而染花，亦事之轻焉者也；私物表情，密缄寄信，又事之猥亵而不足道者也。桃花扇何奇乎？其不奇而奇者，扇面之桃花也。桃花者，美人之血痕也。血痕者，守贞待字，碎首淋漓不肯辱于权奸者也。权奸者，魏阉之余孽也。余孽者，进声色，罗货利，结党复仇，隳三百年之帝基者也。帝基不存，权奸安在？唯美人之血痕，扇面之桃花，啧啧在口，历历在目，此则事之不奇而奇，不必传而传者也。①

《桃花扇》之谓传奇，作者所以要告诉人的，不是荡子之题，游客之画的妓女之扇，也不是这扇子为悦己者容，私物表情，誓志不移的男女私情，而是这桃花扇碎首淋漓的血痕之染，联系着国家兴亡、历史盛衰，联系着明朝三百年基业毁灭的血痕斑斑的历史教训。这就是诗言志，就是文以载道，就是作者要告诉人的社会历史真理。如果仅仅为传奇而传奇，像现在一些胡编乱造的作品那样，再搞几个三角恋爱、四角恋爱、同性恋，或者再多一些赤裸裸的性爱描写，岂不更奇，更能吸引人吗？但是，这在孔尚任看来，乃是“猥亵而不足道者也”，是卑鄙、污秽、轻浮之事，是不足为文的。作者一点也没有把笔墨放到污秽、轻浮、无聊的事情上，而是通过人面桃花及碎首淋漓的血痕之染，把明朝末年文人聚散、政治得失、国家兴亡及历史之盛衰，历历在目地呈现到了人们的面前。作者在这里一点也没有喊口号或说教条，而是通过须眉毕现的人物形象、引人入胜的故事情节及独具境界的场面描写，把人文精神融入历史的画面，以历史画面透露人文精神，透露出盛衰兴亡的重大社会主题与深刻历史内涵，从而使作者要讲的话，要宣示的历史真理与人文精神，卓然跃于纸上。人面耶？桃花耶？画工耶？化工耶？思想与作品、人物与精神、重大的历史主题与生动的故事情节，全部融合在一起了。这是诗，也是画；是诗言志，也是文以载道。不仅中国的文艺作品是这样，西方的文艺作品也是这样。

①（清）孔尚任：《桃花扇小识》，见《桃花扇》，第3页，人民文学出版社1959年版。

凡伟大的作家、艺术家，没有不言志、不文以载道的。这一点，从雨果的《悲惨世界》更可以看出来。

二 从《悲惨世界》看“文以载道”

在一些人看来，“文以载道”好像只是中国儒家特有的文艺思想，而不知它也是西方乃至世界各国伟大作家、艺术家所坚持的思想。这一点，我们只要看一看19世纪法国伟大文学家维克多·雨果的小说《悲惨世界》，就不难理解了。

雨果的《悲惨世界》所描写的是从拿破仑滑铁卢失败到七月王朝人民起义这一历史时期的政治生活图画与社会历史风貌。小说的主人公是在逃的苦役犯冉阿让。他天性并不坏，是一个穷苦树枝修剪工人家的孩子，只是因为找不到工作，没有饭吃，在饥饿难忍、陷入绝境时，偷了人家一个面包，打破了一块玻璃，竟被判了五年苦役。他不服气，一次次试图越狱逃跑，一次次被加刑，累计要度过十九年的监禁苦役生活。最后，他还是成功逃跑了。但社会的不公，监狱的生活，棍棒、鞭笞、镣铐、禁闭种种折磨，极大地改变了他的本性与心灵，让他由悲痛失望而到老气横秋，以致带着疯狂、愤怒和荒诞的心理，审判了加害于他的社会，审判了创造了这个社会的上帝，并定了社会及上帝的罪。他“在判了社会的罪以后，觉得自己的心狠起来了；在判了上帝的罪以后，觉得自己成了天也不怕地也不怕的人了”。在作了这些描写之后，作者雨果在书中提出了一个严重而深奥的人类本性及宗教哲学问题。他说：

> 人的性情真是能够那样彻头彻尾，完全改变吗？人由上帝创造，生而性善，能够通过人力使他变恶吗？灵魂能不能够由于恶劣命运的影响，彻底转成恶劣的呢？人心难道也能够和矮屋下面的背脊一样，因痛苦压迫过甚而蜷曲萎缩变为畸形丑态，造成各种不可救药的残废吗？在每个人的心灵里，特别是在冉阿让的心灵里，难道没有一点原始的火星，一种来自上帝的素质，在人间不朽，在天上不灭，可以由善发扬、鼓舞、光大、昌炽，发为奇光异彩，并且永远也不会被恶扑灭的吗？

这既是一个严重的人性论问题，也是一个深奥的宗教哲学问题。不管从哪方面看，它都是一个极为根本的问题，一个急需要哲学家、宗教家及文学家触及和回答的问题。文学艺术触及不触及这个问题，回答不回答这个问题，乃是一切深厚与浅薄、博大与委琐的分水岭。雨果不仅触及了这一问题，而且通过小说一个极为惊人的艺术细节描写，用西方宗教哲学回答这一根本问题。那就是在冉阿让偷了教堂用餐的银器被抓住后，警察把他带到卞福汝主教面前，一再追问，要主教作证时，可敬的主教不但没有发怒，没有作证，没有像一般人那样指责和谩骂他，反而迅速地迎上去，对冉阿让说："呀！您来了！我真高兴看见您。那一对烛台，我也送给您了，您为什么没把那烛台和餐具一同带去呢？"转身笑容可掬地对警察说："这些银器是一个神甫老头儿给他的。你们误会了。"这一席话，这一万万想不到的态度，使冉阿让仿佛在梦中，睁圆了眼睛，看着年高可敬的主教。警察释放了冉阿让。冉阿让因主教的保护居然没事了。这真是石破天惊之笔！这个细节的描写，不仅显示了卞福汝主教的伟大人格与宽容胸怀，更表现了西方宗教的仁慈与拯救精神！冉阿让离开了教堂，但在他的记忆里却保留着主教一字一字的叮嘱："不要忘记，永远不要忘记您允诺过我，您拿了这些银子，是为了去做一个诚实人用的"；"冉阿让，我的兄弟，您现在已经不是恶一方面人了，您是善的一面了。我赎的是您的灵魂，我把它从黑暗的思想和自暴自弃精神里救了出来，交还给上帝。"① 冉阿让离开教堂之后，虽然在恶念"惯性"的支配下，为一个铜钱要赖地欺骗过一个孩子，但在主教人格精神的感召下，经过内心善与恶、天使与魔鬼、光明与黑暗的痛苦争斗与抉择，最终放弃了顽固丑恶、卑鄙不堪的内心世界，走向了一片和平光明的世界。他弃旧图新，更名改姓，因发明宝石的方法而致富，并救助了被遗弃的不幸女子芳汀和她的女儿珂赛特。虽然冉阿让作为逃犯最终没有逃过警官的追捕，但直到他的生命结束，内心庄严的灵魂都在上升。雨果的《悲惨世界》，就是这样通过冉阿让生动艺术形象的生动描写，向世人宣布拯救人生之宗教精神的！这就是《悲惨世界》所载之道！尽管这个"道"是西方宗教之道，是天主教拯救之道，与中国儒家所讲的"文以载道"是不同的，但他所宣扬的宗教精神，仍然是很感人的。而且它也说明，西方的作家、艺术家也同样要通过自己的作品表达思想，以实现"文以载道"。

不仅法国的雨果是这样，我们读英国哈代，俄国陀思妥耶夫斯基、托尔斯泰、梅烈日柯夫斯基等人的作品，同样可以感到一种强烈的文以载道

①上引均见雨果：《悲惨世界》，第1册，第2卷，李丹译，人民文学出版社1958年版。

的精神。这种精神就是揭示人性善恶，宣示宗教救赎之道。例如哈代的小说《德伯家的苔丝》，就是这样。它没有任何说教，也没有任何教训人或批评人的议论，但通过纯真少女苔丝被欺骗玷污及受典刑，纯真善良遭到毁灭的描写，却生动有力地揭示了人性善恶及如何拯救这一重大宗教哲学的主题思想，可以说是不著一字但尽得风流。我们虽然不能说陀思妥耶夫斯基作品中的每一个人物都代表一种“主义”，但在他作品中基督与反基督的宗教形而上学思想却是贯通始终的。不论是《罪与罚》中拉斯柯尔尼科夫的认罪，还是《群魔》中斯塔夫罗金为消灭自己最后的本能而自杀，抑或《卡拉马佐夫兄弟》中佐西玛长老抛弃意志、智力而获得神圣，陀思妥耶夫斯基都在重复着同一个主题：人只有通过神化，走向上帝，才能成为纯粹的精神存在；人性如果脱离了上帝与神的存在，就会堕落为非人性。这种人性善恶冲突的最后解决就是上帝的人化，或道成肉身。而托尔斯泰的作品，如《战争与和平》、《安娜·卡列尼娜》，对这一问题的解决，就是对贵族空虚伪善心灵的否定，通过自我克制，实现灵魂与精神的归宿。这种基督与反基督的冲突，发展到梅烈日柯夫斯基的宗教小说，如《耶稣》三部曲、《基督与敌基督》三部曲，就变成了圣灵与人灵的对决，它的解决就是在圣灵中实现三位一体的统一，即人在宗教中体悟圣灵的最高存在，皈依上帝。在陀思妥耶夫斯基的作品中，贯彻始终的是天使与魔鬼无休止的争论；而这在托尔斯泰的作品中则是内心的痛苦与灵魂的折磨；发展到梅烈日柯夫斯基的宗教小说，则变成了圣灵的宗教与信仰。惟其如此，俄国哲学史学家洛基夫在谈到梅烈日柯夫斯基的著作《托尔斯泰与陀思妥耶夫斯基》时，才说他“在托尔斯泰那里发现了对肉体的洞见，在陀思妥耶夫斯基那里发现了对灵魂的洞见”，并说梅烈日柯夫斯基在《福音书》中“发现了三个秘密：圣子的肉身显现，宗教圣餐上的领圣体恤，基督的肉体复活”，把这三者统一起来，就是“肉与灵神秘统一”的天国。① 尽管他们对人性善恶发现及灵魂洞见不同，但人性中都存在着一个魔鬼的诱惑，要克服欲望，走向完善与神圣之路，就要摆脱魔鬼的诱惑，皈依宗教，接受上帝的拯救。这就是他们作品所载的道。尽管他们的作品充满东正教的色彩，如托尔斯泰作品中的忍让，陀思妥耶夫斯基作品中的忏悔，但有一个中心思想是非常明确的，那就是人类社会应按照天国的样式去改造。这就是他们的作品所载之道，就是他们的作品所表达的宗教历史哲学和宗教社会学之思想。

①[俄] H·O·洛斯基：《俄国哲学史》，第433页，浙江人民出版社1999年版。

但他们的作品同样并没有停留于说教，而是像雨果一样，通过感人的艺术形象及动人的故事情节，表达自己思想的。有些人物形象的描写，如《群魔》中的斯塔夫罗金由精神死亡到肉体毁灭之间的描写，不仅充满了善与恶、美与丑两种力量的搏斗，而且为超越善与恶、美与丑，实现意志的信念，而毁灭自己的本能，充满了心灵的颤抖与灵魂的哭泣。斯塔夫罗金面目的冷峻，令人望而生畏，而他的内心又是那样的孤独和寂寞；他与弱智残疾少女结婚，实现了意志上的胜利，可是在一向把他奉若神明的沙托夫发现他沉默背后所埋的谎言而打了他之后，他的新鲜念头消失了，又变成另一副面目；他摆脱不了自己内心恶魔的追逐，然而他从悬崖跳入深渊时却又不慌不忙，从容得像一个君王一样，以证明自我毁灭的极大快乐；他是一个时代纯粹与完美的体现，又是一个走火入魔的存在者。作家作品中的人物，正是充满了如此内心的矛盾与冲突，所以其“文以载道”，才能像雨果的《悲惨世界》一样，具有震撼性的效果。

不仅西方小说一类文学艺术是这样，即使发展到现代的电影、电视等艺术作品，也是同样充满着人性善恶与宗教拯救精神的。近几年在中国发行电影《泰坦尼克号》、《指环王》等等，所以能够引起轰动，不仅是因为它们场面波澜壮阔、气势恢弘、音响效果好，更是因为它们无不充满了人性善恶及宗教拯救精神的两大主题。我们的有些电影也想追求这种效果，如张艺谋拍摄的《英雄》、陈凯歌拍摄的《无极》，花费了上亿资金，但为什么取得不了《泰坦尼克号》、《指环王》那样的效果？从根本上说，就是没有思想，只是在技术上下工夫。思想上不伟大，没有巨大思想内容与深刻社会历史内涵，只是在技术上下工夫，只是追求一些场面与灯光音响的艺术效果，是不会打动人心，是不能取得精神和灵魂上震撼性效果的。这就再一次证明，文学艺术是必须载道的！文不载道，即使再花气力，也是创造不出伟大的文学艺术作品的。

那么，究竟我们的文学艺术应该怎样载道呢？或者说，我们如何从雨果的《悲惨世界》及哈代、陀思妥耶夫斯基、托尔斯泰、梅烈日柯夫斯基等人的作品中，学会文以载道呢？这个道应该是什么呢？它应该怎样贯通到我们的文学艺术创作中去呢？这就是本章所要解决的根本问题。

三　“文以载道”就是要贯通大道哲学的精神

提起“文以载道”，人们会很自然地想到韩愈、柳宗元。韩愈讲“愈之所志于古者，不惟其辞之好，好其道焉尔”[①]，“盖学所以为道也，文所以为理也”[②]；柳宗元讲“圣人之言期以明道，学者务求诸道而遗其辞。道假辞而明，辞假书而传，要之之道而已矣”[③]，讲的都是“文以载道”的意思。虽然他们并没有明确使用“文以载道”的提法，其讲“明道”“为理”，也就是“文以载道”。明确提出并使用“文以载道”概念的，是宋代周濂溪先生的《通书》。他说:“文，所以载道也。文辞，艺也。道德，实也。笃其实，而艺者书之。”[④] 周子的“文以载道”，颇近于“文艺载道”的意思，因为它不仅只是指文章，似乎也是包括了一切艺术形式的文艺作品在内的。那么，究竟什么是周子所说的“文以载道”呢？明儒曹月川先生有一个通俗易懂的解释：“文所以载道，犹车之所以载物。文之与车，皆世之不可无者，且无车则物无以载，而无文则道何以载乎。”[⑤] 月川先生所说的“文所以载道，犹车之所以载物”，就是讲文章要言之有物，文艺作品要有思想内容。人类社会是不可没有文章或文艺作品的。如果人类社会没有文章或文艺作品，就犹如世间没有车一样，那样，人类也就没有任何可借以表达思想的工具了，即使再有思想也是无法表达出来使其成为独立思想之存在的。车也好，工具也好，它都是“器”，而不是“道”。道不可离器而得以表达，得以存在；同样，器离开道，也是空器，犹如车之不载物，空空如也也。不能载物之器，还有何用？故曰不能为载物之器，非器也。这就像文章或文艺作品离开思想内容，同样苍白无力，不足以为文章或文艺作品一样。这种所谓的文章或文艺作品，弃之可也，因为没有什么大用。

如果我们不太拘泥于文字概念的表达，那司马迁讲孔子著《春秋》，“上明三王之道，下辨人事之纪，别嫌疑，明是非，定犹豫，善善恶恶，贤贤贱不肖，存亡国，继绝世，补敝起废，王道之大者也”[⑥]；孟子讲“正人心，息邪说，距诐行，放淫辞”[⑦]，也就是最大的“文以载道”了。而刘勰所讲：“《文心》之作也，本乎道，师乎圣，体乎经”[⑧]，以及“道沿

①《答李秀才书》，见《韩昌黎全集》，卷十六。

②《送陈秀才彤序》，见《韩昌黎全集》，卷二十。

③《报崔黯秀才书》，见《柳河东集》，卷三十四。

④《通书·文辞第二十八》。

⑤《通书解述》，见《曹端集》卷二，第86页。

⑥《史记·太史公自序》。

⑦《孟子·滕文公下》。

⑧《文心雕龙·序志》。

圣以垂文，圣因文而明道”① 等等，讲的也都是“文以载道”的意思。

但为什么人们一提到“文以载道”，就会想到韩愈、柳宗元呢？特别是韩愈，一提“文以载道”，人们总是把他视为首倡者。这不仅是因为韩、柳是唐代古文运动的领袖，更因为这场运动是与中国文化价值精神体系的垂续联系在一起的。这一点韩愈的功劳更为突出。他在尧、舜、禹、汤、文、武之道，“孔子传之孟轲，轲之死不得其传焉”② 的情况下，能够“约六经之旨而成文”③，“觝排异端，攘斥佛老，补苴罅隙，张皇幽眇，寻坠绪之茫茫，独旁搜而远绍，障百川而东之，迴狂澜于既倒”④，提倡“文以载道”，不仅在中国文学史上具有“文起八代之衰”的功劳，而且在中国文化价值精神体系处于衰微之际，重建道统，进行历史担当，更是具有“道济天下之溺”⑤ 的历史功勋。特别是面对着佛教的传入所造成的中国文化精神衰微，其谓道不足以济天下溺，其谓文不可为天下法，虚无缥缈，颓风不止，昌黎先生洞彻古今，以抉经之心，执圣之权，高举“文以载道”的大旗，卓然担当，沛然以挽天下之颓势，其功劳无论怎样评价都不为过。

韩愈所提倡的“道”，无疑是儒家之道，其所讲“凡我所谓道德云者，合仁与义言之也”⑥，“非三代两汉之书不敢观，非圣人之志不敢存。行之乎仁义之途，游之乎诗书之源，无迷其途，无绝其渊，终吾身而已矣”⑦，就是指儒家仁义之道而言的。韩愈以儒家仁义之道，“觝排异端，攘斥佛老”，不仅批判佛教，连中国道家的文化哲学思想也一起反对，一起批判，看起来似乎有些专守家门的思想，但若从其所讲尧、舜、禹、汤、文、武之道，“孔子传之孟轲，轲之死不得其传焉”来看，他所维护的并不仅仅是儒家仁义之道，而是唐虞三代以来整个中国文化哲学及其价值体系。这个体系的最高范畴，就是“道”，或曰“天道”，它形而上言之，就是生化宇宙万物的道体存在。但是，唐虞三代以来对这个最高范畴的表述，不同时期的哲学思想家，各有自己的体悟。尧授予舜，舜所授禹者，只一个“中”字，即“唯精唯一，允执厥中”；三代之后，孔子传道，则提出一个

①《文心雕龙·原道》。
②《原道》，见《韩昌黎全集》，卷十一。
③《上宰相书》，见《韩昌黎全集》，卷十六。
④《进学解》，见《韩昌黎全集》，卷十二。
⑤《潮州韩文公庙碑》，见《苏东坡全集·后集》，卷十五。
⑥《原道》，见《韩昌黎全集》，卷十一。
⑦《答李翊书》，见《韩昌黎全集》，卷十六。

本体的“仁”字，而子思、孟子则以一个“诚”称之。后儒周濂溪也是以一个“诚”字相承袭的。明道出，始以“天理”标出；王阳明出，则以“天理”的灵明知觉及其有效性，呼之谓“良知”。其实，这些不同表述，都不过是各自对形上之道的体悟与理解。道家老子不太理解儒家“仁”的本体论意义，认为它过于形而下，仍然坚持“道”与“德”的最高范畴。但由于老子论道，玄之又玄，把道体的存在抽象到了虚无缥缈的境界，故韩愈在批判佛教时，也就把它视为佛教的空寂虚无，一起给予批判了。但细观老子及整个道家哲学对生命的体贴与爱护，岂不正是儒家孔子所提倡的生生不息的宇宙本体之“仁”吗？儒家讲天道本体，以“无声无臭”、“于穆不已”形容它的存在，岂不也是在无形无象的、极为抽象纯粹的意义上讲道体存在的吗？韩愈在中国文化价值体系处于衰微之际，重建道统，恢复其精神，进行历史担当，使“道济天下之溺”，虽功不可没，然不作此分辨，批判佛教的空寂死灭，连同道家老庄哲学一块批判，则不能不说有些家门思想。在中国文化史上，佛教的传入，虽曾借助道家哲学，在后来的传播中也相互吸取借鉴，但从本质上讲，中国道家哲学是与佛教不同的。道家哲学本体论再虚无，也是“道”的无形无象存在，而佛教本“无”之存在，不管怎样虚灵神妙，也终归是空寂、虚无、死灭，这是不可不辨的。

因此，我这里所说的“文以载道”，在文化内涵上是不同于韩文公的；自然，也是不同于西方雨果诸人的。我之所谓道，不是佛道，也不是基督教的道，而是中国文化“建诸天地而不悖，质诸鬼神而不疑，百世以俟圣人而不惑”[①] 的大道，是“大哉乾元”、“至哉坤元”的存在，是“刚中而应，大亨以正”[②] 之道，是“天之道曰阴与阳，地之道曰刚与柔，人之道曰仁与义，兼三才而两之”的广大悉备之道[③]。它可以曰太极，曰无极，曰至诚，曰至善，曰大德，曰大中，曰天理，曰唯精唯一者，曰寂然不动者，不管怎样称呼它，它都是生化万物的本体，都是中国古代先圣明哲察天地之变，洞万化之原，由阴阳化育的法则提升出来的最高本体存在，或者称之为生化万物的宇宙原理。大道哲学，就是以大道为本体论的哲学；大道哲学精神，就是大道本体论的精神。儒家文化仁义礼智之教，虽是中国文化的主流，但若就大道哲学的根本精神来讲，它并不是哪一家或哪一

---

①《中庸》，第29章。

②《周易·彖上传》。

③《周易·系辞上传》。

派的道，而是融儒、道，合名、法，兼墨与阴阳，亘古至今，整个中华民族几千年的文化哲学精神。我之所谓文，自然也不仅指文章或诗词歌赋，而是包括诗歌、音乐、绘画、小说、戏剧、电影、电视剧等整个文学和艺术而言的。“文以载道”，就是在所有这些文学与艺术中，都要贯通大道哲学的精神。

中国文化大道哲学的精神，可以从大道本体存在与流行的各个方面去看，去归纳，去概括，如把它归纳概括为刚健中正的精神，生生不息的精神，博大无私的天地精神，正德、利用、厚生的精神，不为物蔽形役的超越精神，仁爱宽恕的精神，至诚不息的精神等等。但一切精神，皆是人的生命精神。因此，我在这里需要指出的是，不论是个人的精神，还是国家民族的精神，都不是在心理学上讲的，不是在本能的目的、欲望、动机、情感、情绪上讲的，而是在文化上讲的，是在哲学本体论上讲的，是属于形而上学的存在。精神不是本能的冲动，不是情感情欲的宣泄、放纵与狂热，不是感觉、知觉、欲望、目的、要求、情感、情绪一类低级思维形式，也不是一般物的知识或意识，而是意义的存在，是与形上本体相关联的理想、信仰、信念一类存在，是超越欲望、目的、要求、情感、情绪而提升出来的纯价值、纯道德、纯理念性一类思维形式，是属于真、善、美的范畴。一切与此无关的本能冲动与狂热，都算不得精神。人生天地间，若是和形上本体存在割断联系，没根没蒂，没有信仰和信念，没有人生意义与真善美的追求，只是为满足情感情欲的要求、庸俗不堪的欲望及廉价浅薄的功利目的，而狂热、发疯、呐喊、号叫、打拼、厮杀，终其一生，不过是一场本能的冲动或动物式的情感情绪宣泄而已，是谈不上人生意义的，也是谈不上精神的。艺术本应该是表现人生的，应该是表现生命意义与道德精神的，但现在的音乐及影视艺术等等的创作与演出，大多失去了这种价值与功能。与形而上的存在割断联系，而以形而下的肉感刺激人生，或只是表现本能的冲动与情感的宣泄，实在是艺术的堕落。现代人沉迷于这种充满感官刺激与本能情感情绪的低级文化氛围中，怎么谈得上建立高尚的道德情操与精神生活呢！精神不是物质的派生物，不是本能的存在，而是人凭着虚灵不昧之心，不断地追求宇宙本体存在，超越自我本能，而所获得的大美、崇高、真理、正义、和平、至善及庄严、神圣等等思想境界。中国大道哲学的精神也是这样。它是中华民族从“无声无臭”、“于穆不已”的宇宙均衡、和谐、美好的法则秩序中获得的一种极高明、致广大而尽精微的纯粹存在，一种以天地大道真脉所发展出来的深厚博大的思想体系，一种以天理良知所创造出来的生化圆融、纯纯不已的精神系统。它是无形无象的存在，是“唯精唯一”、纯粹至善的存在，是“寂然不动，感而遂通”① 的至神存在，亦即最高精神的存在。我之所谓“文以载道”者，就是要作家、艺术家在整个文学和艺术的创作中贯通这种精神，贯通中华民族大道哲学的精神。

中国文化，惟其有“唯精唯一”、纯粹至善的存在，“寂然不动，感而遂通”的最高精神，才能提高人的思想，提升人的精神境界，实现人的超越。但中国形而上学的大道本体，又不是彼岸世界的存在，不是基督教的天国或佛教不生不灭的梵天境界，而是周流宇宙、贯通万物的存在，虽鸢飞鱼跃，无处不是道的精神。因此，道体流行发用，弥漫贯通，是无所不在，无所不存的，不仅整个社会、历史、政治、经济、文化、艺术领域，皆贯通着“道”的精神，即使人伦日用，洒扫庭除，也无处不是“道”的存在。惟其如此，“文以载道”，贯通“道”的精神，作家、艺术家才用不着喊口号或进行道德说教，而只要通过人伦日用的描写，或像雨果、哈代、陀思妥耶夫斯基、托尔斯泰、梅烈日柯夫斯基等人那样，通过感人的艺术形象及动人的故事情节，就可以把“道”的精神自然地流露表达出来。自然，这并不是要作家、艺术家回避重大的历史题材和现实生活的深刻变革，更不是让其创作逃避深刻的历史内涵与巨大的思想内容，而是说深刻的历史内涵与巨大的思想内容，包括它的博大精神，只有通过具体感人的艺术形象描写才能表现出来。

中国大道哲学的精神，也是和佛教的解脱精神、基督教的拯救精神不同的。中国大道哲学的根本精神，说破《易经》，指陈玄门造化及整个儒家教典，真正可谓天地间大道真脉与流行不息之真精神者，只一个字即可说的，那就是“仁”。明儒罗近芳先生在谈到这种文化精神时曾说：

> 天地之大德曰生。夫盈天地间只是一个大生，则浑然亦只是一个仁，中间又何纤毫间隔？故孔门宗旨，唯是一个仁字。②

《易经》“大德曰生”的精神，“大哉乾元！万物资始”、“至哉坤元，万物资生”的精神，就是道的大化流行、生生不息、绵延不绝的宇宙生命精神。大化流行、生生不息者，即是仁，即是生意，即是伟大的生命精神！故仁者，天地之大德，生生之大用者也。中华民族唯有获得此种天德

①《周易·系辞上传》。

②黄宗羲：《明儒学案》，卷三十四，《黄宗羲全集》第8册，第36页。

大用，获得此种天地精神，才能浩浩不息、绵绵相续、卓然独立，存在于天地之间的。内心之仁德，不过是获此天地生生之大仁，反诸身，涵诸心，生化浑融，纯一不二而已。故中国文化精神之宗旨，彻天彻地，固执圆融，自内及外，浑然一体，贯彻始终者，只是仁的精神，只是生生的精神，只是大化流行、浩荡不息的精神，只是中华民族求生存、图发展的精神。人、自我及整个中华民族，正是体贴贯注这种生命精神，才能与天地参，与万物化，才能于生生化化中求得生命的自我价值与道德的自我完善。这种顽强的生命精神，不仅表现在刑天头被杀，以乳为目，以脐为口，继续舞干戈；表现在窦娥被处死，血溅白练，六月飞雪，更表现在天崩地裂的历史转折中，太史之简、董狐之笔、张良之椎、苏武之节、严将军之头、稽事中之血、张睢阳之齿、颜常山之舌，表现为无数正气磅礴，万古凛冽，动天地，泣鬼神，刀架在脖子上“寂然不动”的精神。此精神乃是贯通天地日月的，是维系纲常伦理、道德义理者。中国文化正是有了这种精神，才使“地维赖以立，天柱赖以尊”。由于社会历史中存在着阴阳邪正两种力量的矛盾冲突，这种生命精神，不论是在历史上，还是在现实生活中，其生长，其涵养，其扩充，其大化，其神圣，是会遇到各种艰难曲折，遭受种种非正义或邪恶力量的压抑、打击、摧残、撕裂，甚至精神的凌辱与肉体之毁灭的。如果我们的作家、艺术家能够调动各种艺术手段，将这种生命精神的倔强生长与发展表现出来，它仍然是可以获得惊天地、动鬼神之艺术效果的！而且这种精神，较之佛教的解脱精神与基督教的拯救精神，将更有艺术力量。

这自然不是说中华民族的生命精神，不需要超越与拯救。人或自我的生命，为物欲情欲所支配，自然也有坎陷的时候，甚至会遭受各种苦难与生命的危机。即使不如此，人生若只是满足于饥于一饱，渴于一饮，满足于小私有者自得之场，又如何能“与天地合其德，与日月何其明，与四时何其序，与鬼神何其吉凶”①，又如何能物物而不物于物，超越物我，会通玄极，达到最高的精神存在？因此，中国人、中华民族的生命也是需要超越与拯救的。但这种超越与拯救，是与西方文化不同的。在西方文化中，人要大化自我，想成为圣人，成为上帝或上帝之子的存在，是根本不可能的。因为在他们的文化中，存在着神与人、天国与俗世的对立和隔绝。上帝或神是无限超越的绝对存在，而人只是个别的、暂时性存在，他永远不能超越这种局限性，走向绝对存在。因此，上帝永远是上帝，自我永远是

①《周易·文言传》。

自我，自我不能僭越上帝或神的存在而妄自称义。特别是人的腐败与堕落，更是拉开了人与神之间的距离，使他永远不能得以自救，只能等待上帝的神恩与拯救。中国文化则不是这样。在大道哲学看来，宇宙万物的存在，本来是道满天下，无所空缺的，是万物一体，天人不隔的，只是人心有病，自私而用智，才与它有隔了的。人生的涵养扩充、神圣大化，就是要放弃这种自私用智，廓然大公，超越自我生命的局限，成为与天地为一，与万物并生的伟大生命存在，成为至人、圣人、神人即精神的存在者。为此，中国文化哲学不仅总结发展出了“诚敬主静”、“默坐澄心”、“体认天理”等一整套道德精神的修行涵养的方法，而且一直坚持明觉精察、真切笃实、知行合一、体用不二的原则，希冀使自我修养达到纯粹至善的道德精神境界。唯合一不二，才不会理论与实践脱节，才不会在天崩地裂的历史巨变时言行不一、二三其德，成为人生道路上的逃跑者。这也正是清兵打到广东时，陈白沙先生的后学全部跳崖自杀，没有一个人降清的原因所在。中国文化的道德精神修养，不论达于何种高度，人的解脱，乃是自我解脱；人的拯救，亦乃自我拯救，而不是靠上帝、神恩与他人。自然，这不等于说自我生命实现超越，走向最高精神存在，没有痛苦，没有悲伤，没有困难和挫折，没有人生的折磨与严峻的考验。不是的。恰恰相反，生命的超越与解脱，走向至高的精神存在，还是要在精神上经历极为艰辛的痛苦与折磨的。孟子所谓“苦其心志，劳其筋骨，饿其体肤，空乏其身”① 等等，指的就是自我生命实现超越，成为伟大生命的精神历程。如果我们的作家、艺术家能像雨果、哈代、陀思妥耶夫斯基、托尔斯泰、梅烈日柯夫斯基等人那样，通过生动感人的艺术形象与故事情节，揭示这样一个自我超越的人生精神历程，岂不是同样能创作出伟大感人的艺术作品吗？

人没有精神世界，是非常可怕的。人没有精神世界，就等于将自己降到了动物的生存水平。如若此，在遭受困难、挫折和打击时，是很难支撑下去的。因为没有了精神世界，也就没有了形而上的主宰，没有了信仰和信念，没有了人的生命存在的最高意义。人的精神世界从哪里来呢？人若只是生活在形而下的器物中，被物蔽，被形役，被各种物欲情欲所驱使，是很难建立起精神世界，获得生命的超越，成为伟大精神存在者的。但同样重要的是，人所追求的精神存在，特别是形而上学的最高存在，如果不是真实无妄之理，不是实有是理的存在，而只是价值设定或虚幻的世界，

---

①《孟子·告子下》。

那也是不能真正获得人生价值与意义的，其信仰、信念及整个精神世界也是要流于虚妄的。因此，人的生命超越，建立信仰与信念，成为精神的伟大生命，是必须以真实无妄之理为根据的。中国文化讲“诚者，天之道也。诚之者，人之道也”①，讲“诚者，天之道也。思诚者，人之道也”②，讲的就是这个道理。诚，即真实无妄，即实有是理。只有本体论上的实有是理、真实无妄，才有人信仰、信念上的实有是理、真实无妄，才有人道德精神上的至诚不息，才能与天地参，与万物化，成为真实无妄的伟大生命。中华民族正是这样一个参赞天地万物化育而又至诚不息的民族。惟其如此，中华民族的精神解脱与超越，才是一种理性自觉的实现。我们的作家、艺术家，如果能将这种至诚不息的精神贯通于自己的作品，真实深刻地揭示生命精神的超越与真实无妄，岂不同样可以创作出自我精神超越与拯救的伟大艺术形象吗？这种艺术形象的塑造，不会像佛教那样让人走向空寂，也不会像陀思妥耶夫斯基《群魔》中斯塔夫罗金那样走火入魔，那对人类的文明和进步来说，该是一种具有怎样伟大现实意义的精神贡献啊！

中国大道哲学虽然不是宗教文化，然而其以神道立教，同样具有佛教的慈悲精神和基督教的仁爱拯救精神。中国文化中的仁，就是这样一种精神。仁，就是生意，就是爱心，就是亲情，就是友谊、善良、美好，就是要宽恕别人、原谅别人，就是要以博大仁爱的胸怀对待所有的人。孔子讲“里仁为美”③，讲“己欲立而立人，己欲达而达人”④，讲“己所不欲，勿施于人”⑤，讲的就是这种博大的仁爱宽恕精神。孔子之所以这么讲，就是想把人与人的关系，把整个社会关系都建立在仁的基础上，建立在仁爱、亲情、友谊、美好的基础上，而不是建立在恶的基础上。仁就是爱人，就是互相理解、互相尊重。它希望每个人都能相爱，都能互相尊重，都能够宽恕别人、原谅别人，都能献出一份爱心，都能克己复礼，使天下归于仁的存在。这该是一个多么美好的世界啊！这是孔子所追求的理想，也是中国文化中做人的根本要求。这种恕人之道，这种仁爱宽恕精神，与基督教的宽恕拯救精神一样，皆具有人类博大无私的品格。现在我们把这

①《中庸》，第二十章。

②《孟子·离娄上》。

③《论语·里仁》。

④《论语·雍也》。

⑤《论语·卫灵公》。

种精神品格丢了，整天争呀、斗呀，把达尔文的生物生存竞争的法则搬到人类社会生活领域，使人受驱使于物欲本能，驰骛不已，争斗不息，这不仅是把一个深厚博大的民族变成了一个浅薄功利的民族，一个驰骛不息、躁动不安的民族，而且扭曲人性，造成了无数矛盾冲突与恩恩怨怨，造成了各种天理良知的泯灭及人生的悲伤、痛苦、怨恨与相互憎恶。如果我们的作家、艺术家能够重新体会发掘仁爱精神、宽恕精神，并以此精神塑造出无数“己欲立而立人，己欲达而达人”、“己所不欲，勿施于人”的仁者形象，塑造无数胸襟博大、道德情操高尚的教化者，化解各种矛盾冲突与恩怨情仇，使人性归于本善，归于仁爱与美好，那岂不是像雨果《悲惨世界》中的卞福汝主教形象一样感人，并具有同样道德精神的力量吗？

由上可知，我之所谓“文以载道”，并不是要我们的作家、艺术家照搬空洞的哲学教义，或进行训教式的说理，而是将中国大道哲学的生命精神，通过现实生活中可感可受、可亲可敬、可泣可诉而又美好的艺术形象，诉之于人，打动人，使人在艺术的震撼与陶冶中，心灵得到净化与提升。不仅现实生活是这样，几千年的文化历史也是这样。在中华民族五千余年的文化历史长河中，不仅有无数可歌可泣的人与事，而且存在着一种浩荡不息的文化生命精神。只要我们重新给予发掘思考，赋予它新的思想，这些人和事，就会变成鲜活的形象，透露出新的精神。例如汉及魏晋时代的一些人物，不论是苏武牧羊、文姬归汉、昭君出塞，还是嵇康之傲、阮籍之怪、刘伶之醉，若从人性上去发掘，去披露，都透露着不同生命精神的颂歌，而且有的精神用现在流行语言来说，还是很“酷”的。如嵇康被杀时，三千太学生为之请命；不允，临当就命，还手挥五弦，目送飞鸿，快弹一曲！诗情、悲情、豪情，一起涌出，其为生命精神，何其伟哉快哉！不仅历史上的人和事是这样，一些文学艺术题材与神话传说，若经过发掘，重新思考，赋予新的思想，也同样是可以传递出新的文化信息与精神内容的。如《梁山伯与祝英台》的故事，写爱情的毁灭，化而为蝴蝶，不仅表现出爱情的永恒，更显出生命精神的不朽！戏曲《武家坡》，写王宝钏待夫十八年，居于寒窑，不仅表现出爱情生命的贞正，更显示着一种怎样至诚不息的等待精神啊！《宝莲灯》写一个孩子为救他的母亲，冲破各种艰难险阻，甚至不怕牺牲自己的生命，斧劈华山，搅动天地，显示了一种怎样撼动人心的母子之爱啊！这和历史上郑伯克段于鄢，置其母于城颍，誓之曰“不及黄泉，不相见”，及之悔，“阙地及泉，遂相见，其乐也融融”① 一样，不都是具有一种人性的伟大力量吗！中国古代的神话，不论是婉转多姿的美人虹，还是旦为朝云、暮为行雨的巫山神女；不论是“既含睇兮又宜笑”的山鬼，还是“思公子兮未敢言”的湘夫人；不论是“送美人兮南浦”的河伯、“灵皇皇兮既降”的云中君，还是“灵之来兮如云”的众神等等，全是很美的，全是很有灵性、很有人性的。一些志怪小说更是如此。不论是仙子仙兽、仙介仙麟，还是鬼狐蛇妖、神异精灵，全是佳美奇俊、极通人性的。其显微，其幽冥，其生生化化，其活泼机趣，无不表现了人的生命精神；其诙谐，其情趣，其机缘，其赏善罚淫，其断义安命，因寄所托，无不是表现人的感情，无不满足了人的伦理、道德、情感需要的。凡此种种皆说明，不论是现实生活的人伦日用，还是历史上的人物、事件及神话传说，只要赋予它新的思想，贯通中国大道哲学的生命精神，并调动一切艺术手段去表现这种思想，突出这种生命精神，仍然是可以做到“文以载道”的。文学艺术的创造，不在于守旧，而在于创新；不在于形式上的追求，而在于赋予它新的思想内容。没有思想的文学艺术，是苍白无力的，是不会感动人的。现在要重新拍摄电视剧《红楼梦》，如果不能在思想上有所突破，发掘出新的东西，仍然将主题停留在反封建上，我相信是拍不出新的东西来，拍不出更加感人的艺术形象来的。艺术的伟大，在于作品思想与精神的伟大，在于作家、艺术家能够于此处进行历史的担当。

四　论“文以载道”与作家的历史担当

作家、艺术家的写作，仅仅是为了表达一下生活的感受，抒发一下郁闷的心情，或发泄一下愤懑的情感和情绪吗？我想，大凡有良知、有道德感和使命感的作家、艺术家，都不会以此为满足的。每个时代的作家、艺术家，都面临着自己时代的各种社会人生问题和亟待解决的精神世界问题。他们大多是为了解决这些问题，进行历史担当，才搞文学、艺术创作的。

我们这个时代，无疑也存在着各种社会人生问题，存在着许多亟待解决的精神世界问题。这些问题，最为根本的就是人生意义问题。我们虽然还没有进入后现代社会，但是整个现代社会的经济结构及政治文化制度对

①《左传》，隐公元年。

人生意义的消解还是存在的。现在人们的生活条件虽比过去好多了，但常听到一些人抱怨说“生活没意思”。没意思，就是空虚无聊，就是人生没有意义，就是人生的意义被庞大经济结构及政治文化制度支离解构了，或者说，由于物质世界的充塞，人的存在及其价值和意义被遮蔽了。现在整个社会都被物的存在充塞着：地上是密集高大的建筑、盘旋交织的道路，上面是遮天蔽日的信息网络及广告牌，连居家也被各种家具、物件充塞着，就是看不到精神，看不到人的存在，看不到人生意义的存在。庞大的物质世界不仅支配人的肉体，而且支配着人的精神乃至整个灵魂。黑格尔曾说过：“一个有文化的民族没有形而上学，就像一座庙，其他各方面都装饰得富丽堂皇，却没有至圣的神一样。”① 在国家民族的文化中，现在形而上学没有了，让位给了支离破碎的知识，让位给了物的经验实在，整个社会像个大而无当的器皿，像个大机器，而唯独没有“神”，没有最高的精神存在。现在，庞大的物质世界挤压了人的存在，挤压了人心人性及其精神性存在，使人只服从于经验实在的真理性，服从于功利目的的真理性，服从利益的真理性，哪怕是信仰信念及人的内心世界，也必须服从这样一种真理性。它使人的精神失落了，使“人被分成两半，一半是没有血气的理智，一半是没有意义的生命力。二者的中介联系即结合生命力与意图性的精神性灵魂被丢掉了”②。于是，人成了文化沙漠中萎缩的生命，成了没有灵魂的存在，成了精神性存在的落魄者。人的灵明之心被物遮蔽了、窒息了，变得麻木不仁；人的精神世界被颠覆了、亵渎了，完全成了形而下的存在。人们急急忙忙上班，急急忙忙下班，就像动物不停地逐物一样，从来不问一下人生的价值和意义是什么，有没有最高和终极的真理性。人生好像猪八戒吃人参果一样，还没品过味儿来，几十年就匆匆地过去了，就是这样陷入了没意义。

这种没意义，不仅被现代的社会经济及政治文化制度所消解，更被功利主义的追求所掩盖。现代工业生产与商业运作的基础，乃是不同社会集团的利益，而不是道德与精神的存在。整个现代社会人与人的关系，可以说都是建立在利益基础上的，而不是建立在仁的基础、义的基础上的，不是建立在自由、平等、博爱的基础上的。可以说，整个现代社会，功利的追求压倒了一切！它不仅使人流于苟且，流于浅薄与粗糙，也挤压了一切

①[德]黑格尔：《逻辑学》，上卷，第1版序言，商务印书馆2004年版。

②蒂里希：《存在的勇气》，见《蒂里希选集》，第209页，上海三联书店1999年版。

精神周流的时空，使它退缩，使它衰微，使它屈从于急功近利的目的，使之变得卑鄙、低下、轻薄、灰暗，从而失去了应有的高尚、刚健、笃厚与光辉，甚至连人的内心世界，也被功利之术挤压得只剩下浅薄的功利目的与委琐的欲望了。它所带来的不是道德的修养和精神的提高，而是利益的纷争与矛盾冲突。这正如我在《心性灵明论》一书里所说的那样，人们奔走不停，驰骛不息，从一个宾馆到另一个宾馆，从一个酒楼到另一个酒楼，熙熙而来，攘攘而往，究竟是为了什么？全是为了利益。人们为利益而结合，为利益而打拼。一旦发生利害冲突，昨天是伙伴、朋友，今天就是冤家、仇人。这发展到跨国公司及帝国的存在，就是集团的利益，就是帝国的利益，就是霸权的利益。某些国家为什么要出兵海湾？回答是："因为那里有我们的利益。"为什么要轰炸科索沃？回答是："因为它违背了我们的利益。"第一是利益，第二还是利益。利益成了整个现代社会的行为准则，成了支配社会人生的杠杆与根本动力。一切皆听命于冷漠的运算，皆服从市场的法则，而道德、情操、大公无私的精神，全被利益的盘算和冷酷无情的市场法则代替了。其利害关系破坏了家庭，破坏了伦理，破坏了整个文明的结构与一切温情脉脉的存在，也破坏了人生存在的意义。①

由于人生意义的破坏与解构，使人的生存本身变成了盲目的存在。人生不能没有意义，不能没有精神世界。如果人生没有意义，没有精神世界的支持，那也就没法维持生存，变得非常可怕了。因为当人生没有形而上学的信仰、信念及最高精神世界支持的时候，受外部世界的诱惑，心无所安，性无所守，凭着一个躁动不安之心，兢于名利，逐于物欲，驰骛不息，肆意狂奔，是很容易变为茫茫荡荡、毫无根底之生存状态的。特别是当一些流行的哲学告诉人们，心不过是血肉，性不过是食色，人不过是生物有机体，不过是刺激反应者或本能存在的时候，生活再也没有大美与崇高，再也没有神圣的东西，于是人们就会更加肆无忌惮地追情逐物，呼啸狂奔，为利益占有而斗争，为欲望扩张而打拼了，甚至为了饥于一饱，渴于一饮，丧本失命，狂恶不止。也正是因为这样，所以我在《大道哲学全书》序言中说："人没有道德，没有良知，没有主宰，在利益面前，在金钱面前，在权力地位面前，在灯红酒绿、纸醉金迷的刺激面前，只凭着血肉之躯，只凭着本能，是无法抵挡的。特别是当人没有了道德感与羞耻感，丧失了人性的尊严与高贵之后，在疯狂、鄙俗及愈来愈充满诱惑力与

①请参看拙著《心性灵明论》，第5页，陕西人民出版社2006年版。

刺激性的世界面前，是很难寂然不动，立定脚跟，不流转、不翻滚、不动摇的。”① 现在所产生的各种腐败现象，虽然有极为复杂的社会原因，但若从文化哲学上讲，不能说不是由于人生意义的破坏与解构及精神世界的塌陷造成的，是人性的堕落，是灵明之心被遮蔽，成为混浊阴暗的存在所造成的。因此，我们文学家、艺术家的创作现在面临着一个很重要的任务，就是人生意义的建构，就是重建精神世界，拯救人性堕落，除却心灵的遮蔽与昏暗。

然而现在我们的作家、艺术家，并没有完全担当起这个历史使命。中国现在的文学艺术创作，虽然也产生了不少好的作品，也有为天下担当、为历史担当的作品，如电视剧《天下粮仓》、《大染坊》、《乔家大院》等，但更多的是鼓动天下追情逐物、呼啸狂奔的非理性作品，是为人性堕落、心灵昏暗大肆鼓其浪而扬其波的东西。这些作品的一个共同特点，就是在自然主义、经验实在论哲学及弗洛伊德本能心理学的影响下，把心看成是血肉，把性看成是食色，把人看成是生物有机体，看成是刺激反应者或本能存在，抹杀了人“好是懿德”的先天本性，抹杀了一切形而上学及其道德精神世界的存在，从而把人当成了赤裸裸的物欲性欲存在，当成了动物一样充满着野性和生物本能的存在者。同时，也把人类社会群体当成了生物群体，把人类史当成了自然史，当成了物竞天择史，当成了你压迫我、我压迫你，你吃掉我、我吃掉你的历史，或相互压迫、征服、统治、斗争的历史。一些作家、艺术家在这种思想的支配下，创作出的连篇累牍充斥图书市场的作品，都是情呀、爱呀、性呀的描写都是赤裸裸的性欲、情欲、物欲的追求。一些电视作品，为了适应市场的需要，为了廉价的功利目的，甚至连人类最起码的羞耻感都不要，大肆渲染性欲情欲一类本能，不仅大段大段地拍摄性爱动作与场面，而且大兴原始野蛮之风，让性爱的冲动与发泄描写毫无遮掩地裸露在光天化日之下。有的作者为了吸引观众和读者的眼球，在作品人物的描写中由第三者插足发展到了三角恋爱、四角恋爱，由三角恋爱、四角恋爱发展到了同性恋及父夺子爱、子追父爱、嫂恋其弟、弟孕其嫂的一类的乱伦行为。所有这些描写，都不是为了批判，而是带着欣赏和赞扬的态度进行的，即使在伦理道德上说不过去，也是在“反封建”的幌子下，把那些乱伦者当成敢于冲破封建牢笼，勇于热切追求自己爱情的对象而加以歌颂的。在一些作家与作品那里，完全丧失了天理与良知，丧失了作家、艺术家应有的道德责任。他们已不知作家、

①请参看拙著《大道哲学全书》，各卷卷首，陕西人民出版社2003年版。

艺术家视艺术为生命的那种高贵品质与德行为何物，不知自己在人类文明发展与精神世界建构中所应担当的道德使命与历史责任。此乃文不载刚健、中正、仁义之道，以邪僻之道毒害天下者也。

我们正处于社会历史巨大变革的时期，几千年的文化历史给我们留下了什么？我们又能建构什么、创造什么？我们这一代人，包括我们以后的几代人，难道只需要那些用钢筋水泥堆起来的一座座庞大建筑物吗？只需要那些现代或超现代充塞着社会人生的家什、器皿及各种各样的设计品与奢侈品吗？我们能够抛弃文化、抛弃传统、抛弃精神世界，过一种赤裸裸的而又毫无意义的本能人生吗？我们的精神世界是什么样的，应该过一种怎样有意义的生活？这不只是哲学家、伦理学家和道德家的事，也是我们的作家、艺术家应该回答的问题。要回答这些问题，就必须进行“文以载道”的历史的担当。

什么是“文以载道”的历史的担当？它的任务是什么呢？怎样进行担当呢？我所说的“文以载道”的历史担当，乃是大道哲学的担当，乃是用大道哲学精神贯通文学艺术创作的担当。它的任务是挽救当前文艺创作的非理性狂潮及颓废之风，使之回到“思无邪”的道路上来，回到大道哲学刚健、文明、中正、仁义的精神上来。“思无邪”就是不要疯狂，不要偏颇，不搞“郑声淫”，不要陷入非理性。文学艺术创作，无疑要诉诸人的感情，使人喜，使人怒，使人痛苦，使人欢乐，使人击节，使人悲叹，使人慷慨高歌，使人痛哭流涕，使人拍案而起，使人挺身而斗，但这不等于掀起非理性，不等于鼓荡天下邪恶淫逸之风。不诉诸人感情的作品，是不会感人的，但是作家、艺术家在进行艺术创作时，最终要有一种至德和平的态度，要有一种大德敦厚、纯粹至善的态度。子夏所谓“君子望之俨然，即之也温”①，就是这样一种态度。惟其如此，作品才纯厚，才雅正，才温柔敦厚，才纯美至正，才思无邪，才能“经夫妇，成孝敬，厚人伦，美教化，移风俗”，以成经世之大用。《诗》三百及渊明之脱俗、杜甫之纯美，皆“思无邪”者也。由此可知，挽救文艺创作的非理性狂潮及颓废之风，使之回到“思无邪”的道路上来，回到大道哲学刚健、文明、中正、仁义的精神上来，并不是要压抑或损害文学艺术的创作，而是使之归于纯正，归于兴、观、群、怨，归于国家民族文化精神复兴与崛起的根本大用上来。一切淫逸之声、矜持之容，以邪恶之念鼓动天下之心，以非理性荡人心魄者，皆不可与纯正的文学艺术创作同日而语，皆应该以大道哲学拯

①《论语·子张》。

救之，以挽天下浮气之汪洋，以救其道溺风衰。

为什么要用大道哲学进行历史的担当呢？因为，唯有大道哲学才能保障国家民族文化生命精神的连续性与统一性，才能为精神重建提供本原性哲学原理及其精神形式，才能从本原上解决国家民族人生意义问题，才能为重建中华民族文化精神提供真实无妄的性命之理，才能为中华民族精神重建提供广大悉备之道，提供重建的方式和方法。这些看法我在《心性灵明论》一书中，论及中国文化精神重建时，已经谈到了。[①] 这些看法，无疑也是适合于“文以载道”的历史担当的。但我这里需要特别强调的是，唯有以大道哲学进行历史担当，才能重建中华民族的道德精神世界，才能解决国家民族信仰信念及人生意义一类精神世界的问题。我们知道，不同国家民族的文化精神是有历史个性的，所以中华民族文化生命精神的重建，是不能用其他国家民族的文化精神来代替的。这正如中国文化精神不能代替欧洲精神一样，欧洲精神也是不能代替中国文化精神的。西方基督教文化的拯救精神，虽然也是非常伟大的，但它对于中国这样一个文化早熟，隐退了上帝，以大道本体论为哲学精神的国家民族来说，是不能解决其信仰、信念及道德精神问题的。因此，中国文学艺术的载道，只能载中国文化精神的道，载形而上学的大道，而不能载西方文化之道，不能载西方基督教的道，载“逻各斯”或上帝之道，那样，是解决不了中国当下及未来人生意义问题的。大道哲学精神，乃是中国文化几千年的精神，是中华民族穷理尽性至于命的所在，是整个国家民族的根本精神与性命之理，是任何文化精神所不能代替的。中国文学艺术创作只有贯通此道，才能贞正国家民族的性命之理，才能归复刚健文明、中正仁义的精神，挽救其非理性狂潮及颓废之风，也才能使处于复兴崛起的中国文化艺术走向深厚博大与理性，创造出无愧于伟大时代与民族的文学和艺术！

要进行这种历史的担当，作家、艺术家的创作就要以道体存在为精神源头，为本体论根据，理性自觉地在创作中贯通大道哲学的精神。每个国家民族的作家、艺术家的创作，都有一个精神的源头，有一个形而上学的本体论根据。这个源头，这个本体论根据，不仅规定着国家民族历史的内在目的论，也支配着作家、艺术家创作的审美理想及信仰、信念。文学艺术创作只有以此为源头、为本体论根据，其作品才能渊渊其渊、浩浩其天，才能源源不断地浇灌国家民族心灵的源泉，才能培植国家民族的文化生命与精神生命。作家、艺术家的创作，是不能离开这个源头，不能离开

①请参看拙著《心性灵明论》，第26～39页，陕西人民出版社2006年版。

这个本体论而存在的；离开了就成了无源之水，无本之木，也是根本不可能解决文化艺术精神危机与人性沉沦问题的。换言之，它只有以此为源头，为本体论根据，才是行之有效的。这一点，我们只要看一看西方现代精神的重建，就会明白。不仅雨果、哈代、陀思妥耶夫斯基、托尔斯泰、梅烈日柯夫斯基等人文学艺术创作的精神理想及信仰、信念来自上帝，来自他们宗教的最高存在，而且即使一些文化哲学思想家解决欧洲精神的危机，其理论学说也是以他们的传统文化和宗教信仰中的本体存在，为其精神源头和本体论根据的。如胡塞尔以古代希腊—欧洲的精神形式建立先验的现象学，解决欧洲精神的危机；马里坦以托马斯哲学为依托，重建“以神为中心”的新的哲学体系；巴特重新回到《圣经》，用其永恒的精神，创造辩证的神学，解决现代人的信仰问题等等。凡此种种，皆没有离开“逻各斯”或上帝的本体存在，没离开这个最高源头。这个本体存在，这个源头，不仅为他们国家民族精神重建提供了信仰、信念及哲学第一原理，也为其文化精神重建与复兴提供了精神形式。中国形而上学的大道本体，也是这样一个原理，它也包含着中华民族最高信仰、信念以及文化艺术的精神形式。中国文化要复兴，中国文学艺术要挽救目前的颓势，作家、艺术家也要理性自觉地回到大道本体论精神源头上去，拥抱它，亲和它，继善成性，会通至极之理，理性自觉地回到大道本体论的永恒道德精神中去，从它那里获得文学艺术创作的最高原理与精神形式，使道的精神成为现时代文学艺术创作的共同话语，成为国家民族文化艺术创作新的主题、新的艺术形式与精神形式，然后在创作中才能获得“天地我立，万化我出，宇宙在我”的艺术主体性，因而也才能挽救文学艺术的颓势与精神性危机，开创出一代新的光辉灿烂的文学艺术繁荣景象。

要进行“文以载道”的历史担当，作家、艺术家就要至诚不息。不论是艺术创作，还是以文学艺术教化天下，都不能作假，都来不得半点虚伪。唯有作家、艺术家心怀良知，才能教化天下，才能提升人的道德精神世界；否则，是什么事也做不成的。故孟子说：“至诚不动者，未之有也；不诚，未有能动者也。”① 背天理，失天性，乃心不本乎精诚之至者也。心不精诚之至，其行于天下，也就不能动人感人。故曰：“不精不诚，不能动人。”② 做人如此，艺术创作也是如此。心不精诚，不感动人，何以能进行历史担当？因此，作家、艺术家要“文以载道”，进行历史担当，就要

①《孟子·离娄上》。

②《庄子·渔父篇》。

修道为教，因明至诚，进于圣人之道。诚者，天之道也；思诚者，人之道也。思天地之道而诚之，乃明乎天理纯粹至正者也。明乎天理，因明至诚，以人合天，乃圣人者也。明儒刘蕺山先生说：“诚中之见识，是大见识；诚中之担当，是大担当。”① 因此，至诚不息的历史担当，乃是一种不动不摇，守志不移，理性自觉的担当；是思天之诚获得天理良知之后，精诚之至，卓然独立，有见识、有作为的担当；是廓然大公，诚明无私，不带任何自私功利目的的担当；是明明德于天下，亲民，止于至善的担当。作家、艺术家，唯有进于圣人之道，身心才能属于圣人之门，才能明乎天理良知本体之大用，才能面对颓势，信乎大义，以文学艺术创作担当起立人极、扶纲纪的历史责任；唯纯乎天理而不杂，明乎至德而不昧，力到功深，因明至诚，言不妄发，行不妄动，一念炯炯，皆出本原，皆出乎至诚不息之真感情、真精神，才能进行感天地、动鬼神的历史担当，才能明明德于天下，贞正人心人性，面对着物欲的恶性膨胀，化性起伪，提升人的道德生命精神，也才能道济天下之溺，文挽天下之衰，真正担当起国家民族文化复兴与崛起的伟大历史责任。

作家、艺术家要进行“文以载道”的历史担当，最为根本的还是以天心道心见诸文学和艺术的创作实践。文学与艺术创作，并不是像扬雄所说的那样，只是蝇营狗苟的“童子雕虫篆刻”② 之小技，而是关乎六义，系乎盛衰，和天下教化联系在一起的大事。若从文学艺术携宇宙，旋乾坤，立于国家大器之精神而言，若从其有助于川流敦化之大用而言，文学艺术之创作，实乃魏文帝所说的“经国之大业，不朽之盛事”③。因此，一切从事文学和艺术创作的人们，都不要小看了自己的工作，不要把自己的创作仅仅作为牟取私利或发泄私情的工具，而应该将整个身心投入到传播圣人之道的伟大事业中去，应该像顾炎武先生说得那样：“凡文之不关乎六经之指，当世之务者，一切不为”④。

作家、艺术家的创作，怎样在艺术实践中贯通大道哲学精神，进行历史担当呢？这种担当的现实任务是什么呢？这集中到一点，就是用道体之光，照亮人生的道路，用大美与崇高，提升人的道德精神。这就是我下面要讲述的两个问题。

①《明儒学案》，卷六十二，见《黄宗羲全集》，第8册，第987页。

②(汉) 扬雄:《法言·吾子篇》。

③(魏) 曹丕:《典论论文》，见《文选》，卷五十二。

④《与人书三》，见《亭林文集》，卷四。

五　用道体之光照亮人生的道路

作家、艺术家的创作，并不只是赤裸裸地描写人生，更不是庸俗不堪地歌功颂德，而是通过感人的艺术形象和故事情节，扶正祛邪，揭示人生的真理性，为人的理性生存建立最高的信仰和信念。这从文以载道上讲，就是用道体之光，照亮人生的道路。

然而现在的文学艺术创作，虽然数量不少，但粗制滥造者多，真正有利于人生教化者少。有些作品，一方面在创作方法上受西方自然主义哲学及本能心理学的影响，大量地沉湎于卑微无聊的日常生活描写，并且在这种描写中声嘶力竭地喊呀叫呀，用各种所谓本能的情感和情绪，鼓动人们走向疯狂，走向非理性；另一方面，又受以庸俗不堪的功利目的支配，使文艺创作完全服从平庸的政治目的及市场利益的需要，将文学艺术创作变成了政治和市场的附庸。凡此种种，都将文学艺术创作物化和市场化了，使浮夸庸俗的作品充斥着市场，而且通过大众媒体侵入并占领了人们生活的一切时间和空间。但这些作品并没有给人生带来意义，带来理想、信仰和信念，反而造成了人生混乱，解构了人生的意义。它不但不能教化人生，使人归于理性，反而使人陷入了疯狂及种种非理性，陷入了人生的昏暗、愚昧、迷惘与悖谬。

文学艺术创作之所以如此平庸，之所以创作不出深厚博大的作品，之所以不能以自己独具思想光辉的作品去照亮人生的道路，就是因为作家、艺术家心中没有灵性，没有光辉，没有形而上学的精神与纯粹贞正的真理性。人类精神大厦，只有思想才能建造起来；人生最高信仰和信念，只有形而上学的真理才能支撑；人生坦途，只有思想的光辉才能照亮。作家、艺术家试图用浮泛平庸的生活琐事描写代替形而上学的真理性，用苟且功利目的代替纯正的审美理想与艺术追求，用本能的情感情绪割断人生意义与形而上学本体论的联系，只能产生粗俗的思想和庸人的俗气，而不能产生伟大的天才作家、艺术家，更不能产生以巨大思想光辉照亮人生道路的伟大作品。作家、艺术家要想作品伟大，首先要使思想伟大；要想以作品的思想光辉照亮人生道路，首先是自己要有能够照亮人生道路的光辉思想。自己尚且昏昧，如何能使人虚灵不昧，内心炯炯？自己尚且雾失楼台，月迷渡津，如何能使人解缆放船，顺风张棹，乘风破浪，以济沧海？自己胸中昏暗茫然，沉滞襟膈，纠缠妄縻，不灵明，不光辉，如何能使人心灵明光辉，洞达性命于透彻之地？这就是说，作家、艺术家要想进行文以载道的艺术创作与历史担当，只有自己先立乎其大，广居正位，明于大道，与天地合德，与日月合明，明觉通透，心中炯炯，有大胸襟、大见识，才能以道体之光，照亮社会，照亮历史，照亮人生，照亮整个文艺创作的审美理想与艺术追求，才能创造出照亮人生道路的光辉作品。不然的话，只是以一己之私，隔断天地人生之理，使心处昏暗凝滞之地，是不能宏日月之光华，抒天地之灵秀，以道体之光，洞明朗彻，创作出照亮人生之道路之伟大著作的。

所谓道体之光，就是道体形而上学的思想之光，就是大道本体论的真理之光，也就是大道哲学的精神光芒。中国形而上学的大道本体，不仅是阴阳化育的宇宙原理，而且大道旷荡，亭毒含灵，阴阳变化，包含着日月之光，不测之神，包含着一切生化流转的真理性及大化流行之生命精神。这个大道，这个形上本体，以其至极，无以复加，而所含阴阳动静，本然之妙，谓之太极；以其无声无臭，充塞天地，贯通古今，无所不极，谓之无极；以其阴阳不测，谓之神；以其皓皓光明、皇皇广大，谓之“昊天上帝”① 或“皇矣上帝”②。不管怎样称呼这个形而上学的本体，它都是形上之道的存在、天道法则的存在，都是实有是理、真实无妄的存在，而不是西方宗教中价值设定的上帝。故孔氏传《尚书》“唯皇上帝”说：“皇，大也；上帝，天也。”③ 因此，我所说的文学艺术要以道体之光照亮人生道路，就是要我们的作家、艺术家以大道哲学的真理性与思想光辉，给心性昏暗遮蔽的人生指出一条光明的道路。它的根本精神也是拯救，但不是西方宗教的拯救，而是用大道哲学的思想光辉，照亮人的心灵，唤起人性的生存自觉。

道体之光，所以有此大用，就是因为它包含着灵性，包含着精神，包含着生命法则，也包含着全部的人生哲学与性命之理。道体之光，日丽山河，炳然宇宙，其于人伦日用之妙，又浑然贯通。天人本来不隔，人生只是茫茫荡荡、混混沌沌地追求，灵明之心被物蔽形役，才昏于天道，昧于义理，失却灵性，失却道的精神，与之相隔绝，成为失落者，成为昏暗与遮蔽之存在者的。用道体之光照亮人生道路，就是作家、艺术家用大道哲学的思想光辉，扫除人生道路上的昏暗与遮蔽，打通天人之隔，拯救人的失落，使人昏蔽的心性重新获得性命之理，获得生命精神，成为灵明的存

①《尚书·召诰》。

②《诗经·大雅·皇矣》。

③(汉) 孔安国:《尚书传》，卷四。

在、精神性的存在。

法国剧作家尤内斯库在谈到人生之荒诞和没意义时曾说："和宗教的、形而上学的、先验论的根源隔绝之后，人就不知所措，他的一切行为就变得没有意义，荒诞而无用。"① 现在，人生所以荒诞，所以没有意义，不仅是因为被庞大物质世界所压抑，被社会政治经济与制度所解构，更为重要的是，人和形而上学的存在割断了联系，和本体论的根源割断了联系。外部世界被各种物质的存在所壅塞，生活世界被毫无人生意义的政治化、商业化的信息所侵占，人生活在这样的世界中，只有情绪，没有心境；只有感觉，没有意识；只有具体的物象存在，没有形而上的精神；只有现实的功利目的，没有道德理想与精神世界。人完全被物化了，没有个性，没有灵性，没有思想，没有灵魂，没有终极目的与最高的理想，于是陷入了空虚与无聊，陷入了荒诞与没有意义，但人又不知道该如何自我解脱、自我拯救，不知道该如何走向一条实现自我超越的道路。因此，作家、艺术家用道体之光，照亮人生道路，首先就是要使人的生命重新通向道体的形而上学，通向生生不息的天地之大德，通向造化之妙的太极之道，通向那真实无妄的性命之源，通向那"寂然不动，感而遂通"的至神存在，从那里获得存在的价值和意义，获得道德理想与精神世界。

程子说："人心作主不定，正如一个翻车，流转动摇，无须臾停，所感万端。心若不做个主，怎生奈何？"② 人生所以偏激，所以疯狂，所以胡乱翻滚，所以陷入种种非理性，除了感情用事，不能理性地控制自己之外，更是由于心无天理，没有信仰和信念、没有主宰所造成的，是人心茫茫荡荡，若游骑无所归所造成的。在中国文化看来，宇宙万物的生化流转、变动不居，皆是"曰大曰逝、曰远曰反"③ 的，皆是"会其有极，归其有极"④ 的。狂风不能一天到晚地刮，暴雨不能一天到晚地下。凡是强暴的东西，凡是强势的东西，不管一时怎样强大，怎样气势汹汹，怎样偏颇和偏激，它最终都是要归于中正之道，归于大道本体的。故老子说："飘风不终朝，骤雨不终日。"⑤ 人之生也，只有懂得这种法则、真理性，才能广居正位，立于大道，才能感通"寂然不动"的至极之道，以此为信

①转引自伍蠡甫：《现代西方文论选》，第358页，上海译文出版社1983年版。

②《河南程氏遗书》，卷二下，见《二程集》，第52、53页。

③《老子》，第二十五章。

④《尚书·洪范》。

⑤《老子》，第二十三章。

仰，为信念，为主于心，才能立于刚健中正之道，万感万应，而不失去自我，才能天下变而心不变、不翻滚、不流转，即使处艰难拂乱之时，白刃颠沛之际，刀架在脖子上，也“寂然不动”。因此，用道体之光照亮人生道路，更在于作家、艺术家会通至极之道，用自己的作品为人生建立最高的信仰和信念，使人生归于正道，归于理性，归于天道义理的生存法则，而不为嗜欲及浅薄的知性所乱。

在中国文化看来，人受天地之中以生，是最为灵性的伟大生命。天虽最大，地虽最广，然而人得天地之道以尽之，则是可以与天地并立，成为像天地一样的伟大存在者的。故天、地、人谓之三才，故曰“道大，天大，地大，人亦大。域中有四大，而人居其一焉”[①]。然而在现实生活中，人却变得愈来愈渺小，愈来愈微不足道。为什么呢？因为人“只是自私，将自家躯壳上头起意，看得道理小了他”[②]。现在，很多人已不能从天地处看身子，而是从私心人欲上起念，从身家名位上起念。因此，情知诱惑于外，私心发于内，好恶无节，穷奢极欲，不仅使自己成了区区一物的存在，而且走向了腐败堕落。作家、艺术家描写社会人生，不能只是让人向下沉沦，向下堕落，描写那地狱般的快活，而应是描写这种生命的痛苦与磨难，使其克服自我生命的局限性，去追求神圣绝对的本质，追求永恒的神圣存在，在天道本体那里，在纯乎天理之存在那里，找到自我心性与其最高存在的统一性，实现“穷理尽性至于命”的最高心性本体转换，实现生命的无限超越与升华，将自我有限生命寓于无限，使精神达到道体本真存在，使自我成为“与天地合其德，与日月合其明”[③] 者，成为天地间伟大生命存在者。因此，用道体之光照亮人生道路，从精神哲学上说，就是作家、艺术家用道体之光照亮人之精神提升的道路，使人走出腐败堕落的深渊，使人的精神上升到纯粹至真的境界。

中国文化的早熟，隐退了上帝之后，以道体形而上学代替人格神的存在，虽然没有了天堂与地狱，没有了天使与魔鬼，但是这不等于说中国文化没有通向神圣之路，没有自我完善的价值体系。不同国家和民族，凡其文化有形而上学的存在，皆有这样一条实现自我完善与神圣的道路与价值体系，不过有的真实，有的虚妄而已。中国文化一方面肯定人有灵明之心与先天道德本性，为人的自我完善与超越而成圣成哲，奠定了心性本体论

---

①《老子》，第二十五章。

②《河南程氏遗书》，卷二上，见《二程集》，第33页。

③《周易·文言传》。

的基础；另一方面，道体的真实无妄及其纯粹至正的存在，又为人在浩浩大化之中建立自家的安宅，以为安身立命、主宰知觉处，提供了形而上学根据。中国文化正是有了这两个最根本的特性，所以才能形上形下、先天后天浑然一体，才使心与理、性与天、人的存在与理想世界毫无不隔，所以才能让人实现超越，成圣成哲，有一条通向自我完善与神圣的道路。关于这条道路，孔子说“未思之也，夫何远之有”①，孟子说“夫道若大路然，岂难知哉”②。中国文化的自我超越与成圣成哲之道，毕竟不是西方文化的成为上帝，成为那种超越孤立隔绝的存在，而是人、自我于大化流行处至于圣道，成为圣人一样的存在。这只要于“与天为一”处体悟，“知至至之，知终终之”③，然后践形，行其所知而至其至极，方能尽得圣人之道，成为圣人那样的存在者。神圣者于此处神圣，灵明于此处灵明也。它不仅留得明觉，超然物外，更是不离造化，还于造化，是于大化流行、生生不息处，求得生命的真相与永恒的价值！因此，作家、艺术家用道体之光所照亮的人生道路，就是以自己的作品为人的生存提供这样一条成圣成哲的道路，一条朱子所讲的人生“天理当行”④ 的道路。这条道路，不是通向西方宗教三位一体之圣灵的奥秘存在，也不是通向佛教梵天境界的空寂与死灭，而是按照中国大道哲学走向生命的不息与辉煌，走向大美与崇高、庄严与神圣。

作家、艺术家要想使人达此境界，就必须重建大美与崇高的审美理想，以提升人的道德精神境界，而不是逃避这种审美理想与精神境界。

六　用大美与崇高提升人的道德精神境界

谈论用大美与崇高提升人的审美理想与精神境界，就涉及本章一开始所提到的问题，即什么是人类社会的本质及其最高规定性问题。如前所说，人类史不同于自然史的地方，在于它有文化、有道德、有伦理、有精神。不光如此，我们还可以说，人类社会的最高本质，乃是由它的形而上学根本精神决定的。中国不同于西方，阿拉伯世界不同于基督教的世界，不在于它们的地理分布与自然环境，也不在于它们的经济基础与政治文化

---

①《论语·子罕》。

②《孟子·告子下》。

③《周易·文言传》。

④《孟子集注》，卷四。

制度，而在于它们文化形而上学的存在以及这种存在所发展出来的信仰、信念及道德理想与伦理精神之不同。每个国家民族的社会历史，皆有其存在的文化精神基础，文化精神不同。社会历史就各有其不同的本质。而精神纯粹与否，以及是否美好、崇高、庄严、神圣，最终决定着不同社会历史的文明样式及高下程度。这才是社会学的最为本质的问题。文艺社会学的研究，自然不应该回避大美与崇高一类审美理想与道德精神问题。

然而现在中国文学与艺术的创作，恰恰有一个回避文艺社会学最高问题的倾向，即逃避大美与崇高。在这种倾向支配下，文学艺术创作陷入了卑琐与平庸，陷入了声色物欲与鄙俗之情。现在一些电视剧作品，虽然吵吵嚷嚷，打打闹闹，甚至胡乱编造一些奇奇怪怪的故事情节，看似热闹非凡，但大多是絮絮叨叨、是是非非，皆与名教不相关涉。因此，就造成了现在文学艺术创作的有是非而无妙理，有爱染之情而无至情之道，有群物纠纷、万事参差，而没有会通一切的大道至理。这种创作倾向，也就造就了整个文艺作品的没有精神，没有理想，没有道德追求与审美追求，有的则是鄙俗流情、声色物欲，独不见大美与崇高、庄严与神圣之存在。现在人性的堕落、意义的解构，固然有复杂的社会根源，但若从文艺社会学上讲，文艺创作逃避大美与崇高则是一个非常重要的原因。

作家、艺术家要逃避大美与崇高，其实是逃避不得的。大凡有道德理想与审美理想的作家、艺术家，对环绕他周围的世俗之气大都抱着一种嫌恶的心情，总是以博大的胸襟，积极的态度，去战胜它，而不是适应它，向它妥协，或把自己本身变成谨小慎微、事事知足、胸襟狭小的世俗存在者。那样，是没有出息的。在中外文学史上，不论是西方的歌德、席勒，还是中国的李白、杜甫，哪一个不是以自己的道德与才气，反抗、嘲笑世俗的存在呢？哪一个不是以自己的道德理想与非凡精神气质，向平庸的世俗之气开战呢？作家、艺术家逃避大美与崇高，向平庸世俗的生活让步，或者把自己变成世俗的存在者，实际上就是放弃创作热情与艺术理想，放弃文学艺术教化天下的历史担当。那样是创作不出伟大艺术作品的，而只能将文学与艺术变成卑微、世俗、无聊的娱乐品，或者只能用来表达鄙俗流情、声色物欲的一类追求。那样，文学与艺术也就不能用来提升人们的道德精神世界，不能成为礼乐文明和人性教化的美好篇章了。

那么，什么是大美与崇高呢，以及人为什么向往大美与崇高的精神世界呢，作家、艺术家是怎样通过自己的作品提升人的这种道德精神世界的呢？

我们在现实生活中常常会发现，到处是尘埃，到处是垃圾，到处是污秽与不洁净，甚至存在着各种黑暗与不光明。但若你坐上飞机，上升到九千米的高度，向外观望，则是一片皇皇光明的世界。那里没有任何尘埃与垃圾，没有任何的黑暗与污秽，有的只是光明，只是洁净，只是皓皓光明的存在。这就是《诗经》里所说的“皇矣上帝”① 或“昊天上帝”② 的世界，就是“维天之命，于穆不已”③ 的世界，因而也就是一个大美与崇高的世界。人进入这个世界，眼前的皇皇光明，不仅会涤荡现实生活的一切污秽与不洁净，解除各种世俗的痛苦与烦恼，而且会产生一种圣洁感与神圣感，让人感受到一种从来没有过的纯净、恬适、寂静、美好。

但这种大美与崇高世界，并不是在自然意义上讲，不是指太空阳光世界之皇皇光明上讲的，而是在形上世界上讲的，在天道皇皇之世界上讲的。中国文化中的皇天上帝一类说法，虽然最初具有天帝神或祖先所出神的含义，然而随着文化的早熟与上帝的隐退，它的形而上学本质已消解了宗教的神秘性质，使之成了真理、正义、至善、纯美、皓皓光明的存在。故孔氏传《尚书》，讲“唯皇上帝，降衷于民”，不仅解“皇，大也；上帝，天也”，更解“衷，美也”④。中国文化中的皇天上帝，不仅是一种宗教神秘的存在，而且是一个义理至善的世界，一个庄严神圣的世界，一个充满着大美与崇高的世界。《诗经》所讲“皇矣上帝，临下有赫”，及讲“貊其德音，克明克类”⑤ 等等，就是这样一个世界。《毛诗传》解“皇”曰“大”，解“貊”曰“静”⑥，而郑玄笺此曰“临，视也，大矣。天之视天下，赫然甚明”，又说“德正应和曰貊，照临四方曰明。类，善也”⑦。郑玄的这种解释，既是中国文化对皇天上帝神性系统之理性说明，也是其对大美与崇高世界的向往。这个皇皇光明的世界，照临四方，赫然甚明，肃然静穆，是何等的庄严神圣，又是何等的峻极崇高啊！而其为之至德，克明纯正，应无不和，照无不明，施而无私，又是何等的至善和平啊！这是一个形而上的存在，一个“无声无臭”、“于穆不已”的存在。它至精至神，与物百化，而又无形无象；它油然不形而神，蓄养万物，而又无所系，神妙不可知；它兼覆兼载，与天地无异，然其深厚博大、高明悠远之

①《诗经·大雅·皇矣》。

②《诗经·大雅·云汉》。

③《诗经·周颂·维天之命》。

④孔安国：《尚书传》，卷四。

⑤《诗经·大雅·皇矣》。

⑥《毛诗》，郑玄笺，卷十六。

⑦《毛诗》，郑玄笺，卷十六。

至德大美，又不见而章，不变而动，无为而成；它独立不改，周行不殆，四时代序，若明法然，而又不言而信，不怒而威，使万物各正性命；它是如此庄严神圣，峻极崇高，又是如此微妙玄通，深不可识。故庄子说："天地有大美而不言，四时有明法而不议，万物有成理而不说。圣人者，原天地之美而达万物之理。"①

因此，中国文化的"皇天上帝"，不管怎样皇皇光明，照临四方，怎样神妙玄通，深不可识，它都是天地之道，两仪之理，都是道的纯粹法则存在，而不是主观的价值设定。因此，人凭着虚灵不昧的知觉，总是可以通过凝神遐想、玄感神识，与之建立起价值联系，并获得庄严神圣与大美崇高之感受的。自然，这不仅要凝神玄鉴，会其玄极，于万象森然的存在中知恢恑谲怪，道通为一的妙理，而且要体道抱德，虚心淡忘，于视而不见，听而不闻，搏而不得的无状之状、无象之象之中，神识独见那"迎之不见其首，随之不见其后"② 的存在。若纵情美丑善恶，则万物万殊，恢恑奇异，各有所美丑，各有所善恶，是谈不上庄严神圣与大美崇高的。因为这美丑善恶，都是相对的。"天下皆知美之为美，斯恶已；皆知善之为善，斯不善已。"③ 只有体道抱德，玄通万物，浩然大观，天地一指，万物一马，因其所同而同之，因其所无而无之，才能使天地万物无不处于大美崇高至善的统一体之中。万象森然，有理存焉；于穆不已，有神存焉。人只有凝神玄鉴，会至道于玄极之境，放灵心于道德之途，茫然无所不当，旷然无所不适，并以玄通物我之心，置于至理无言之境，感受那寂静的高洁、肃穆的庄严及天地万物一美的神圣与壮观，其寂然不动，则感而能通，几微幽深，可研而得之，才能于无形无象存在与感通中，获得庄严神圣与大美崇高，才能建立起高尚、圣洁、美好的感情。

因此，我所说的庄严与神圣、大美与崇高，不是在"丈六金身，庄严色相，以至天堂清明，地狱阴森"种种"人心营构之象"④ 上讲的，而是在"道冲而用之或不盈，渊兮似万物之宗"⑤ 的大道本体论上讲的，是在"天何言哉！四时行焉，百物生焉。天何言哉"⑥ 的天道法则上讲的。这个本体论的存在，这个天道法则将一切万有及森罗万象悉皆归于"一"，归

①《庄子·知北游》。

②《老子》，第十四章。

③《老子》，第二章。

④(清) 章学诚：《文史通义·易教下》。

⑤《老子》，第四章。

⑥《论语·阳货》。

于大有，归于“无”象，归于无形无名的存在，从而使大道本体成为庄严神圣的绝对存在，成为不言的大美、不议的明法、不说的成理，成为一切真善美的根据和最高精神的存在。然后，这个大道本体，向下落实，向下贯通，向下流注与展示，于道体流行处，则显现为生意，显现为生机，显现为宇宙万象的生机勃勃的存在，显现为自然之道与纯真之美。因此，大美与崇高、庄严与神圣的境界，不仅体现在形而上学的纯粹存在，更是可以通过日常生活体现出来的。可以说，虽鸢飞鱼跃，池塘春草，无不可体现道体流行生命精神，体现大美与崇高、庄严与神圣的所在。自然，这毕竟是有差别的。因为日常生活中其为美，其为纯真，其为善良与美好，皆是相对的，而不是绝对的；皆是暂时的，而不是永恒的；皆是有限的，而不是无限的；皆是现实的，而不是超越的；皆是外在的，而不是由美的感知观照，上升为绝对精神的。因此，讲庄严与神圣，讲大美与崇高，是不能停留于这个阶段，而必须根据人“好是懿德”的本性，涵之养之，扩之充之，使可欲之善，有诸已之信，皆提升为充实之美，光辉之德。这就是孟子讲的存其心，养其性，万物皆备于我，反身而诚的阶段，就是“充实之谓美，充实而有光辉之谓大，大而化之之谓圣，圣而不可知之之谓神”①的阶段。只有达此阶段，人尽其心，才能知性知天；才能存其心，养其性，能事天；才能于人伦日用中，体现天地的庄严神圣与大美崇高；才能过化存神，浩然与天地同流！

道德者，得也；美感者，感也。因此，中国文化大美与崇高的道德理想和审美理想，实乃得之于天者也。中国文化的皇天上帝，不仅是一体庄严神圣、大美崇高的神圣世界，更是一个以人的道德本性为基础，穷理尽性至于命后所建立起来的明德至善的世界。它肯定人性向往着美，向往庄严神圣，向往法则秩序与善良美好。人不仅道学问，更尊德性，凭着“好是懿德”的道德本性，可以渊渊其渊，浩浩其天，达于天德，通向至善；凭着聪明睿智，可以致广大而尽精微，而通向至精至变至神的存在。其谓“大哉圣人之道！洋洋乎发育万物，峻极于天”②，就是肯定人性的峻极崇高可达于天也。因此，中国文化的庄严神圣与大美崇高，实是皇天的庄严神圣与人性的峻极崇高两个系统的交互感应、德合无间所建立起来的广大精微、神圣完美的形而上学思想体系。大美与崇高的道德理想与审美理想，就是这样一个思想体系，一个灿烂光辉、洋溢着神圣完美无穷真理性

---

①《孟子·尽心下》。

②《中庸》，第二十七章。

的道德体系与审美体系。

因此，作家、艺术家要想使人获得大美与崇高，并以此提升人的道德精神世界，首先就是要肯定人的灵明之心与先天道德本性。天之皓皓光明，乃心之皓皓光明也；天之于穆不已，乃性之纯纯不已也。人之心性，乃是一切道德感与审美感建立的基础，是万感万应、灵明不息的根本。唯有肯定人的灵明之心与先天道德本性，肯定人皆有其“好是懿德”的良知与追求，才可以使人凭着这种本性，格物致知，穷理尽性，明明德，止于至善，可以穷神知化，类万物之情，通神明之德，建立起庄严神圣感，可以淘尽世俗的情感与私欲，正心诚性，建立起大美与崇高的思想感情。人之所以生色睟然，心之所以若火燃泉达，以及天命之明，良知之知，气质之性化为天命之性，自然之知升为天理良知，无不立于人的灵明之心与道德本性。作家、艺术家，唯识得此，不晓得此，使人于天地间，获得大道真脉，反身而诚，涵养于心，彻首彻尾、彻里彻外，只是一个良知，只是一个神感神应、精妙至灵的存在，一个原于天地之美而达于万物之理的神明心境，人心才能一脉天心，人性才是不已的天命之性，才能获得大美与崇高，才能建立起天地一样的兼覆兼载之大美，生化浑融之大德。若作家、艺术家不识得此心，不晓得此性，以为人心只是黑洞洞的宇宙，人性只是赤裸裸的食色，即使有知性，也只是声色物欲而已，因此以小知小识鼓动天下之私，使灵明之心被驰骛不息的物欲所遮蔽，或者将人性的光辉剥落之后，置之于声色物欲的胶漆盆中，使其不能穷理尽性至于命，获得渊渊其渊、浩浩其天的道德法则，那也就根本不可能用大美与崇高提升人的道德精神世界，建立生化圆融、神明不夺的道德感与审美感了。

作家、艺术家要想使人获得庄严神圣与大美崇高，不只是肯定人的灵明心性，更要加强人的心性涵养与道德提升。宇宙之间，如此开阔，人立于其间，唯大其心胸，才能识得阴阳一大气象，识得乾坤一大哲理，也才能于浑然一体处识得天心，知其何以生、何以化！而若不然，宇宙万物，纷纷纭纭，放于自得之场，各任其性，各称其能，各当其分，而人以其昏暗之心，愚昧之性，纵横美恶，各私其见，或然其所然，可其所可，执著于是是非非，而不能齐天地，一万物，浩然大观之，如何能乘天地之正，游无穷之途，领悟天地的庄严神圣与大美崇高？如何能物物而不物于物，遥然不我待，逍然靡不适，飘然远举，与天地精神独往来，获得无限的快乐与自由？这一切都和心性的虚灵不昧有关，都和道德境界的提升有关。人不能总是物于物而不能超越，不能总是执著于是是非非而不能虚其心胸。那样，看到的只是具体事物，只是日用的知识，而不能止于至善，达到美的最高境界。人唯虚怀不执，提升心境，玄同物我，冥会至道，于知而不知，辩而不辩处，应物无方，才能领悟万物一体之妙，知照阴阳不测之神。唯不彼我纷纭，是非淆乱，各私其见，统万物之情而忘其好恶，摄两仪纯和之美而虚通之，于古今一成，万物一然处，淡然泊然，而不以小知小识为介怀，才能“判天地之美，析万物之理，察古人之全”，才能“备天地之美，称神明之容”①。若各私其见，于天地大全之理，以其一得而自好，虽有所明，而不能相通，则必执其所偏，而不能见天地之纯，神明之容矣。

同样，作家、艺术家要想使人获得庄严神圣与大美崇高，就必须排除世俗之见和虚妄之情。世俗之人，不仅心灵浮躁，精神交错，不能以虚静的心灵通于几微，思考那形而上的存在，而且容易开张情欲，奢侈放纵，逐于利益，迷于色相，以一成之见，封闭自我，禁锢心灵，堵塞一切通向微妙玄深之境的道路。特别是以私心交接事物，物于物而不知，争于是非，逐于虚妄，颠倒物情，执滞迷境，常常是背道乖真，断乎性命之源。人沉迷不悟，以如此流俗之鄙情，因执之偏见，如何能以虚灵之心，静推天下之理？如何能穷神知化，神明天地之大德，而达于大本大宗？不能如此，又如何能以高洁的情怀与自由的精神，领悟天地之大美及其造物的神圣与崇高呢？本来，判天地之美，称神明之容，特别是领悟大道本体形而上的纯真、大美与至善，是与利益无涉的，是与自私之见、鄙俗之情无涉的。它要求人放弃一切自私的想法，放弃一切偏见偏执及流俗鄙情与功利之求，忘物忘我，或庄子所说的“吾丧我”②，以“至人无己，神人无功，圣人无名”的态度，然后才能“乘天地之正，而御六气之辩，以游无穷”③，或者“堕肢体，黜聪明，离形去知，同于大通”，才能在“坐忘”中“与造化者为人，而游乎天地之一气”④。这是心灵的活动，是纯粹的知觉活动，岂是世俗之情、功利之求可以办到的？唯去耳目心意，以一志于心，以纯粹的虚灵知觉感知虚柔任物的阴阳之波、独化之境、纯正之道，方能虚室生白，吉祥止止，方能使鬼神来舍。此即庄子所谓集义凝神，虚至道于“心斋”⑤ 也。惟其如此，心斋才能不为世俗所累，不为耳目之欲

①《庄子·天下篇》、《庄子·人间世》。

②《庄子·齐物论》。

③《庄子·逍遥游》。

④《庄子·大宗师》。

⑤《庄子·人间世》。

驰骛不息，才能虚其心室，直照本原，达于造化之境，使大美与崇高的观照，成为自觉的知性悟性活动。

而且心愈是虚灵，知觉愈是纯粹，愈是不为世俗所累，愈能摆脱世俗的纠缠，就愈是能获得庄严神圣与大美崇高的感受，也就愈能把精神世界提升到高尚、纯粹、完美、至善的高度。这就像一个人做了一件好事、一件善事，内心会立刻得到提升，感觉到轻松与完善，充满幸福与快乐，而做了一件坏事、一件卑鄙自私的事，内心会受到谴责，心灵会感到不洁与龌龊，自我人格会一下子降到了俗不可耐的地步一样。特别是当一个人有了神圣的理想、信仰与信念之后，若去做一桩巨大的善事，一桩伟大、崇高、神圣的事业或与此有关的事情，他的灵魂，他的情操，他的整个道德情感与精神世界，就会因受到激励，而一下子提升到一个神圣至善的境界。他崇拜这个事业，也有了高尚的灵魂；他觉得这事业神圣，也就有了一个神圣心灵；他觉得自己事业的伟大，因而也就觉得自己伟大了起来。在这种神圣的理想与信仰、信念支配下，他不敢做任何违背神圣、伟大、崇高的事情，否则，他就会觉得一下子降为了鄙俗，降为了下贱，降为了卑微与自私。在这种高洁、完美、纯正、善良的心境支配下，他不可能做任何虚假、伪善、自私、鄙俗的事情，而只能追求皇皇光明的存在，追求神圣、庄严、大美与崇高及至善至美的存在。他甚至宁可守清贫与寂寞，也不与虚假、伪善、鄙俗同流合污。从这个意义上说，唯有超越世俗，超越伪善与虚假的存在，才能开拓并进入庄严、神圣、大美与崇高的世界；换言之，神的世界，美的世界，至圣与崇高的世界，唯拔俗而后可见，若沉沦于世俗与龌龊，与这个世界是无缘的。这也正是庄子一而再，再而三地强调领悟大美崇高一类存在，要对利害是非及世俗持超越态度的原因所在，因为这种领悟乃是“独与天地精神往来”的事情。唯有不累于俗，不饰于物，不苟于人，不忮于众，以虚静灵明之心，物我两忘的纯粹道德知觉，才能“备于天地之美，称神明之容”，才能进入庄严、神圣、大美、崇高的道德境界与审美境界，而“以天下为沉浊，不可与庄语”①。

人虽有“好是懿德”的先天本性与灵明之心，有追求庄严、神圣、大美与崇高及法则秩序的本质规定性与倾向性，但人若不教化，不以天道义理涵养扩充，其先天本性也会丧失，灵明之心也会遮蔽，不但不能渊渊其渊，浩浩其天，明明德，知大美，止于至善，而且还会生邪性，起妄情，陷入争斗，陷入纠纷，陷入世俗，陷入沉沦。特别是现代社会，人以小知

---

①《庄子·天下篇》。

小识器器于天下，更会使道德性命流荡丧真，使整个人生陷入悖论。“德荡乎名，知出乎争。名也者，相轧也；知也者，争之器也。二者凶器，非所以尽行也。”① 这话虽出于昔日的庄子，然若用之观察今日，心灵的遮蔽，人性的丧失以及整个社会人生的驰骛不息，纷争不已，矜名争物，德荡不存，可以说皆是人丧失了大道本体的庄严神圣与大美崇高，以小知小识器器于天下，陷入了世俗的是非争斗所致，或者说是失去了昔日庄严、神圣、大美与崇高的道德情感、审美情感与宗教情感所造成的。故我在《心性灵明论》一书中说：“人的一生，不进入庄严神圣境界，不足以至诚不息；不进入大美崇高境界，不足以洗一身之污浊，退一身之世俗。无此二者，谈高贵，谈情操，谈天理良知，谈明德至善以及灵魂的洁净、道德的高尚、人格的高风亮节等等，都是不可能。”② 这只有把人的道德精神提升到庄严、神圣、大美与崇高的境界，使之自觉地立于天地间，既尽性至命，以一体之仁，体贴生命，又携宇宙，傍日月，微尘六合，瞬息千古，而当下做人，才能在精神上成为一个无极无所不极的伟大生命。人岂能不求至善天德，而务于硁硁、执迷小者，一生“劳攘纵横如小儿之状”，岂能只为一己之私，乖性命，悖天理，纠缠于眼前的一点小小利益而不能超越，使精神世界不能会于至极之道、纯一妙理？所以人之一生所贵者，在于涵养扩充灵明之心，在于大其心以体天地万物，在于放下身段于天地万物中一般看社会人生，在于智德高深，凝神玄远，会其玄极，达于天德。惟其如此，自我才能“謷乎大哉，独成其天”③，才能大其心贯通天地而为人，达于一真万事，本自圆城，不假人力的道德精神境界。人生达此境界，不论处山林，还是处朝市，皆一如故我，即使临生死、常变、富贵、贫贱、威武，皆无动于心，而其接人待物，则善恶贤愚，一切包他，无私兼照。至此，其为心境，无物累，无人非，鸢飞鱼跃，浑然天成，自是圣人天地矣。白沙子之诗所说的“断除嗜欲想，永撤天机障。身居万物中，心在万物上”④，指的就是这种道德精神境界。极嗜欲即恶，即内心的黑势力，人唯摆脱了这种黑势力的纠缠，才能飞越，才能“忘我而我大”，奔向皇皇光明的大美、崇高、庄严、神圣世界。那才是人的最高存在，才显示着人的纯粹存在与绝对价值。

①《庄子·人间世》。

②请参看拙著《心性灵明论》，第 380 页，陕西人民出版社 2006 年版。

③《庄子·德充符》。

④《随笔》六首，见《陈献章集》，第 517 页，中华书局 1987 年版。

因此，文艺创作、精神文明建设以及人格理想及道德情操的培育，是不可逃避庄严神圣，逃避大美与崇高的。有人为批判艺术上虚假的“高、大、全”，提出逃避崇高一类口号，其情是可以理解的。但从大道哲学上看，消弭道德理想和审美理想，使整个国家民族的文化艺术完全沉浸在琐碎的、充满个人欲望和动机的世俗生活中，提出这类口号，则是不可以的，甚至是有害的。人生不能没有理想，不能没有信仰和信念，国家民族也是不能没有义理神圣的价值世界与精神世界，没有安身立命的地方的；否则，就会把人的气质、精力及整个精神倾向，推向世俗的、可怜巴巴的生活境地。如果整个国家民族没有形而上学，没有天心道心，没有形上世界的庄严与神圣、大美与崇高，没有义理神圣的价值世界，那么，整个宇宙人生也就没有灵光，没有知照的地方，因此也就无处安顿生命了。彼岸世界、乌托邦、虚假的价值设定所描绘的世界等等，是没有用的，但这不等于说一切形而上学的存在都是虚妄的，一切义理神圣的价值世界与精神世界都是不存在的，更不等于说可以用一个赤裸裸的物质世界代替义理神圣的精神世界，并为此消弭一切理想、信仰与信念。如果把整个宇宙及社会人生都看成是赤裸裸的物质存在，认为真理是赤裸裸的，人生是赤裸裸的，外部世界及人类内心世界全是赤裸裸的，那人生也就没有价值和意义可言了，人类的整个生存也就变成了赤裸裸的兽性存在了。人虽有灵明之心、先天道德本性，然而其感物而动，好恶无节于内，则灵明之心就会被遮蔽，道德本性就会丧失，人也就成为世俗鄙诈的存在者了。故孔子谈到礼教时说：“致礼以治躬则庄敬，庄敬则威严。心中斯须不和不乐，而鄙诈之心入之矣。外貌斯须不庄不敬，而易慢之心入之矣。”① 庄严与神圣、大美与崇高，是否得以建立，关乎人心之治、人性之化，关乎整个国家民族性命之理的培育及其文化精神生命的维系与拯救，岂是可以逃避的？逃避了，就会使整个国家民族陷入物欲纷争，陷入恶与不善，并且使整个社会人生陷入平庸之气，陷入琐碎的、充满个人欲望与动机的世俗生活之中。同时，作家、艺术家也就辜负了天命之所赋，逃避了人的道德情操的培育及担当维护国家民族文化生命精神的历史责任。

我在《绵延论》一书中曾说，我们研究世界各族人民社会历史的本质，“若一旦深入他们文化的形而上学，深入到这种形而上学的根本精神以及这种精神怎样历史地或现实地影响着他们的信仰、信念及价值取向，就会发现其社会历史蕴藏着根本不同的社会学性质”。在书中，我还讲到，

①《礼记·乐记》。

正如西方整个社会历史存在着一种基督教的精神，具有基督教的社会学性质一样，中国几千年的社会历史也存在着一种“道”的精神，具有一种大道本体论的社会学性质，并由此提出了“大道社会学”的理论范畴概念。[①] 中国文化的大美与崇高、庄严与神圣，也具有这种形而上学性质。这种性质，如果从美学本体论上讲，它不过是形上大道本体通过灵明心性的展示和呈现，是一种立于道体形而上学及其审美意识自觉基础上的大道美学。

陈白沙先生说：“人争一个觉，才觉得我大而物小，物尽而我无尽。”[②] 老子更说：“道大、天大、地大、人亦大，域中有四大，而人居其一焉。”[③] 现代社会所以与此相反，所以人变得非常渺小，所以物大而我小，我尽而物无穷，就在于人被物所遮蔽，被小知小识所遮蔽，知不达于大理，行不止于至善，缺乏一种大道社会学及大道美学的理性自觉，缺乏大美与崇高的自我意识。因此，除了物的经验实在知识之外，再也不能理解形而上的存在，再也没有了大美与崇高的精神世界。因此，作家、艺术家要想通过自己的作品将人的道德精神与审美境界提升到一个洁净神圣的世界、一个充满大美与崇高的世界，就应该有一份大道社会学及大道美学的理性自觉。现在中国处于社会转型与激烈的社会变革之中，由于哲学上丧失了形而上学的本体存在以及由此而发生的人生意义解构和精神世界塌陷，疯狂的、非理性的功力追求不仅造成了小人犯刑，而且造成了君子失义，即造成了过去属于“君子”范畴的知识分子，被功利主义思想搅得昏天昏地，迷惘于小知小识，在整个精神上失去了作为社会中坚力量的存在。因此，作家、艺术家面对中国的现代崛起，如何从大道社会学及大道美学理论上重建人的精神世界，有着不可推卸的责任。这种重建不仅有助于现代社会对人生意义解构的消解，而且对中国现代知识分子精神世界的失落也有着重新关照、提升与修正的意义。作家、艺术家要解决这个问题，要理性自觉地承担这个责任，自然不能像西方后现代主义的作家、艺术家那样，只是在现代媒体广泛传播与影响下追求一些支离破碎的新感觉、新感受，而应该以更加广大的系统完备的大道社会学及大道美学理论体系重新建构人们具有现代意义的大美崇高与庄严神圣的精神世界，而且要让现代媒体及其音响、灯光等等服务于这个世界的建构。管子说：“褚小者不可以怀大，

①请参看拙著《绵延论》，第416～417页，陕西人民出版社2003年版。

②《与林时矩》，见《陈献章集》，卷三，第243页。

③《老子》，第二十五章。

绠短者不可以汲深。”① 现在人生的意义解构及其精神世界的塌陷，已不是浅薄的知识论与经验感受问题，而是由整个形而上学本体论、价值论和最高知识论的坍塌与崩溃所造成的。因此，不要基础、不要结构、不要体系、不要客观性与同一性，只是靠一些支离破碎的新感觉、新感受，是解决不了人生意义解构与精神危机的。现在，作家、艺术家要想重新建构大美崇高、庄严神圣的精神世界，要想进行这种历史担当，就要有这份担当的理性的自觉，就更应该在理论上重新建构起包含大美崇高与庄严神圣精神的现代大道社会学与大道美学理论体系。有了这份自觉，才能使人在物的巨大遮蔽中有一个人文精神的觉醒，在物于物的知识堆积中实现一种形而上学的超越，也才能解决我们时代的人生意义解构与精神世界危机问题。

中国自古是一个渊渊其渊，浩浩其天的民族，是一个尊德性而道学问，致广大而尽精微的民族。“大哉圣人之道！洋洋乎发育万物，峻极于天。”② 中华民族有此大道本体，有此精神源头，德无不实，明无不照，岂能永远为一曲所蔽，而暗于大理？岂能总是蔽于物而不知人，蔽于形下小知小识而不能会通形上至极之道，玄极之理，以应无穷？我们应该相信中华民族将会于社会历史深处很快有一个人文精神的觉醒，有一个反照心源，会通玄极的形而上学超越，也应该相信我们的作家、艺术家能够“外师造化，内得心源”，会通大道美学的精神，揽于造化，得为神通，创造出德之所披，神之所化的大美崇高艺术境界。中华民族一旦有这种觉醒，实现了这种超越，就会以更广大悉备、圆满周遍的智慧，应物无穷，就会以“一虚而静”的大清明，“坐于室而见四海，处于今而论久远，疏观万物而知情，参稽治乱而通其度，经纬天地而材官万物、制割大理，而宇宙里矣”。“里”，即理也；“宇宙里矣”，即宇宙理也。中华民族有此大清明之心，则“明参日月，大满八极，夫恶有蔽哉矣”③！那时，中华民族将不仅以大清明应于世，而且在精神上也必然是一个恢恢广广、昊昊皇皇的伟大民族！

①《庄子·至乐篇》。

②《中庸》，第二十七章。

③《荀子·解蔽篇》。

图书在版编目（CIP）数据

文艺社会学/司马云杰著. —太原：山西教育出版社，2011.5
ISBN 978 - 7 - 5440 - 3313 - 8

Ⅰ. 文…　Ⅱ. 司…　Ⅲ. 文艺社会学　Ⅳ. I0 - 05

中国版本图书馆 CIP 数据核字（2007）第 080352 号

文艺社会学

出 版 人　荆作栋
责任发行　张小平
责任编辑　李　飞
复　　审　刘立平
终　　审　张金柱
装帧设计　王耀斌
印装监制　贾永胜

出版发行　山西出版集团 · 山西教育出版社（太原市水西门街馒头巷 7 号）
印　　装　山西人民印刷有限责任公司
开　　本　787 × 960　1/16
印　　张　17
字　　数　290 千字
版　　次　2011 年 5 月第 1 版山西第 2 次印刷
书　　号　ISBN 978 - 7 - 5440 - 3313 - 8
定　　价　34.00 元